GEFÄHRLICHE LEIDENSCHAFT

DÜSTERE LIEBE: BUCH 1

STASIA BLACK

ISBN 13: 978-1-950097-66-1

Übersetzung aus dem Englischen von Mona Schmidt

KAPITEL 1

Bryce Gentry von Bryce Information Technologies sieht nicht einmal von seinem Computer auf, als ich sein großes Eckbüro betrete, auch wenn ich weiß, dass seine Sekretärin ihn über mein Kommen in Kenntnis gesetzt hat.

Sein Profil alleine reicht, um zu erkennen, dass er genauso gut aussieht, wie auf den Bildern, die ich letzte Nacht von ihm gesehen habe, als ich Informationen über seine Firma gesucht habe. Blonde Haare, Adlernase. Ein langes Gesicht mit einem eckigen Kinn, wie ein Model. Nicht, dass ich dem gestern Nacht viel Aufmerksamkeit geschenkt hätte. Das war irgendwie schwer, während Charlie immer wieder versuchte auf meinen Schoß zu klettern und seinen Lieblings-Gummilöffel auf meine Nase zu schlagen, während er „Mama, Mama" rief, um meine Aufmerksamkeit zu erregen.

Versuchen Sie mal einem Zweieinhalbjährigen beizubringen, dass Mama ihre Ruhe am Laptop braucht, weil wir beide ansonsten bald auf der Straße sitzen, weil unser gemeiner Vermieter uns rauswirft. Jupp. Ich muss mich schütteln, wenn ich nur an Mr. Jenkins denke. Er versucht nämlich nicht mal so zu tun, als würde er nicht auf meine Brüste schauen, egal ob Charlie bei mir ist oder nicht.

Immerhin hat Mr. Jenkins gewartet, bis er mich alleine erwischt hat, um mir zu sagen, dass ich bis Freitag Zeit habe, die Miete zu beschaffen. Als Alternative bot er an, dass wir uns sonst „eine andere Form der Bezahlung einfallen lassen müssten", während er sich provokativ in den Schritt fasste und rieb.

Ich strecke mich und schüttele meine Hände aus. *Konzentrier dich, Callie.* All das heißt nur, dass das Vorstellungsgespräch heute noch wichtiger ist. Was mich zu dem Mantra bringt, welches ich bereits den ganzen Morgen immer wiederhole: *Versau es nicht. Versau es nicht.*

„Mr. Gentry?", fange ich schließlich an. Vielleicht hat er es ja nicht mitbekommen, als seine Sekretärin Bescheid sagte oder dass ich hereingekommen bin. Die Wand, die sein Büro von der Rezeption trennt, ist eine dieser coolen, futuristischen aus Glas, die mit einem Knopfdruck zu Milchglas wird. Es wurde milchig, als ich hereinkam. Ich dachte, dass Mr. Gentry darüber die Kontrolle hätte, aber vielleicht habe ich mich ja geirrt und das war auch das Werk der Sekretärin. Bin ich ein Idiot, weil ich hier stehe, wie ein Stalker, wenn er gar nicht weiß, dass jemand hier mit ihm im Büro ist? „Ich bin hier wegen des Vorstellungsgespräches für die persönliche Assistentin?"

Ein Grunzen ist alles, was ich zurückbekomme. Ich stehe da wie bestellt und nicht abgeholt und starre auf meine Schuhe. Meine Lippen verziehen sich nach unten. Mist. Ich hatte sie gestern Abend geputzt, aber auf meinem linken Schuh ist ein riesiger Kratzer sichtbar. Es sind billige, nachgemachte Pumps, aber ich dachte, zumindest für das Vorstellungsgespräch würden sie ausreichen. Ich versuche bereits den ganzen Monat, einen Job zu finden. Seit die Rechnung des Anwalts und die Miete und die Rückzahlung meines Studentenkredits einfach zu viel geworden sind.

Besonders, weil ein weiterer Termin bezüglich des Sorgerechtsstreits ansteht. Mein Magen verkrampft sich alleine beim Gedanken daran, obwohl das wahrscheinlich das Letzte ist, an das ich gerade denken sollte. Aber Gott, das Geld. Das ist doch, wieso ich hier bin.

Irgendwoher muss das Geld kommen. Kellnern alleine reicht einfach nicht, egal wie viel ich arbeite.

Und nach einem Monat, den ich jetzt auf der Suche bin, ohne Rückrufe und in dem ich wirklich überall war, ist das hier meine letzte Chance - und zwar auf einen Job für den ich irgendwie qualifiziert bin. Persönliche Assistentin. Das kann ich, oder? Einer Person assistieren. Ich kann gut Bauchentscheidungen fällen und helfen, wo man mich braucht. Ich kenne mich mit Computern aus und sogar Robotik. Na ja, ich habe immerhin einige Kurse darüber belegt ...

Ich sehe mich in dem makellosen Raum um und schlucke. Es sieht nicht aus wie bei den anderen Firmen, wo ich zum Vorstellungsgespräch war. Es sieht eher wie eines dieser futuristischen Filmsets aus. Alles ist weiß, aus Glas oder Chrom - der Boden, die Decke, die Stühle, der Tisch. Es ist alles so ... makellos. Perfekt.

Immerhin *dachte* ich, dass ich für diese Stelle qualifiziert wäre. Meine Hände ballen sich zu Fäusten, aber ich entspanne mich schnell wieder. In der Anzeige stand nicht, dass die persönliche Assistentin für den *Firmenchef* gesucht wurde. Und na ja, zu sagen, dass ich ... die *Wahrheit ein bisschen zurechtgebogen* habe, als ich meinen Lebenslauf erstellt habe, wäre wohl noch untertrieben. Aber macht das nicht jeder? Und wenn ich das hier echt schaffen kann ... es war kein Gehalt angegeben, dort stand, das würde bei Nachfrage erörtert. Aber verdammt, wer hat nicht schon einmal von Gentry Tech gehört? Wir haben in Stanford, als ich dort noch eingeschrieben war, ständig von den Produkten von Gentry Tech gesprochen und uns mit der Forschung dieses Mannes befasst. Gott, das könnte wirklich genau die Möglichkeit sein, nach der ich suche.

Wenn ich es nicht versaue.

Bryce Gentry macht endlich seinen Laptop mit einem lauten Knall zu und sieht mich an. Eine Sekunde lang bin ich überrascht und starre ihn einfach an. Er ist wirklich attraktiv, aber irgendwie eher mit einer weltmännischen, Pariser Note, als mit dem zu muskelbepackten Charme eines amerikanischen Footballspielers. Nein, irgendwie ist er geschmeidig. Die Art Mann, bei der man erwartet, dass sie im Schatten lungert. Mysteriös. Vielleicht raucht er eine Zigarette. Obwohl die blonden Haare nicht ganz zu diesem Bild passen wollen. Er ist *sehr* blond, wie ich. Und jünger, als ich erwartet hatte. Wahrscheinlich ist er erst um die dreißig.

„Miss …?“ Er winkt mit der Hand in meine Richtung und ich gehe auf ihn zu, als ich feststelle, dass ich einfach dumm rumstand, anstatt mich vorzustellen wie ein normaler Mensch.

Verdammt, Cals. Versau es nicht!

Meine Beine fühlen sich an wie Wackelpudding. Wahrscheinlich habe ich nur etwa fünf Minuten gewartet, aber es fühlt sich an wie fünfzig. Gott, ich hoffe, dass ich nicht schon Schweißränder unter den Armen habe. Ich habe doch heute Morgen mein extra starkes Deo benutzt, oder?

„Miss Cruise. Calliope Cruise.“ Ich lächle enthusiastisch und strecke ihm meine Hand über seinen makellosen weißen Tisch entgegen. „Oder Callie. Sie können mich einfach Callie nennen.“

Großartig, das ist der perfekte Weg, um sich als schusseligen Idioten zu präsentieren. Ich kann einfach nicht glauben, dass ich ihn treffe. Und ein Vorstellungsgespräch bei ihm persönlich habe. Obwohl das natürlich Sinn macht, wenn ich mit ihm direkt arbeiten werde.

Bryce Gentry blickt endlich tatsächlich auf mich.

Aber seine Blicke schaffen es nicht bis in mein Gesicht. Meine Aufregung nimmt merklich zu. Sein Blick landet fest auf meinem besten Argument, meiner Brust. Natürlich. Es ist nie mein Gesicht.

Ich stelle sicher, dass mein Lächeln genauso strahlend bleibt. Es wird kein bisschen matter. Ich weiß nicht, wieso, aber irgendwie hatte ich einen Moment lang gedacht, dass es mit diesem Mann anders sein würde. Fortune 500 Firma, oder nicht?

Wenn man an Schönheitswettbewerben teilnimmt, gewöhnt man sich zwangsläufig daran, dass Männer einen anstarren, wann immer sie die Chance bekommen, selbst wenn man nur Miss Teen California werden möchte. Sie starren vor allem, wenn man bereits mit 14 Doppel D trägt.

Er bekommt sich immerhin schneller in den Griff als die meisten anderen. Ich ziehe meinen Lebenslauf aus meiner Kunstledermappe und reiche ihn ihm.

Das Lächeln bleibt auf meinen Lippen, als ich auf dem Stuhl auf der Besucherseite des Schreibtisches Platz nehme. Dann springe ich ins kalte Wasser. „Ich war sehr aufgeregt, als ich gesehen habe, dass Sie eine persönliche Assistentin suchen und ich die Chance bekommen könnte, hier zu arbeiten. Bryce Information Technologies ist die innovativste Firma, was die Entwicklung von Technologien für Drohnen mit kleiner Reichweite angeht." Mist, ich könnte mich selbst schlagen. Wieso erzählte ich ihm irgendwelchen Scheiß über seine eigene Firma?

Ich halte inne, um durchzuatmen, bevor ich versuche, meine beste Seite zu präsentieren. „Ich habe einiges an Erfahrung im Bereich der Öffentlichkeitsarbeit und der Kommunikation. Ich komme aus dem Bereich der Computer-Forschung, besonders das Machine Learning und Robotik sind meine Fachgebiete und ich habe vor, 110 % zu geben."

Erst jetzt stelle ich fest, dass ich mich langsam immer weiter zu ihm herübergebeugt habe und ihn fast anflehe, als ich meinen Satz beende. Scheiße. Versuche, nicht so auszusehen, als würdest du betteln, versuche so auszusehen, als würdest du ihm eine Möglichkeit bieten, die er nicht verpassen kann.

Ich ziehe am Saum meines Blazers und setze mich aufrechter. „Kurz gesagt: Ich weiß, dass ich eine Bereicherung für Ihre Firma und Sie persönlich sein kann."

Mr. Gentry starrt mich einige Momente lang mit einem unlesbaren Ausdruck an und hat seinen Kopf leicht schief gelegt. Scheiße. Was denkt er nur? Und wieso muss er nur so schön sein? Jetzt, wo ich ihm so nahe bin, ist es nur noch schlimmer. Selbst sein Haarschnitt sieht teuer aus. Die Seiten sind kurz geschoren und verlaufen perfekt in die längeren Haare auf seinem Kopf. Sein Gesicht ist rasiert und komplett glatt. Er hat die Art Gesicht, über die man seine Hände gleiten lassen möchte, um herauszufinden, ob es wirklich so weich ist, wie es aussieht.

Scheiße. Ich starre ihn merkwürdig an. Und seine Haare.

Ich schaue weg und bemerke, dass sich Schweißperlen an meinen Brauen formen. Lächele ich? Ich lächele. Scheiße, das sieht wahrscheinlich auch komisch aus. Ich habe einfach plötzlich angefangen zu lächeln. Schnell entspanne ich meine Lippen. Verdammt. Das sah wahrscheinlich noch komischer als. Ich lächelte nicht, dann lächelte ich, dann hörte ich wieder auf. Was. In. Gottes. Namen. Mache. Ich? Und was denkt er?

Endlich sieht er weg, nur um einen schnellen Blick auf meinen Lebenslauf zu werfen. Sein Mund zuckt. War das ein gutes Zucken oder ein schlechtes Zucken?

„Einen Hintergrund in der Computer-Forschung, sagten Sie? Ich gehe also davon aus, der kommt von den Einstiegskursen, die Sie an der Universität belegten und die Sie hier mit Namen angegeben haben?" Seine Augenbrauen schießen nach oben.

Seine tiefe Stimme hört sich nicht an, als würde er sich lustig machen, aber ich weiß nicht, wie ich seine Aussage sonst auffassen sollte. Ich setze mich noch gerader hin. „Ja". Meine Stimme ist stark.

„Aber Sie haben tatsächlich nie einen Abschluss gemacht." Er hat braune Augen. Sie treffen auf meine. Ich weiß immer noch nicht, was ich aus ihm oder seinen Worten machen soll. Ich kann ihn mir nicht erklären. Verdammt. Selbst wenn er sich über mich lustig macht, muss ich um diesen Job kämpfen.

„Ich verstehe, dass es vielleicht nicht *üblich* ist, ein nicht abgeschlossenes Studium im Bereich der Bildungswissenschaften anzugeben, aber diese Kurse sind wichtig für die Arbeit, die Ihre Firma leistet." Ich falte meine zitternden Hände zusammen und verstecke sie auf meinem Schoß. „Beispielsweise haben wir in meinem Fortgeschrittenen Robotik-Kurs über einen Echtzeit-Simulations-Algorithmus gesprochen, den Sie und Jackson Vale am MIT entwickelt haben. Sie waren damals nur Studenten, aber Sie haben die Forschung um Jahre vorangetrieben." Gut. Meine Stimme hört sich selbstbewusst an. Ich setze mich noch gerader hin, falls das möglich ist. Man soll so tun, als könnte man es, bis man es kann, richtig?

Ich fahre fort: „Ich mache nur kurz Pause von Stanford. Ich muss noch ein Semester studieren. Es ist also nicht so, als hätte ich das College einfach nicht abgeschlossen!" Ich schenke ihm ein Siegerlächeln. „Ich stehe nur kurz davor, es abzuschließen und möchte gegenwärtig ein wenig Erfahrung in der echten Welt sammeln." Er muss nicht wissen, dass gegenwärtig, mit einem Kleinkind und der Notwendigkeit, ein sicheres Gehalt nach Hause zu bringen, die Vorstellung meine letzten 21 Credit Hours zu sammeln, damit ich meinen Abschluss habe, alleine schon genug ist, um mich aus dem Tritt zu bringen.

„Erfahrung in der echten Welt." Diesmal ist das Zucken des Mundes definitiv ein Grinsen. *Bastard.* Es fällt mir schwer, mein Gesicht freundlich und offen zu halten, aber es gelingt mir.

Er wirft einen weiteren Blick auf meinen Lebenslauf. „So wie bei *The Bridge Bar & Grill*? Und *Hooters*? Ich schätze, da haben Sie Ihre Kommunikationsfähigkeiten, die Sie so anpreisen, entwickelt?"

Scheeeeeeiße. Ich wusste, ich hätte *Hooters* nicht aufführen sollen. Aber wenn ich das getan hätte, hätte ich bis vor eineinhalb Jahren keinerlei Erfahrung in der Arbeitswelt gehabt. Ich habe drei Jahre lang bei *Hooters* gearbeitet. Von dem Tag an, an dem ich 18 wurde, bis zu meinem 21. Geburtstag. Als ich noch zu Hause wohnte und auf das Community College ging, bevor ich die Universität wechselte, musste ich das vor meinen Eltern geheim halten. Außerdem war ich am Ende immerhin der Assistant Manager. Das sollte eindeutig für meine Teamführungskompetenz sprechen.

Ich kann fühlen, dass ich rot werde, aber als ich Bryce Gentry ansehe, ruhen seine Augen überhaupt nicht dort, wo ich sie erwartet hatte. Er starrt nicht auf meine Doppel-D Körbchen. Nein, er sieht mich direkt an. Blickt in meine Augen. Und es scheint, als würde er *mich* zum ersten Mal wirklich ansehen.

Es ist mir egal, ob er ein Arschloch ist und meint, sich wie jeder andere in meinem Leben ein Urteil bilden zu dürfen. Ich stelle sicher, dass ich weiterhin selbstbewusst klinge. „Sehen Sie, ich tat das, was notwendig war, um endlich aus dem kleinen Dorf wegzukommen, in dem ich aufgewachsen bin. Niemand dort hat jemals irgendwas erreicht. Ich wollte nicht so enden."

Er muss nicht wissen, dass ich die Lektion, dass ich eben nichts Besonderes bin, bereits gelernt habe. Meine großen Träume und das Gefühl, dass ich eine Prinzessin bin, zeigen nur, dass ich ein Idiot sein kann.

Alles, was ich jetzt will, ist, meine Miete bezahlen zu können und das Sorgerecht für meinen Sohn, Charlie, zu behalten - und alles, was *dieses* Arschloch wissen muss, ist, dass ich diesen Job will und alles tun würde, um ihn zu bekommen. „Ich weiß, dass ich viel arbeiten muss und ich werde alles, was in meiner Macht steht, tun, um die mir gestellte Aufgaben erfolgreich abzuschließen!"

Eine seiner Augenbrauen zieht sich nach oben und er sieht mich herausfordernd an. „Ist das so, *Callie Cruise*?" Selbst die Art und Weise, wie er meinen Namen sagt, lässt vermuten, dass er sich über mich lustig macht. Mein Name hat sich niemals blonder angehört, als von seinen Lippen. „Werden Sie wirklich *alles* tun?"

Ich recke das Kinn nach vorne. Ich kann mithalten. „Absolut!"

Er lächelt ein einfaches, sorgloses Lächeln. „Dann knöpfen Sie Ihre Bluse auf und holen Sie Ihre Brüste heraus."

„Was?", bringe ich heraus.

Er wirkt nicht mehr ganz so entspannt. Die Herausforderung ist in seinen Augen sichtbar. „Sie sagten, Sie würden tun, was immer notwendig ist. Brauchen Sie diesen Job oder nicht?"

Ich — Ich —

Ich kann das nicht *glauben*. Das ist - ich kann nicht - wie kann so was im 21. Jahrhundert passieren? Nach Harvey Weinstein und Matt Lauer und der ganzen #Me Too Debatte? Ja, meine besten Stücke haben mir Arbeit beschert und Trinkgeld und ich weiß, dass wir in einer schlimmen Welt leben, in der Chefs noch immer ein Auge auf ihre Mitarbeiter werfen. Aber das hier? Dieser Mann, der auf seinem Gebiet so viel Respekt bekommt, der es wagt, mich einfach so zu fragen, ob … ob …

Bryce Gentry winkt so, als würde er mich wegschicken. „Ich dachte wirklich nicht, dass Sie sich so anstellen würden, wenn man bedenkt, wo Sie gearbeitet haben." Er sieht jetzt komplett desinteressiert aus.

Ich stehe auf und bin bereit, ihm deutlich meine Meinung zu sagen. „Ich bin keine verdammte Prostituierte!"

Er steht ebenfalls auf und sein vorheriges Interesse zeigt sich wieder. Seine Hände sind auf dem Tisch zu Fäusten geballt, als er sich zu mir herüberbeugt.

„Gut", sagt er mit leiser Stimme, während seine braunen Augen funkeln. „Ich will nämlich keine verdammte Prostituierte. Wenn ich eine Hure wollte, könnte ich einfach irgendwann am Abend nach East San Jose fahren. Ich möchte Sie, mit Ihren großen Brüsten, Ihrem wunderschönen Lächeln und der Tatsache, dass Sie wissen, was ein simulierter Algorithmus ist. Aber …", er lächelt mich an und ich könnte schwören, dass ich dem Teufel gegenüber stehe. Mit Grübchen und allem. „Ich muss Ihre besten Stücke allerdings persönlich sehen."

Ich kann nichts weiter tun, als ihn anzustarren. Ich weiß nicht mal, wieso. Das hier ist nicht das erste Mal, dass mir so was passiert. Nun, na ja, es ist natürlich tatsächlich das erste Mal, dass es mir *so* passiert.

Sein Büro sieht einfach so stilvoll aus. Bryce ist so attraktiv. Er könnte jede Frau haben, die er will. Es macht einfach keinen Sinn.

Er kommt um seinen Schreibtisch herum auf mich zu und ich mache einen Schritt zurück. Er hält die Hände unschuldig in die Luft und setzt sich auf den Rand des Tisches.

Sein sympathisches Lächeln umspielt wieder seine Lippen, so als hätten wir eine ganz normale Unterhaltung. Was das angeht, scheint er fast schizophren, so leicht fällt es ihm, zwischen der unglaublich intensiven und der entspannten Kalifornien-Stimmung zu wechseln. Ich weiß nicht, wer er wirklich ist oder ob eine dieser Persönlichkeiten überhaupt wirklich er ist. Wenn dieser Mann überhaupt irgendwas von sich selbst zeigt. Das hier ist eindeutig eine Art Spiel für ihn und ich kenne die Regeln nicht.

Für mich steht so viel auf dem Spiel. Was ist, wenn ich diesen Job nicht bekomme? Wie soll ich mir dann einen Anwalt leisten? Eine halbe Sekunde lang droht die Panik mich zu überrollen. Ich ... Ich weiß wenig von David, meinem Ex, mal abgesehen von dem, was er mir erzählt hat, nämlich dass seine (angebliche) Ex-Frau reich ist. Jupp, nachdem er mit mir Schluss machte, fand ich heraus, dass er eigentlich gar nicht geschieden war, sondern nur in Trennung lebte. Ein weiteres interessantes Detail über das Drama, was meine Beziehung mit Charlies Vater war.

Und jetzt kann ich mir kaum die Art Anwalt leisten, die sonst im Krankenhaus auf Unfallopfer warten. Ich kann ihnen Charlie nicht überlassen. Ich arbeitete gerade in zwei Jobs, aber es reicht einfach nicht. Es ist nicht genug. Ich sehe Bryce an und er sitzt einfach auf seinem Schreibtisch und starrt mich an. Sein Gesicht ist erwartungsvoll und doch entspannt.

Scheiße, Scheiße, Scheiße. *SCHEIßE*! Kann ich wirklich nur zwischen der Option, mich dem schönen Chef gegenüber zu entblößen oder meinem ekligen Vermieter Mr. Jenkins einen zu blasen, entscheiden? Ich erschaudere, wenn ich nur an die zweite Möglichkeit denke. Und das würde mir letztendlich nur einen Monat Miete bringen. Und was kann ich sonst tun?

Gott, Callie, meinst du wirklich, dass es dabei bleibt, dass du deinem Chef einmal deine Brüste zeigst? Sei nicht dumm. Das hier ist nur das Casting. Ich versuche eine andere Lösung zu finden, als ich feststelle, dass Bryce langsam ungeduldig wird.

Ach, egal.

Ich fange an, meine billige Bluse aufzuknöpfen. Um alles andere werde ich mich später kümmern. Wenn Bryce irgendwas versucht, womit ich nicht klarkomme, fange ich einfach an zu schreien. Seine Sekretärin sitzt ja, Gott sei Dank, direkt auf der anderen Seite der Glaswand.

Ich blicke wieder hinauf zu Bryce. Sein Lächeln ist verschwunden und ich kann die Spannung spüren. Anstatt auf meine Brüste zu schauen, blickt er allerdings in mein Gesicht. Ich blicke an ihm vorbei in die Ferne und auf die Skyline der Bay Area. Ein unglaublicher Ausblick. Ich kann im Hintergrund sogar die Golden Gate Bridge erkennen. *Flieg davon, Callie. Du weißt doch, wie das geht, oder nicht? Flieg einfach und lass ihn mit deinem Körper machen, was immer er will.*

Ich bin beim letzten Knopf angekommen. Ich lasse die Bluse offen fallen.

„Halte sie offen.“ Bryces Stimme ist deutlich dunkler geworden.

Ich blicke stur aus dem Fenster, während ich die Bluse aufhalte. Ihr Saum steckt noch immer in meiner Hose. Ich muss daran ziehen, damit ich die Rundungen meiner Brüste entblößen kann. Ich blicke auf den Boden, kann Bryce allerdings am Rande meines Blickfeldes sehen.

Ich kann immer noch davonrennen, wenn er mehr möchte. Aber werde ich das tun?

Scheiße. Ich weiß selbst nicht, wie weit ich zu gehen bereit bin. Ich brauche diesen Job. Das ist der einzige Grund, wieso ich jetzt schneller atme. Richtig? Ich biete ihm eine Show.

„Ziehen Sie die Cups runter. Lassen Sie Ihre fetten, leckeren Brüste darauf liegen.“ Jetzt ist ein Kratzen in seiner Stimme. Verdammt. Habe ich jemals einen Mann, der kein Schauspieler war, mit einer solchen Stimme reden hören?

Ich atme schneller und ziehe den linken Cup hinunter, um meine Brust zu befreien.

„Mmmmh, genau so“, sagt er leise. „Das ist ein Nippel. So pink und schön und er wird hart, nur weil er meine Stimme hört.“

Scheiße. Ich blicke hinunter. Mein Nippel ist hart, aber nicht wegen dem, was er sagt. Nein, nicht deshalb. Es ist hier einfach kalt. Das ist alles. *Das ist alles.*

Richtig, vielleicht könnte ich das glauben, wenn ich nicht

schwitzen würde. Was ist bei mir nicht richtig? Nach all dem? Nachdem -

„Sieh mich an, Callie." Mein Name hört sich nicht dumm oder kindlich an, wenn er ihn jetzt sagt. „Sieh mir in die Augen."

Und das tue ich. Meine Augen gehorchen quasi aufs Wort und mein Blick trifft seinen. Seine Hand liegt nicht, wie ich erwartet habe, auf seinem Schwanz. Seine Hände liegen auf dem Schreibtisch und er sieht mich einfach nur an. Schaut in mein Gesicht. Kann er sehen, dass ich schneller atme? Konnte er sehen, dass ich gerade meine Beine zusammengedrückt habe?

Nein. Oh mein Gott, das hier macht mich nicht scharf. Das ist alles so falsch. Das ist eklig. Diese ganze Situation, in die er mich bringt, ist eklig. Ich hatte geschworen, dass ich nie wieder in dieser Lage sein würde. *Nie wieder*.

„Hol deine rechte Brust heraus", sagt er mit einem tiefen, fast knurrenden Tonfall, so leise, dass es mich in seinen Bann zu ziehen scheint. Das ist es. Ich mache das hier alles nicht bewusst. Er hat mich irgendwie verzaubert.

„Genau sooooo", sagt er langsam. „Hol die schöne Brust heraus und rolle den Nippel zwischen deinen Fingern. Halte beide und reibe sie. Halt sie, wie du es tust, wenn du dich selbst anfasst."

Das hier ist das Peinlichste, was ich jemals in meinem ganzen Leben getan habe. Aber ich mache es. Ich nehme meine Brüste in beide Hände, während er mir zusieht.

„So ist es gut, drehe sie." Seine Stimme kommt durch zusammengebissene Zähne. „Genau so, das ist es, meine Schöne. Massiere sie. Erst mal vorsichtig. Sieh mich an."

Ich schlucke, auch wenn mein Mund trockener ist, als jemals zuvor in meinem Leben. Langsam bewegt er sich vom Schreibtisch weg. Das sehe ich, aber ich weiche nicht zurück. Er ist mir jetzt nahe. Nur einen Schritt weit entfernt.

„Ich möchte, dass du jetzt ein bisschen mehr ziehst. Kneife deinen Nippel mit deinem Daumen und deinem Zeigefinger."

Ich mache es.

Er ist mir so nah, dass ich ihn riechen kann. Parfum, Aftershave, ich weiß nicht, was es ist oder wie ich es beschreiben soll. Es riecht unglaublich männlich und ich kann die Wärme, die von seinem gestählten Oberkörper kommt, spüren.

Und genau in diesem Moment entscheide ich, dass das hier nicht wie das ist, was ich schon einmal erlebt habe. Es ist meine Entscheidung hier zu sein. Ich könnte gehen, wenn ich wollen würde. Ich könnte von diesem Tisch hüpfen und zur Tür rennen.

Aber, als ich noch etwas schneller atme - oh Gott, ich keuche fast, oder? - weiß ich, dass ich, egal ob es richtig ist, oder nicht, noch nicht bereit bin zu gehen. Und nicht nur, weil ich das Geld brauche. Eine mir gut bekannte Hitze sammelt sich in meinem Bauch. Sie schießt an den Ort zwischen meinen Oberschenkeln und in mein Höschen. Mein billiges Baumwollhöschen von Walmart, das bereits feucht ist. Ich kann nicht — wie kann —?

Mr. Gentry lehnt sich zu mir herüber und ich glaube, dass er kurz davor ist, mich zu berühren. Aber auch, wenn er so nah bei mir steht, dass meine Hände, die meine Brüste halten, jederzeit seine Brust berühren könnten, gleitet nur seine Nase über meine Wange, na ja fast, denn wirklich berühren tut er mich nicht. Es scheint so, als würde er an mir schnuppern.

„Wirst du feucht, schönes Mädchen?"

Oh, mein Gott. Ich kann fühlen, dass meine Wangen noch roter werden. Das kann er doch unmöglich von da oben riechen, oder? Meine Hände erstarren auf meinen Brüsten. Alles scheint zu erstarren. Was in Gottes Namen tue ich hier? Wie habe ich mich in diese Situation gebracht?

Aber Bryce Gentry erstarrt nicht. Er bewegt sich wieder und dieses Mal findet er den Weg um mich herum, sodass er hinter mir steht. Sein Atem trifft heiß auf mein Ohr, als er von hinten um mich herumgreift. Seine Hände legen sich auf meinen Brüsten über die meinen. „Ja, du bist perfekt. Eine perfekte kleine Schlampe, die ich herausholen kann, wenn ich spielen möchte."

Beim Wort *Schlampe* drückt er meine Hände sanft davon und kneift meine Nippel.

Was in —? *Schlampe*?

Der Nebel, der auf allem zu liegen schien, verfliegt plötzlich. Das hier ist krank. Ich bin für ein Bewerbungsgespräch gekommen. Ein verdammtes Bewerbungsgespräch. Wovon in Gottes Namen redet er? Er nennt mich Schlampe und spricht von mir, als sei ich ein Spielzeug. Und als was meint er mich einstellen zu können? Seine persönliche Sex-Assistentin oder was?

Aber *Scheiße*, das fühlt sich gut an. Er hat angefangen, an meinem Ohr zu knabbern, während er noch immer meine Brüste massiert. Gott, wie lange ist es her, dass ich mich so gefühlt habe? Ich bin so lange nicht angefasst worden, ich kann mich nicht einmal mehr an das letzte Mal erinnern.

Inzwischen ist es zwischen meinen Beinen nicht nur warm, es scheint zu pulsieren. Ich brauche — ich meine, Gott, ich brauche — heilige Scheiße — kann man nur hiervon kommen? Wenn jemand mit den Titten spielt?

Aber er spielt nicht nur. Ich meine, bisher war jeder Mann, den ich kennengelernt habe, darauf fixiert. Sie sind alle aufgeregt wegen meiner großen Brüste und reißen förmlich daran. Aber dieser Mann ist praktisch ein Meister. Ich wette, Sex mit ihm wäre unglaublich. Das ist aber ganz genau, was er will, oder? Dahin führt all das hier? Er möchte eine persönliche Assistentin, die er ficken kann, wann immer er will?

Er wird mich einfach hier oben in seinem Büro behalten, einen Knopf drücken und ich werde hereinkommen und ihm einen blasen oder er wird mich ficken, oder wie? Ich hätte gedacht, dass ich niemals so tief sinken würde ... aber wenn es sich so anfühlen würde?

Ich kann das hohe Jammern, das aus meiner Kehle kommt, nicht unterdrücken. Scheiße. Ich bin fast da. Und es ist lange her. So lange ...

Ich kann es nicht glauben. Oh Gott, wenn er mich bloß dort berühren würde. Vielleicht könnte ich mich dort anfassen. Das fände er heiß, oder? Oder geht es genau darum? Sex? Wie würde es sich anfühlen, wenn er an meinem Nippel saugen würde, anstatt nur mit seinen Fingern damit zu spielen? Sein Gesicht ist so glattrasiert, aber alleine der Gedanke an seine Zunge ...

Ein weiteres Wimmern entweicht mir und er saugt und beißt meinen Nacken.

Verdammte Scheiße, das ist geil.

Ich bin kurz davor. So verdammt kurz davor. Das muss er wissen. Aber er macht nicht mehr dafür. Egal. Ich lasse meine Hand in meine Hose wandern. Manchmal gilt das Motto: Selbst ist die Frau.

„So ist es richtig, du schmutziges Mädchen", flüstert er in mein Ohr. „Macht dich zu meiner Hure."

Seine Worte sollten mich anekeln. Sie sollten mich definitiv nicht noch heißer machen. Zeitgleich finden meine Finger meinen Kitzler.

„Zeig mir, wie sehr du diesen Job willst. Bring dich zum Orgasmus." Seine Stimme wird leiser, aber die Worte haben ihre Wirkung.

Sein Halt an meinen Brüsten ändert sich nicht wirklich und er massiert weiter, aber er dreht meinen Körper ein bisschen seitwärts, damit er mein Gesicht sehen kann. Wir sehen uns in die Augen und alles, was nett an ihm gewesen zu sein schien, verschwindet, als er „Schmutzige Schlampe, ich will sehen, wie du aussiehst, wenn du kommst, du billige, verdammte Bimbo-Hure", zischt.

Mein Atem stockt, als ich diese gemeinen Worte wahrnehme. Und, im selben Moment, komme ich stärker, als jemals zuvor in meinem Leben.

KAPITEL 2

„Ich sehe dich morgen früh pünktlich um 8:30."

Das waren seine letzten Worte, als ich vor etwa einer halben Stunde aus seinem Büro stolperte. Mein Gehirn scheint noch immer ein wenig vernebelt zu sein, während ich im Light Rail sitze und auf dem Weg zurück in mein Apartment im Süden von San Jose bin.

Ist das alles gerade wirklich passiert? Vielleicht bin ich ja in der Lobby eingeschlafen und hatte einfach einen komplett irren Sextraum?

Oder aber nicht. Denn als meine Hand in meine Tasche gleitet, finde ich den vorübergehenden Sicherheitsausweis, den ich dort bekommen habe.

Was heißt ... heilige Scheiße. Das alles ist wirklich passiert. Ich habe mich vor Bryce Gentry, Firmenchef und Milliardär, ausgezogen und er hat mich gerade eingestellt, um seine - was? Bin ich jetzt nur für den Sex da oder arbeite ich tatsächlich? Habe ich gerade einen Job als Sexarbeiterin akzeptiert? Als Prostituierte? Ist es nicht genau das, was es heißt, Geld für Sex zu bekommen? Verdammte Scheiße, verdammte Scheiße, verdammte Scheiße.

Es ist fast fünf und der Zug ist mehr als voll. Ich halte mich an einer der Stangen fest und schwitze mich langsam durch mein billiges Outfit. Mir ist schlecht. Das ist genau das, wogegen ich mich mein ganzes Leben gewehrt habe. Dagegen, ein Objekt zu sein, was von Männern benutzt wird. Dagegen, ihre Hure zu sein. Ich erinnere mich genau an die Worte, die er zum Ende hin gesagt hat. Schmutzige Schlampe. Billige, verdammte Bimbo-Hure.

Das bringt die Erinnerung an andere Worte zurück: *Wenn du es irgendjemandem erzählst, wird es dir leidtun. Niemand wird einer Hure wie dir glauben und ich werde dafür sorgen, dass dein Daddy seine Stelle bei der Bank verliert. Außerdem bist du einfach wie immer eine kleine Schlimme, die darum bettelt.*

Ich kneife die Augen vor Wut über die Demütigung und Erniedrigung, die ich bei diesen Worten empfunden habe, zusammen. Ich hatte immer geschworen, dass ich *nie* das werden würde, als das Mr. McIntyre mich bezeichnete, wann immer er in mein Zimmer kam. Meine Eltern luden den Chef meines Vaters zweimal im Monat zum Abendessen ein, wo sie sich betranken und nie bemerkten, dass Mr. McIntyre nicht heimging, wenn sie in ihr Schlafzimmer stolperten. Er hatte angefangen mich anzufassen, als ich sechzehn war und damit gedroht, meinen Vater zu feuern, wenn ich es jemals irgendjemandem sagte. Es passierte immer wieder, bis ich mit neunzehn nach Stanford ging.

Ich *hasste* ihn. *Hasste*, was er mir angetan hatte.

Wie also war es möglich, dass ich *gekommen* war, nachdem Bryce etwas so Ähnliches gesagt hatte?

Ich schlucke die Tränen herunter, die drohen aus meinen Augen zu rollen. Verdammt. Ich war fast an meiner Haltestelle. Wütend drücke ich meine Hände eine Sekunde lang auf die Augen, um mich selbst wieder unter Kontrolle zu bringen. Okay. Niemals würde ich meinen Rekordlauf, der seit eineinhalb Jahren anhielt, wegen so etwas brechen, denn so lange hatte ich schon nicht mehr geweint.

Dann finde ich einen Weg durch all die Körper und in Richtung der Türen des Zugs, während dieser zum Halt kommt und die

Glocke läutet. Ich bin fast an der Tür angekommen, als jemand mir an den Hintern packt und hart drückt.

„Wer war das?" Ich drehe mich um und rufe: „Wer hat mir gerade an den Arsch gefasst?"

Viele Leute drücken sich an mir vorbei - Männer in Anzügen und Kerle mit Beanies, Dreadlocks und einige, die aussehen, als würden sie aufs College gehen. Die Leute gehen rein und raus. Dann schließen die Türen sich.

In der letzten Sekunde springe ich aus dem Zug. „Verdammt", rufe ich und stampfe mit dem Fuß auf den Boden, wie ein Kleinkind.

Aber, was in Gottes Namen? Was an mir schreit: Kommen Sie, fassen Sie an, was immer Sie wollen?

Das war es. Es reicht.

Ich will nicht die Hure von irgendwem sein. Ich werde morgen NICHT zurück in dieses Büro gehen.

Ich walke die sechs Blocks nach Hause quasi. Es ist spät, also bin ich sicher, aber ich blicke mich trotzdem um. Die Gegend, in der ich lebe, ist gerade an der Grenze zwischen den guten und den schlechten Stadtteilen von San Jose. Wenn ich in der Bar arbeite und niemand mich nach Hause fährt, schlafe ich auf der Couch im Büro und laufe erst morgens heim. Was nur funktioniert, weil meine Schwester, Shannon, mit mir und Charlie zusammenlebt. Nicht, dass Shannon glaubt, dass ich jemals einfach nur auf der Couch in der Bar schlafe, wenn ich nicht nach Hause komme. Das liebste Hobby meiner großen Schwester ist es, meine Taten zu bewerten.

Natürlich hat es nicht geholfen, dass ich von einem verheirateten - auch wenn ich dachte, er sei geschieden - Professor für Philosophie schwanger wurde und das auch noch im ersten Jahr, in dem ich nicht mehr zu Hause lebte. Jupp, waren Sie jemals ein Klischee und wussten es nicht, bis es zu spät war? Das war ich.

Ich seufze. Der Himmel hat Shannon geschickt, wirklich. Ich sollte dankbarer sein. Als ich schwanger auftauchte, haben meine Eltern mich verstoßen und haben es deutlich gemacht, dass ich bei ihnen nicht mehr willkommen war. Shannon allerdings stand mir zur

Seite. Sie zog bei mir ein, um mit dem Baby und der Miete zu helfen. Sie arbeitet von zu Hause als Graphic Designerin und kümmert sich nachts, wenn ich arbeite, um Charlie. Sie ist großartig darin, sich um ihn zu kümmern. Sie ist nicht nur superklug, sondern auch die Definition einer guten Person ...

Ich sollte wirklich dankbarer sein.

Ich drehe meinen Schlüssel im Schloss und drücke die Tür auf. Alles, was ich tun möchte, ist eine Flasche Wein zu öffnen und alles, was heute passiert ist zu vergessen. Vor allem möchte ich vergessen, was ich morgen tun werde. Oder wo ich das Geld herbekommen werde, um einen besseren Anwalt zu bekommen, als den, den ich beim ersten Mal angeheuert habe. Und die Miete. Gott, der nächste Gerichtstermin steht in einem Monat an und ich schulde dem ersten Anwalt noch immer $ 800. Was in Gottes Namen soll ich bloß tun? Vielleicht sollte ich anstatt Wein direkt Wodka trinken.

Charlies hohes Jammern begrüßt mich, als ich hineintrete. Das Geräusch gibt mir das Gefühl, dass ich Steine im Magen habe. Ich möchte ihn einfach nur halten, damit es ihm besser geht und gleichzeitig wünsche ich mir, dass irgendjemand anders da wäre, der sich um ihn kümmern kann, damit ich ein paar Minuten zum Entspannen hätte nach diesem Tag. Ich schäme mich bereits in dem Moment, in dem ich die Tür hinter mir zuziehe. Bin ich eine so schlechte Mutter?

„Wo warst du?", ruft Shannon, damit ich sie, trotzt Charlie, hören kann, während sie eine Hand auf ihre Stirn drückt. Sie sieht geschafft aus und mehr als gestresst. Ich lasse meine Tasche direkt an der Tür auf den Boden fallen und eile hinüber zu Charlie, der in seinem Hochstuhl am Küchentisch sitzt. Überall in seinem Gesicht ist Essen verteilt und er schüttelt immer wieder den Kopf, während Shannon versucht, ihn zu füttern. Daran, wie er sich benimmt, kann ich direkt erkennen, dass er mehr als müde ist.

„Oh, Baby, Baby", murmele ich und gehe hinüber, um ihn auf den Kopf zu küssen, bevor ich es mir anders überlege, als ich feststelle, wie klebrig er ist.

„Hat er keinen Mittagsschlaf gemacht?“, frage ich Shannon, während ich einen Waschlappen mit warmem Wasser nass mache.

Shannon schaut mich böse an, während Charlie weiter heult.

„Ich bin die, die tatsächlich seinen Ablauf kennt“, übertönt Shannons schrille Stimme Charlies Geschrei. „Ich komme und gehe nicht einfach, wann immer es mir passt.“

Was in Gottes Namen? Ich bin gerade erst zur Tür reingekommen und sie fängt so an?

Ich halte inne und atme durch. *Sie ist ein Geschenk des Himmels. Du und Charlie, ihr verlasst euch auf sie. Bleib einfach ruhig.*

Ich wische sein Gesicht ab und dann das Tablett, um die Kombination aus Cornflakes und Hühnchen wegzuwischen, mit der Shannon versuchte, ihn zu füttern. Das hier ist nur das erste Abwischen. Er hat immer noch etwas im Haar und auf seinem Nacken. Er muss auf jeden Fall baden, aber das ist eh Teil unseres Zubettgehrituals.

Shannon macht weiter. „Charlie ist müde. Er ist früh von seinem Mittagsschlaf aufgewacht, weil *irgendjemand* immer wieder klingelte, als ich nicht schnell genug aufgemacht habe. Du weißt genau, wie sehr er die Klingel hasst!“ Sie schmeißt es mir entgegen, wie eine Anschuldigung.

Verzweifelt werfe ich die Hände in die Luft. „Wieso bin ich daran schuld? Ich war nicht mal hier! Ich habe nichts gemacht.“

„Du hast nichts gemacht“, murmelt sie unter unserem Atem. „Das ist richtig. Das machst du nie!“

Meine Schultern versteifen sich und es kostet jedes bisschen meiner Energie, damit ich nichts sage. *Bleibe verdammt noch mal ruhig.*

Shannon lässt Charlie weinend in seinem Hochstuhl und holt einen Umschlag vom Küchentisch.

Oh Scheiße. Mir schlägt das Herz bis zum Hals. Ich habe so einen Umschlag schon einmal gesehen. Zweimal. Das erste Mal, als Charlies Vater einen Vaterschaftstest verlangte und dann, vor sechs

Monaten, als ich das erste Mal über einen Termin bezüglich des Sorgerechts informiert wurde.

„Du hast es *versäumt*, Charlies Vater alle Rechte überschreiben zu lassen, als du ihm gesagt hast, dass du schwanger bist“, sagt Shannon. „Das ist es, was du *nichts gemacht* hast. Du hast es *nicht geschafft* einen Anwalt zu finden, der einen sogenannten Vater davon abhalten konnte, geteiltes Sorgerecht zu bekommen, obwohl er von dir gefordert hat unser ...“, sie lehnt sich zu mir herüber und flüstert die nächsten Worte, „... liebes Baby *abzutreiben*, aber plötzlich, zweieinhalb Jahre später, entscheidet er, dass er ihn will. Und jetzt musst du in zwei Monaten wieder vor Gericht, wo er versuchen wird, uns unseren kleinen Jungen wegzunehmen. Und zwar für immer.“ Sie hat Tränen in den Augen. „Was ist dann deine Entschuldigung, hä?“

Sie dreht sich um und geht in Richtung ihres Büros. „Ich muss arbeiten. Warum machst du nicht mal was anderes und tust ausnahmsweise so, als wärst du eine Mutter?“

Meine Hand ist so fest zur Faust geballt, dass meine Nägel sich in meine Handfläche bohren. Nur Charlies Schreie bringen mich dazu, die Kontrolle zu wahren und tief durchzuatmen.

Einatmen. Ausatmen. Einatmen. Ausatmen.

Ich kann nicht glauben, wie zickig meine Schwester sein kann, oder dass ein Brief auf dem Tisch die Zeit, die ich mit meinem Sohn habe, beeinflussen kann. Ich wusste, dass es nur eine Frage der Zeit war, bis diese blöde Mitteilung hier eintrudelt.

Ich konnte es erst nicht verstehen. Konnte es nicht glauben, als Davids Anwalt mich kontaktierte und einen Vaterschaftstest verlangte. Ein wirklich naiver Teil von mir hatte damals gehofft, dass das hieß, dass David uns zurückwollte. Dass er erkannt hatte, was für einen riesigen Fehler er gemacht hatte. Dass er verstanden hatte, dass seine Familie auf ihn wartete. Vielleicht hatte er ja diesmal seine Frau wirklich verlassen.

Gott, ich kann nicht erklären, wie es sein konnte, dass ich zu diesem Zeitpunkt überhaupt noch irgendwelche Naivität hatte, aber David und seine Frau vor Gericht zu sehen, als es um das Sorgerecht ging, hat mich umgehend von allen romantischen Gefühlen, die ich noch in mir hatte, geheilt.

Sie waren grausam. Sie beschmutzten meinen Charakter, logen und sagten, ich hätte David nie von dem Baby erzählt. Bei ihrem ersten Antrag ging es um das gemeinsame Sorgerecht, da er zuvor nie Kontakt zu seinem Sohn gehabt hatte und sie machten klar, dass es ihre Absicht war, das volle Sorgerecht zu beantragen. Ihr Anwalt war wie geschmirgelt, konnte sich gut ausdrücken und präsentierte alles sehr präzise und mit einer unglaublichen Menge an Insider-Witzen, die ihn mit dem Richter verbanden.

Und mein Anwalt? Er hatte Senf auf seinem Shirt und hatte mich *genau falsch* auf die Anhörung vorbereitet, denn letztendlich war es ihm darum gegangen, den ausstehenden Unterhalt einzufordern, denn davon würde seine Gebühr bezahlt werden. David war mehr als bereit, zu zahlen. (Später fand ich heraus, dass das Geld aus dem Trust Fond seiner Frau kam). Zweieinhalb Jahre ausstehender Unterhalt hätten ein Geschenk sein sollen. Allerdings ging quasi all das Geld direkt an das Krankenhaus, dem ich noch Geld für den Kaiserschnitt und die zwei Tage, die Charlie auf der Neugeborenen-Station verbrachte, schuldete. Ich hatte gerade noch genug übrig, um den *größten Teil* der Rechnung des Anwalts zu bezahlen und das war es dann.

Ich sehe mein armes Baby mit seinem roten Gesicht und den dicken Krokodilstränen, die seine Wangen hinunterlaufen, an. „Oh, mein Baby“, sage ich und mein Herz scheint zu brechen. „Was für ein Chaos.“ Ich meine nicht nur das Essen, das überall in seinem Gesicht verteilt ist und das Tablett vor ihm quasi ausfüllt.

Gott, Shannon weiß nicht einmal, dass wir Mietschulden haben. Wenn sie wüsste, dass ich meinen Teil nicht bezahlt habe, würde sie mich umbringen. Das kleine bisschen, was ich hatte, gab ich Mr. Jenkins, damit er Shannon nichts sagte. Er machte es aber klar, dass er sich das Ganze nicht noch einen Monat lang ansehen würde. Verdammt. Es ist ja nicht so, als würde es einen Unterschied machen, wenn Shannon es von Anfang an gewusst hätte - sie hat auch kein Geld.

„Alles wird gut, Baby", flüstere ich Charlie zu und halte ihn fest. „Du musst aber noch ein bisschen essen. Das war ein schlimmer Tag für uns beide. Wie wäre es mit ein wenig Apfelmus?"

„App-mus", wiederholt er und sein Geheul wird langsam weniger. „App-mus, App-mus."

Ein bisschen Aufmerksamkeit von Mama und etwas Süßes ist immer gut für die Seele. Gut, dass er noch keine Schokolade kennt.

Charlie und das Apfelmus funktionieren gut miteinander. Das Baden wird, wie immer, zur Spielzeit und obwohl es ein wenig mehr Gejammer gibt als sonst als er herauskommen soll, schläft er schnell und mit nur wenig Theater ein. Das war das, was Charlie und mich schon immer gerettet hat - wenn er schläft, schläft er.

Als ich die Tür hinter mir schließe und in die Küche gehe, bin ich wenig begeistert, als ich meine Schwester sehe, die sich ein Sandwich macht. Ich fokussiere mich direkt auf den Wein. Ich habe zu viel Klasse, um heute Abend puren Wodka zu trinken. Außerdem sind Wein und Schokolade ein Klassiker, oder nicht? In Europa oder so? Na ja, zumindest in meiner Küche sind sie es heute Abend.

Ich greife auf den Kühlschrank, wo ich meine Schokolade lagere. Meine Mundwinkel ziehen sich nach unten, denn alles, was ich finde, ist eine halbe Tafel Hershey's. Ich weiß ganz sicher, dass gestern noch zwei Tafeln da waren. Ich drehe mich um und sehe Shannon vorwurfsvoll an. „Hast du meine Schokolade gegessen?"

Sie zuckt mit den Schultern und dreht mir den Rücken zu, während sie Mayonnaise auf ihrer Scheibe Brot verteilt. „Sie war in der Küche. Ich dachte, das ist okay", ist alles, was sie sagt.

„Aber du weißt, dass ich diese Schokolade extra kaufe."

Sie zuckt wieder mit den Schultern.

Ich beiße mir auf die Wange und schnaufe. Es lohnt sich nicht, darüber zu streiten. Es lohnt sich nicht, darüber zu streiten. Wenn ich es oft genug wiederhole, werde ich das glauben, richtig?

Ich packe das, was von der Tafel über ist, aus und nehme einen großen Bissen. Die Schokolade auf meiner Zunge sorgt dafür, dass ich mich etwas besser fühle. Zumindest bis zu dem Moment, wo ich nach dem Wein greife und feststellen muss, dass die Flasche nur halb voll ist.

„Was soll das, Shannon?“ Ich muss mich zusammenreißen, damit ich nicht explodiere.

Sie dreht sich endlich zu mir um und sieht mich an. „Was?“, fragt sie und verschränkt die Arme.

„Hör auf, meine Schokolade zu essen und meinen Wein zu trinken.“

„Da stand nicht dein Name drauf.“

Etwas viel Kindischeres hätte sie wohl nicht sagen können.

„Wie alt sind wir, neun?“

Ihr Kinn verhärtet sich. „Offensichtlich leben einige von uns so, als wären wir es.“ Sie deutet auf den Umschlag auf dem Tisch hinter mir. Bisher habe ich es vermeiden können, darüber nachzudenken. „Du lebst wie ein Kind, so als müsstest du keine Verantwortung übernehmen.“

Ich mache einen Schritt auf sie zu und mein Zeigefinger zeigt auf ihre Brust. „Du weißt nicht, wovon du sprichst“, sage ich leise.

Sie schlägt meine Finger weg. „Ach, nein? Ich bin die, die hier mit dir lebt und dir hilft, deinen Sohn zu erziehen, weil du der naive Idiot bist, der sich von ihrem verheirateten Professor hat schwängern lassen. Dachtest du ernsthaft, dass er seine Frau für dich verlassen würde?“ Sie schüttelt den Kopf.

Auch nach all der Zeit sind ihre Worte noch schmerzhaft. Denn ich war genau das, was sie vermutete. Ich war naiv. Ich war dumm.

Als ich Davids Kurs besuchte, war ich ein Junior, auch wenn es das erste Jahr auf einem echten College Campus war, war es mein drittes Jahr an der Uni. Dank der Credits von AP Kursen und dem Online-College, schaffte ich den Sprung nach Stanford. Es war ungewöhnlich, so dort zugelassen zu werden, aber mein Bewerbungsschreiben überzeugte das Board. Ein armes Mädchen aus einer Kleinstadt, das ihren Schönheitswettbewerbstraum verwirklichen und Computerwissenschaften studieren und eine Roboter-Technikerin werden wollte.

Dann belegte ich in meinem ersten Semester Philosophie und traf David. Er war so charismatisch, so wortgewandt und so weise. Es war aufregend, dass er, ein *Professor*, Zeit mit mir verbringen wollte und zwar außerhalb des Kurses. Als er mein Mentor werden wollte, weil ich, wie er sagte, so außergewöhnliche Gedanken hatte, die ihm in seinen fünfzehn Jahren als Professor nicht untergekommen waren, war ich quasi sprachlos.

Am ersten Abend, als ich ihn küsste, hatte er mich zunächst weggedrückt. Es schien, als kämpfte er tatsächlich mit seinem Gewissen, bevor er sich mir dann doch zuwandte und meine Umarmung erwiderte.

Inzwischen fühlt sich die Erinnerung nicht mehr gut an. Er hätte Schauspiel unterrichten sollen anstatt Philosophie. Zumindest mich hatte er überzeugt. Ich glaubte alles. Ich glaubte ihm, wenn er sagte, dass er niemals jemanden wie mich getroffen hatte. Dass er niemals vorher in Versuchung gekommen wäre, etwas mit einer Studentin anzufangen. Dass ich besonders für ihn war. Als er Dinge sagte wie „für immer“, schluckte ich den Köder, die Angelschnur und das Gewicht.

„Er sagte, sie seien geschieden ...“, verteidige ich mich schwach.

Shannon verdreht die Augen. „Sicher, sicher. Ich habe mir deine traurige Geschichte schon Hunderte Male angehört. Ich habe dich sogar vor Mama und Papa verteidigt.“

„Das hast du nicht für *mich* getan“, erwidere ich umgehend. Als Kinder waren wir wirklich nicht die besten Freundinnen gewesen. Sie fand, dass ich verwöhnt war. Der Liebling unserer Eltern. Bis ich es nicht mehr war. „Das hast du für Charlie getan.“

„Nun, irgendjemand musste es tun“, entgegnet sie und es war gut, dass Blicke nicht töten konnten. „Irgendjemand musste sich um das Baby kümmern. Oder erinnerst du dich nicht mehr daran, dass ich dich aus dem *Gefängnis* abholen musste, als du *schwanger* warst?

Das alles ist nicht Charlies Schuld ..." Sie schafft es, den Satz nicht zu beenden, aber nur knapp.

„Sag es einfach", fordere ich sie auf, während mein Herz rast. Ich hatte immer gewusst, dass sie das heimlich von mir dachte. Das hier ist nur das erste Mal, wo sie fast so weit ist, es zu sagen.

Sie hält sich selbst noch fester und schürzt die Lippen „Sag es", fordere ich sie auf, aber dann sage ich es einfach für sie: „Er kann nichts dafür, *wer seine Eltern sind*."

Ich mache einen Schritt zurück und kann eine Sekunde lang sehen, was sie in mir sieht. Und tatsächlich ist es wohl das Bild, gegen das ich selbst jeden Tag kämpfe. Das benutzte, bemitleidenswerte, kleine Mädchen, zu dem David mich gemacht hat.

Wir hatten so häufig über eine gemeinsame Zukunft miteinander gesprochen. Als ich mich am Ostersonntag hatte übergeben müssen und auf vier Schwangerschaftstests gepinkelt habe, nur um sicherzugehen, war ich andersherum sicher gewesen, dass David sich über unser kommendes Baby freuen würde. Als er stattdessen sagte, dass das hieß, dass alles zu schnell passiert war, wir zu weit gegangen waren und dass ich mich darum kümmern müsse, ... da war ich so geschockt, dass ich dachte, es sei ein Albtraum gewesen. Ich wartete darauf, dass er sich anders entschied. Ich fing an, mich selbst zu schlagen, um aufzuwachen. David hatte gesagt, ich sei verrückt und dass ich gehen müsse. Er sagte, dass er sowieso keine Lust mehr auf unsere Beziehung hatte und dass das hier das Letzte gewesen wäre.

Ich wurde ein bisschen verrückt.

Ich weiß nicht mehr, was genau passiert ist, aber ich werde mich bis zu meinem Tod dafür schämen. Ich war so schwach. So unglaublich schwach. David war mein Ein und Alles und das war alles, was ich sehen konnte.

Ich wartete eine Woche lang vor seiner Tür und flehte ihn an, mir zu sagen, was ich falsch gemacht hatte, bettelte ihn an, mich zurückzunehmen, sagte, dass ich alles tun würde, um es wieder gut zu machen. Ich hätte tatsächlich alles getan, wäre alles für ihn gewesen. Ich konnte einfach nicht verstehen, wieso er sich so verhielt. Ich hatte verrückte Gedanken. Ich stellte mir vor, dass irgendjemand ihn zwang, so zu reagieren, dass seine Ex-Frau ihn erpresste, so wie in den Büchern, die ich las. Ich stellte mir vor, dass irgendjemand ihn zwang zu lügen, während er mich tatsächlich so sehr liebte, wie er immer gesagt hatte.

Aber nichts davon war wahr.

Er drohte mir damit, die Polizei zu rufen, wenn ich ihn nicht in Ruhe lassen würde. Langsam fing ich an zu verstehen. Mein geliebter David hatte sich in einen Fremden verwandelt und ich fühlte mich, als würde ich das Leben von jemand anderem leben. Es fühlte sich, aufgrund der Schwangerschaft sogar so an, als lebte ich in dem Körper einer anderen Person. Es war so, als wäre ich in einer Parallelwelt gelandet, wo niemand und nichts so war, wie ich es kannte. Nichts machte mehr Sinn. Nur, dass ich erkannte, dass David ein Lügner war.

Nachdem ich tagelang nicht geschlafen hatte und David mir damit drohte, die Polizei zu rufen, setzte ich dem Ganzen noch die Krone auf. Ich kam mitten in der Nacht zu seinem Haus, schlug die Fenster seines Autos ein und zündete es an. Er hatte das blöde Auto wirklich geliebt.

Die Befriedigung über meine Tat hielt allerdings nur kurz an.

Die Polizei kam schließlich.

Mit Morgenübelkeit umgehen, während man im Gefängnis ist? Ja, das macht genauso viel Spaß, wie man es sich vorstellt. David versprach, keine Anzeige zu erstatten, solange ich versprach, ihn in Ruhe zu lassen. Das und das Versprechen, dass ich ihn nicht an der Universität anzeigen würde. Beziehungen mit Studentinnen waren schließlich ein Grund für eine Kündigung. Lehrende mussten solche Beziehungen direkt anmelden und das hatte David nicht getan. Denn intern wurde das alles nicht gern gesehen. Deshalb hatten wir es die ganze Zeit geheim halten müssen. Am Ende der ganzen Misere hätte ich wohl alles getan, nur damit es vorbei war.

Zumindest dachte ich das. Nach allem hatte ich nicht mehr daran gedacht, ihn etwas unterzeichnen zu lassen, in dem er auf alle

Rechte bezüglich Charlie verzichtete. Alles beruhigte sich und ich bekam von einem lokalen Frauenhaus Unterstützung. Das Letzte, was ich jemals erwartet hatte, war, dass David sich zweieinhalb Jahre später plötzlich dafür entscheiden würde, um das Sorgerecht zu kämpfen.

Und zu gewinnen.

Seit der ersten Verhandlung bekam David Charlie jeden Mittwoch und jedes zweite Wochenende. Ich lachte bitter. Weil, es ist ja nicht nur David - nein, er und seine Frau tauchen auf und nehmen mir meinen kleinen Jungen zweimal wöchentlich weg. Sie ist es, die über den Trust Fond verfügt und deren Vater Richter ist.

Jupp.

Ich weiß nicht, wieso David plötzlich entschieden hatte, dass er Teil von Charlies Leben sein wollte, aber ich vermute, dass es etwas mit seiner gerissenen Ehefrau zu tun hat. Vielleicht hat ihre biologische Uhr mit dem Ticken angefangen, aber es war zu spät gewesen, etwas dagegen zu tun - zumindest der Gedanke macht mich glücklich. Der Gedanke an David zusammen mit einer alten, trockenen Kratzbürste. Aber nein, das bisschen, was er mir über sie erzählt hat, lässt mich wissen, dass sie einige Jahre jünger ist, also erst in ihren späten Dreißigern. Vielleicht möchte sie also einfach nicht, dass ein Baby ihre perfekte Figur ruiniert.

Egal, warum, sie hat von meinem Charlie erfahren. Jetzt versucht sie, ihn für sich alleine zu haben.

Und wenn ich nicht das Geld für einen einigermaßen kompetenten Anwalt aufbringe ... sind wir erledigt ...

Shannons Augen sind auf den Briefumschlag fixiert. Er ist offen und ich weiß, dass sie den Brief gelesen hat. Sie lässt ihre Hände erst durch die Haare und dann über ihr Gesicht gleiten. Plötzlich ist sie nicht mehr zickig und als ihr Blick auf mich fällt, erkenne ich, wie viel Angst sie hat.

„Was, wenn sie uns Charlie wegnehmen?"

Das ist genau das, worüber ich nicht nachdenken wollte. Aber dass ich Shannon, meine große Schwester, die sonst von nichts aus der Ruhe zu bringen ist, so sehe, lässt mich wirklich Angst bekommen.

„Das werden sie nicht." Ich strecke meine Hand aus und ergreife ihre. „Das lasse ich nicht zu."

Ein spöttisches Lächeln umspielt ihren Mund und sie versucht ihre Hand wegzuziehen, aber ich lasse sie nicht.

„Ich verspreche es, Shannon." Ich bewege mich, sodass ich näher bei ihr stehe und sie nicht anders kann, als mir in die Augen zu sehen.

„Ich habe einen Job bekommen." Sobald die Worte meinen Mund verlassen haben, weiß ich, dass das der einzige Weg ist. Ich blinzle nicht einmal, als ich es realisiere.

Ich muss den Job behalten.

Alles war vorhin so irre, dass ich nicht mal weiß, wie viel sie mir bezahlen, aber da ich von meiner Recherche weiß, was man in der Branche verdient, ist mir klar, dass ich zwischen sechzig und siebzigtausend Dollar im Jahr verdienen sollte. Ich muss es machen, auch wenn es nur ums Geld geht, denn das könnte der Grund sein, wieso ich Charlie behalten darf.

Shannon fängt an zu sprechen, aber ich unterbreche sie und drücke ihre Hand noch fester. „Nicht irgendwas als Kellnerin. Ich verdiene wirklich Geld. Genug, um einen guten Anwalt zu bezahlen."

Ich kann sehen, dass sie mir nicht glaubt, also schüttele ich sie ein wenig. „Ich schwöre. Ich versau es diesmal nicht. Wir verlieren Charlie nicht. Niemals." Und als ich die Worte sage, schwöre ich es mir selbst. Ich werde alles tun, egal was es ist.

Was heißt, dass ich mich morgen früh direkt wieder in die Höhle des Löwen wagen werde.

Egal, was es ist.

KAPITEL 3

„Guten Morgen, Miss Cruise, ich hoffe, Sie haben gut geschlafen?"

Ich nicke und mein bestes Schönheitswettbewerb-Lächeln ist wieder im Einsatz und auf höchster Stufe. Ich habe Little Miss Siskiyou County schließlich nicht grundlos gewonnen.

Bryce andererseits hat einfach seinen natürlichen Charme. Falls es Einfluss auf ihn hat, ist er maximal etwas amüsiert über die Fassade, die ich ihm biete.

„Schön." Er winkt, damit ich das Büro betrete, denn bisher stand ich in seiner Tür. „Für den Anfang habe ich hier einen Haufen Akten aus der Personalabteilung. Dann werden wir die Liste Ihrer Aufgaben durchgehen. Ihr Büro ist direkt neben meinem."

Er zeigt auf eine Tür, die mir bisher überhaupt nicht aufgefallen war. Sie befindet sich an der Wand gegenüber der Tür, durch die ich sein Büro betreten habe. Mit einem Tastendruck unter seinem Schreibtisch wird das Glas klar und eine Tür öffnet sich. Ich kann mein gesamtes Büro durch das jetzt durchsichtige Glas sehen. Meine Augen weiten sich.

„Ich finde es höchst *praktisch*", sagt er grinsend, „meine persönliche Assistenz stets in meiner Nähe zu haben, wann immer ich sie brauche."

Ich schlucke, trete durch die Tür und sehe mir den Raum an. Genau wie in Bryces Büro sind die drei inneren Wände aus Glas, welches zwischen klar und milchig wechseln kann und die vierte Wand hat Fenster. Die Büros haben einen atemberaubenden Blick auf die Bucht.

Durch die einzige Wand, die momentan durchsichtig ist und die zwischen unseren Büros ist, kann uns niemand anders im Büro sehen. Ich blicke wieder hinüber zu Bryce. Er hat noch immer ein Lächeln auf den Lippen, so, als wären wir Freunde, die nach der Arbeit ein Bier miteinander trinken.

Mein Brustkorb fühlt sich zu eng an. Also ... was? Werden wir Sex haben, während alle anderen ihrer Arbeit nachgehen? Wie genau wird das funktionieren? Ich hasse es, nicht Bescheid zu wissen.

„Also, was sind ... Ähm ...", ich stolpere über meine Worte, dann blinzele ich und hasse es wirklich in dieser unangenehmen, stammelnden Lage zu sein, „... meine *Aufgaben*?"

Ich halte mein Kinn höher. Er kann mich mal. Ich muss das hier vielleicht machen, aber deshalb muss ich noch lange nicht meine Würde verlieren.

Sein Kopf neigt sich. „Sie sind freiwillig hier. Vergessen Sie das nicht, Miss Cruise. Wenn Sie das hier machen ..." Er neigt erneut den Kopf, so als suche er die richtigen Worte. „... zu diesem Arrangement, müssen Sie wissen, werde ich Sie nicht zwingen."

Dann verschwindet sein natürlicher Charme und dieselben Nuancen wie am Vortag finden den Weg in seine Stimme. „Aber wenn Sie zustimmen und diese Unterlagen unterschreiben, missbrauchen Sie mein Vertrauen niemals. Sollten Sie das trotzdem tun, wird das nicht gut für Sie enden."

Ein Schauer läuft meinen Rücken hinunter. Nicht die gute Art. Der Hurensohn kann einem Angst machen. So, wie zum Ende des „Bewerbungsgesprächs" gestern, als die Fassade, die er aufgesetzt hatte, Risse bekam und ich einen kleinen Blick auf eine andere, gemeine Seite erhaschte. Worauf lasse ich mich bloß ein?

Aber dann denke ich an Charlie und wie sicher er gestern in seinem Bett eingekuschelt gewesen war. Ich denke auch an mein Versprechen an Shannon. Ich denke an mein leeres Konto. Ich kann nicht zulassen, dass David und seine Frau mir Charlie wegnehmen.

„Ich werde Sie nicht enttäuschen", bringe ich heraus, auch wenn meine Kehle nicht wirklich bereit ist, Töne zu produzieren. „Ach ja, ähm, wir haben nie wirklich über das Gehalt gesprochen."

„Nein?"

„Nein", daran hätte ich mich erinnert. „Bezahlen Sie stündlich oder ein Jahresgehalt?"

„Jahresgehalt!"

Das ist alles, was das Arschloch sagt, auch wenn klar ist, was ich eigentlich von ihm wissen will. Es fühlt sich an, wie ein Machtspielchen, so als würde er wollen, dass ich um alles bettle.

„Und was ist das Jahresgehalt?", sage ich, während ich mit zusammengebissenen Zähnen lächle.

„Ah, natürlich", er sieht hinunter auf seinen Schreibtisch und guckt auf einige Akten.

„Neue Mitarbeiter einzustellen ist oft eine Frage des Geldes, nicht wahr?", sagt er so, wie die meisten einen Kommentar abgeben würden. „Es geht immer darum, welche Dienste oder Teile unserer Seele wir bereit sind, zu geben, und zwar für welchen Preis."

Die Worte schmerzen so, als hätte er mich geschlagen. Natürlich redet er über die Wirtschaft als Ganzes, aber irgendwie hört es sich an, als würde er nur über Prostitution sprechen.

„Da ist es." Er hält mit einem großen Lächeln auf den Lippen ein Stück Papier hoch. Er lässt die Finger über die Seite gleiten, während seine Augen hin und her springen. Er murmelte, so als würde er das Dokument schnell lesen, bevor er verkündet: „Fünfundachtzig."

Ich halte den Atem an. Warte. Meint er — „Was?", quietsche ich schließlich, als ich wieder zu Atem gekommen bin.

„Fünfundachtzig“, wiederholt er, während er mich über den Rand des Papiers hinweg ansieht.

„*Tausend*?“, frage ich und meine Stimme ist noch immer unnatürlich hoch. „Fünfundachtzig Tausend?“

„Jaaaaaaaaa“, zieht er das Wort lang. „Das habe ich gesagt.“ Beide Augenbrauen gehen hoch, bis er mich so ansieht, als würde er vermuten, dass ich besonders langsam bin. Natürlich ist diese Annahme nicht ganz unbegründet. Mein Gehirn verarbeitet diese Information sehr langsam. Fünfundachtzig Tausend. Heilige Scheiße. Das sind etwa Zwanzigtausend mehr, als ich erwartet habe. Mit so viel Geld ...

Endlich findet mein Gehirn den Weg zurück ins Jetzt und ich schüttle den Kopf, um wieder klar denken zu können.

Als ich das kann, zögere ich nicht. „Ich brauche einen Vorschuss für mein erstes Gehalt.“ Meine Augen bleiben auf seinen und ich schaffe es, ihm nicht zu zeigen, wie nervös ich bin, obwohl ich das Bedürfnis zu schlucken unterdrücken muss. „Heute.“

Er zögert nicht. „Klar. Informationen für die Bankverbindung sind Teil des Pakets. Füllen Sie es aus und das Geld wird heute Abend auf Ihrem Konto sein. Jetzt nehmen Sie sich ein paar Stunden, um alles auszufüllen und Ihr E-Mail-Konto einzurichten. Sie werden auch ein Handy finden, was Sie immer bei sich haben sollten, was das angeht, sind Sie also versorgt. Dann haben wir um elf ein Meeting, bei dem Sie bitte Notizen machen.“

„Oh“, sage ich und versuche nicht zu überrascht zu klingen. Ich *werde* also wirklich arbeiten. Gott sei Dank, ich lächele und es ist das erste echte Lächeln, was ich ihm schenke, seitdem ich das Büro betreten habe. „Exzellent.“

Er lächelt zurück und deutet hinüber zu meiner Bürotür, bevor er sich hinter seinem Schreibtisch niederlässt. Er wendet sich seinem Computer zu, der in der Zeit, in der er ihn nicht benutzt hat, schwarz geworden ist. Er beugt sich hinüber, legt sein Auge auf einen Irisscanner, den ich erst jetzt an der Seite seines Computerbildschirms bemerke. Dann legt er seine Hand auf ein kleines, dunkles Rechteck, welches bei seiner Berührung zu leuchten beginnt.

Verdammt, wenn ich bisher nicht realisiert habe, dass es hier um hochgeheime Tech-Scheiße geht, fange ich langsam an, zu verstehen. Bei dieser Firma muss es um viel gehen. Ich weiß, dass sie Drohnen machen und dass sie gerade einen großen Vertrag mit dem Verteidigungsministerium abgeschlossen haben, das zumindest habe ich im Internet gelesen, aber verdammt.

Ich rücke meine Tasche wieder auf die Schulter und bewege mich in die Richtung, in die er mich wenige Momente zuvor geschickt hat.

„Oh, Callie, eins noch."

Ich blicke über die Schulter zu ihm herüber. „Ja?"

„Wenn Sie die Geheimhaltungserklärung unterschrieben haben, ziehen Sie bitte Ihr Oberteil aus. Den Rest des Morgens werden Sie mir, bis zu dem Meeting, Ihre dicken, saftigen Titten präsentieren. Auch kein BH. Ich möchte Ihre Nippel sehen und mich daran erinnern, wie es war, sie zwischen meinen Fingern zu haben."

Dann wendet er sich seinem Computer zu und tippt etwas, das auf dem Bildschirm aussieht, wie ein Passwort. Ganz so, als hätte er etwas ganz Normales gesagt.

Ich hingegen stehe eine Sekunde wie angewurzelt da und muss mich erst mal sammeln. Das kann nicht sein Ernst sein. Was zur Hölle? Das ist ja auch erst etwa das hundertste Mal, dass ich das denke, seit ich diesem Kerl begegnet bin.

Er ist nicht einfach nur der Manager eines kleinen Supermarkts. Er hat große Verträge mit der Regierung, verdammt. Aber dann realisiere ich es. Natürlich. Er ist ein reicher, mächtiger Mann. Er ist es gewohnt, dass er bekommt, was immer er möchte.

Ich bin ein Niemand.

Denk gar nicht daran, etwas zu sagen. Niemand würde dir glauben, du kleine Schlampe. Es wäre Aussage gegen Aussage. Und wer würde jemals einer so unwichtigen Schlampe wie dir glauben? Ich bin der reichste Mann in dieser Stadt. Ich feuere deinen Vater und dann habt ihr nichts, gar nichts.

Ich zucke bei der Erinnerung zusammen und schüttele dann den

Kopf. Es ist nicht so. Ich bin kein Teenager mehr. Ich bin eine erwachsene Frau. Ich kann entscheiden.

Optionen. Richtig. Ich kann mich immer entscheiden zu gehen, auch wenn das heißt, dass ich meinen Sohn verlieren könnte.

Fünfundachtzig Tausend Dollar im Jahr.

Nun, vielleicht habe ich doch nicht mehr Optionen, als ich sie mit sechzehn Jahren hatte.

Egal. Entscheidungen, Optionen, alles überbewertet. Außerdem ist es nicht so, als wäre das groß anders als bei Hooters zu arbeiten. Dort hatte ich, während ich im Restaurant arbeitete, nur eine dünne Schicht Stoff, die meine Brüste von den Männern, die sie den ganzen Tag anstarrten, trennte.

Und ich habe mich bereits letzte Nacht entschieden. Bryce hat mich nur kurz aus dem Konzept gebracht, als er höflich und professionell war und dann plötzlich, aus dem Hinterhalt sagte: „Zieh dein Oberteil aus". Aber klar, das muss ich im Hinterkopf haben - wenn es um Bryce geht, ist Höflichkeit eher eine dünne Maske.

Ich atme langsam aus und gehe in Richtung meines Büros. Der Raum ist ähnlich dekoriert wie der von Bryce. Er ist kleiner, hat aber die gleichen weißen Möbel mit Akzenten aus Chrom und fühlt sich super modern an. Es ist die Art Ort, den ein Bond Bösewicht als Zentrale nutzen würde.

Ich schmeiße die Unterlagen auf den Tisch und werfe einen Blick darauf. Natürlich liegt die Verschwiegenheitserklärung direkt oben. Es ist auch nicht nur eine Seite. Nein, sie umfasst mehrere Seiten. Ich kann mir nur vorstellen, wie der tatsächliche Vertrag aussehen wird. Ein Blick unter die Erklärung verrät mir, dass es sich dabei auch um einen riesigen Stapel zusammengehefteter Blätter handelt. Und, wie Sie sich sicher vorstellen können, werde ich jede einzelne Seite genau lesen.

Aber mit der Verschwiegenheitserklärung werde ich anfangen. Bryce forderte mich heraus. Wahrscheinlich geht er davon aus, dass ich seiner Forderung als Letztes nachkommen würde. Dass ich sie bis zum Schluss aufheben würde, so eine Art Rebellion. Das konnte er vergessen. Es ist, was es ist.

Er bezahlt für die Titten, er soll die Titten bekommen.

Ich lese sie schnell durch. Sie ist lang und umständlich geschrieben mit vielen angsterregenden Begriffen für alle Möglichkeiten meinerseits, vertragsbrüchig zu werden und wie Informationen, die ich während meiner Arbeit hier bei Gentry Tech erhalte, an die Öffentlichkeit gelangen könnten. Ich unterschreibe sie schnell und ziehe dann den Blazer meines Kostüms aus.

Wenn er Machtspielchen spielen möchte, kann ich das sogar verstehen. Er hat die Macht. Ich hoffe, so kann er sich groß fühlen.

Das Kind in mir möchte den Blazer und das Oberteil gegen das Fenster zwischen unseren Büros werfen. Vielleicht könnte ich einen Schuh direkt hinterher schleudern. Stattdessen gehe ich allerdings ruhig hinüber zu dem hohen Schrank, den ich an der Rückwand meines Büros bemerkt habe. Als ich die Tür des Schranks öffne, finde ich allerdings nicht, wie erwartet, nur Haken, um meine *Kleider* aufzuhängen, sondern Kleidung, die bereits da ist.

In meiner Größe. Okay, das ist gar nicht merkwürdig.

Plötzlich füllt Bryces Stimme mein Büro. „Ich erwarte von Ihnen, dass Sie die Kleidung mit nach Hause nehmen und von nun an angemessen gekleidet erscheinen."

Ich drehe mich auf dem Absatz um. Er sitzt noch immer auf seinem Stuhl in seinem Büro und sieht nicht einmal zu mir hinüber. Mein Blick gleitet hinüber zu meinem Schreibtisch. Auf diesem entdecke ich ein kleines dreieckiges Ding auf einem Stativ, so eines, wie ich bereits im Fernsehen sah, was die Gegensprechanlage und vielleicht sogar das Telefonsystem beherbergen muss.

Aber ... ja. Als wenn die Glaswand nicht schon verraten hat, dass hier so etwas wie Privatsphäre nicht existiert. Niemals.

„Und ich glaube, ich sagte, dass Sie auch den BH ausziehen sollen, Miss Cruise."

Wichser.

Ich drehe ihm den Rücken zu und zwinge mich, nicht offensichtlich zu reagieren. Vielleicht ist er der, der mich in diese Lage bringt, aber tatsächlich ist das ja mein Leben, was mich hierhergetrieben hat.

...

Ich atme lange aus und lege dann meinen BH ab, den ich neben mein Oberteil und den Blazer auf einen leeren Bügel hänge. Dann erlaube ich es mir einen Moment lang, mir die Anziehsachen genauer anzusehen. Sie fühlen sich teuer an. Seide und teure Wolle. Röcke und tief ausgeschnittene Blusen. *Wie überraschend.*

Immerhin ist Bryce vorhersehbar. Er glaubt, dass er die Macht hat, allerdings können alle Heteromänner durch einen großen Vorbau und einen schwingenden Arsch beeinflusst werden. Das kann ich mir zu Nutzen machen. Ich drehe mich um und setze mich wieder an meinen Schreibtisch, ohne ihn eines Blickes zu würdigen. Wenn das hier ein Spiel für ihn ist, habe ich gerade sozusagen einen Köpfer hineingemacht. Jetzt muss ich nur noch lernen, wie man schwimmt und zwar schnell, bevor die Haie mich fressen.

UM HALB FÜNF werfe ich erneut einen Blick auf die kleine Uhr auf meinem Bildschirm. Ich habe meinen ersten Arbeitstag fast hinter mir. Und es war, nun ... hauptsächlich ein *normaler* Tag, wenn man mal davon absieht, dass ich die erste Hälfte ohne Oberteil verbracht habe.

Nach dem Meeting allerdings war Bryce der perfekte Gentleman. Ein charismatischer Chef.

Wir empfingen einige Mitarbeiter aus der Forschung und Entwicklung bei der Konferenz und sprachen über gegenwärtige Projekte, über die Bryce informiert werden wollte. Es war alles ein bisschen überwältigend, als ich versuchte zu verstehen, was passierte und zeitgleich einigermaßen gute Notizen zu machen. Ja, ich habe an der Uni Kurse in Codierung und in Robotik belegt, aber nicht einmal annähernd auf dem Niveau, auf dem sie sich während des Meetings unterhielten. Bryce verstand es allerdings, zumindest scheint es so, auch wenn er inzwischen als Chef hauptsächlich Aufgaben delegiert.

In der Zwischenzeit musste ich erkennen, dass mir das alles ein bisschen über den Kopf wächst, noch mehr als heute Morgen. Vor allem seit wir vom Meeting zurückgekommen sind. Ich habe Strategien gegoogelt, wie man bessere Notizen macht, weil ich mir irgendwas einfallen lassen muss, was schneller geht, als jedes Wort aufzuschreiben. Das funktionierte nämlich nicht. Theoretisch hätte es danach etwa dreißig Minuten dauern sollen, bis ich mit den Notizen fertig bin, ich brauchte allerdings fast zwei Stunden. Und ich habe trotzdem das Gefühl, dass ich nur etwa die Hälfte von dem, was gesagt wurde, mitbekommen habe. Ich muss mehr über die Produkte von Gentry Tech lernen, damit ich verstehe, worum es geht. Am bekanntesten sind sie für ihre Forschungen, was Drohnen angeht, aber sie produzieren einige unterschiedliche Produkte zur Überwachung. Bryce ist berühmt (oder berüchtigt, je nachdem, wen man fragt), gesagt zu haben, dass die Gentry Tech Produkte die „Augen der Welt" sein werden. Egal, ob man die Firma als Big Brother sieht oder nicht, er betreibt hier zukunftsweisende Arbeit.

Und Scheiße, werde ich meinen Job verlieren, weil ich der echten Arbeit nicht gewachsen bin? Würde ich mich dann besser oder schlechter fühlen, als wenn ich den Job verlieren würde, weil ich plötzlich das moralisch Richtige machen wollen würde?

„Miss Cruise?", ertönt Bryces Stimme über die Gegensprechanlage.

Heilige Scheiße. Ich blicke zu ihm herüber. Vor einer halben Stunde habe ich ihm das Gesprächsprotokoll geschickt, nach dem Mittagessen, aber wahrscheinlich war das deutlich später als erwartet. Er sieht mich nicht an. Feuert er mich etwa über die Gegensprechanlage?

„Rollen Sie mit Ihrem Stuhl zum Fenster hinüber."

Warte. Mein Gehirn kann das so schnell nicht verarbeiten. Was?

„Lassen Sie mich nicht warten." Er hört sich ungeduldig an, also mache ich, was er sagt, auch wenn es keinen Sinn ergibt. Wie kann ich mit den E-Mails fertig werden, die er mir schickt, wenn ich nicht an meinem Computer sitze?

„Zieh deinen Rock hoch und deine Unterwäsche aus."

Ich blinzele.

„Miss Cruise?"

Richtig. *Sexarbeit*. Ich folge seinen Anweisungen und fühle mich gleichzeitig so, als möchte ich Lachen und Weinen. Ich kann nicht fassen, dass ich die letzten Stunden nur an meinen echten Job gedacht habe.

Es fühlte sich eine Weile lang echt an. Vor den Kollegen hat er mich schließlich behandelt, als sei ich wirklich seine persönliche Assistentin. Er hat mich vorgestellt, als sei es so. Und ich habe es mich vergessen lassen. Weil ich ein dummes Mädchen bin.

Aber das werde ich nicht sein. Nicht mehr. Ich richte mich auf, als ich meine Unterwäsche aus- und meinen Rock hochziehe. Er schiebt sich unangenehm in meiner Taille zusammen und ich lehne mich wieder zurück. Das weiche Leder fühlt sich an meinem Arsch komisch an.

Bryce arbeitet weiter, ohne herüberzusehen. Ich sitze einfach nur da. Er sieht noch immer nicht hoch.

„Ähm", sagte ich schließlich. „Ich bin hier. In Position."

„Ich weiß", sagt er.

Ich kann nicht anders als hörbar auszuatmen. Bastard. Gott, was möchte er von mir? Soll ich einfach für den Rest des Tages wie eine pornografische Statue hier herumsitzen, während er seine Arbeit erledigt?

Er lässt mich eine ganze Weile so sitzen. Fünf Minuten. Zehn.

Endlich entscheidet er sich, mir Aufmerksamkeit zu schenken.

Er steht auf und zieht seinen Stuhl mit sich, als er zu der Glasscheibe hinübergeht. Er hält auf der anderen Seite der Glasscheibe, mir direkt gegenüber, inne. Er setzt sich mit einem charmanten Lächeln auf den Lippen hin.

„Öffne die Beine, Callie." Seine Stimme ist nicht gedämpft, obwohl die Tür zwischen unseren Büros noch immer geschlossen ist.

Sie kommt durch die Gegensprechanlage. Praktischer Trick. „Öffne sie weit. Ich möchte deinen Schlitz sehen."

Ich sitze komplett aufrecht und tue, was er mir sagt. Letzte Nacht habe ich mich entschieden, all seine Befehle genau zu befolgen. Es zu tun, ohne darüber nachzudenken. Wie ein Roboter. Er möchte eine Marionette. Fein. Genau das werde ich sein.

„Weiter."

Ich öffne meine Beine noch weiter und fokussiere meinen Blick auf die Fensterfront, durch die ich die Stadt erblicken kann. Ich werde so tun, als wäre ich in einem der Autos auf der Brücke und würde weit, weit weg von hier sein.

„Leg deinen Finger auf deine Schamlippen und öffne sie, damit ich es sehen kann."

Ich tue es.

Er macht ein tadelndes Geräusch. „Oh, oh, Callie, du bist ein ungezogenes Mädchen. Du bist nicht mal ein kleines bisschen feucht. Ich möchte eine schöne, saftige, nasse Fotze sehen. Und du wirst mir geben, was ich will oder nicht, meine kleine, schöne Schlampe?" Seine Stimme wird tiefer. „Sieh mich an, Callie." Seine Stimme ist scharf, als er meinen Namen sagt. „*Calliope.* Sieh mich an."

Meine Augen treffen auf seine. Sie sind so dunkel, dass es scheint, als würde das Braun sich mit seinen Pupillen vermengen.

„Genau so", murmelt er. „Sieh mich an. Schau nicht weg. Du hast heute Morgen die Verträge unterzeichnet. Du gehörst mir. Steck einen Finger in deinen Mund."

Meine Wut flammt eine Sekunde auf, bevor ich mich zurückhalten kann. *Roboter, Cals, du bist ein Roboter.*

Ich stecke meinen Zeigefinger in meinen Mund und ziehe ihn wieder heraus, aber er bringt mich schnell zum Innehalten. „Sauge daran", befiehlt er mir.

Zögernd stecke ich den Finger wieder in den Mund.

„Genau so", sagt er mit einem leichten Lächeln. Er lehnt sich in seinem Stuhl zurück. Am Rande meines Sichtfeldes bemerke ich, wie seine Hände den Weg in seine Hose finden. Er öffnet sie und holt seinen Schwanz heraus. Er ist nicht beschnitten und zieht seine Vorhaut zurück –

Meine Augen finden ihren Weg zurück zu seinen. Verdammt. Wieso habe ich mir erlaubt, hinzusehen?

„Das ist okay, Kleine. Ich möchte, dass du hinsiehst. Schau dir meinen harten Schwanz an und sauge weiter an deinem Finger." Und eine Sekunde später. „Du saugst nicht stark genug." In seine Stimme ist Härte eingezogen. „Und sieh hin."

Ich sauge und schaue ihn an.

Sein Schwanz ist groß. Nicht irgendwie riesig oder so, aber größer als die, die mir bisher begegnet sind - und davon war tatsächlich nur einer von einem Mann, mit dem ich geschlafen habe. Mr. McIntyre ist tatsächlich nie so weit gegangen. Alles andere, aber nicht das.

Ist das nicht irgendwie die Ironie?

Hier bin ich. Die Hure, die in ihren zweiundzwanzig Jahren offiziell mit nur einem einzigen Mann geschlafen hat.

Bryce reibt nicht so schnell daran, wie ich es bei anderen Männern gesehen habe. Nein, er lässt seine Hand langsam hoch- und runtergleiten, während er eine kleine Drehung einfügt, wenn er den Kopf erreicht. Ein nasser Tropfen kommt aus dem Schlitz und dann verteilt er das überall auf dem Kopf, sodass er in dem hell erleuchteten Zimmer ein kleines bisschen glänzt.

Ich schlucke.

Bryce lacht. „Jetzt steckst du deinen Finger in deine Fotze. Ich kann sehen, dass du feucht wirst, weil du mich siehst. Genau, du Hure, steck ihn rein."

Ich fühle mich kurz gedemütigt. Ich möchte mich von ihm abwenden. Aber nein. Hierzu habe ich mich bereit erklärt.

Mach einfach, was er sagt. Sei ein Roboter. Ich stecke meinen Zeigefinger in meine Vagina, ein bisschen grober, als notwendig. Er kann kommen. Darum geht es schließlich. Aber ich muss es nicht. Ich kann immer noch mit meiner Würde hier herausgehen.

Aber es ist so, als könnte der Bastard meine Gedanken lesen. „Ohh, habe ich die Gefühle meiner kleinen Schlampe verletzt? Das tut mir leid, Baby." Seine Stimme ist sanft. So, als würde es ihn wirklich interessieren, obwohl er mich gerade Schlampe genannt hat. „Du musst lernen, dass ich das hier alles sage, weil du mir gehörst. Ich mag deine schöne Fotze. Du musst heute nicht für mich kommen. Aber du wirst dich trotzdem selbst anfassen. Leg deinen Daumen auf deinen Kitzler und steck zwei Finger in deine schöne Muschi. Dehn dich, während du reibst und sieh mir in die Augen."

Ich tue, was er mir sagt und sehe ihn an. Ich schwöre, das ist das Schwerste an der Sache. Denn seine Worte sind eine Sache. Sie sind krass. Sie sind schmutzig. Manchmal sind sie sogar gemein. Aber er sieht mich besonders intensiv an. Er will mich so sehr, dass es ein *Verlangen* ist.

Und er fasst sich selbst an. „So ist es richtig. Genau sooooooo. Weißt du, wie hart du mich gerade machst? Alles, woran ich denken kann, ist, den hier in deine schmutzige kleine Muschi zu rammen. Sie ganz weit zu dehnen." Er unterbricht den Blickkontakt nur, um zu sehen, wie ich mich selbst anfasse. Unabsichtlich tue ich das Gleiche. Ich sehe zu, wie er mit seinem Schwanz spielt. Er ist jetzt härter. Aber er macht es noch immer nicht schnell. Er erlaubt es sich nicht, die Erfahrung schnell hinter sich zu bringen.

Auch wenn ich entschlossen bin, selbst nicht Teil hiervon zu sein, ist es absolut geil. Dieser attraktive, aufgeräumte und mächtige Mann in seinem Anzug und mit seiner Krawatte, der sein intimstes Körperteil herausgeholt hat und mir präsentiert ... Wenn ich ihm ins Gesicht sehe, kann ich sehen, dass sein Kiefer verkrampft ist und er seine Zähne aufeinanderdrückt. Und diese Augen. Sie sind voller Emotion, jeder Teil seiner Energie und Macht sind auf mich gerichtet, auf sein Vergnügen.

Sein Blick senkt sich wieder auf das, was ich zwischen meinen Beinen mache. Und, scheiß egal, ich drücke mich gegen meine Hand. Mein Rock schmiegt sich gegen das Leder des Stuhls, denn, Gott, das fühlt sich gut an. So was, wie das, was dieser Bastard in mir hervorruft, habe ich vorher nie gefühlt.

Sex mit David war immer ruhig. Ein wenig Missionar, aber häufiger als das wollte er einfach, dass ich ihm, nach einem langen Tag im Büro oder im Seminarraum, einen blase. Was okay für mich war, weil ich fast nie, wenn überhaupt jemals, kam, wenn ich Sex mit David hatte. Das war einfach ein Teil von dem, was ich machte, weil ich mit ihm zusammen war. Dass ich beim Sex nicht kam, führte irgendwie dazu ... dass ich mich *reiner* fühlte. So, als würde es heißen, dass ich endlich ein anderes Mädchen war, als zuvor. Anders als die kleine Barbie, mit der Mr. McIntyre gerne in diesen mit Scham versauten Nächten in meinem dunklen Kinderzimmer, spielte.

Ich werfe Bryce einen bösen Blick zu, denn ich kann sehen, wie zufrieden er mit sich selbst ist. Er weiß genau, was er mit mir macht. Wahrscheinlich kann er sehen, wie erregt ich bin. Wie feucht er mich macht.

Ich recke mich, auch wenn ich es nicht möchte. Wieso? Gott, wieso macht mich das hier so geil? Es ist falsch, so verdammt falsch.

Komm schon, kleine Barbie, wir machen, dass wir uns beide gut fühlen. Es ist nicht falsch, wenn wir uns beide gut fühlen.

„Du bist so feucht wegen mir, du läufst quasi aus, oder?“

Bryce steht auf und drückt eine Hand gegen die Scheibe, während er seinen Schwanz in der anderen hält. Ich wette, genau so steht er in der Dusche, wenn er sich einen runterholt.

Egal, wie eklig ich das alles finde, ich kann trotzdem nichts dagegen tun, dass das, was ich sehe, mich fasziniert. Ich erlebe etwas unglaublich Intimes. Ja, ich fasse mich selbst vor ihm an, aber er macht das Gleiche. Alleine der Gedanke und mein Blick auf ihn, wie er so hart ist und das direkt vor meinem Gesicht, schickt eine neue Hitzewelle zwischen meine Beine.

Denn er ist nicht irgendein dreckiger, alter Mann oder irgendein ekliger Richter bei einem Schönheitswettbewerb, der sich vor meinen Augen selbst anfasst. Es ist Bryce Gentry. Er ist wunderschön. Er sieht mir zu und wartet auf meine Erlösung. Oh Gott, aber das ist alles so falsch. Ich drücke den Rücken durch, als das Verlangen in mir noch weiter wächst.

Sein Schwanz scheint jetzt noch größer zu sein und ich glaube nicht, dass das nur daran liegt, dass er jetzt näher an der Scheibe steht. Ich kann nicht aufhören, ihn anzustarren. Er ist lang und hat eine dicke Vene, die die Unterseite entlangläuft und einen pinken, pilzartigen Kopf, den er immer wieder drückt und dreht - jedes Mal - bevor er die Hand wieder seinen langen Schaft hinuntergleiten lässt.

„Deine Muschi tropft, oder nicht? Nur, weil du meinen Schwanz ansehen durftest. Du wünschst dir, dass ich dich einfach an der Scheibe nehmen würde, oder? Er schlägt mit der Hand gegen die Scheibe und ich blicke ihm wieder in die Augen. Sie strotzten vor Verlangen. Ob er die Tür öffnen und herüberkommen wird, um mich zu ficken? Das ist doch wahrscheinlich, wohin all das hier führen sollte. Ich fasse mich weiter an und habe keine Ahnung, was ich tun würde, wenn er wirklich rüberkäme.

„Du wirst feucht, nur weil du mich siehst“, sagt er und seine Stimme scheint höher zu sein. „Sag mir die Wahrheit“, sagt er und schlägt gegen die Scheibe. „Komm, du verdammte Schlampe. Tu es jetzt!“ Er schlägt wieder gegen die Scheibe und sieht wild aus, während er seine Hand so schnell über seinen Penis gleiten lässt, dass es fast schmerzvoll sein muss.

Oh Gott, wir werden gleichzeitig die Kontrolle verlieren.

Ich atme so schnell, dass ich kaum genug Luft bekomme und reibe meinen Kitzler, während die Finger der anderen Hand immer wieder aus mir selbst rein und raus gleiten und ich mir vorstelle, dass das sein Penis ist und ich komme, schnell und heftig —

Ein hohes Stöhnen verlässt meine Kehle, als alles um mich herum weiß wird. Ich fühle es bis zu den Spitzen meiner Fingernägel und vor allem bis in meine Zehen. Schnell. Stark. Wie ein Blitzeinschlag und dann ist es weg und hinterlässt eine wohlige, angenehme Wärme.

Als ich meine Augen öffne, bin ich darauf vorbereitet, das gleiche

Gefühl in Bryces Gesicht zu entdecken, aber er hat sich wieder auf seinen Stuhl gesetzt.

Er reibt immer noch seinen Schwanz.

Er ist nicht mit mir gekommen.

Stattdessen holt er einen Lappen aus der Tasche seines Jacketts und legt ihn auf seinen Schoß. Dann blickt er auf sein Handy, so als wäre er gelangweilt und holt sich dabei weiter einen runter. Ein paar Sekunden später landet sein Sperma in dem Lappen. Ohne, dass er einen Blick in meine Richtung wirft.

Er macht seinen Penis mit dem Lappen sauber und wirft ihn dann in einen Mülleimer, den einer seiner Schränke beherbergt. Er pfeift, während er seinen Laptop in eine Aktentasche packt und hinüber zur Tür seines Büros geht. Bevor er allerdings komplett geht, ertönt seine Stimme erneut über die Gegensprechanlage - er muss sie über sein Handy oder Bluetooth oder so bedienen können, denn ich sehe nicht, dass er irgendeinen Knopf gedrückt hätte.

„Oh, und Miss Cruise, morgen werden Sie meine Kleidung in die Reinigung bringen müssen.“ Und dann ist er weg.

KAPITEL 4

Ich unterdrücke das Schluchzen, das zu entweichen droht und drehe meinen Stuhl, sodass ich nicht mehr in sein Büro blicke. Ich stehe so weit auf, dass ich meinen Rock wieder herunterziehen kann. Der Schweiß vermischt sich mit meinem Make-up und läuft in meine Augen, die zu tränen beginnen.

Das liegt nur am Schweiß und Make-up in meinen Augen. Das ist alles. Das ist der einzige Grund, warum ich weine. Nicht wegen ihm. Ich finde die Packung Taschentücher, die ich in meiner Handtasche aufbewahre und hole einige raus. Wütend wische ich über meine Augen, bis ich wieder sehen kann.

Gott. Ist es das wert, mich so demütigen zu lassen? Aber was soll ich verdammt noch mal tun? Ich sinke auf den Boden mit dem Rücken zu meinem Schreibtisch und schlage meinen Kopf dagegen. Dann schnappe ich meine Handtasche und suche hektisch nach meinem Handy.

Ich logge mich in meine Banking-App ein. Anstelle der $ 44,53, die gestern meinen Kontostand ausmachten, sind dort jetzt $ 6583,76.

Ich setze mich aufrecht hin und wische mir wütend über die

Augen.

Heilige *Scheiße*. Das ist wahr.

Ich lehne mich wieder zurück gegen den Schreibtisch und atme aus. Heilige Scheiße. Ich meine, ich habe ihm geglaubt, als das Arschloch mir mein Gehalt mitgeteilt hat, aber den Betrag tatsächlich auf meinem Konto zu sehen. Sechstausendfünfhundert Dollar. Jeden Monat. Auf meinem Konto.

Ich lache leise. Das ist mein Gehalt, *nach den Steuern* ... heilige Scheiße.

Die Anzahlung von dreitausend Dollar für meinen Anwalt ist plötzlich ... total *machbar*. Tatsächlich kann ich den Anwalt bezahlen und die Miete. Oder, na ja, ich kann das bezahlen, was ich meinem Vermieter schulde und in ein paar Monaten wieder genau da sein, wo ich sein will.

Oh mein Gott. Meine Lunge fühlt sich an, als sei sie mit Helium gefüllt. Diesmal entweicht mir ein echtes Lachen. Und dann schüttele ich einfach nur meinen Kopf, weil ... was ist das hier? So viele Emotionen in so kurzer Zeit habe ich nicht mehr durchlebt seit ... nun, seit ich David erzählt habe, dass ich schwanger mit Charlie war.

Ich atme tief ein und stehe unsicher auf.

Reiß dich zusammen, Cals. Das hier ist dein Leben. Ich richte mich vom Boden des Büros auf. Ja, vielleicht ist mein Leben einfach nur eine Aneinanderreihung von Problemen. Ja, wahrscheinlich bin ich gerade in etwas geraten, was ich später unter den Teppich kehren und als „Jugendsünde" abstempeln werde, aber ich werde es schaffen. Ich werde mich gegen alles, was die Super-Anwälte von David und seiner Frau gegen mich vorbringen, wehren können.

Ein Tag nach dem anderen, einen Fuß vor den anderen.

Die mit Mascara durchtränkten Taschentücher schmeiße ich in den Müll und öffne den Kleiderschrank in meinem Büro. Ich nutze den eingebauten Spiegel, um mein Make-up wieder zu richten und lächle mein Spiegelbild an. Es sieht eher aus wie eine Grimasse. Ich rolle die Augen und schnappe mir ein Outfit für den morgigen Tag, dann schließe ich die Tür.

DER REST der Woche verläuft ruhig.

Nun, ich meine, es passiert schon viel. Mir steht das Wasser bis zum Hals, während ich versuche herauszufinden, was eine persönliche Assistentin verdammt noch mal zu tun hat.

Ein Teil ist tatsächlich das, was man sonst im Fernsehen oder Filmen sieht - Kaffee holen und die Sachen vom Chef in die Reinigung bringen, aber der Rest ist einfach das, was in einem normalen Büro passiert. Ich lerne, wie ich mich um Bryces persönliche und geschäftliche E-Mail-Korrespondenz kümmere, was meistens heißt, dieselben freundlichen Antwort mit kleinen persönlichen Aspekten zu Beginn und Ende zu kopieren und einzufügen. Meisten steht dort: Danke, dass Sie mich kontaktiert haben, aber ich bin sehr beschäftigt, blablabla. Oder ich kümmere mich um die Meetings, persönlichen Auftritte, Interviews und generell um seinen sehr hektischen Kalender. Mit den E-Mails kommen auch viele von Frauen, die nach einem Rendezvous um ein weiteres Treffen bitten. Wann immer ich Bryce wegen diesen frage, rollt er einfach nur seine Augen und fragt, wie die Frauen überhaupt an seine E-Mail-Adresse gekommen sind. Da ich ja diplomatisch bin, sage ich nicht, dass ich all die E-Mails sehen kann, die sie zuvor ausgetauscht haben - und das häufig, nachdem er sie kontaktiert hat, nachdem er sie bei irgendeiner Veranstaltung gesehen hat. Seinem Wunsch entsprechend antworte ich mit einer kurzen E-Mail, in der ich darum bitte, keinen weiteren Kontakt zu suchen und blockiere dann ihre E-Mail-Adressen. Ich versuche, all das so nett wie möglich zu formulieren, aber gibt es tatsächlich einen netten Weg jemandem, mit dem man intimen Kontakt hatte, zu sagen, dass er sich bitte verpissen und sich nie wieder melden soll? Ich war schon einmal der Empfänger einer solchen Nachricht und ich weiß, dass das nicht geht.

Neben der niemals zu enden scheinenden Herausforderung, seine E-Mails zu schreiben, Gesprächsnotizen von Meetings anzufertigen, seinen Kalender zu organisieren und dafür zu sorgen, dass er immer ein heißes, koffeinhaltiges Getränk vor sich stehen hat, verlangt Bryce momentan nichts anderes, was nicht in den gewöhnlichen Aufgabenbereich einer persönlichen Assistentin fällt. Ich bin gleichzeitig erleichtert und angespannt, während ich darauf warte, dass wieder etwas passiert.

Jeden Abend, wenn ich zu Hause bin, bade ich so heiß, wie ich es nur aushalten kann, damit sich die Muskeln in meinem Rücken und Nacken entspannen. Sie tun weh, weil ich den ganzen Tag so angespannt bin, während ich auf die nächste, krasse Anweisung von meinem Chef warte.

Aber, mal abgesehen vom ersten Tag, war da ... nichts. Es wird Freitag und es ist ein total normaler Tag an einem normalen Arbeitsplatz. Ich bin überrascht, ich meine, verarscht Bryce mich einfach oder hat er sich entschieden, dass ich nicht sein Typ bin? Verdammt, vielleicht hat er irgendeine liebenswerte Frau gefunden, die es tatsächlich wert ist, dass er Zeit in sie investiert und er hat sich entschieden, dass sie den Weg nicht in mein E-Mail-Postfach findet, damit ich ihr eine Abfuhr erteilen kann.

Aber jetzt bin ich im Aufzug und muss nicht mehr ins Büro, zumindest nicht bis Montag und nichts weiter passiert. Oh, wunderschönes Wochenende! Ich kann meine entspannte Mutterversion sein.

Shannon hat einige Graphic Design Projekte, bei denen sie hinterherhinkt und Charlie und ich erledigen ganz normale Dinge, wie einkaufen und Wäsche waschen und den Hausputz.

Und natürlich spielen wir immer wieder mit den Bauklötzen. Das ist seine Lieblingsbeschäftigung. Dabei stellt man Bauklötze aufeinander.

Und dann stoßen wir den Turm um.

Wir stapeln sie.

Und stoßen sie um.

Immer und immer und immer wieder für den Rest der Ewigkeit.

Meistens macht es mich irre, aber an diesem Wochenende finde ich diese monotone Beschäftigung sehr beruhigend. Besonders, wenn

Charlie jedes Mal kichert, wenn die Bauklötze fallen, so als hätten wir gerade die lustigste Sache auf der Welt erfunden.

Als ich es schließlich nicht mehr aushalte, mich mit den Bauklötzen zu beschäftigen, mache ich meine Lieblingsplaylist mit schönen Liedern an und tanze mit Charlie durch die ganze Wohnung. Er kichert immer, wenn wir das machen. Niemand kann gestresst oder traurig sein, wenn er so drauf ist.

Er ist mehr als bereit für seinen Mittagsschlaf, als ich ihn ins Bett bringe. Ich lasse mich auf die Couch fallen und beginne eine Ladung Wäsche zu falten und schalte dabei eine Netflix-Serie an, die ich weitersehen wollte.

ES IST NICHT DIE KLINGEL, die mich aus dem Schlaf reißt. Es sind Charlies Schreie, die den Flur hinunterhallen. Ich springe auf und bin zunächst, aufgrund der merkwürdigen, verkrampften Haltung, in der ich eingeschlafen bin, ein wenig desorientiert. Die Klingel schrillt weiter und ich schaue böse.

Meckere ich die Person an, die immer wieder auf die Klingel drückt, obwohl darauf unübersehbar eine Notiz angebracht ist, auf der steht, dass man nicht klingeln soll - in Großbuchstaben - oder kümmere ich mich um Charlie?

„Ich bin sofort da", rufe ich, während ich in Richtung von Charlies, beziehungsweise meines Zimmers laufe.

Er wird sich nicht beruhigen, bis das Geräusch aufhört. Ich weiß nicht wieso, aber er fängt immer an zu kreischen, wenn jemand klingelt. Und der Idiot draußen hört einfach nicht auf.

„Hören Sie auf, zu klingeln!", rufe ich in Richtung Tür. Charlie schreit, als würde er umgebracht, als ich ihn auf meiner Hüfte platziere und dann hinüber zur Tür eile. Dabei stoße ich mir meinen Zeh an Thomas, dem verdammten Zug und ich bin bereit, die Mutter auszupacken und die Person anzumeckern, als ich endlich die Tür öffne.

Dort steht David. Und eine große, schlanke und perfekt angezogene Frau, die seine Ehefrau sein muss, entfernt sich vom Eingang. Sie hat ein teuer aussehendes Wickelkleid an, das gerade bis über ihre Knie geht. Sie sieht nicht einmal zurück, bevor sie auf den Fahrersitz ihres am Straßenrand geparkten Audis gleitet.

Verdammt. Ich muss vergessen haben, dass es sein Wochenende ist. Er hat mir letzte Woche eine E-Mail geschickt, aber die habe ich komplett verdrängt. Normalerweise holt er Charlie an seinen Wochenenden freitagabends ab, aber er hatte irgendeine Veranstaltung von der Arbeit letzte Nacht und hatte gefragt, ob er Charlie stattdessen heute Nachmittag abholen könnte. Ich blinzele und versuche noch immer, wach zu werden.

„Was ist mit ihm?", fragt David und versucht, mir Charlie aus den Armen zu nehmen.

Ich mache einen Schritt zurück und sehe ihn böse an. Ist er verrückt, dass er mir Charlie wegnehmen will, wenn dieser so aufgebracht ist? Er braucht seine Mutter.

„Was ist mit jemandem, der eindeutig nicht lesen kann?" Ich deute auf das Schild auf der Klingel, um meine Aussage zu bestärken. Es ist schwer, mich hörbar zu machen, weil Charlie noch immer weint. Er bewegt sich in meinem Arm und ich wippe ihn hoch und runter. „Shhhh, es ist okay, Baby. Keine bösen Geräusche mehr!" Ich drehe mich ein paar Mal im Kreis, bis mir schwindelig wird.

Aber das hilft. Sein Weinen wird zu Lachen. Ich lasse mich auf den Boden fallen. Ich muss ihn weiter ablenken, wenn ich den Kampf gewinnen und das Weinen eindämmen möchte.

„Was ist das hier, Charlie?", frage ich, während ich einen Grashalm aus dem kleinen, quadratischen Rasen reiße, der hier als Vorgarten bezeichnet wird. Tatsächlich ist es wohl eher ein Ort, an dem die Bewohner ihre Haustiere pinkeln und kacken lassen. Die *meisten* sind allerdings so rücksichtsvoll und räumen die Hinterlassenschaften weg. Und wenn nicht? Nun, es gibt einen Grund, warum der Rasen so grün ist.

Ich lasse den Halm über Charlies Nase gleiten, über die Wangen und seinen Nacken hinunter bis sein Grinsen und Kichern so erscheinen, als würden sie bleiben. Kurze Zeit später hat er ein Grasbüschel in der Hand und versucht, es aus dem Boden zu ziehen. Er zieht und zieht und endlich hat er ein paar Halme zwischen seinen kleinen Fingern. Er sieht mehr als glücklich aus und wirft mir ein großes, sabberbehaftetes Lächeln zu.

„Du bist so stark, Charlie! Aber nein“, schnell greife ich nach der Faust, die sich in Richtung seines Mundes bewegte. „Wir essen *kein* Gras!“ Besonders mit dem Wissen wofür diese Rasenflächen genutzt werden.

Ich höre einen mir unbekannten Klingelton und sehe mich um. David holt sein Handy aus seiner Tasche. Heute sieht er müde aus und seine zweiundvierzig Jahre zeigen sich deutlich auf seinem Gesicht.

Er richtet sich auf und schaut böse - ich weiß nicht, ob das der Fall ist, weil er bemerkt hat, dass ich ihn beobachtet habe oder wegen dem, was am anderen Ende der Unterhaltung gesagt wird.

Egal, als er schließlich aufhängt, ist er kurz angebunden. „Genug davon. Du hältst mich davon ab, meinen Sohn zu haben. Ich kann das hier dokumentieren, weißt du?“

Ich starre ihn ungläubig an und sofort finden meine Augen den Weg zum Auto und der Frau, die dort wartet. Und ich habe recht, sie hält ihr Handy wie eine Kamera und vielleicht macht sie ja sogar ein Video.

„Was soll der Mist, David?“, frage ich ihn flüsternd.

Stur vermeidet er es, meinen Blick zu treffen. „Ich hätte ihn vor einer halben Stunde bekommen sollen. Du handelst zuwider unserer Sorgerechtsvereinbarung.“

Ich schnaufe ungläubig und hole mein eigenes Handy aus der Tasche, um auf die Uhr zu blicken. „Es ist vier Uhr zwanzig. Ich habe nicht zwanzig Minuten gebraucht, bis ich die Tür geöffnet habe. Du warst zu spät. Außerdem war es okay für mich, dass ihr ihn heute abholt, anstatt gestern, wie vereinbart. Dann musste ich Charlie beruhigen, nachdem du ihn mit der Klingel terrorisiert hast!“

Verdammt, Cals, reiß dich zusammen, er will nur, dass du dich aufregst.

„So sehe ich das nicht“, sagt David. „Das Gericht wird es auch nicht so sehen.“ Sein Blick senkt sich, als er das sagt, so als würde er die Worte von jemand anderem wiederholen und selbst ihm ist das klar. Ich muss nicht wirklich raten, von wem wir hier sprechen - mein Blick wandert automatisch zu der Frau, die im Audi sitzt. Ich wette, sie hat ihn angerufen und ihm gesagt, dass er sich beeilen soll. Sie ist eine solche Giftnudel.

Als ich wieder zurückblicke, hebt David Charlie vom Boden hoch und in seine Arme. Ich hasse es, wie gut die beiden zusammen aussehen. Charlie hat dieselbe breite, flache Nase und dramatischen Augenbrauen, wie sein Vater. Am Anfang war das ziemlich schwer für mich, dass Charlie so sehr aussah, wie sein Vater, als das Gefühl des Verlassenwordenseins noch ganz frisch war. Meistens ist es jetzt allerdings so, dass ich Charlie als eigene kleine Person wahrnehme. Nur in den seltenen Momenten wie diesem, fällt mir auf, wie ähnlich sich die beiden sehen.

David wirft Charlie über seine Schulter. David quatscht und lacht, als sein Vater ihn hinüber zum Auto bringt. Weg von mir.

„Warte!“ Es klingt wie eine Mischung aus Wut und Verzweiflung und ich hasse es. Ich hasse, dass es mich daran erinnert, dass ich jemals etwas für diesen Mann gefühlt habe. Ich hasse, dass er das Recht hat, einfach so mit meinem Sohn davonzulaufen. „Warte einfach einen Moment, okay? Ich muss seine Hände waschen.“

David sieht ungeduldig aus, aber ich renne trotzdem zurück ins Haus. Charlies Gesundheit ist wichtiger als ein doofer Streit, der zwischen seinen Eltern stattfindet. Ich durchsuche Charlies Windeltasche und habe sie quasi komplett ausgeräumt, bevor ich endlich die doofen Feuchttücher finde. Ich beeile mich, wieder nach draußen zu kommen und natürlich ist David inzwischen fast bei seinem Auto.

Verdammt. Ich war doch nur ein paar Sekunden weg. „Warte einfach!“, rufe ich, während David Charlie in seinen Kindersitz setzt und anfängt, ihn anzuschnallen. Ich quetsche mich zwischen ihn und das Auto, was nicht so einfach ist, wenn man bedenkt, wie eng die Öffnung und wie breit meine Hüfte ist. David tritt quasi sofort zurück, als meine Hüfte seine berührt. Statt der sofortigen Lust, die noch vor drei Jahren durch meine Blutbahn geflossen wäre, fühle ich jetzt nur das dringende Bedürfnis, direkt bei meinem Sohn zu sein.

„Cal"", sagt Charlie, dessen Ts noch nicht so ganz funktionieren.

„Ja, kalt", stimme ich ihm zu, während ich lächelnd seine Hände mit dem Feuchttuch abwische, was sich tatsächlich in der warmen Frühsommerluft kalt anfühlt.

Eisige, perfekt geschminkte, verengte Augen treffen meinen Blick im Rückspiegel. „Das hier ist nur ein weiterer Moment, in dem du dich in unsere Zeit mit unserem Sohn einmischst. Wir dokumentieren jede Minute, die du das hier herauszögerst und der Richter wird davon unterrichtet werden."

Eine Sekunde lang starre ich direkt durch sie durch, im Spiegel. Was sagt die Schlampe? Ihre letzten Worte sind einfach so bescheuert -

Charlie schnappt sich das Feuchttuch und schlägt mich damit ins Gesicht.

Das Gericht. Ich atme aus. Das ist der Grund, wieso ich einen guten Anwalt finden muss. Wir gehen vor Gericht und dort wird sich alles entscheiden. Die Tür der Fahrerseite zu öffnen und ihr eine zu knallen, während mein Sohn dabei ist, würde sich vielleicht kurzzeitig gut anfühlen, aber insgesamt wäre das wohl weniger hilfreich.

Ich drehe mich wieder zu Charlie und lächle ihn an und küsse ihn extra lange auf die Stirn. „Nasenküsse." Er reibt seine Nase gegen meine und mein Lächeln verwandelt sich in ein echtes. „Mama hat dich lieb."

„Hab'ich lieb."

Mein Grinsen ist noch größer, als ich einen Schritt nach hinten mache und winke. David schlägt die Tür direkt zu und ich drehe mich auf dem Absatz um und werfe ihm einen bösen Blick zu.

Meine Stimme ist gedämpft, aber voller Wut. „Wenn du versuchst, irgendwas von diesem Minuten-zählen-Schwachsinn gegen mich zu verwenden, werde ich genau das Gleiche machen. Du warst mindestens fünfzehn Minuten zu spät. Ich kann das auch dokumentieren. Und vielleicht möchtest du deiner ...", ich knirsche mit den Zähnen und schaffe es irgendwie, die Worte komplett zu sagen, „... Frau sagen, dass, auch wenn Charlie leider aufgrund eines blöden Scherzes der Natur biologisch deins ist, es niemals einen Weg gibt, dass er in irgendeiner Form zu dieser Frau gehört." Dabei deute ich mit dem Ellenbogen auf die Schreckschraube, über die wir gerade sprechen.

David rollt nur mit den Augen und geht davon. Er geht einfach, ohne ein weiteres Wort zu sagen.

Meine Hände ballen sich zu Fäusten, bis meine Fingernägel sich so doll in meine Handfläche bohren, dass ich Angst haben muss, dass ich bald anfange zu bluten. Früher wäre ich dem Bastard hinterhergerannt und hätte verlangt, dass er mir zuhört.

Aber das war tatsächlich immer seine Superkraft.

Abzuhauen, wenn es um etwas geht.

Ihr so schickes Auto fährt fast sofort in dem Moment los, in dem die Tür sich schließt. Mit meinem Sohn. Und ich kann nichts dagegen sagen.

Ich bin noch immer schockiert, dass ein Fremder, der weder Charlie noch mich kannte oder überhaupt von irgendwas eine Ahnung hatte, sich hinsetzten und entscheiden konnte, dass diese Menschen meinen Sohn zweimal die Woche mitnehmen dürfen.

Was, wenn David und die Kratzbürste eines Tages entscheiden, dass sie einfach mit Charlie davonfahren und ihn niemals wieder zurückbringen werden?

Mir wird kurz schwindelig und ich setze mich auf die Treppenstufe und halte den Kopf zwischen meine Knie. Ich atme tief ein. Das war es. Ich habe die zwei Monate Miete, die ich schuldete, bezahlt und auch, wenn ich diesen Monat noch nicht bezahlt habe: Wenn ich mich entscheiden muss, ob ich das Geld für die Miete oder den Anwalt nutze, fällt die Wahl leicht.

Ich brauche einen Anwalt.

KAPITEL 5

„Öffnen Sie die beiden obersten Knöpfe!" Bryce beäugt kritisch meine Brüste.

Er erwischt mich auf dem falschen Fuß. Es ist die dritte Woche, die ich hier arbeite, aber außer ein paar E-Mails aus der Ferne, in denen er verlangte, dass ich oben ohne arbeitete, während die Scheibe, die unsere Büros trennt, durchsichtig war, hat er außer bei Meetings nicht wirklich direkt mit mir geredet. Was ist heute anders?

„Ich muss mich doch wohl nicht wiederholen", sagt er fordernd.

Scheiße. Ich habe vergessen, wie launisch er sein kann. Ich wende mich den Knöpfen zu. *Denk einfach daran, wofür du das alles machst, Cals.* In ein paar Tagen habe ich einen Termin mit einer der besten Anwaltsfirmen für Familienrecht. *Fokussiere dich auf das Ziel, fokussiere dich auf das Ziel.*

Bryce legt den Kopf schräg und seine Augen ziehen sich zusammen. „Noch einen." Er macht eine Geste der Ungeduld, wenn meine Finger kurz auf dem Knopf verweilen und ich beeile mich, seine Forderung zu erfüllen. Fokussiere dich auf das Ziel.

Dann sieht er mich von oben bis unten an. Fast direkt beginnt er, den Kopf zu schütteln. „Nein, der Rock ist nicht richtig."

Ich blicke an mir herunter. Ich trage einen grauen Bleistiftrock. Er schmiegt sich an meine Kurven. Ich sehe überrascht auf. Fast all die Kleidung im Schrank sind Replikas von genau diesem Stil, nur in unterschiedlichen Farben.

Er geht hinüber zum Schrank und öffnet ihn. Dann höre ich nur noch Bügel, die aneinander schlagen und das Geräusch von Kleidung. Was in Gottes Namen? Ist er jetzt Stilberater?

„Dieses."

Er zieht eines der wenigen Kleider heraus. Es ist sehr geschmackvoll und ... süß. Überhaupt nicht schlampig. Es ist eine A-Linie mit schwarzem und grauem Hahnentritt und einem eng anliegenden Sitz, bis es unten weiter wird. So was, wie man vielleicht bei Modcloth kaufen kann, aber wahrscheinlich aus deutlich teurerem Stoff. Meine Augen fallen fragend auf Mr. Gentry. Er grinst mich an. Natürlich.

„Ziehen Sie sich um." Er hält mir das Kleid hin. Und macht keine Anstalten sich umzudrehen.

Richtig. Zurück zu dem Spiel, das wir spielen. Ich hatte nicht wirklich erwartet, dass er damit durch war, oder? Nein, ich versuchte einfach nur so zu tun, als wäre es vorbei, damit ich innerlich ruhig genug war, mich auf die Arbeit zu konzentrieren und all das, was ich die letzten Wochen gelernt habe, zu verinnerlichen. Aber das ist wahrscheinlich genau das, was er wollte, die Unsicherheit, dass ich darauf warte, was für perverse Spielchen er sich als Nächstes ausdenkt. Sadistischer Bastard. Er bekommt es hin, dass ich immer unsicher bin, nie im Gleichgewicht.

Gib ihm nicht die Befriedigung, dich aus dem Gleichgewicht gebracht zu haben, Cals.

Ich ziehe mich mit genau der gleichen Geschwindigkeit wie zu Hause aus. Nicht schneller oder langsamer. Mein Blick ist irgendwie rund um seine Brust fixiert.

Versuche ich, etwas zu vermeiden? Sollte ich ihm böse in die Augen schauen? Oder will er genau das? Würde mein Widerstand es schlimmer machen? Verdammt. Ich hasse es, jeden Tag über alles, was ich tue, nachdenken zu müssen. Ganz egal, was ich mache, wahrscheinlich ist dieses blöde Schachspiel, auf das ich mich eingelassen habe, einfach zu hoch für mich.

Ich ziehe mich komplett aus und hänge die Klamotten in den Schrank. Ich kann nicht anders, als ihm einen Blick zuzuwerfen, als ich nach dem Kleid greife, das er noch immer hält. Er zieht es weg, als ich danach greife. Ich verkneife mir das Augenrollen. Was? Sind wir in der Grundschule?

Sein Grinsen wird noch breiter. *Gottverdammter* Bastard.

„Ich stimme der Wahl deiner Unterwäsche zu", sagt er und deutet auf meinen schwarzen String Tanga. Ich kann nicht vermeiden, dass meine Wangen sich röten.

„Ich habe ihn nicht für dich angezogen."

Seine Augenbrauen ziehen sich hoch, so als bezweifle er die Wahrhaftigkeit meiner Aussage.

Ich beiße die Zähne zusammen.

Er gibt mir ein Gewinnerlächeln. „Egal, er ist super für das, was wir heute vorhaben."

Was soll das heißen? Ich bleibe aufrecht stehen. Ich schwöre, ich stand noch nie so aufrecht, wie seit ich diesen Mann getroffen habe. Ich versteife immer, als wäre das eine Art Rüstung. Unglaublich. „Wie das?"

Er ignoriert meine Frage. „Geh ins Bad und bring dich selbst zum Kommen. Fass dich nur über deiner Unterwäsche an. Ich möchte, dass sie von deinem Duft durchtränkt ist."

„Wa -„, setze ich an, fange mich dann allerdings. Natürlich würde der Wichser so etwas verlangen.

Sein Gesicht verdunkelt sich. „Du hast", er zieht das Handy aus der Tasche, „etwa acht Minuten. Wenn sie bis dahin nicht ordentlich durchnässt ist ...", er kommt mir so nah, dass sein heißer Atem mein Ohr streift, „ ... komme ich und helfe dir."

Ich weiche von ihm zurück und sein Grinsen wird so breit, dass ich mich fühle, als würde er einen Hai imitieren - nur scharfe, weiße Zähne.

Ich drücke mich an ihm vorbei und gehe in das Badezimmer, das an sein Büro grenzt. Sein ansteckendes Lachen folgt mir. Ich weiß nicht, was dieses Spiel ist, aber wenn ich die Möglichkeit habe, etwas ohne seine Hände oder seine Anwesenheit zu machen, dann bin ich doch direkt dabei.

Ich gehe in den kleineren, hellen Raum - komplett weiß, natürlich und schlage die Tür hinter mir zu. Eine Sekunde lang lehne ich mich dagegen und atme einfach. Ich sehe mich selbst im Spiegel. Vor dem Hintergrund des modernen Badezimmers sehe ich, in meinem schwarzen BH und String Tanga und den High Heels, mit meiner blonden Hochsteckfrisur und dem perfekten Make-up aus, als wäre ich eine Art Pin-up Model. Oder eine sehr gut bezahlte Prostituierte. Meine Hände heben sich automatisch, um mich selbst zu verdecken und ich drehe mich vom Spiegel weg.

Wem mache ich was vor? Ich kam hierher mit der ausdrücklichen Anweisung meines Chefs, mich innerhalb von acht Minuten zum Orgasmus zu bringen. Scheiße, wahrscheinlich waren es jetzt eher sieben. Ich lasse meine Arme fallen. Oder sechs.

Scheiß drauf. Ich habe keine Zeit, mich zu schämen oder Ähnliches. Ich muss das hier *hinter* mich bringen. Vergiss einfach alles andere.

Ich setzte mich auf Toilette und fange an, mich selbst anzufassen. Ich bin mir sicher, dass Bryces Drohung sonst selbst Hand anzulegen keine leere war. Bastard.

Aber andersherum, woher soll er wissen, ob ich es mache oder nicht? Mal abgesehen davon, dass mein Höschen nicht nass ist? Ich meine, ich könnte es einfach mit ein bisschen Wasser vom Waschbecken befeuchten. Ich setzte mich auf den Toilettendeckel und sehe mich im Bad um. Ob es hier Kameras gibt? Verdammt.

Ich blicke an die Decke und in die Ecken. Entdecken kann ich nichts. Nur die weißen Fliesen an der Decke. Hier gibt es keine Dekorationen, nur diese abstrakten japanischen Kunstdrucke an der Wand und die Bambusse in einer durchsichtigen Vase. Ich lehne mich herüber. Ist da eine Kamera in den Steinen am Boden? Ich weiß es nicht.

Aber Gentry Tech ist bekannt für ihre Überwachungstechnologie. Ich drücke die Augen zusammen. Ich habe hierfür sowieso keine Zeit. Ich fange an, meinen Kitzler zu reiben. Zweifelsohne wird der Bastard an meiner verdammten Unterwäsche riechen. Er ist so taktlos. Ich komme nicht daran vorbei.

Okay. Denk an was Geiles. Channing Tatum. Ich zucke zusammen. Uhhhh, nein. Plötzlich kann ich ihn mir nur noch vorstellen, wie er sagt: „Was geht?", wie so ein blöder Surfer in Kalifornien und das ist ein absoluter Abturner.

Okay. In Ordnung. Denk an all die romantischen Komödien, die wir in letzter Zeit gesehen haben. Prinzen. Kussszenen. Ich rubble an meinem Kitzler.

Nichts.

Fein, dann irgendeine der heißen Sexszenen aus einem der romantischen Romane, die ich gelesen habe. Die, wo der Kerl wirklich lieb war, als er die Jungfräulichkeit eines Mädchens nahm und sie die ganze Nacht hielt, nachdem sie Liebe gemacht haben? Ich versuche, mich daran zu erinnern, während ich die Unterwäsche in mich hineindrücke. Aber ich bin noch immer fast trocken.

Scheiße. Ich habe jetzt weniger als fünf Minuten. Ich muss das hier schaffen. Ich werfe der Tür einen bösen Blick zu. Verdammt. Ich schließe meine Augen.

Meine Fantasien gehören mir selbst. Sie sind egal.

Ich drücke die Augen fester zusammen und ignoriere all die dunklen Orte, an die meine Gedanken gehen müssen, damit ich kommen kann. Raue Hände. Der Griff eines Fremden, der sich nimmt, was nicht ihm gehört. Böse Worte. Harter Griff. Und Gott, oh - oh Gott-

ALS ICH AUS dem Bad komme, ignoriere ich die Tatsache, dass

meine Wangen noch immer gerötet sind. Bryce wartet direkt vor der Tür auf mich. Hat er zugehört? Wenn, dann hat er nicht wirklich was geboten bekommen. Ich habe darauf geachtet, dass ich nicht ein Geräusch von mir gebe.

Aber er weiß, was ich getan habe. Während er genau hier stand. Und auch, wenn ich nicht will, fühle ich sie. Die Scham. Das, was ich fühle, entgeht ihm nicht.

Er lächelt sein Hailächeln. Also vielleicht ging es bei diesem kleinen Ausflug in die Kontrolle genau darum. Er macht es, wenn ich mich gedemütigt fühle. Er hält mir das Kleid hin und es ist wirklich schwer für mich, es ihm nicht einfach zu entreißen.

Aber das tue ich nicht. Ich nehme es ruhig, öffne den Reißverschluss und ziehe es über den Kopf.

„Etwas Hilfe beim Reißverschluss?"

Ich sage nicht ein weiteres Wort, als ich das Kleid anziehe und ihm dann den Rücken zu drehe. Seine Knöchel gleiten über meine Wirbelsäule, während er den Reißverschluss zuzieht. Wenn er den Schauer, der mich durchläuft, bemerkt, sagt er nichts dazu.

„Ich brauche jetzt deinen String Tanga", sagt er ruhig.

Ich bin nicht überrascht. Immerhin hat er mich erst das Kleid anziehen lassen. Er bietet mir einen Arm an, damit ich mich daran festhalten kann, damit ich das blöde Teil ausziehen kann. Was ein Gentleman.

Ich lächle ihn an, während ich seinen angebotenen Arm ablehne. Wer hätte es gedacht, ich habe inzwischen auch mehr als ein Lächeln. Dieses Lächeln werde ich mein Zucker-Schlangen-Lächeln nennen - an der Oberfläche erkennt man nur Nettigkeit, aber darunter lauert das Gift. Ich ziehe meine Pumps aus, damit ich nicht die Balance verliere, während ich den Tanga so diskret wie möglich meine Beine heruntergleiten lasse. Ich knülle ihn zu einem Ball zusammen und reiche ihn ihm.

Er hebt ihn an seine Nase und atmet tief ein.

Ich ziehe eine Augenbraue hoch und schlüpfe in meine Schuhe. „So krass?"

Er sieht mich mit tatsächlicher Überraschung an, während er die Unterwäsche in der Tasche seines Anzugs verschwinden lässt.

„Pass mit deiner frechen Zunge auf." Er macht einen Schritt auf mich zu. Einen Moment lang denke ich, dass er die Hand ausstreckt, um irgendwas an meinem Kleid zu richten, aber dann greift er nach meinen Brüsten und kneift in meine Nippel.

Ich schreie auf und weiche zurück, aber er kneift weiter, während er redet, als würde nichts passieren. „Da." Zufrieden blickt er auf meine Brüste herunter. „Achte darauf, dass deine Nippel so bleiben. Ich möchte sehen, dass sie hart sind, wenn wir ins Restaurant gehen."

Ich atme schwer, als er sich abwendet.

Ich verfluche ihn. Ich möchte auf ihn zu rennen und ihn mit der Spitze meines Stiletto-High Heels treten. Eine Sekunde lang, nur eine Sekunde, hatte ich das Gefühl, dass ich gleichberechtigt bin. Und dann, ganz einfach, hat er es mir wieder weggenommen. Hat er mich auf meinen Platz verwiesen.

Ich folge ihm, aber mein Atem ist noch immer nicht wieder normal. Ich fühle mich dumm, so als wäre ich kurz davor zu weinen. Aber verdammt, ich halte sie zurück. Ich bin mir sicher, dass er es geil finden würde, wenn er meine Tränen sähe. Demütigung ist letztendlich das High dieses Kerls.

„Vergessen Sie das Tablet nicht", ruft er über seine Schulter. „Es ist ein Business-Lunch!", sagt er, als wäre ich ein Idiot, der seinen Job nicht ordentlich macht.

Ich fahre mir über die Haare, während ich in mein Büro zurückeile und mein Tablet und die Handtasche hole. Ich schaffe es kaum rechtzeitig bis zum Fahrstuhl, bevor die Tür sich schließt. Genau wie er geplant hat, das vermute ich zumindest.

BRYCE REDET die ganze Fahrt zum Restaurant über nicht, was für mich voll okay ist. Wir sitzen hinten in einer luxuriösen Limousine und er lässt auf dem Rücksitz ausreichend Platz zwischen uns beiden. Er starrt auf sein Handy. Ich könnte wahrscheinlich das Gleiche machen und versuchen, Herr der endlosen E-Mails, die sich stets zu stapeln scheinen, zu werden.

Aber mir wird schlecht, wenn ich versuche, im Auto zu lesen. Außerdem kann ich in meinem Magen bereits fühlen, dass ich nervös werde. Verdammt. Ich kann das hier schaffen. Das ist nicht zu viel. Ich kann das. Ich kann alles aushalten, was Bryce mir antut. Ich muss. Egal was in mir vorgeht, ich bin fest entschlossen, nichts zu zeigen. Ich verwandle mein Gesicht in eine perfekte, glückliche Maske, während ich auf die volle Straße schaue.

Es ist keine lange Fahrt. Als das Auto langsamer wird, sieht Bryce lange genug auf, um entschieden auf meine Brust zu starren. Ich erlaube es mir nicht mal mehr, mich zu wundern, ob es sein Ernst war, dass er meine Nippel hart will. Ich kneife mich selbst und drehe sogar ein bisschen an ihnen. Sie sind noch immer sensibel, wegen der Art und Weise, wie er mich vorhin angefasst hat und sie werden sofort hart.

Ich schaue ihm nicht in die Augen und bin dankbar, als er die Tür öffnet. Er gestikuliert, dass ich als Erste aussteigen soll.

Ich werfe ihm ein unaufrichtiges Lächeln zu, während ich mich an ihm vorbeischiebe. Er folgt mir und legt dann eine Hand auf meinen Rücken. Das macht mich direkt misstrauisch, aber ich weiche seiner Berührung nicht aus. Ich werde ihn nicht wissen lassen, dass es irritierend für mich ist. Das würde seinem Ego, oder was auch immer ihn dazu bewegt, Macht über mich auszuüben, nur neuen Zündstoff geben.

„Hier entlang“, sagt er in mein Ohr und führt mich.

Ich versteife mich bei seiner Berührung und halte meine Tasche ein wenig fester.

„Entspannen Sie sich“, sagt er lachend. Er kneift leicht in meine Taille. Als wenn das helfen würde. „Das hier ist ein Meeting mit einem sehr alten und guten Freund von mir. Ich weiß, dass Sie ein gutes Mädchen für mich sein werden.“

Was für ein herablassendes Arschl ...

Bevor ich den Gedanken beenden kann, sind wir im Restaurant und werden von der Hostess begrüßt. Bryce hat sein charismatisches Lächeln aufgesetzt und mir ist klar, dass die Hostess komplett von ihm eingenommen ist. Sie sieht aus, als sei sie noch auf dem College, mit Rehaugen und leicht beeindruckbar.

„Mr. Gentry!", entfährt es ihr und ihr Gesicht erhellt sich. Er muss ein Stammkunde sein. „Wir haben Ihren privaten Raum fertig. Hier entlang!" Sie strahlt ihn an und mir entgeht nicht, dass sie ihm absichtlich die Brust entgegenstreckt. Innerlich lächele ich. Es ist wirklich nicht der schlechteste Move. Dieser Mann steht auf Brüste. Sie lässt ihre Hüfte schwingen, während sie uns durch das dunkle Restaurant führt, das Intimität ausstrahlt.

Die Bay Area hat definitiv keinen Mangel an Restaurants und ich habe mich nicht um den Namen geschert, bevor ich hineingeführt wurde. Aufgrund des Dekors, der dunklen Holzverkleidung und dem Aroma vermute ich, dass es hier irgendwelche europäische Küche gibt. Italienisch? Französisch? Ich weiß es nicht sicher.

Ich folge Bryce und überraschenderweise schenkt er der munteren Kellnerin keinerlei Aufmerksamkeit - er schaut mich an. Mustert mich förmlich. So, als würde er beobachten, wie ich auf alles reagiere. Es bringt mich aus dem Konzept und ich bewege mich wieder vorwärts. Schnell holen wir die Hostess ein, die vor einer Doppeltür, die wahrscheinlich in den erwähnten Raum führte, innehält.

Bryce bleibt direkt neben mir mit seinem Arm auf meinem Rücken.

Als wir hineintreten, wartet unser Gast bereits auf uns. Der Mann steht auf, als wir reinkommen. Und. Heilige. Scheiße.

Es ist Jackson Vale, der Gründer und Geschäftsführer von CubeThink. Jeder weiß, dass er Bryce Gentrys ehemaliger bester Freund und Mitwirkende war. Zusammen haben sie den bahnbrechenden Robotik-Algorithmus geschrieben, über den ich am College gelernt habe. Und, auch wenn sie heute auf unterschiedlichen

Märkten agieren, kämpfen ihre Drohnen doch um das technische Prestige.

Wieso in Gottes Namen sitzen wir jetzt also mit ihm zusammen bei einem gemütlichen Mittagessen?

„Jackson", sagt Bryce mit einem leichten Lächeln. Er umrundet den Tisch und gibt dem Mann die Art Halbe-Umarmung-mit-Schlag-auf-den-Rücken, die alle Männer zu tun scheinen.

„Bryce", entgegnet Jackson. Seine Stimme ist steif und erst als Bryce sich zurücklehnt, bekomme ich die Chance, den anderen Mann genau zu betrachten. Jackson ist ein wenig Größer als Bryce. Während Bryce schmal ist, ist Jackson muskulös. Bryce schien bisher immer der einschüchterndste Mann im Raum zu sein, einfach aufgrund seiner Art und seines Charismas.

Bis jetzt.

Mein Blick hängt an Jackson. Es ist nicht Charisma, das er ausstrahlt. Er lächelt nicht oder versucht irgendwie Charme auszustrahlen, zumindest erkenne ich es nicht. Er hat einfach eine ... Präsenz. Physisch, einfach, weil er ein so großer Mann ist. Braune Haare, die so dunkel sind, dass sie fast schwarz erscheinen. Er ist glattrasiert, aber die ersten Spuren seiner Bartstoppeln sind sichtbar, obwohl es erst zwölf Uhr mittags ist.

Und seine Augen. Sie sind so dunkel. Nicht, weil sie braun sind. Ich glaube, vielleicht sind sie sogar blau. Aber dort ist einfach eine Dunkelheit.

Ich kann nicht anders, als einen kleinen Schritt nach hinten zu tun, als seine Augen von Bryce auf mich fallen. Mein Herz schlägt plötzlich fast aus meiner Brust heraus und meine Augen fallen auf die Tür, die die Hostess hinter sich geschlossen hat. Knapp zwei Meter von mir bis zur Tür.

Kämpfen oder Fliehen. Bryce ist eine Sache. Irgendwie hatte ich immer das Gefühl, dass ich mit ihm klarkomme. Aber dieser Mann ...?

„Und das ist?", fragt Jackson Bryce, aber sein Blick ruht auf mir. Meine Füße scheinen festgefroren. Ich möchte wimmern. Meine

Handflächen sind verschwitzt. Du bist in der Öffentlichkeit, Cals. Er kann dir nichts tun. Denn das ist, warum ich wimmern will, oder nicht? Angst ..., richtig?

Aber irgendwas anderes passiert noch, etwas, was noch verstörender ist. Die Nippel, die Bryce unbedingt hart haben wollte? Sie sind jetzt hart. Und sie zeigen wie kleine, steinharte Pfeile direkt auf Jackson.

Bryces Arm legt sich um meine Taille. „Diese schöne Kreatur ist meine neue persönliche Assistentin, Miss Calliope Cruise. Ist sie nicht einfach eine Erscheinung?“ Er lässt mich los und starrt mich mit purer Bewunderung auf dem Gesicht an.

Ich kann einfach nur starren. Was in Gottes Namen? Bisher hat er mich nicht einmal mit dem Ausdruck, der gerade auf seinem Gesicht erscheint, angesehen. Ich versuche, mir meine Verwirrung nicht ansehen zu lassen und freundlich auszusehen.

„Nicht nur das“, sagt Bryce und wendet sich wieder Jackson zu. „Aber sie ist dabei, einen Advanced Robotics Abschluss von Stanford zu machen.“

Und wieder fällt es mir nicht gerade leicht, meine Überraschung zu verbergen. Als Bryce das Bewerbungsgespräch mit mir geführt hat, brachte er mich dazu, mich so zu fühlen, als hätte ich das College abgebrochen, aber jetzt lässt er alles im besten Licht erscheinen. So, als würde er mich vorführen wollen.

Und plötzlich wird es mir klar. Er möchte mich vorführen. Er zeigt sein preisgekröntes Showpferd, um Jackson zu beeindrucken.

Die besitzergreifende Hand auf meiner Taille fällt plötzlich hinunter und kneift mich in den Arsch. Genau. Zeit, sich dem Programm anzuschließen und zu performen. Ich kann mich später fragen, wieso. Ich lächele Bryce dankbar an und versuche die Hostess von vorhin zu channeln, indem ich ein bisschen Ehrfurcht in meinen Blick lege.

„Und ich kann Mr. Gentry nicht genug dafür danken, dass er mir eine Arbeitserfahrung in der echten Welt bei so einer tollen Firma ermöglicht“, sprudelt es aus mir heraus. „Ich lerne so viele Dinge, einfach dadurch, dass ich sehe, wie er neue Ideen durch jede Stufe der Produkte entwickelt und begleitet."

„Oh, ja", sagt Jackson mit einem unglaublichen Tonfall. „Bryce war schon immer gut darin, die Ideen von anderen zu nehmen und so zu tun, als wären es seine eigenen."

Ich verpasse den Nerv, der an Bryces Kinn zuckt, nicht.

„Warum setzten wir uns nicht, damit wir das leckere Mittagessen, was ich uns bereits bestellt habe, genießen können?" Bryce streckt seinen Arm aus und deutet auf den Tisch.

Jackson steht immer noch still wie eine Statue, mal abgesehen von seinen Augen. Diese ruhen einige Sekunden auf Bryce, springen dann zu mir, bevor sie wieder Bryce finden.

„Hör mit dem Schwachsinn auf, Bryce." Jacksons Stimme ist ein tiefer Bass. „Du hast am Telefon gesagt, dass du endlich bereit bist, Verhandlungen bezüglich des CQ-9 Patents zu führen. Du hattest dafür nie Verwendung und hast es all die Jahre behalten, einfach nur, um mich zu ärgern. Wieso in Gottes Namen würdest du ausgerechnet jetzt deine Meinung ändern?"

Bryce setzt sich hin und deutet erneut auf die Stühle am Tisch. Ich werfe noch einen letzten Blick auf die Tür, setze mich dann allerdings auf den Platz, den Bryce mir zugewiesen hat. Ich versuche, Jackson nicht anzustarren und frage mich, was sein nächster Schritt sein wird. Wird er bleiben oder gehen?

Jeder in der Technik-Welt weiß, dass die beiden Rivalen sind. Ich bin unglaublich neugierig, was Bryces Motive angeht. Ich kann die Spannung der beiden, die in der Luft liegt, förmlich spüren. Es gibt Gerüchte darüber, was zwischen ihnen vorgefallen ist, aber niemand weiß es tatsächlich.

War es eine Frau, wie manche Internetseiten behaupten? Oder waren es die unterschiedlichen Philosophien, wie mein Professor für maschinelles Lernen meinte - Jackson war mehr am kommerziellen Erfolg interessiert, während Bryce Forschung für die Regierung betreiben wollte?

Wie auch immer, was bringt die beiden in diesem Raum zusammen, wenn sie doch Konkurrenten und Feinde sind? Und welche Rolle hat Bryce mir in diesem Theater verdammt noch mal übertragen?

„Wie wäre es, wenn wir die Vergangenheit vergessen und ihr erlauben, da zu bleiben, wo sie hingehört? In der Vergangenheit."

Jacksons Gesichtsausdruck ist unverändert. „Ich würde sagen, ich kenne dich besser, als dass ich das glauben würde."

Bryce lacht, ein großes, lautes Lachen, direkt aus seinem Bauch. Er wackelt mit seinem Finger. „Siehst du, das ist die Art Ehrlichkeit, die ich vermisse! Alle um mich herum versuchen mir heutzutage einfach nur zu sagen, was ich hören möchte. Ja, Mann. Ja, Mr. Gentry", macht er sich in einer servilen Tonlage lustig. „Natürlich, Mr. Gentry, was immer Sie möchten." Er schüttelt den Kopf. „Es ist verrückt."

Bryce setzt sich auf und Ehrlichkeit tritt an die Stelle des Humors. „Ich vermisse dich, Jackson. Ich vermisse die Maschinen, die wir früher zusammen gebaut haben, die Konzepte, die wir erträumt haben, wenn wir unsere beiden Gehirne zusammengetan haben." Dabei deutet er zwischen ihren beiden Köpfen hin und her.

Jackson macht sich eindeutig lustig und sieht aus, als würde er in Erwägung ziehen, den Raum zu verlassen, als Bryce fortfährt. „Iss mit uns. Hör dir an, was ich zu sagen habe. Egal, was ist, du gehst hier mit dem Patent deines Vaters raus. Schenk mir eine Stunde deiner Zeit."

Das erweckt Jacksons Interesse. Meins auch. Wieso hat Bryce ein Patent von Jacksons Vater? Was ist die Geschichte dahinter?

Jackson starrt Bryce an, so als würde er versuchen, herauszubekommen, was er vorhat. „Einfach so?" „Einfach so", entgegnet Bryce und hebt dabei beide Hände. „Ich bin ein anderer Mann, als der Junge, den du einst kanntest. Lerne das neue Ich kennen."

Jackson sieht nicht so aus, als würde er Bryce glauben, aber er setzt sich auf den dritten Platz am Tisch. Das Zimmer, in dem wir sind, ist groß, aber der Tisch ist fast unangenehm klein. Er sorgt dafür, dass sich der ganze Raum zu intim für zwei Männer, die sich vielleicht, vielleicht aber auch nicht, vertragen. Besonders mit mir hier als fünftes Rad am Wagen.

Ich nehme einen Schluck von meinem Wasser, um die Stille, die so langsam unangenehm wird, zu überbrücken.

„Also, Jackson", fängt Bryce an. „Wie läuft es bei dir? Wie geht's der Firma? Und Miranda?" Seine Stimme scheint schmeichelnd, so wie sich jemand anhört, wenn er einen Freund hänselt. „Fickst du meine ehemalige Verlobte immer noch gerne?"

Ich verschlucke mich im selben Moment an meinem Wasser, in dem die Kellnerin die Tür öffnet und die Vorspeise bringt. Ich greife nach meiner Serviette um das Wasser, das mein Kinn hinunterläuft, wegzuwischen und sehe zwischen den beiden Männern hin und her. Es war also doch eine Frau.

Bryces angenehmes, sorgenloses Lächeln verschwindet nie und Jackson sitzt immer noch einfach da und sieht beeindruckend und zeitgleich teilnahmslos aus. Um fair zu sein, es ist der gleiche Ausdruck, der auf Jacksons Gesicht ruht, seit wir den Raum betreten haben, also kann ich nicht wirklich einschätzen, ob er auf Bryces Kommentar reagiert hat.

Die Kellnerin stellt einen kleinen Korb mit gebuttertem Knoblauchbrot und zwei Tabletts mit kleinen, fingergerechten Vorspeisen auf den Tisch. Mini Krabbenküchlein und Bruschetta und andere Antipasti.

Das Wasser sammelt sich alleine beim Anblick all des leckeren Essens in meinem Mund. Ich habe so wenig Zeit mit Charlie, dass ich heute Morgen mit ihm gespielt habe, nachdem er zu mir ins Bett gekommen war. Ich war also ein bisschen spät dran, ihn zu füttern und als ich feststellte, wie spät es war, wurde ich zu einer irren Frau, die rannte, um fertig zu werden. Ich hatte am Ende keine Zeit gehabt, Frühstück für mich selbst zu machen.

Trotzdem will ich nicht die Erste sein, die sich etwas zu Essen nimmt. Ich sehe wieder zwischen den beiden hin und her. Sie starren einander noch immer an.

Ich lächle und deute auf das Essen. „Möchte jemand etwas von der Vorspeise?"

Jacksons Augen lösen sich endlich von Bryce und er sieht mich an, so als hätte er sich gerade erst daran erinnert, dass nicht nur er und Bryce in dem Raum sind.

„Natürlich", sagt Jackson und nimmt einen der kleinen Teller und beginnt diesen mit Vorspeisen zu beladen. Seine Hände sehen neben diesen kleinen Portionen Essen gigantisch aus. Eine Sekunde lang verliere ich den Faden und denke daran, was man über die Größe der Hände eines Mannes sagt ...

Weil das ein komplett angebrachter Gedanke in diesem Moment ist. Gott, ist das jetzt das, was ich mache? Anstatt zu essen, wenn ich nervös werde, denke ich über Penisgrößen nach und wie sein Gesicht wohl aussieht, wenn er kommt. Ich blicke verstohlen in Jacksons Gesicht und mein Gehirn versucht, es so zu verändern, dass ich es mir vorstellen kann. Wie würde ein Mann, der immer so viel Kontrolle zu haben scheint wohl aussehen, wenn die Lust ihn ergreift? Was in Gottes Namen, Cals, du machst es schon wieder.

„CubeThink geht es sehr gut", sagt Jackson, so als hätte es keine merkwürdige Pause in der Unterhaltung gegeben. Ich trinke einen weiteren Schluck Wasser und blicke auf meinen Teller, während ich mich für meine eigenen Gedanken schäme.

„Aber das weißt du ja." Ich sehe gerade rechtzeitig auf, um zu sehen, wie Jackson Bryce böse ansieht, bevor er fortfährt: „Unsere Aktien waren nie stärker und das Gleiche gilt für das Vertrauen der Konsumenten. Unser Quadcopter war die meistverkaufte Drohne innerhalb des Landes im letzten Jahr. Und was Miranda angeht ...", ein amüsierter Blick bricht zum ersten Mal die stoische Fassade, die Jackson bisher getragen hat, „... ich dachte, du hättest inzwischen durch den Buschfunk gehört, dass wir einander leid waren."

Der gewollt coole, aber nicht ganz passende Ausdruck auf Bryces Gesicht entgeht mir nicht. Ein Zeichen. Eines, dass er ganz ohne Zweifel nicht preisgeben wollte.

Jackson scheint es auch gesehen zu haben, denn die Tatsache, dass diese Unterhaltung ihn amüsiert, steht ihm offensichtlich ins Gesicht geschrieben. Wahrscheinlich sollte es mich eher verstören, dass es ihm Befriedigung gibt, seinem ehemaligen Freund eine reinwürgen zu können, aber ich kann einfach nur starren.

Jackson sah erst aus, als habe er eine böse Vorahnung und hat einem ehrlich gesagt eher Angst eingejagt. Das markante Kinn und die wohlgeformten Augenbrauen erscheinen jetzt allerdings nicht mehr ganz so bedrohlich. Und, oh mein Gott, er hat ein Grübchen. Nur auf der einen Seite seines Gesichts, aber trotzdem. Das ist allen Frauen der Welt gegenüber einfach nicht fair. Ernsthaft.

Bryce grinst. „Du konntest die ungläubige Schlampe also auch nicht unter Kontrolle bringen, was?"

Das hässliche Wort führt dazu, dass ich mich verspanne.

Die Weichheit verschwindet direkt aus Jacksons Gesicht und mit ihr sein Grübchen. „Unsere Trennung basierte auf der Entscheidung, dass wir beide genug Spaß gehabt haben, das ist alles. Vielleicht hätte sie nicht woanders nach Erfüllung gesucht, wenn du wüsstest, wie man eine Lady behandelt."

Ich erwarte, dass Bryce einen Wutausbruch hat. Stattdessen lacht er aber nur freundlich. Er hat gegenwärtig seine charmante Seite ausgepackt. Ich atme aus und greife nach einem Krabbenküchlein. Ich habe es mir gerade in den Mund gesteckt, als ich Bryces Hand auf meinem Knie fühle. Ich gebe mein Bestes, nicht an dem Bissen in meinem Mund zu ersticken, als seine Hand ihren Weg mein Bein hoch findet und in meinen Schritt, der nicht von einem Höschen bedeckt wird. Aber er wird doch sicher nicht -

Ich zucke vor Schreck zusammen, als er es tut. Er steckt einen Finger in mich hinein. Einfach so, hier, mit Jackson, der keine fünfzig Zentimeter von mir entfernt sitzt. Ich atme schockiert aus und starre auf meinen Teller. Was denkt Bryce sich nur?

Es ist auch nicht so, als würde er sich die Mühe machen, es zu verstecken. Seine linke Hand ist ganz offensichtlich unter der verdammten Tischdecke. Und sie bewegt sich.

Oh Gott. Weiß Jackson, was er gerade tut? Möchte Bryce, dass

Jackson es weiß? Ich kann nicht zu dem andern Mann hinaufblicken oder ich werde sterben. Ich werde hier sterben, genau dort, wo ich gerade sitze.

„Nun", sagt Bryce freundlich. „Das ist schön für Miranda und dich. Ich bin froh, dass ihr beide diese Einsicht gewinnen konntet. Und ja, ich habe gesehen, dass CubeThinks Aktie im Aufwind ist. Tatsächlich ist das einer der Gründe, warum ich dich um dieses Treffen gebeten habe. In der Vergangenheit haben wir ... Wie soll ich sagen ..." Bryce hält inne und steckt währenddessen einen weiteren Finger in mich hinein. Ich kann nicht anders, als mich gegen ihn zu drücken. Immerhin tut es nicht weh, weil ich mich selbst während meiner Selbstliebe-Sitzung in Bryces Büro etwas gedehnt habe und ich bin tatsächlich immer noch ein bisschen feucht. Aber, Gott, wieso muss er das hier machen? Wieso jetzt?

„... Stets die Früchte unserer Zusammenarbeit ernten dürfen", beendet Bryce den Satz lächelnd.

„Zusammenarbeit", sagt Jackson. Ich erlaube es mir, ihm einen Blick zuzuwerfen und sehe ein gefährliches und unehrliches Lächeln in seinem Gesicht. So, als könne er fühlen, dass ich ihn ansehe.

Dann sieht er wieder zu Bryce hinüber. „Nennst du das so, wenn du Dinge stiehlst, die mir gehören und dann als deine eigenen verkaufst? Aber andersrum hast du schon immer allem gerne deinen Stempel aufgedrückt."

Ich sehe ihn noch immer an, als sein Blick dahin fällt, wo Bryces Arm unter der Tischdecke verschwindet. Ich kann spüren, wie ich blass werden, während Bryces Finger immer noch in mich und wieder herausgleiten und das deutlich kräftiger, als vorher. Verstärkt wird sein Handeln durch seinen Daumen, der jetzt Kreise auf meinem Kitzler dreht.

In diesem Moment hasse ich ihn.

Ich hasse ihn noch mehr, weil mein Körper auf seine Berührungen reagiert. Es ist so demütigend und trotzdem turnt es mich an. Die Tatsache, dass Jackson - dieser riesige, schöne Gott von einem Mann - weiß, was nicht einmal zwei Meter von ihm passiert ... was meine Scham noch erhöht ... Warum, in Gottes Namen, ist das alles so verdammt geil?

Ich höre auf zu denken und fühle einfach nur noch. Bryces Hand, die da ist, wo sie nicht hingehört. In diesem Raum mit diesen zwei unglaublich mächtigen Männern, wo niemand das sagt, was er tatsächlich meint ...

Die Kellnerin öffnet die Tür und hält ein riesiges Tablett mit Essen. Gott sei Dank. Bryce wird sich jetzt sicher zurückziehen.

Aber. Er. Tut. Es. Verdammt. Nochmal. Nicht.

Er lässt seinen Finger die ganze Zeit in mir, während die Kellnerin die Vorspeisen abräumt und den Hauptgang serviert: Nudeln mit einer hellen Soße, Pilze, etwas, was aussieht wie Jakobsmuscheln, andere Kräuter und eine schöne Dekoration in der Mitte. Dass meine Aufmerksamkeit sich auf das Essen fokussierte, kann mich nicht lange von Bryces Berührungen ablenken. Es riecht lecker, aber meine Sinne sind einfach aufgrund der Ablenkung an meinem sensibelsten Ort überladen.

„Hätten Sie gerne etwas frischen Parmesan?“, fragt die Kellnerin, die eine Reibe und einen Käse über meine Nudeln hält - gleichzeitig fängt Bryce an, doppelt so schnell über meine Klitoris zu reiben. Jackson guckt sich das alles weiterhin einfach mit einem dunklen Ausdruck im Gesicht an.

Ich kann fühlen, dass ich zu Schwitzen beginne. „Ähm, ich... ich...“, stottere ich, während meine Beine versuchen, sich von Bryces Hand zu befreien. Er tut allerdings einfach nur so, als wäre es ihm egal, dass seine Hand unter dem Tisch dadurch nur noch auffälliger wird.

Ich fühle, dass meine Wangen sich röten und schüttele energisch den Kopf. „Nein“, schaffe ich es endlich zu sagen. In der nächsten Sekunde versteift sich mein Rücken aufgrund der plötzlichen Ekstase, die durch mich fließt. „Ich brauche keinen.“ Meine Stimme hört sich deutlich höher an als sonst und ich möchte einfach nur weinen. Blöder, verdammter, verräterischer Körper.

Bryce fängt an, sich mit Jackson über die Robotik Industrie im

Silicon Valley zu unterhalten, während er Nudeln auf seiner Gabel aufrollt. Irgendwie schafft er das mit nur einer Hand. Ich habe keine Ahnung, wie. Er isst langsam und entspannt, so als wäre seine andere Hand nicht offensichtlich im Einsatz.

Ich schaue weiter konzentriert auf meinen Teller und traue mich nur, Jackson aus den Augenwinkeln zu betrachten. Aber das reicht, um zu wissen, dass auch er nur auf seinen Teller starrt, während er isst. Ich weiß nicht, ob das aus Tugend passiert oder weil er sich für mich schämt. Ich möchte einfach, dass all das hier vorbei ist. Zitternd ergreife ich mein eigenes Besteck und versuche, etwas von dem Essen zu probieren.

Bryces Finger sind nun langsamer geworden. Ich stehe nicht mehr direkt vor dem Höhepunkt. Er quält mich auf einer geringeren Stufe, schiebt seine Finger langsam in mich und wieder heraus, in mich hinein und heraus. Dabei lässt er mich nicht vergessen, dass er dort ist, erlaubt es mir aber auch nicht, zu kommen, damit das Ganze vorbei ist. Ich hasse ihn. Ich hasse ich so sehr dafür, dass er mir das antut. Der Schweiß auf meiner Augenbraue fühlt sich an, als würde er jede Sekunde heruntertropfen.

Ich ergreife mein Wasserglas und nehme einen großen Schluck. Ich traue mich, Jackson direkt anzusehen. Er sieht noch immer nicht zu mir herüber. Gott, kann es sein, dass er keine Ahnung hat, was hier passiert? Vielleicht denkt er, dass Bryce einfach sehr lange seine Serviette auf dem Schoß richtig hinlegt. Bitte Gott, mach, dass er irgendwie nichts mitbekommen hat.

Es ist einfach nur ein schreckliches, unangenehmes Geheimnis und - oh, oh Gott, jaaaa, genau dort, das ist die Stelle. Komm schon, du kleiner Bastard, nur ein bisschen mehr Druck ... Ich drücke mich gegen meinen Stuhl und versuche meine Kurzatmigkeit zu verstecken, indem ich einen weiteren Schluck nehme.

Bryce macht ein wenig Small Talk und versucht überhaupt nicht über eine der Firmen zu reden. Aber, als sich das Essen zum Ende neigt oder zumindest, als Bryces Teller fast leer ist, ändert sich sein Tonfall.

„Ich kann mich übrigens nicht so daran erinnern“, sagt Bryce und seine Stimme ist nicht mehr leicht und locker, sondern deutlich ernster. Ich bin einen Moment lang verwirrt und dann erkenne ich, dass er sich auf seine Aussagen vom Anfang der Unterhaltung bezieht.

„In meiner Erinnerung ist es so, dass wir am besten waren, als wir Dinge geteilt haben.“ Er zieht eine Augenbraue hoch und es scheint mir, als enthalten seine Worte eine geheime Botschaft, die ich nicht verstehe.

Aber dann fängt sein Daumen an, wieder härter auf meinen Kitzler zu drücken und er steckt einen dritten Finger in mich hinein. Ich positioniere mich anders auf dem Stuhl, damit ich mich gegen seine Hand drücken kann und bete, dass es niemandem auffällt. Verdammt, was tue ich hier? Aber oh - oh Scheiße, oh Gott, oh -

Jackson atmet hörbar aus. „Und trotzdem warst du, als wir angeblich alles geteilt haben, irgendwie immer der, der am Ende ...“, seine Augen verengen sich, „... all die *Lorbeeren* erntete.“

Ich versuche, der Unterhaltung zu folgen. Ich versuche es wirklich. Jedes Wort scheint irgendwie doppeldeutig zu sein oder in einer Geheimsprache, die ich nicht entschlüsseln kann. Aber die Art und Weise, wie Bryce so gekonnt mit meinem Körper spielt, bringt mich dazu, dass mein Blick trübe wird und ich fühle, wie die Wärme langsam in meinen Mittelpunkt schießt.

Jacksons tiefe Stimme hilft auch nicht. Ich habe noch nie eine geilere Stimme gehört. Ich versuche, mich auf das zu fokussieren, was er sagt. Gott, ich muss mich unter Kontrolle bringen. Ich werde nicht hier kommen. Nein, das werde ich *nicht*.

„Ich möchte wieder mit dir zusammenarbeiten“, sagt Bryce. „Ich entwickele eine neue Drohne und möchte, dass du sie dir ansiehst. Ich habe schon Verträge ausarbeiten lassen, sodass alles von Anfang an klar ist. Alle Patente würden wir fair 50-50 zwischen uns aufteilen. Aber das Wissen, die Geschäftsbeziehungen, die sich daraus entwickeln, können für uns beide dauerhaft hilfreich sein.“

Wie kann er so logische Aussagen machen, während er mich mit seinen Fingern fickt? Gott, das hätte ich mich nicht einmal denken lassen sollen. Mit den Fingern ficken. Das hat es schlimmer gemacht. Schmutzig. Verboten.

Ich drücke die Zähne zusammen, damit die Lust mich nicht einnimmt, aber ich kann fühlen, dass ich immer feuchter werde. Oh, Gott, haben Bryces Finger gerade ein Geräusch gemacht? Hat Jackson das gehört?

Aber Bryce ist immer noch mit Reden beschäftigt. Gott sei Dank. „Ich habe Beziehungen und exklusive Verträge mit Lieferanten, die bereit wären, auch mit dir zu arbeiten, wenn du dieser Partnerschaft zustimmst. Diese Herstellerverträge können dir mehr als 12 % mehr Gewinn einbringen. Ich teile meine Beziehungen mit dir und mir bringt das keinen Nachteil, schließlich sind wir nicht auf dem gleichen Markt."

„Und du würdest sie mir einfach geben?", sagt Jackson, dessen Augen nichts als Zynismus ausstrahlen.

Bryce lächelt freundlich, während er nickt. „Natürlich. Ich würde ja auch etwas von der Zusammenarbeit haben. Ich habe die Lösungen mit alternativen Energien, die du entwickelt und in deinen Maschinen umgesetzt hast, über die Jahre mit viel Interesse beobachtet. Ich habe Pläne für eine neue UAV, die die AXCO Plastics beinhaltet, Kuramoto Motors und deine energiesparenden Technologien. Wir würden beste, leistungsstärkste Modelle im Business kreieren und hätten DOD Verträge für die nächsten zehn Jahre."

Auch durch meinen vom Sex getrübten Blick erkenne ich, dass Jackson versehentlich Interesse zeigte, als Bryce zu sprechen begann. Aber zum Ende von Bryces Vorschlag verdunkelt sich sein Blick wieder.

„Ich war nie daran interessiert, etwas für das Militär zu entwickeln", schüttelt Jackson den Kopf. „Und ich habe vor langer Zeit aufgehört deine Spielchen zu spielen, Bryce. Du sagtest, wenn ich mit dir Esse, bekomme ich CQ-9." Er faltet seine Stoffserviette und legt sie neben seinen Teller. „Ich habe keine Lust auf Nachtisch. Ich habe meinen Teil der Vereinbarung gehalten."

Genau in dem Moment als Jackson aufsteht, macht Bryce irgendetwas mit seiner Hand. Die Finger in mir drücken sich nach oben, während er einen bestimmten Punkt auf meiner Klitoris trifft und Gott, ja, genau *da*. Da er das ganze Essen lang seinen Spaß mit mir hatte, ist alles so geschwollen und bereit und irgendwie weiß Bryce, wie er mit mir spielen muss. Ein Zittern der Lust durchläuft mich.

Oh - oh - ja, nicht aufhören, nicht - oh - *oohh-*

Einen Moment lang sehe ich nur weiß und habe das Gefühl zu verbrennen. Als ich endlich wieder atmen kann, stelle ich fest, dass ich die Tischdecke gekrallt habe und sie zwischen verkrampften Fingern festhalte.

Verdammt. Ich sehe wahrscheinlich aus wie eine Irre. Eine geile, vom Sex getriebene Irre.

Als ich meine Augen öffne, starrt Jackson mich einfach nur mit einem undeutbaren Gesichtsausdruck an. Und ich habe mich noch nie mehr in meinem Leben geschämt. Ich lasse den Kopf fallen und möchte mich einfach nur in meinem Elend einrollen. Wieso lasse ich zu, dass das mit mir passiert? Wieso bin ich so verdammt schwach, wenn es um Bryce geht?

Ich kann es jetzt sehen. Am Ende wird mich all das hier vernichten. Er wird mich zerstören, weil ich hierfür nicht stark genug bin ... Wie hat Jackson es genannt?

Bryces Spielchen.

Darum geht es Bryce nur. Ein Spiel. Er hat mich nur hierfür mitgenommen. Er wusste vorher schon, was er mit mir anstellen wollte.

Er hat das hier geplant ... diese ... diese öffentliche Demütigung. Nur ist das alles ein Spiel für ihn. Ich bin ein Spielzeug, das man benutzt, bis es deutliche Gebrauchsspuren hat, abgenutzt und kaputt ist. Und, genau wie ein Sechsjähriger es tun würde, wird er mich in den Müll werfen und vergessen, wenn er keine Lust mehr auf mich hat.

Ich habe das Gefühl, dass ich mich übergeben muss.

Bryce steht auf und hält Jackson die Hand hin. Dieselbe Hand, die bis eben in mir war. Wahrscheinlich ist sie noch immer feucht von mir. Ich muss gegen das Verlangen, mich möglichst kleinzumachen, ankämpfen.

Das hier ist nicht, wie ich damit umgehen sollte. Ich sollte Bryce zeigen, dass es mich nicht berührt hat. Dass ich stark bin und alles aushalten kann, was er mit mir anstellen möchte. Das muss ich. Ich habe die Miete schon mit meinem Vorschuss für den ersten Monat bezahlt und ich werde nicht den Termin beim Anwalt absagen. Nicht nach all dem, was ich schon durchgemacht habe.

Das hier ist vielleicht nur ein Spiel für Bryce, aber ich muss es lange genug durchhalten, dass ich meine Familie zusammenhalten kann. Wenigstens ein Jahr. Vielleicht benutzt er mich nur, aber ich kann das Gleiche mit ihm machen. Ich bin hier kein Opfer. Ich werde keines sein. Ich setze mich aufrecht hin, während ich mich weiter innerlich motiviere. Ich kann das hier.

„Vergiss nicht, dass ich dich kenne", sagt Bryce. „Du fällst nur selten Entscheidungen, ohne alle Fakten abzuwägen. Alles, worum ich bitte, ist um deine Mitarbeit beim Design einer einzigen Drohne. Diese Verträge ermöglichen es dir, Beziehungen mit einigen der besten Lieferanten im Geschäft herzustellen und deiner Firma eine große Zukunft zu ermöglichen."

Bryce lehnt sich nach vorne und ich realisiere, dass dieses Verkaufsgespräch das Ziel war, auf das er das ganze Mittagessen über hingearbeitet hat. „Du bist vielleicht die Nummer Eins in den USA, aber wenn CubeThink am internationalen Wettbewerb teilhaben möchte, musst du dir einen Vorteil verschaffen. Ich biete dir diesen. Wieso nimmst du dir nicht die Zeit, über die Möglichkeit nachzudenken und meldest dich dann?"

Anstatt ihm einfach die Hand zu schütteln, zieht er Jackson an sich heran und gibt ihm eine weitere halbe Umarmung und ein Klopfen auf die Schulter, genau wie zu Beginn des Treffens. Und dann, um das Ganze für mich noch schlimmer zu machen, beobachte ich, wie er meinen String Tanga in die Tasche von Jacksons Jackett verfrachtet.

Ich zucke zusammen und sehe weg. Wahrscheinlich habe ich

tatsächlich irgendeine wichtige Rolle bei diesem Treffen gespielt, auch wenn ich sie nicht verstehe.

Als Bryce ihn loslässt, ist Jacksons Gesicht wieder unlesbar.

„Vielleicht kann dir Miss Cruise weitere Informationen zukommen lassen, wenn du Zeit gehabt hast, weiter darüber nachzudenken." Als mein Name erwähnt wird, sehe ich ruckartig auf, aber Bryce ist schon darüber weg. Er hält mir seinen Arm hin.

Ich stehe auf und ergreife ihn, den Blick noch immer auf den Boden gerichtet. Ich kann nicht zu Jackson hinaufsehen. Wenn ich ihn in meinem Leben nicht noch einmal sehe, ist das immer noch zu früh.

Ich zucke nicht einmal zusammen, als Bryce die Hand auf meinen Rücken legt, um mich aus dem Raum zu führen.

Erst, als wir gehen und mein Magen sich beruhigt, stelle ich fest, wie hungrig ich bin. Ich habe kaum etwas von der Pasta, die so gut aussah, gegessen. Ein Teil von mir wünscht sich, dass ich einfach in den Raum zurückgehen könnte und mein Essen mit Jackson zu Ende essen könnte, anstatt mit Bryce zu gehen. Denn ich frage mich, ob der Mann, der wie der gefährlichere Hai aussieht, vielleicht sicherer ist, als der, mit dem ich gehe.

KAPITEL 6

„Mama! Nase! Nase!“, Charlie schnappt mit schleimigen, dreckigen Fingern und einem erfreuten Lächeln im Gesicht nach meinen Fingern.

Ich lache, weiche zurück und wische den Dreck von meiner Nase auf seiner Schulter ab. Oh, ein Wochenende, an dem ich einfach alte T-Shirts und Jeans tragen kann. „Jupp, Nase.“

Ich tippe seine Nase mit meinem Zeigefinger an und er kichert, dann trottet er in einem kleinen Kreis über den Rasen. Ich schenke ihm ein Lächeln.

Wir sind im Park, wo ich auf meiner Lieblings-Picknick-Decke sitze. Ich habe ihn hinüber zu den Spielgeräten gebracht, aber alles, was er tun wollte, war auf dem Rasen herumzurennen. Das ist total okay für mich. In der Sonne sitzen und dieses Samstagsparadies genießen? Dazu muss man mich nicht zwingen.

Charlie rennt zu mir zurück und zwar so schnell er kann. Ich breite meine Arme aus. „Hui, Freundchen!“

Er rennt in mich hinein und schnappt sich dann eine Haarsträhne. „Haare!“

„Ja, Haare“, ziehe ich ihn an mich heran. Er riecht nach Babypuder und Sonne. „Wie bist du nur so süß geworden?", frage ich ihn. „Ich dachte immer, du kannst nicht noch niedlicher werden, aber jetzt, wo du zweieinhalb bist und redest und rumläufst, da machst du noch mehr Spaß als früher!"

„Spaß!", wiederholt Charlie. Dann beginnt er sich aus meiner Umarmung zu befreien. „Los. Los!"

Ach, ist das nicht herrlich, wie es läuft? Als er noch kleiner war, wollte er den ganzen Tag nur kuscheln. Jetzt ist er immer hibbelig und will weg, damit er herumrennen kann. Man sagt ja immer, dass Kinder zu schnell erwachsen werden. Ich lasse ihn los und er ist wieder unterwegs.

„Bleib in der Nähe", rufe ich ihm nach. Ich muss mir allerdings keine Sorgen machen. Er hat schon angehalten und lehnt sich herunter um irgendwas auf dem Boden zu untersuchen. Jetzt muss ich nur in seiner Nähe bleiben und aufpassen, dass er, was immer er da findet, nicht in den Mund steckt.

„Miss Cruise? Sind Sie das?"

Ich drehe mich um und sehe einen Jogger. Eine Sekunde lang kann ich ihn nicht einordnen. Er rennt regelmäßig, das ist offensichtlich. Ein großer Mann. Tatsächlich ein Mann wie ein Berg, mit kräftigen Waden und einer von Schweiß durchtränkten Brust, die so breit ist, dass ich tatsächlich die Augen bewegen muss, um ihn komplett zu erfassen.

„Miss Cruise?"

Und dann muss ich blinzeln, denn die tiefe Stimme kommt mir bekannt vor. Ich lege eine Hand über die Augen, um diese vor der Sonne zu schützen, die hinter ihm steht.

Endlich fällt der Groschen und ich starre ihn an. Es ist Mr. Vale. Die Erkenntnis trifft mich wie ein Elektroschock mein Nervensystem. Ich versteife mich und mein Kopf wendet sich ab, um Charlie zu finden. Er hat einen Stock in der Hand und sticht auf etwas im Schmutz ein. Mein liebstes, unschuldiges Baby.

Alles, was ich denken kann, ist: Nein. Nein. Meine beiden Leben vermischen sich nicht. Charlies Mutter und ... die andere Frau existieren nicht zeitgleich. Das können sie nicht. Ich bin in der nächsten Sekunde auf den Beinen und weiche von Mr. Vale zurück in Charlies Richtung.

„Komm, Schatz“, sage ich Charlie zugewandt und schnappe die Windeltasche, die ich über die Schulter lege, bevor ich die Decke hochhebe. „Zeit zu gehen.“

„Warten Sie, Miss Cruise ...“

Ich halte lange genug inne, um ihm den bösesten Blick, den ich je hatte, über die Schulter zuzuwerfen. Er scheint alles zu beinhalten, was ich gerade nicht sagen kann - *Geh weg, verschwinden Sie verdammt noch mal von meinem Sohn* - denn Mr. Vale hält sofort die Hände hoch und weicht zurück. „Haben Sie einen schönen Tag.“

Er läuft weiter den Weg entlang, aber ich halte nicht lange genug inne, um ihn gehen zu sehen.

„Spielzeit ist vorbei.“

Es war vorhersehbar, dass Charlie ein Drama veranstalten würde. Er wehrt sich, als ich versuche, ihn wieder im Buggy zu platzieren, aber ich schaffe es. Es ist sowieso fast Zeit für den Mittagsschlaf, was das ganze Unterfangen wahrscheinlich nicht erleichtert. Ich gehe in die andere Richtung als Mr. Vale und blicke, während ich gehe, über die Schulter. Wahrscheinlich reagiere ich über, dass ich jetzt gehe, aber ihm ausgerechnet hier zu begegnen ...

Ich beiße die Zähne zusammen. Scheiß drauf. Um alles hinzubekommen, bin ich eh schon viel zu tief hineingerutscht, aber ich muss klare Grenzen ziehen, wenn es um meinen Sohn geht. Es ist mir egal, was Bryce oder irgendwelche seiner Freunde - und Feinde - denken. Ich werde auf die verdammte andere Seite des Landes ziehen und meinen Namen ändern, bevor ich es zulasse, dass irgendwelche dieser sogenannten Spielchen mein Privatleben in irgendeiner Weise beeinflussen.

Ich schiebe den Buggy den weiten Weg nach Hause, den ich joggend zurücklegen will und blicke immer wieder über meine Schulter zurück. Ein weiterer Grund, wieso ich diesen Park für uns aussuchte, war, dass ich auf dem Weg hierher und zurück joggen kann, aber jetzt kann ich diesen Nutzen nicht mehr ziehen. Vielleicht gilt das für viele meiner letzten Entscheidungen. Was ist, wenn ich, indem ich ein Problem gelöst habe, ein neues verursacht habe?

AM SONNTAG SCHLÄFT Charlie auf meinem Arm ein, als ich ihn nach seinem Bad wiege. Ich bringe ihn vorsichtig in seine Krippe in meinem Zimmer. Als ich ihn ablege, bewegt er sich kaum. Ich kann nicht anders, als diese Eltern-Sache zu machen und an der offenen Tür innezuhalten und ihn ein, zwei Minuten lang anzustarren, während mein Herz aufgeht.

Heute war er ein wenig nörgelnder als sonst. Mein gewöhnlicher, dummer Tanz durch das Wohnzimmer, der ihn immer aufheitert, hat die letzte Stunde vorm Schlafengehen fast nicht mehr funktioniert und er war, egal was wir den Tag über gemacht haben, unruhig. Shannon glaubt, dass er einen neuen Zahn bekommt und wenn ich bedenke, wie viel Spucke den Weg aus seinem Mund und auf mein T-Shirt gefunden hat und dass er fast jedes Spielzeug heute in den Mund gesteckt hat, dann hat sie wahrscheinlich recht. Armes Baby.

Er ist so schön, wenn er schläft. Wertvoll. Perfekt. Sein Mund bewegt sich, als würde er an etwas saugen, so als würde er von seinem Trinkbecher träumen. Ich lächele und schüttele den Kopf, bevor ich aus der Tür gehe.

Shannon ist im Wohnzimmer auf der Couch und hat sich in eine Decke gewickelt, während sie irgendeine angsterregende Sendung über Forensik schaut. „Ist er eingeschlafen?"

Ich nicke und gehe dann, um die Spaghetti, die ich gekocht habe, wieder warm zu machen. Charlie heute beim Abendessen zu füttern, war tatsächlich mal ein Erlebnis. Er war so hibbelig, dass ich es nicht geschafft habe, mein eigenes Essen zu essen. Immerhin ist er normalerweise nicht so. Ich setze mich auf den unglaublich hässlichen Sessel im Braun der Siebziger, der neben Shannon steht. Er ist ein Sperrmüllfund, auf den ich besonders stolz bin. An einem Sperrmülltag hatte ein Nachbar ihn an die Straße gestellt und Shannon und ich brachten ihn nach Hause. Er ist hässlich, aber unglaublich bequem und deshalb ist er einer meiner Lieblingsplätze in der ganzen Wohnung.

Ich nehme einen Happen meiner Spaghetti, aber sehe dann Blut und Innereien auf dem Bildschirm. Und damit meine ich wirklich die Organe und Eingeweide eines Toten.

„Oh, Scheiße, Shannon. Wieso?" Ich wende meinen Blick ab, aber viel zu spät. Wieso haben die in solchen Sendungen immer das Bedürfnis, die Bilder der Autopsie zu zeigen? „Ernsthaft? Können wir vielleicht irgendwas anderes schauen, während ich versuche zu essen?"

„Hey, ich habe zuerst ferngesehen", sagt sie mit einem Schulterzucken. „Du bist die, die entschieden hat, mit ihren Spaghetti hier hereinzukommen."

Ich grummele und konzentriere mich auf mein Essen, während ich es konsumiere. Ich stöhne auf, als ich auf ein Fleischbällchen in meinem Mund beiße. Ich würde gerne behaupten, eines dieser zierlichen Mädchen zu sein, die sich wegen so etwas vom Essen abhalten lässt, aber nein. Ich schließe die Augen und lasse den unangenehmen Moment vergehen, bevor ich drüber hinweg bin und meine Nudeln genieße.

Ich schaue erst wieder auf den Bildschirm, als mein Teller leer ist. Natürlich sind die Ermittler inzwischen mit dem forensischen Teil durch und stürmen gerade die Wohnung des bösen Kerls. Ich habe zu viel von der Handlung verpasst, als dass es mich interessieren würde, was passiert, aber ich schaue trotzdem weiter. Ich entspanne mich in meinem Sessel und lasse den Stress des Tages mit dem unruhigen Kind von mir gleiten. Ohhhh, Abende. Gottes Geschenk an Mütter auf der ganzen Welt.

„Also, wie ist dein neuer Job?", fragt Shannon, während sie weiter auf den Fernseher schaut. Nach einem kurzen Feuergefecht haben die Polizisten den Bösewicht verhaftet.

Ich ziehe eines meiner Beine unter meinen Hintern und versuche, nicht überrascht auszusehen. Shannon und ich sind zwar Schwestern, aber wir standen uns niemals wirklich nahe. Nun, das ist nicht wirklich wahr. Als wir wirklich klein waren, haben wir alles zusammen gemacht. Sie ist drei Jahre älter als ich und in meiner frühesten Erinnerung trägt, beziehungsweise zieht sie mich durch die Gegend. Verkleidet mich und nennt mich ihre Puppe. Sie hält meine Hand, wenn wir mit Mama in den Park gehen und sitzt mit ihren Armen um mich geschlungen hinter mir, wenn wir die Rutsche runterrutschen. Sie ist die Person, die mir beigebracht hat, wie man Schuhe bindet.

Ich weiß nicht sicher, wann sich das geändert hat. Vielleicht irgendwann, als ich so sieben oder acht war und mit den Schönheitswettbewerben angefangen habe? Aber es passierte abrupt. Sie fing an, mich komplett zu ignorieren und Zeit mit ihren älteren Freunden zu verbringen. Sie hatte keine Zeit mehr für mich und wenn wir doch mal etwas Zeit miteinander verbrachten, stritten wir uns.

„Er ist ... okay“, sage ich schließlich.

Sie rollt die Augen. „Nur okay?“

Nun, es ist ja nicht so, als könnte ich ihr sagen, wie es wirklich ist. Ich denke an unser Geschäftsessen mit Mr. Vale, das Bryce mich letzte Woche hat durchstehen lassen. Gott, stattdessen setze ich ein falsches Lächeln auf. „Nein, ich meine gut. Er ist wirklich gut.“

Sie nickt und einige Sekunden lang ist es ruhig.

„Wie war deine Woche?“, frage ich sie. Wenn Shannon mit mir reden möchte, muss ich sie einfach unterstützen. Sie ist so gut, wenn es um Charlie geht und es ist mehr als das. Sie war da und hat mich unterstützt, als es niemand anders tat. Ich weiß nicht, wie ich es nach Charlies Geburt ohne sie geschafft hätte. Ich wünschte, wir kämen besser miteinander aus. „Dein Graphic Design Zeugs?“ Ich weiß nicht viel über das, was sie tut. Sie ist Freiberufler für einige Werbefirmen, zumindest habe ich es so verstanden.

Ihr Körper wird steif. „Ich habe noch einen Kunden verloren.“ Sie greift nach der Flasche Wein, die neben dem Tisch steht und die ich bisher nicht bemerkt habe und gießt sich ein Glas ein. Ich schätze, dass es nicht ihr erstes ist. Als sie die Flasche wieder zurückstellt, trifft sie mit einem lauten Geräusch auf den Boden. „Dieser scheiß Gregory von In-Line Design unterbietet mich und stiehlt mir meine Kunden." Sie nimmt immer wieder große Schlucke aus dem Glas.

„Das tut mir leid, Shan. Das ist wirklich scheiße."

Sie wirft mir einen bösen Blick zu. Mist. Das hätte ich nicht sagen sollen. Ich wollte Mitgefühl zeigen, aber so, wie sie mich ansieht, meint sie wohl, es wäre Mitleid gewesen.

„So meinte ich ..."

„Erzähl mir mehr von deinem Job. Er ist *„okay"*?" Ihre Worte unterstützt sie mit in die Luft gezeichneten Anführungszeichen. „Was heißt das?"

„Ich habe gesagt, dass er gut ist", versuche ich erneut klarzustellen.

„Dein Chef. Der, für den du die persönliche Assistentin bist?" Sie lächelt, so als hätte sie irgendeinen Insider gebracht oder als würde sie irgendwas andeuten wollen. Was ich wirklich hasse, ist, dass sie damit ja nicht wirklich falschliegt.

„Er ist okay." Ohne, dass ich es vorhatte, sage ich es durch zusammengebissene Zähne.

„Wieder *okay*. Natürlich." Das Wort hört sich ein wenig gelallt an. „Ich hätte überhaupt nicht fragen sollen. Nichts ist jemals gut genug für dich." Sie nimmt die Fernbedienung und klickt sich durch das Menü.

„Was soll das heißen?" Wieso muss sie alles, was ich sage, falsch verstehen?

„Nichts", murmelt sie und wählt eine weitere Folge der gleichen Sendung. Ohne mich zu fragen, was ich sehen möchte. Natürlich.

Ich setze mich aufrechter hin. Wieso muss sie nur so eine Ziege sein? Was habe ich ihr jemals getan? „Nein, ich möchte es wirklich wissen. Was soll das heißen, dass nie etwas gut genug ist für mich?"

Sie wirft mir einen Blick zu. Offensichtlich habe ich die gleiche Wirkung auf sie, wie sie auf mich - wir haben beide von normal auf total angepisst geschaltet und zwar in weniger als einer Sekunde. Schwestern.

„Ach, weißt du", sagt sie und ihre Stimme ist voller Herablassung. „Du hattest als Kind alles. Alles ging immer um dich." Sie zieht die Augenbrauen zusammen und spricht in einer hohen Stimme weiter. „Oh, die arme kleine Calliope braucht Geld für die Kleider für den Schönheitswettbewerb."

Ihr Kinn verkrampft sich. „Du und Mama seid jede zweite Woche zur Maniküre und Pediküre gegangen, obwohl das das Letzte war, was wir uns hätten leisten sollen. Oh, unsere Callie ist nicht schön, nein, sie ist auch klug. Sie ist die Beste in der achten Klasse. Und dann, oh nein …", sie verfällt wieder in eine höhere Stimmlage, „… dann will die schöne Callie nicht mehr an Schönheitswettbewerben teilnehmen. Was ist los? Ist sie depressiv? Hat sie Probleme mit ihrem Körper? Vielleicht sollten wir sie zur Therapie schicken, egal ob das auch unglaublich viel kostet."

Ihre Gesichtszüge haben sich verhärtet. Sie trinkt ihren Rest Wein so schnell, dass etwas vorbei über ihr Gesicht und auf ihr Oberteil läuft. „Auch wenn Papa bei der Bank gerade so klarkommt und nie die Beförderung bekommt, für die er so hart arbeitet, obwohl er seinem Chef in den Arsch kriecht."

Ich zucke zurück, so als hätte sie mich geschlagen.

„Halt den Mund!" Ich springe auf. „Du hast keine Ahnung, wovon du sprichst." Mir ist bewusst, dass ich sie quasi flüsternd anschreie, weil Charlie nebenan ist, aber die Wut pulsiert so schnell durch meine Adern, dass meine Ohren klingeln. „Es tut mir leid, dass du einen schlechten Tag bei der Arbeit hattest, aber hör auf über Dinge zu reden, von denen du keine Ahnung hast."

Shannons Augen weiten sich und ich kann erkennen, dass sie realisiert, dass sie zu weit gegangen ist. Aber ich kann auch sehen, dass sie denkt, dass ich überreagiere. Denn natürlich versteht sie es nicht.

Ich habe es ihnen nie gesagt.

Ich habe nie jemandem erzählt, was der Chef von meinem Papa

mit mir gemacht hat. Und, tja, heute Abend ist nicht die Zeit für ein Geständnis. Ich schüttele den Kopf und verlasse das Zimmer.

SHANNON HAT IHREN SPÄTABENDLICHEN, von Alkoholkonsum geförderten Ausbruch weggeschlafen und wir gehen uns den ganzen Montag aus dem Weg. Heute tun wir so, als wäre nie etwas passiert. Man könnte glauben, wir kämen aus dem Mittleren Westen, so gut sind wir darin, über die ganze Scheiße des Lebens hinwegzusehen und so zu tun, als wäre alles einfach spitze.

Ich schüttele den Kopf, als ich nach einem langen Arbeitstag den Aufzug nach unten nehme. Überrascht sehe ich wieder hoch zu den Büros im fünfzehnten Stock. Sowohl gestern als auch heute bat Bryce mich um alles Mögliche. *Miss Cruise dieses, Miss Cruise jenes.* Und er behandelte mich dabei äußerst professionell und respektvoll. Sowohl in der Öffentlichkeit als auch wenn nur wir zwei da waren.

Was. In. Gottes. Namen. Wenn nur jeder Tag so sein könnte.

Mir entweicht ein Seufzer. Als ob Callie Cruise jemals so viel Glück hätte. Mein bisheriges Leben deutet nicht darauf hin, dass das jemals passiert. Ich erlaube mir trotzdem einen Tagtraum darüber. Ein einfaches Leben. Eines, wo ich einfach nur in Frieden meine Arbeit mache und einen tollen Gehaltscheck bekomme und ansonsten einfach meinen Weg gehe. Eine Schwester habe, wie in den Filmen, mit der ich Make-up-Tipps austauschen kann und mit der ich Nachrichten über irgendwelche Kerle hin- und herschicke. Meinen Ex beim nächsten Sorgerechtstermin richtig doof dastehen lasse. Einfach den amerikanischen Traum lebe.

Wo wir davon sprechen - ich ziehe mein Handy aus der Handtasche, um auf die Uhr zu schauen und laufe dann schnell aus dem Gebäude, denn verdammt, ich bin spät dran. Ich laufe so schnell, wie ich es auf meinen Absätzen kann, den Bürgersteig entlang. Verdammt, ich wünschte, ich hätte eines der bequemen Paare Schuhe mitgebracht, damit ich sie wechseln könnte. Ich wusste, dass die Anwaltskanzlei einige Blocks entfernt ist und dass ich vor meinem Termin nicht viel Zeit haben würde.

Don Murray ist ein bekannter Anwalt, er hat Zeit und ist schon *ziemlich* teuer. Drei *Haken* auf der Liste. Nicht nur, dass seine Kanzlei ganz oben auf meiner Wunschliste steht, aber genau er ist meine erste Wahl. Ich habe zwei weitere Anwälte angeschaut, aber ich hatte auf ihn gehofft. Ich habe mich vorher informiert. Der Kerl hat viele Bewertungen auf einschlägigen Seiten, wo Mandanten ihre Anwälte bewerten. Ich habe mir tatsächlich die einzelnen Bewertungen angesehen, nur um sicherzugehen, dass sie echt sind und man nicht einfach versucht, ihn besser darzustellen. Er hat nicht nur sehr gute Vergleiche in seinem Portfolio, er verschwendet auch kein Geld mit unnötiger Arbeitszeit. Genau das, was ich brauche.

Seine Kanzlei hatte die längste Wartezeit für einen Termin und das trotz der telefonischen Erstberatung, die ich letzte Woche mit ihm hatte. Nachdem ich dem Piranha-Anwalt von David und der Schreckschraube beim letzten Mal gegenüberstand, weiß ich, dass nur das Beste gut genug ist, weshalb ein schnell verfügbarer Termin kein Argument war.

Ich halte meine Geschwindigkeit, auch wenn meine Füße mich fast umbringen, als ich endlich an der Kanzlei ankomme. Tatsächlich bin ich am Ende nur ein paar Minuten zu spät und schaffe es irgendwie, ins Büro zu humpeln.

„Miss Cruise", steht Mr. Maury auf und schüttelt mir die Hand, als ich hereinkomme und mich setze. „Wie kann ich Ihnen helfen?"

Er ist ein Mann mittleren Alters, aber sein Anzug sitzt perfekt. Er hat einen leichten Bauchansatz und das leichte Grau in seinem Haar gibt ihm irgendwie noch ein bisschen mehr Würde. Für einen Juristen sieht er wirklich gut aus.

Beim Gedanken daran, wie teuer eine Stunde bei ihm ist, komme ich direkt auf den Punkt. Am Telefon haben wir nur die Eckdaten besprochen, also fange ich direkt an und schildere die Situation mit David und Charlie mit allen Details. Ich lasse nichts aus. Selbst die einstweilige Verfügung und der Teil, in dem ich Davids Auto angezündet habe, lasse ich nicht aus. Wir haben nicht die Zeit, sensibel oder schüchtern zu sein. Dieser Anwalt kennt sein Handwerk und ich möchte vorbereitet sein.

Mr. Maury klopft mit seinem Stift auf den Tisch, wo er bisher Notizen gemacht hat und sieht nachdenklich aus.

„Und Sie haben das Gefühl, Ihr ehemaliger Anwalt hat Sie nicht gut auf die Verhandlung vorbereitet?"

„Gott, nein", schüttele ich mich. „Alles, was er mir vorher gesagt hat, war genau falsch. Er hat mir gesagt, dass kein Richter der Welt jemals der Mutter das Kind wegnehmen würde. Dass Väter niemals das Sorgerecht bekämen." Es hatte sich damals falsch und sexistisch angehört, aber alles, was mir wichtig war, war, dass ich Charlie behalten durfte, also hatte ich nichts gesagt.

Ich schüttele den Kopf. „Er sagte, dass ich einfach nur viel Gefühl vor dem Richter zeigen müsse. Ich sollte so viel wie möglich weinen. Zeigen, wie sehr ich mich um mein Kind sorge." Und in der Zwischenzeit summierten sich die Rechnungen für Arbeitszeit und Vorbereitung zu Unsummen, zumindest, wenn man von meinem geringen Gehalt als Kellnerin ausging.

„Dann, am Tag der Anhörung, als ich immer wieder zu weinen anfing und versuchte den Richter damit zu beeindrucken, wie sehr ich mein Kind liebe, attackierte mich der Anwalt der Gegenseite und sagte, ich würde nur zeigen, wie labil ich sei und dass ich offensichtlich keine gute Mutter sei, genauso wie in der Vergangenheit, als ich seinen Mandanten gestalkt hätte. Als ich offensichtlich darüber wütend wurde und versuchte, mich gegen diese Anschuldigungen zu wehren, schaltete sich der Richter selbst ein. Und während all das passierte, sortierte mein Anwalt seine Akten." Ich lehne mich in meinem Stuhl zurück und puste mir die Haare aus dem Gesicht. „Deren Anwalt hat mich in der Luft zerrissen. Als er fertig war, kannte ich mich selbst nicht mehr, selbst ich hätte angezweifelt, ob es ratsam wäre, mein Kind in meiner Obhut zu lassen." Ich schüttele den Kopf, während meine Hände zitterten und ich das Gefühl der absoluten Hilflosigkeit, die ich an dem Tag empfunden hatte, wieder bekam.

Mr. Maury sieht aus, als würde er mitfühlen. „Hat er wenigstens den ausstehenden Unterhalt eingefordert? Manchmal reicht das als Abschreckung, um einen Vater davon abzuhalten, das Sorgerecht einzufordern."

Ich seufze und lehne mich wieder zurück. „Nicht bei David. Seine Frau hat mehr als genug Geld. Und das Geld, was ich bekam, war quasi in dem Moment auch schon verbraucht." Ich erzähle ihm von meinem Kaiserschnitt und den Tagen, die Charlie auf der Säuglingsstation verbracht hat.

Ich seufze wieder, diesmal, weil ich aufgebe. „Als ich das Baby bekam, dachte ich, ich sei krankenversichert." Ich entscheide mich, ihm nicht die lange Geschichte zu erzählen, wie ich damals, als ich die Krankenversicherung fürs College abschloss, überhaupt nicht auf die Idee gekommen war, die Option für eine Schwangerschaft auszuwählen und dass deshalb die Kosten der Schwangerschaft nicht von der Krankenversicherung übernommen wurden.

„Aber jetzt stehe ich finanziell gut da", füge ich schnell hinzu. „Ich kann Sie bezahlen, ich habe einen neuen Job."

Er lächelt mich beruhigend an. „Ich mache mir da keine Sorgen. Wir überprüfen die Zahlungsfähigkeit aller potenzieller Mandanten nach der telefonischen Beratung und Sie haben keine negativen Einträge. Genau darauf vertrauen wir bei der Vorbereitung für den nächsten Gerichtstermin. Es wird darum gehen, wie stabil Ihre Verhältnisse sind und was für eine ausgeglichene, verlässliche und kontrollierte Person Sie nun sind. Ihre exzellente finanzielle Lage wird dafür sprechen. Und, dass sie einen Job haben." All das sagt er laut, aber es scheint, als rede er eher mit sich selbst, während er Notizen macht.

Er sieht mich wieder an. „Gibt es einen Mann in Ihrem Leben?"

Ich denke automatisch direkt an Bryce und wie er mich jetzt schon zweimal vor sich zum Orgasmus gebracht hat. Und dann noch mal vor sich und Mr. Vale. Ich fühle, dass meine Augen rund werden, aber dann versuche ich, diesen ersten Impuls zu unterdrücken und blicke nicht weg oder runter. „Nein, nicht seit David." Okay, Verteidigung nun, das ist keine Lüge.

Er macht sich weitere Notizen.

„Okay." Er klopft mit dem Stift gegen die Seite des Notizbuchs. Er sieht über meine Schulter hinweg an die Wand und es erscheint mir so, als könnte ich sehen, wie er nachdenkt. „Ich denke, wir sollten einen zweiseitigen Angriff starten. Einerseits präsentieren wir eine Verteidigung, indem wir zeigen, wie stabil Ihr Einfluss inzwischen ist, wie ich bereits gesagt habe und andererseits werden wir sie attackieren, indem wir Davids Geschichte in Rauch aufgehen lassen."

Ich setze mich aufrecht. „Ach ja? Wie das?"

„Nun, zunächst, gibt es irgendjemanden, der bezeugen kann, dass er tatsächlich von dem Baby weiß und dass Sie es ihm damals gesagt haben?"

„Das weiß ich nicht." Ich beiße mir auf die Lippe. „Meine Familie wusste es. Und eine meiner Freundinnen am College, aber ich habe ihr nie Davids Namen gesagt, weil ich nicht wollte, dass er Ärger bekommt. Nur, dass der Vater des Babys es nicht wollte. Ich weiß nicht, ob er es jemandem gesagt hat und wenn, wem. Natürlich hat er es irgendwann seiner Frau gesagt, nicht dass das hilft", murmele ich. Aber dann sehe ich aufgeregt hoch. „Aber die Polizei! Ich habe der Polizei von all dem, was passiert ist, erzählt und die redeten nach dem Feuer mit David. Als ich im Knast war, da bin ich dehydriert und ohnmächtig geworden. Auf der Krankenstation haben die Ärzte bestätigt, dass ich schwanger war. Vielleicht haben sie damals etwas dokumentiert, auch davon, dass die Polizei mit David darüber gesprochen hat?"

Mr. Maury nickt und macht noch mehr Notizen.

„Und bei der letzten Anhörung, da haben Sie gesagt, dass er behauptet hat, dass er überhaupt nichts vom Baby wusste, bis …?"

„Bis, weiß ich nicht", sage ich schulterzuckend und fühle mich nutzlos. „Er hat bei Gericht nie erwähnt, wie er angeblich von

Charlie *erfahren hat*. Eines Tages habe ich einfach den Vaterschaftstest per Post bekommen."

Mr. Maurys Augen leuchten und er macht sich nickend mehr Notizen. „Ein weiterer Beweis dafür, dass er es wusste. Und dann gibt es noch etwas Wichtigeres."

„Was denn?"

Mr. Maury sieht mich mit hochgezogenen Augenbrauen an. „Das Offensichtliche. Die Tatsache, dass er Ihr Professor war. Sie waren seine Studentin. Er ist viel älter als Sie, oder?"

Ich knibbele an meinem Fingernagel. „Ähm, zu der Zeit?" Mann, natürlich. Ich kann meine eigene Frage beantworten. „Neunzehn Jahre älter."

Mr. Maury nickt. „Ein Mann, der alt genug ist, Ihr Vater zu sein, in einer *Machtposition*, hat Sie verführt. Sie sind schwanger und dann ohne irgendwas zurückgelassen worden."

Oh. *Das Offensichtliche*. Ich schlucke, als Mr. Maury fortfährt.

„Ja, Sie waren wütend, als er Sie plötzlich fallen gelassen hat und zurück zu seiner Frau gegangen ist. Aber er hat Sie auch emotional missbraucht, indem er Sie von Ihrer Familie und Ihren Freunden getrennt hat, indem er Sie gezwungen hat, zu lügen, um seinen guten Ruf nicht zu gefährden und damit eine ungesunde Verbindung zwischen Ihnen geschaffen hat." Seine Augen gleiten über die Notizen, bevor er wieder zu mir herüberblickt: „Es war das erste Mal, dass Sie von zu Hause fort waren. Auch wenn Romanzen zwischen Professoren und Studenten in Stanford nicht verboten sind, sind sie trotzdem nicht erwünscht. Er wollte eine Professur erhalten und es hätte ihm nicht geholfen, wäre es rausgekommen."

Er sieht mich wieder an. „Ich habe mir das angesehen, nachdem wir telefoniert haben. Und ist es nicht interessant, dass David erst jetzt das Sorgerecht will, wo er seine Professur hat und seine Karriere nicht mehr in Gefahr ist?"

Ich atme überrascht aus. Der Bastard. Er möchte seinen Sohn erst sehen, nachdem er sichergestellt hat, dass seiner Karriere nichts passiert. Seinen eigenen Sohn.

„Miss Cruise? Geht es Ihnen gut? Miss Cruise?“

Ich sehe auf und stelle überrascht fest, dass Mr. Maury immer wieder meinen Namen sagt und mich besorgt ansieht. Im selben Moment bemerke ich, dass meine Hände zu Fäusten geballt sind und dass ich halb vom Stuhl aufgestanden bin.

„Ja“, sage ich und versuche ein Lächeln aufzusetzen. „Alles gut.“ Ich entspanne meine Hände und glätte meinen Rock. „Ich habe nur gerade festgestellt, was für ein Bastard mein Ex ist.“

Mr. Maury sieht mich mitfühlend an. „Oh ja. Nun, lassen Sie uns schauen, was wir tun können, damit er das Sorgerecht für Ihren Sohn nicht bekommt.“

Ich nicke eindringlich.

„Gut. Lassen Sie uns mit einer Liste der Leute anfangen, die bezeugen können, dass Sie eine gute Mutter sind. Dann eine, mit allen Menschen, mit denen Sie während Ihrer Schwangerschaft gesprochen haben und die etwas über Ihre Beziehung mit David wissen könnten. Der Termin ist in vier Wochen, also müssen wir uns beeilen.“

Wir reden und besprechen die Strategie und dann ist die Stunde auch schon vorbei. Ich schwöre, es fühlt sich an, als wäre ich nur etwa zehn Minuten da gewesen. Er verspricht, dass er einen seiner Ermittler einsetzen wird und ich verkrampfe alleine bei dem Wort.

„Warten Sie“, bringe ich hervor. „Ich habe mich über Ihre Firma informiert und über Ihren Ruf, Sie stellen nicht mehr, als nötig in Rechnung. Aber mein letzter Anwalt hat das getan und ich musste viel Sch …“, ich halte inne, „… Zeugs, was unnötig war, bezahlen.“

Mr. Maury schüttelt seinen Kopf und seine Lippen verziehen sich nach unten, sodass es fast aussieht, als sei er angeekelt. „Miss Cruise, ich würde diesen Mann ungern als Anwalt bezeichnen wollen. Er nimmt die Reste. Meine Kanzlei ist komplett transparent. All unsere Mitarbeiter und Angestellten in dieser Firma sind sich darüber bewusst, dass unsere Mandanten in der Regel Hilfe brauchen und wir tun unser Bestes, ihnen nicht noch mehr aufzuerlegen. Aber ein bisschen Ermittlungsarbeit ist nun einmal Teil unserer

Arbeit. Ich kann ihnen per E-Mail Updates darüber schicken, was wir tun, damit Sie am Ende nicht überrascht sind. Sie haben letztendlich die Kontrolle, wie weit wir gehen."

Ich nicke und fühle mich aufgrund seiner Worte erleichtert. Aber letztendlich sind Worte eben nur das - Worte. Trotzdem kann ich es mir nicht leisten, noch einmal abgezockt zu werden. Das hier ist eine wirtschaftliche Entscheidung. Ich lächele, damit es nicht zu weh tut: „Sie können meine E-Mail haben. Ich freue mich auf Ihre Berichte."

Er sieht überhaupt nicht wütend aus. „Natürlich. Nennen Sie mich Don."

„Danke, Don", entgegne ich und halte ihm die Hand hin.

Er schüttelt meine Hand fest. „Lassen Sie sich von meiner Assistentin einen neuen Termin geben, bevor Sie gehen. Und Miss Cruise", fügt er hinzu, bevor er sich zum Gehen wendet. „Sie haben einen guten Fall."

Ich nicke und schenke ihm ein gezwungenes Lächeln. Ich kann mich nicht wirklich dazu bringen, ihm irgendwelche Plattitüden zurückzugeben. Egal, wie gut dieser Termin lief, ich möchte nichts verhexen.

Trotzdem habe ich zum ersten Mal seit langer Zeit Hoffnung, als ich vor dem Büro die High Heels ausziehe und in meine bequemen Sneaker schlüpfe.

KAPITEL 7

Am Mittwoch lädt Bryce mich zu einem Mittagessen mit einem privaten Investor ein und zwar in dasselbe Restaurant, in dem wir auch Mr. Vale getroffen haben. Ich bin mir fast sicher, dass ich wieder zu einer Sexparade eingeladen wurde, aber nein. Ich bin nur da, um meiner Arbeit

nachzugehen. Ich muss mich an die Zahlen und Statistiken erinnern, die in der letzten Woche bei einem Produktionstreffen ausgetauscht wurden, denn Bryce erwartet, dass ich diese auswendig weiß. Es ist eine andere Art der Darbietung, aber letztendlich ist sie wohl nicht weniger nervenaufreibend. Am Ende des Treffens habe ich es allerdings erfolgreich geschafft, alle seine Anforderungen zu erfüllen und ich fühle mich stolz, nicht gedemütigt oder als müsse ich mich schämen.

„Gutes Mädchen", sagt Bryce mit einem Klatscher auf meinen Hintern, als wir zurück ins Büro gehen. Aber weiter geht er nicht. Abwertend und sexistisch, natürlich, aber trotzdem war es ein Lob. Es hört sich sogar tatsächlich ehrlich an. Dummerweise hat es mich stolz gemacht.

Weil ich ein verdammter Idiot bin und ein Teil von mir hofft, dass er irgendwo tief in sich anfängt, mich zu respektieren.

Warte nur darauf, Cals. Lass dich nicht einwickeln.

Das ist die Einstellung, mit der ich am Donnerstagmorgen das Büro betrete. Aber es ist wieder nur professionell, als Bryce hereinkommt, um mit mir die Termine der nächsten Woche durchzugehen. In ein paar Wochen wird er nach Japan reisen und es ist das erste Mal für mich, dass ich Reisepläne aufstellen muss.

Er lächelt, während er einen Namen in sein Handy eingibt. Mit einem Ping meldet sich das Tablet, das ich in meiner Hand halte. „Ich schicke dir die Infos zu dem Reisebüro, das meine alte persönliche Assistentin genutzt hat. Die werden dir helfen, ein Hotel zu finden und die Autovermietung, die ich in Tokyo am liebsten benutze."

„Großartig, das erledige ich gleich." Mein Tonfall ist kurz und professionell. Das ist der Tonfall, den ich immer benutze, wenn ich direkt mit Bryce interagiere. Ich weiß nicht, ob er so tut, als würde ihm nicht auffallen, wie steif ich werde, wenn er in meiner Nähe ist oder ob es ihn einfach amüsiert. Während ich immer steifer werde, scheint er sich immer mehr zu entspannen. Ich habe versucht, mich zu entspannen. Mir wird klar, dass meine Steifheit etwas mit der Kontrolle, die er über mich hat, zu tun hat - diese konstante Paranoia, die ich entwickelt habe und die mich immer auf der Hut sein lässt.

„Hast du bereits all die Kontakte zu den Leuten, die ich treffen werde?"

„Ja, ich habe auch einen ersten Ablaufplan in ihrem Postfach und werde anrufen, um mir jeden Termin bestätigen zu lassen."

Wenn es irgendjemand anders wäre, würde ich den Gesichtsausdruck, den Bryce gerade trägt, wahrscheinlich als motivierend bezeichnen. „Du machst das toll. Ich weiß, dass ich in guten Händen bin." In seiner Stimme ist nicht das kleinste bisschen Sarkasmus erkennbar.

Ich starre ihn einfach einen Moment lang an, bevor mir auffällt, dass ich es vollkommen versäumt habe, ihm zu antworten. Er zieht die Augenbrauen zusammen.

„Richtig“, schaffe ich es endlich zu sagen. „Vielen Dank.“ Dann drehe ich mich auf dem Absatz um und sehe zu, dass ich fortkomme.

Aber das war es. Ich werde nicht noch für einen Striptease oder Ähnliches zurückgerufen.

Den Morgen verbringe ich damit, die Flüge und die Unterbringung zu buchen und mir die Termine auf seinem Ablaufplan bestätigen zu lassen. Es stellt sich heraus, dass das eine gute Idee gewesen ist, da seine vorherige persönliche Assistentin, die ursprünglich die Termine gemacht hat, zwei an einem Morgen verabredet hatte. Es kostet mich fast eine Stunde, die ich mit Betteln und Streiten mit zwei japanischen Sekretärinnen verbringe, bis ich es hinbekommen habe und aus dem einen Termin ein Mittagessen wird. Dann muss ich sicherstellen, dass ich einen angemessenen Tisch in einem der feinen Restaurants bekomme, das Bryces Ansprüchen genügt.

Als ich Bryce schließlich den neuen Ablaufplan gebe, sind es noch etwa fünf Minuten bis zur Mittagspause. Ich werfe ihm einen bösen Blick zu. Wie immer ist das Glas klar und wie immer scheint er mich überhaupt nicht wahrzunehmen.

Verdammt, worauf spielt er an? Mein Magen ist voller Steine, während ich auf seinen nächsten Zug warte. Vielleicht plant er auch gar keinen. Vielleicht ist er einfach so. Es gibt gar keinen Plan und er entscheidet aus dem Bauch heraus, dass er mit mir spielt, wenn ihm danach ist. Einfach nur, weil es ihm Spaß macht. Vielleicht ist es ihm einfach vollkommen egal, was mir durch den Kopf geht. Gott, wahrscheinlich bin ich ihm vollkommen egal und ich mache mir einfach nur jede Minute des Tages, während ich hier arbeite, Gedanken darüber, was er sich als Nächstes ausdenkt.

Aus einem Impuls heraus klicke ich auf Drucken und gehe dann hinüber in Bryces Büro. Die Tür hat Sensoren und gleitet sanft auf, als ich auf sie zu gehe.

Bryce sieht hoch, als ich hineintrete. Wenn er überrascht ist, zeigt er das nicht. „Ja?“, fragt er mit einem Lächeln. So wie er sich verhält, könnte ich schwören, dass er einen bösen Zwilling hat und der nette Bryce wöchentlich mit diesem die Plätze tauscht.

Ich sehe ihn an und suche nach ... Wonach weiß ich nicht genau. Ein Anzeichen für Grausamkeit? Gott. Wieso bin ich überhaupt hierhergekommen? Ich will einfach, dass etwas passiert. Oder nicht passiert. Diese Ungewissheit geht mir wirklich unter die Haut.

„Ich habe den Zeitplan für die Tokyo-Reise fertig. Ich habe ihn per E-Mail geschickt, aber ich dachte, vielleicht wäre eine gedruckte Version nicht schlecht. Nur, damit ...“, schweife ich ab, „... du mir sagen kannst, ob ich etwas ändern soll.“

Ich lege das Stück Papier vor ihm auf den Tisch.

„Sehr schön.“ Er sieht mich an. Nach einigen unangenehmen Augenblicken fragt er: „Gibt es sonst noch was, wofür du mich brauchst?“

Verdammt. Wie schafft er das immer, selbst wenn er die nette Version von sich selbst ist? Er schafft es, dass ich nie weiß wo ich bei ihm stehe. „Nein, gut ... Ich –“

„Ja?“

„Ich fragte mich ...“, schweife ich erneut ab. Mist. Wie soll ich nach dem, was ich wissen will, fragen? *Ich fragte mich, wann du wieder mit deinen Spielchen anfangen wirst? Den Spielchen, wegen denen du mich überhaupt erst eingestellt hast?* Ich seufze innerlich. Auch wenn ich den Mut aufbringen würde, bekäme ich irgendwelche vagen Ausflüchte, die mich in die Defensive

treiben würden, weil ich dumm und verletzlich genug gewesen bin, zu fragen.

„Miss Cruise?“

Ich lege ein falsches Lächeln auf. „Nichts. Ich mache jetzt Mittag. Kann ich etwas für dich mitbringen?“

Er nickt. „Ein Philadelphia-Clubsandwich auf Roggenbrot von dem Laden an der Ecke.“

„In Ordnung. Ich bin in etwa einer Stunde wieder da.“ Mit den Worten husche ich quasi aus dem Büro. Erst, als ich im Aufzug und auf dem Weg aus den Büros von Gentry Tech bin, habe ich das Gefühl, wieder frei atmen zu können. So geht das allerdings meistens.

Das Gebäude am Morgen zu betreten ist ein bisschen, wie in einen Hasenbau zu springen. Ich werde die nächsten acht Stunden lang eine merkwürdige Version von mir, nur um am anderen Ende ein bisschen verwirrt herauszukommen und wieder ich selbst zu sein. Dann versuche ich

alles, was passiert ist, zu verdrängen, bis ich wieder zurückkehren muss.

Als ich auf den Bürgersteig trete, hole ich tief Luft. Es ist Mittag und die Sonne steht im Zenit über der Stadt. Ich liebe das Gefühl ihrer warmen Strahlen auf der Haut. Der Sommer im Bereich der Bucht wird nie zu heiß und es ist auch erst Mitte Juni. Es fühlt sich nach einem perfekten Tag um die 20 °C an. Angenehm, mit einer leichten Brise, die vom Meer den Weg in die Stadt findet. Ich ziehe meinen Blazer aus, damit ich die Sonne direkt auf der Haut spüren kann.

Da bin ich.

Es gibt mich hinter all diesen irren Vorgängen in meinem Leben immer noch. Ich schlendere die Straße hinunter und es ist mir vollkommen egal, dass ich einige Minuten meiner Mittagspause

vertrödle. Tatsächlich habe ich noch nicht häufig eine volle Stunde Mittag machen können, seit ich angefangen habe für Bryce zu arbeiten. Normalerweise arbeite ich einfach durch und hole mir einen Müsliriegel aus dem Automaten und manchmal hatten wir Geschäftsessen oder Ähnliches.

Aber die paar Male, in denen ich es geschafft habe, zu verschwinden, ist es einfach ein purer Genuss aus dem Irrenhaus zu entkommen. Keine Erwartungen oder Unsicherheiten.

Hier muss ich keine Assistentin, kein Sexspielzeug und auch keine Mutter sein. Ich bin einfach nur irgendein Gesicht in dieser großen, vielfältigen Stadt. Wo wir gerade von vielfältig sprechen - beim letzten Mal, als ich alleine Mittag gemacht habe, aß ich an einem Food Truck. Heute möchte ich allerdings etwas Interessanteres.

Ich halte an einem koreanischen Restaurant, weil es Tische im Freien anbietet. Es ist ein viel zu schöner Tag, um schon wieder in irgendein Gebäude zu gehen. Eine Hostess bringt mich zu einem Tisch und serviert mir ein Glas Wasser, während ich die Karte ansehe.

Das meiste von dem, was dort steht, kenne ich nicht. Ich war niemals sonderlich abenteuerlustig, was Essen anging, auch nicht, als ich in Stanford war, was allerdings auch an meinem beschränkten Budget lag, was keine Sonderausgaben erlaubte.

Ein hübsches Mädchen, vielleicht im Collegealter, stellt sich als Seo-yeon vor. Das steht auch auf ihrem Namensschild. „Was darf ich Ihnen bringen?"

Ich lächele sie an. „Ich habe keine Ahnung, aber ich bin offen für alles. Was würden Sie empfehlen? Gibt es heute ein Special?"

„Sind Sie Vegetarierin?"

Ich schüttele den Kopf.

„Wie wäre es dann mit den Bulgogi Rinder-Tacos? Die sind sehr beliebt."

„Tacos?", lache ich. „Ich dachte, das hier sei ein koreanisches Restaurant."

Sie grinst. „Wir sind in Kalifornien. Hier gibt es alles als Taco. Aber psst", sagt sie, während sie die Stimme senkt und sich verschwörerisch zu mir herüberbeugt: „Wir nennen es eine mexikanisch-koreanische *Fusion*."

Ich lache erneut und es fühlt sich gut an. „Hört sich gut an. Ich nehme den koreanischen

Rinder-Taco."

Ich bestellte weiterhin einen Eistee und schon bald nippe ich daran und lehne mich zurück,

während ich mit einem entspannten Lächeln auf den Lippen die Leute auf der viel frequentierten Straße beobachte. Da gibt es einige in Businesskleidung, so wie mich, aber dazwischen entdecke ich auch viele Studenten, denn die Uni ist nur ein paar Blöcke weit weg. Auch einige Touristen. Ich entdecke beispielsweise ein Paar mit Sonnenbrand und Bauchtaschen, was nicht davon

ablassen kann, mit jeder Palme, die es entdeckt, Selfies zu machen. Dann sehe ich einen Vater, der einen Kinderwagen mit zwei kleinen Mädchen schiebt, wovon eines noch ein Baby ist und das andere etwa ein Jahr älter zu sein scheint als Charlie. Das ältere Mädchen plappert ohne Pause, während sie an mir vorbeirollen. Ich lächele noch immer, als etwas von hinten einen Schatten auf mich wirft und mir die Sonne nimmt.

„Miss Cruise."

Ich spucke fast meinen Eistee wieder aus, während mein gesamter Körper sich versteift. Ich drehe mich um. Was. In. Gottes. Namen?

„Mr. Vale." Ich bin schon halb von meinem Stuhl aufgestanden, bevor er in einer beruhigenden Geste die Hand hebt. „Verfolgen Sie mich?"

Er geht um den Tisch herum und nimmt mir gegenüber Platz. Ich weiß noch immer nicht, ob ich mich hinsetzten oder Reißaus nehmen soll.

„Entspannen Sie sich, Miss Cruise. Ich verfolge Sie nicht, wie Sie vermuten." Die Vorstellung hört sich komplett absurd an, als er sie äußert und seine nächsten Worte beruhigen mich weiter. „Dass ich Sie und Ihren Sohn im Park getroffen habe, war reiner Zufall. Und bitte, nennen Sie mich Jackson."

Ich setzte mich wieder auf meinen Platz.

„Was unser Treffen jetzt angeht, nun, ich hatte gehofft, Sie während der Mittagspause zu

erwischen. Ich ließ meinen Fahrer nach Ihnen Ausschau halten. Mein Büro ist nicht weit weg und er sagte mir, dass Sie hier sind. Ich wollte mich entschuldigen. Ich hatte das Gefühl, dass ich ...", er schluckt und blickt auf die andere Seite der Straße, „..., dass Sie sich wegen mir unwohl

gefühlt haben, als ich am Sonntag im Park auf Sie und Ihren Sohn zugekommen bin."

Ich kneife die Augen zusammen. Er ist mir also am Sonntag nicht gefolgt, aber heute hat er es

getan. Soll ich mich jetzt besser fühlen?

„Ähm, okay." Ich sehe ihn misstrauisch an. Er ist fast genauso angezogen, wie an dem Tag, als Bryce und ich ihn in der letzten Woche zum Mittagessen getroffen haben. Ein schöner,

dunkelgrauer Anzug. Weißes Hemd. Graue Krawatte. Offensichtlich teuer. Und es ist wieder ein leichter Ansatz von einem Bart zu sehen, was ich unglaublich sexy finde. Scheiße, habe ich ihn gerade sexy genannt?

Ich schüttele den Kopf und bin im Begriff wegzusehen, als ich ihm in die Augen sehe. Eisblaue Augen, die sich nur auf mich fokussieren.

Dann sehe ich weg. Dieser Mann ist zu viel. Ich habe schon so eine Art Mann in meinem

Leben. Ich brauche sicher keinen zweiten. Besonders keinen, der mitbekommen hat, was Jackson Vale mitbekam. Ich werde rot, als die Scham der Erinnerung durch mich strömt und mache mich kleiner.

„Okay. Entschuldigung akzeptiert. Das Treffen im Park war ein Zufall. Verstanden." Ich winke ein wenig merkwürdig. „Schön, Sie wieder zu sehen, Mr. Vale. Wenn Sie mich jetzt entschuldigen würden, ich würde meine Mittagspause gerne genießen."

Ich schaue stur auf den Tisch, aber kann trotzdem im Augenwinkel feststellen, dass sein

massiver Körper sich kein Stück bewegt.

„Ich habe doch gesagt, ich heiße Jackson“, sagt er in einem tiefen Bariton, so als würde die Luft in seiner großen Brust ein Echo erzeugen, bevor sie durch seine Kehle geht und aus seinem Mund entweicht.

„Ich habe das Gefühl, ich muss Sie vor Bryce Gentry warnen. Er ist kein guter Mann. Mit ihm zusammenzuarbeiten ...“ Er legt eine Pause ein, so als wüsste er nicht genau, wie er das, was er sagen möchte, sagen soll. „Ich mache mir Sorgen ... Er ist einfach nicht ...“

Meine Augen fallen auf ihn und ich kann das Lachen, was meinen Lippen entweicht, nicht unterdrücken. „Machen Sie Witze?“ Ich lehne mich über den Tisch. „Sehen Sie.“ Unsere Blicke treffen sich. Ich versuche gar nicht erst, zu verstecken, wie wütend ich bin. „Ich kenne Sie nicht. Sie kennen mich wirklich nicht“, dabei betone ich jedes Wort einzeln. „Ich kann mich gut um mich selbst kümmern. Ich brauche keine Fremden, die sich in meine Angelegenheiten einmischen.“

Genau in diesem Moment kommt Seo-yeon zurück und bringt mein Essen. Es sieht gut aus und riecht lecker. Natürlich bin ich noch immer nicht zu dem Mädchen geworden, das in stressigen Situationen keinen Hunger mehr verspürt. Nein, ich bin das Gegenteil. Ich esse, wenn ich Stress habe. Desto länger Mr. Vale mir gegenüber sitzt, desto mehr Essen möchte ich in meinen Mund stopfen.

Egal. Ich habe ihm gesagt, dass es mir egal ist. Ich schnappe mir den Taco und nehme einen großen, zufriedenstellenden Bissen. Und er ist saftig. Habe ich erwähnt, wie saftig? Denn irgendeine Soße tropft gerade langsam mein Kinn hinunter. Ich versuche, nicht zu offensichtlich, nach meiner Serviette zu suchen. Naja. Tacos sind nicht die beste Wahl, wenn man in Gesellschaft isst.

Aber andererseits habe ich ja auch nie um Gesellschaft gebeten.

„Wenn es Ihnen nichts ausmacht", sage ich mit vollem Mund. Wieso sollte ich versuchen,

höflich zu sein? „Ich versuche hier, entspannt ein schönes Mittagessen einzunehmen. *Alleine*."

Während ich ihn ansehe, zieht sein Mundwinkel sich nach oben. Er lehnt sich zu mir herüber und reicht mir eine Serviette.

Ich nehme die Serviette und wische mir damit über das Kinn. Ich kann nicht aufhören, Jackson anzusehen. Ist das ein Lächeln, das ich im Gesicht des unnahbaren Mr. Vale sehe? Es ist nicht so wie Bryces Lächeln, was immer manipulativ oder falsch scheint. Nein, ich weiß zwar nicht viel über ihn, aber Mr. Vale scheint nicht wie die Art Mann, die einem ein falsches Lächeln schenken würde. Wenn ich ein Lächeln von ihm bekam, dann ist es ein wahres.

Natürlich habe ich es bekommen, weil ich nicht vernünftig essen kann, aber ...

Aber nichts. Ich möchte nicht in der Nähe dieses Mannes sein. Offensichtlich möchte ich

überhaupt nicht um Männer herum sein und ganz sicher nicht, um einen, der Bryce kennt. Auch wenn sie Freunde sind. Wenn er allerdings wirklich Bryces Feind ist, sagt das nicht andererseits auch einiges über ihn?

Gehirn, sei ruhig. Ich greife nach meinem Eistee und nehme einen großen Schluck, um den zu großen Bissen vom Taco, den ich genommen hab, herunterzuschlucken. Die ganze Zeit über sitzt er einfach da und sieht mich mit einem wachsamen Blick an.

Ich atme schwer aus. „Was?", frage ich. „Warum sitzen Sie hier? Was wollen Sie von mir?" Es fühlt sich gut an, die Fragen zu stellen, die ich mich Bryce vorhin nicht zu stellen traute.

Mr. Vale ... *Jackson* ... lehnt sich auf seinem Stuhl zurück, zieht die Augen zusammen und

betrachtet mich. „Ich versuche zu verstehen. Wieso Sie?"

„Was meinen Sie?", frage ich ehrlich, denn ich habe keine Ahnung, wovon er spricht.

„Wieso nutzt Bryce Sie als Köder?"

Wa - ich blinzele einige Male. „Köder?“

„Was meinen Sie, wieso er Sie zu dem Treffen mitgebracht hat?“

Ähm, um mich vorzuführen?

Er sieht mich an, so als wartete er darauf, dass der Groschen endlich fällt. „Sie waren der

Köder.“

„Oh mein Gott, das erscheint mir ein wenig dramatisch.“ Ich lehne den Kopf nach hinten und sehe hinauf in den blauen Himmel. Auch wenn er jetzt nicht mehr ganz so blau ist. Es ziehen graue Wolken auf. „Perfekt, einfach perfekt“, murmele ich.

„Was?“, fragt Jackson. „Wenn Sie nur ein wenig Zeit mit ihm verbracht haben, wüssten Sie, dass er gerne Spielchen mit Menschen spielt.“

Ich blicke ihn böse an. Ich bin versucht, einen weiteren Bissen von meinem Taco zu nehmen, der, nebenbei bemerkt, unglaublich lecker ist, aber wahrscheinlich bringe ich das hier schneller hinter mich, wenn ich nicht mit vollem Mund spreche.

„Sehen Sie“, sage ich und werfe dabei die Arme in die Luft. „Das alles geht Sie nicht wirklich was an. Aber selbst, wenn Bryce irgendeinen anderen Plan verfolgt ...“ Ich schüttele wieder den Kopf. Ich verstehe nicht wirklich, was Bryce Jacksons Ansicht nach plant, aber egal. „Ich stecke schon viel zu tief drin, wenn ich versuche, mit dem Mann klarzukommen und er ist mein Chef. Ich kann es nicht gebrauchen, dass Sie auch noch Spielchen mit mir spielen. Wenn er Spielchen mit Ihnen spielt“, dabei deute ich von mir auf ihn, „... scheint es so, als wäre das, was Sie gerade tun, nämlich mich aufzusuchen, genau das, was er erreichen wollte, oder? Also ignorieren Sie mich

einfach, gehen Sie und tun Sie, was Sie eben so machen und ich werde das Gleiche machen, knorke?“

Er ist einige Momente lang still, bevor er antwortet: „Haben Sie gerade ... knorke gesagt?“

Ich kann fühlen, dass ich wieder rot werde, allerdings fährt er fort, bevor ich etwas entgegnen kann. „Sie stecken schon viel zu tief drin bei dem Versuch mit Bryce klarzukommen. Was macht er, dass

Sie versuchen müssen, mit ihm *klarzukommen*?" Er lehnt sich hinüber und senkt die Stimme: „Sowas, wie letzte Woche beim Mittagessen?"

Wie kann er es wagen, das zu fragen? Wie kann er es *wagen*?

Plötzlich kann ich es nicht mehr aushalten, hier zu sitzen. Egal, wie gut mein Mittagessen

aussieht und schmeckt, ich kann das hier nicht. Er hat es ruiniert. Ruiniert, genau wie die

Regentropfen, die jetzt auf den Bürgersteig um mich herum fallen. Ich fasse blind in meine Tasche und ziehe mein Portemonnaie heraus.

„Miss Cruise", sagt Jackson, aber ich ignoriere ihn und lege das Geld und ein gutes Trinkgeld auf den Tisch. Es ist schließlich nicht Seo-yeons Schuld, dass mein Mittagessen ruiniert wurde.

Ich schlucke und erkenne erst jetzt, dass ich gegen die Tränen ankämpfe. Ich weine niemals. Ich heule keinesfalls. Wie kann er es wagen, über das Mittagessen zu sprechen? Was für ein

Bastard.

Ich stehe auf und gehe so schnell wie ich kann von Jackson weg.

„Bitte warten Sie", ruft er mir nach, aber ich werde nicht langsamer.

Aber dann regnet es stärker und er ergreift meinen Arm und zwingt mich, mich umzudrehen. Seine blauen Augen sind so dunkel wie die Wolken über unseren Köpfen. „Alles, was ich wissen möchte, ist, ob Sie das alles wollen. Wollen Sie das?"

Bei allem ... „Ich gehöre nicht *ihm*", werfe ich ihm entgegen. „Er besitzt mich verdammt noch mal nicht."

Und aus irgendeinem Grund sehe ich neben der Intensität auch ... Befriedigung? ... in Jacksons Gesicht. Das war es jetzt, ich gebe jetzt offiziell auf, verstehen zu wollen, was hier passiert.

Aber er lehnt sich zu mir herüber und flüstert so leise in mein Ohr, dass ich es wegen des

fallenden Regens fast nicht hören kann: „Wenn Sie zu mir gehörten, Miss Cruise, würden Sie nicht so angeekelt aussehen. Wahrer

Besitz ist keine Einbahnstraße. Sie würden mir gehören, aber ich auch Ihnen. Ein Konzept, das Bryce leider nie verstanden zu haben scheint."

Mein Atem stockt und ich distanziere mich von der Intimität, die er durch das Flüstern in mein Ohr kreiert hat, nur um mich dann im Blau seiner Augen zu verlieren.

„Lassen Sie mich los", flüstere ich.

Das tut er. Dann dreht er sich um und geht die regennasse Straße herunter und lässt mich

verwirrt und atemlos zurück.

ALS ICH ZURÜCK INS Büro komme, bin ich komplett durchnässt. Ich bin wirklich ein Idiot, dass ich nicht einmal einen Blick auf die Wetter-App geworfen habe, bevor ich das Büro verließ. Die Wärme des Nachmittags ist verschwunden. Jetzt bin ich einfach nur nass und zittere.

Im Aufzug auf dem Weg in den fünfzehnten Stock stopfe ich einen weiteren großen Bissen von meinem Sandwich in meinen Mund. Ich kann nicht glauben, dass ich mir gleich zweimal

Mittagessen kaufen musste. Nach dem Treffen mit Jackson dachte ich, ich hätte keinen

Appetit mehr. Das hielt genau bis zu dem Moment an, bis ich im Sandwichladen stand und Essen für Bryce bestellte und der Duft von frisch gebackenem Brot mir in die Nase stieg.

Dumm, einfach nur *dumm* von mir, dass ich Jackson unter meine Haut ließ. Nicht, dass ich

ansonsten viel Zeit gehabt hätte, mein erstes Mittagessen zu genießen. Ich musste fast zwanzig Minuten auf die Sandwiches warten. Deshalb esse ich es jetzt auf dem Weg zurück zur Arbeit.

Ich schaffe einen weiteren Bissen, bevor sich die Türen des Aufzugs öffnen.

Auf dem Weg durch die Lobby versuche ich so würdevoll auszusehen, wie es eben geht, wenn man wie eine Mischung aus ertränkter Ratte und Streifenhörnchen, das sich die Backen vollgestopft hat, aussieht. Vielleicht sieht mich ja niemand.

„Mr. Gentry sagt, Sie sollen direkt in sein Büro kommen, wenn Sie wieder da sind", sagt die hilfsbereite Rezeptionistin, während sie mich mustert. Sie ist blond und gertenschlank, ein Modeltyp.

Ich murmele etwas Unverständliches um das Essen in meinem Mund herum und deute erst auf mein Büro, aber sie schüttelt vehement den Kopf.

„Oh, nein, Mr. Gentry war sehr deutlich, dass Sie direkt in sein Büro kommen sollen."

Ich kaue und versuche schnell zu schlucken. „Sehen Sie, Madison, ich bin komplett durchnässt, ich muss nur schnell in mein Büro und mich umziehen ...", aber sie drückt bereits auf den Knopf der Gegensprechanlage.

„Mr. Gentry", sagt sie mit mädchenhafter Stimme, die merklich höher ist, als die, mit der sie soeben mit mir sprach. „Miss Cruise ist aus der Mittagspause zurück."

„Wieso ist sie nicht in meinem Büro?" Bryces Stimme scheint gereizt.

„Das weiß ich nicht", sagt Madison mit bewusst unschuldigem Tonfall. „Ich habe ihr direkt als sie kam Ihre Anweisung gegeben, so wie Sie wollten, Sir."

War das ihr Ernst? Ich starre sie einfach nur an und sie lächelt, eines dieser Lächeln, die fiese Mädchen besonders gut können. Oh mein Gott, wieso möchten alle Leute um mich herum einfach immer Theater machen? Ich möchte einfach nur noch nach Hause gehen, meinen ältesten Schlafanzug anziehen und mit meinem Zweieinhalbjährigen Bauklötze stapeln. Stapel die Klötze. Schmeiß sie um. Man bekommt sicher ein erfreutes Lachen. Eine Stunde, die man damit verbringt, mit Charlie und Bauklötzen zu spielen und schon sieht man alle Probleme in anderem Licht und kann sie lösen, das ist kein Scherz.

Ich atme aus. *Erinnere dich daran, warum du das alles tust, Callie.* Diese ganze Scheiße machst du, damit du genau das mit deinem kleinen Jungen erleben kannst.

Ich drehe mich auf dem Absatz um und gehe mit tropfenden Haaren und durchnässtem Kleid in Bryces Büro. Er tippt etwas auf seinem Laptop.

„Ihr Mittagessen." Ich lasse die angefeuchtete Tüte auf seinen Schreibtisch fallen und gehe in mein Büro.

„Stopp."

Das tue ich und schaffe es irgendwie, nicht zu zeigen, wie genervt und frustriert ich gerade bin.

„Ja?"

„Hatten Sie eine schöne Mittagspause?", fragt er. Ausnahmsweise hat er mal bei der Arbeit

innegehalten und vergräbt sein Gesicht nicht im Computer, während er mit mir spricht. Nein, er sieht mich an, als würde er irgendwas aus mir herausbekommen wollen. Ich verlagere mein

Gewicht auf meinen Absätzen.

„Nein, nicht wirklich", sage ich langsam und deute auf mich selbst. „Ich saß draußen in einem Café und es hat angefangen zu regnen."

Er starrt mich weiterhin an.

Ich ziehe eine Augenbraue rauf, so als würde ich auf den Witz warten. „Kann ich sonst noch

etwas für Sie tun?"

„Ja, tatsächlich", sagt er lächelnd und plötzlich erinnert er mich wieder an einen zufriedenen Hai. Ich verlagere wieder mein Gewicht. Macht Arschloch-Bryce endlich wieder einen Auftritt?

„Ich habe einen Anruf bekommen, während Sie weg waren. Vor etwa fünfzehn Minuten.

Können Sie sich vorstellen, von wem?"

„Ich war noch nie gut darin, Rätsel zu lösen", entgegne ich schlagfertig. Ich möchte wirklich

einfach nur was Trockenes anziehen.

Sein Lächeln wird breiter, als er meine Antwort hört. Bastard. „Es war mein alter Freund, Jackson Vale von CubeThink. Können Sie sich an die Gesellschaft von letzter Woche erinnern?"

Mein Atem stockt und er bemerkt es. Bryce kneift die Augen zusammen und ich fühle mich wieder an einen Hai erinnert.

„Was wollte er?"

Bryce lehnt sich auf seinem Stuhl zurück und verschränkt die Finger unter seinem Kinn. „Nun, falls du es glauben kannst, war er sehr interessiert daran, über die Zusammenarbeit zu sprechen,

gegen die er sich letzten Donnerstag so deutlich ausgesprochen hat. Du weißt nicht zufällig, wieso er es sich plötzlich anders überlegt hat?"

„Nein", flüstere ich. Und ich meine, ich weiß es wirklich nicht. Den Vorschlag über die

Zusammenarbeit, den Bryce ihm während des Essens unterbreitet hat, hörte sich gut an, aber Jacksons Unwillen mit Bryce zusammenzuarbeiten, schien tief verwurzelt. Andererseits schien er auch nicht wie ein sonderlich leidenschaftlicher Mann - vielleicht kann er seine Gefühle und das Geschäft trennen. Wobei, *nicht leidenschaftlich* ist wahrscheinlich falsch ausgedrückt.

Bei der Erinnerung daran röten sich meine Wangen. *Wenn Sie mir gehörten, Miss Cruise ...*

„Nun, er deutete an, dass er aus ... sehr *persönlichen* Gründen", knurrt Bryce, „... nicht mit mir an diesem Projekt arbeiten möchte. Ich habe einige andere meiner Projektleiter vorgeschlagen, aber kannst du dir vorstellen, was er gesagt hat?" Er mustert mich weiterhin und hält den Kopf dabei schräg.

Ich schlucke und wünsche mir, ich hätte im Sandwichshop eine Flasche Wasser mitgenommen. Ich schüttele den Kopf.

„Er sagte mir, dass er mit niemand anderem als meiner talentierten persönlichen Assistentin zusammenarbeiten möchte. Es scheint so, als hättest du ihn beim Essen wirklich beeindruckt."

Ich kann fühlen, dass ich noch roter werde.

„Aber ... Ich meine, wir haben doch kaum miteinander gesprochen ... und ich ..." Gott, das meiste, was Jackson an dem Tag von mir gesehen hat, war, dass Bryce mich unter dem Tisch fingerte. Ist es *das*, was Jackson von mir will? Werde ich jetzt einfach als Sexspielzeug weitergereicht?

Ich erinnere mich an das, was Jackson vorhin noch zu mir gesagt hat. *Wahrer Besitz ist keine*

Einbahnstraße. Sie würden mir gehören, aber ich auch Ihnen.

War das einfach nur Schwachsinn? Innerlich schüttele ich den Kopf. *Verdammt, natürlich war es das, Cals.* Direkt danach hat er verdammt noch mal deinen Chef angerufen und irgendeine Art Tausch arrangiert, in Gottes Namen.

„Ist alles in Ordnung, Miss Cruise?", Bryces Worte bringen mich umgehend zurück in die

Gegenwart.

„Ja", sage ich und richte mich auf. „Natürlich."

„Ja, natürlich ist es das", entgegnet Bryce in spöttischem Tonfall. „Du glaubst also, du bist dem gewachsen? Du wirst die Drohnenmodelle vorstellen müssen, die wir für das

Verteidigungsministerium so vorstellen können, dass Jackson Vale, der als Bester seines

Jahrgangs das MIT abschloss und den MacArthur Genius Grant gewonnen hat, dem Projekt

beitreten möchte? Du wirst in der Lage sein, alle technischen Spezifikationen zu erklären, sodass er der Zusammenarbeit, die eigentlich zu lukrativ ist, um Nein sagen zu können, zustimmen wird?"

Bryce steht auf und ballt die Hände auf dem Tisch zur Faust, während er sich nach vorne legt. „Denn das ist es, was ein guter Verkäufer tut, wenn er einen Pitch vorträgt. Sie *verführen*", seine

Stimme senkt sich. „Hast du, was es braucht, um Jackson Vale zu verführen, Miss Cruise?"

Mein Mund wird noch trockener und ich kann fühlen, dass ich große Augen mache.

„Wenn du das hast", sagt Bryce mit einem Funkeln in den Augen. „Dann kannst du es hier weit bringen. Du wärst nicht mehr meine persönliche Assistentin bei all den", sein Blick fällt auf meine Brüste, „... *persönlichen* Aufgaben, die das beinhaltet." Er sieht mir wieder in die Augen. „Wenn du es schaffst, ihn für uns zu gewinnen, werde ich es dir schriftlich geben, dass du der Arbeit fernbleiben darfst und bezahlt wirst, während du deinen Abschluss in Stanford machst und danach ist dir eine Stelle im Management in einem der Gentry Tech Labore in diesem Land sicher."

Ich brauche einen Moment, bis ich verstehe, was er sagt.

„Ernsthaft?" Ein kompletter Neuanfang. Mein Traumjob. Weg von ihm, weit weg von Charlies

Vater und Geld - genug Geld, um ein ruhiges und sicheres Leben zu führen. Das ist alles, was ich mir je erträumt habe. Ich beiße mir auf die Lippe. Das heißt, dass das zu gut ist, um wahr zu sein. Sei kein verdammter Idiot, Callie.

„Ernsthaft", sagt Bryce lächelnd. „Dieses Geschäft ist wichtig für mich. Wenn du Erfolg hast, gebe ich dir das, was dir wichtig ist."

Verdammt, er sieht so aufrichtig aus.

„Zieh dich um und dann reden wir über deinen Pitch. Die gesamte nächste Woche wirst du an nichts anderes denken als Gentry Technologies."

KAPITEL 8

Und genau das tue ich. Bryce nähert sich mir die ganze Woche nicht auf sexuelle Weise oder stellt mir irgendwelche merkwürdigen Aufgaben. Alles, was ich mache, ist lernen. Weil bei allem, was Gentry Tech im Rahmen des Vertrags mit der Regierung macht, kann ich nichts von den

Sachen, die ich lernen muss, mit nach Hause nehmen. Das heißt, dass ich früher komme und

länger bleibe. Da David dieses Wochenende Charlie hat, kann ich das ganze Wochenende lang arbeiten.

Ich lese Marketinganalysen von Forschungsstipendien und jedes Detail des

Verteidigungsvertrages, den Gentry Tech mit der Regierung machte. Es ist unglaublich

beeindruckend. Noch beeindruckender sind allerdings die Spezifikationen der einzelnen Produkte, die Gentry Tech in der Vergangenheit gefertigt hat und des fraglichen Projekts.

Es geht nicht um die Art Drohnen, die weite Distanzen überwinden können und für den Angriff

genutzt werden. Es geht tatsächlich um das genaue Gegenteil. Es sind Drohnen zur Überwachung und sie sind deutlich weiterentwickelt, als alle, die gegenwärtig auf dem Markt erhältlich sind. Man wird sie einsetzen können, um in Regionen vorzudringen, die für menschliche Erkundung zu gefährlich sind und sie können sowohl Ziele erkennen, als auch sicher gehen, dass keine Zivilisten in der Gegend sind, bevor eine Freigabe zum Abschuss gegeben wird.

Damit die Drohnen so effizient sein können, müssen sie nicht nur schnell, sondern auch

langlebig sein und über ein gewisses Maß an Intelligenz verfügen. Sie müssen zumindest klug genug sein, um das Gebiet, das sie erkunden, in eine Karte einzuzeichnen, intelligent genug, um

mögliche Unterschlüpfe für schlechtes Wetter zu finden und auf andere Objekte auf ihrer

Flugroute zu reagieren sowie anderen Objekten in ihrer Gegend rechtzeitig ausweichen zu

können. Die Informationen, die mir für die Präsentation zur Verfügung stehen, versprechen, dass Bryce einen Algorithmus entwickeln wird, der an die Grenzen von dem geht, was Künstliche

Intelligenz bisher leisten konnte, wenn es darum geht, in Echtzeit Hindernissen auszuweichen.

Ehrlich gesagt bin ich nicht nur von den Socken, sondern auch unglaublich beeindruckt von dem, was ich lese. Ich hatte keine Ahnung, dass die Drohnentechnik inzwischen so weit

fortgeschritten ist. Bryce ist vielleicht ein Bastard, aber er ist definitiv ein kluger Bastard. Er dringt in Gebiete vor, in die sich bisher niemand auf diesem Feld getraut hat.

Ich habe keinen Zugang zu den tatsächlichen Algorithmen, da sie quasi das Äquivalent zu den Geheimdienstinformationen sind, aber das, was ich lesen darf, ist unglaublich beeindruckend. Auch, wenn ich es nicht will, bin ich ziemlich aufgeregt über all das. Das hier könnte meine

Zukunft sein. Ich könnte Teil dieser modernen Technologie werden. Als ich nachts heimkomme, bin ich voller Energie als ich Abendessen für Shannon und mich koche und Charlie mit Erbsen füttere.

„Was ist los mit dir?“, fragt Shannon mich am Mittwochabend. Dem Abend vor dem großen

Meeting.

„Nichts“, sage ich, während ich Charlie etwas vorsumme und einen weiteren Löffel Erbsen in Charlies Mund landen lassen möchte. Er drückt allerdings die Lippen zusammen und der Löffel voll Erbsen trifft auf seinen geschlossenen Mund und verteilt sich überall in seinem Gesicht. Ich löffele die matschigen Erbsen mit dem Löffel auf und versuche es erneut.

„Charlie!“, sage ich mit hochgezogener Augenbraue und mache mich mit einem albernen Tanz zum Affen. „Charlie! Guck her!“

Er lacht und ich nutze die Möglichkeit, um die Erbsen in seinen Mund zu befördern. Nur etwa ein Drittel bleibt darin, aber hey, es geht auch um einen kleinen Sieg, wenn man versucht ein Kind dazu zu bewegen, Erbsen zu essen.

„High Five, kleiner Mann“, sage ich, als wir das Glas geschafft haben. „Es geht um die kleinen Siege“, murmele ich diesmal hörbar.

Und ich glaube es. Ich muss es glauben. Um uns aller willen.

AM MORGEN meines Termins mit Jackson nehme ich mir etwas länger Zeit, mich fertig zu

machen. Shannon hat Charlie bereits mit zum Einkaufen genommen, also habe ich

ausnahmsweise die gesamte Wohnung für mich alleine. Nicht, dass ich die Zeit tatsächlich zum Entspannen nutze. Ha. Nein, so ziemlich das Gegenteil ist der Fall.

Mein Lieblingsmantra ist wieder im Einsatz, während ich das Ende eines Wattestäbchens

anfeuchte, um den Eyeliner, den ich dreimal bei genauso vielen Versuchen, ihn aufzutragen, zu entfernen.

„Versaue es nicht“, flüstere ich im leeren Badezimmer. Ich kann mich über den Klang von

Adeles Power-Balladen, die aus dem uralten Lautsprecher, an den mein iPhone angeschlossen ist, dröhnen, kaum hören. Ich hole einmal tief Luft und versuche dann wieder mein Glück mit

meinem Eyeliner. Diesmal schaffe ich es, Gott sei Dank.

Ich muss heute eine starke Frau sein. Selbstbewusst. Ich muss den Deal mit Jackson Vale

machen. Bryce hat das deutlich gemacht. Ich habe endlich die Chance zu zeigen, dass ich mehr bin, als eine Blondine mit Airbags als Brust. Ich öffne meinen Mascara und beiße die Zähne

zusammen.

Ich bin entschlossen, dass das hier klappt. Ich starre mich selbst im Spiegel an. Das Gesicht, das mir entgegenblickt, ist so attraktiv, wie ich es machen kann. Trotzdem verziehe ich meine Mundwinkel beim Anblick der schönen Spiegelung, dann seufzte ich. Ich möchte zwar, dass es nur um das Produkt geht, aber ich bin nicht naiv. Eine schöne Verpackung hat sich als wirksames

Verkaufsmittel erwiesen, egal ob mir das passt oder nicht. Und ich kann jeden Vorteil brauchen, den ich bekommen kann. Nachdem ich mit dem Mascara fertig bin, wühle ich mich durch meine Kosmetiktasche und schaue mir meine Lippenstifte an, schließlich hole ich drei unterschiedliche heraus.

Ach, verdammt. Soll ich ein unauffälliges Rosa oder ein starkes Rot nehmen? Welche

Nachricht möchte ich überbringen? Nun, ich bin immer noch kein Idiot. Beide Farben sagen

etwas. Mein Blick hängt an dem Rot. Ja, es sagt sexy, aber es ist auch ein Ausdruck von Kraft. Und ich gehe da nicht hin, um ein schönes, blasses Rosa zu sein oder um zu verschwinden, wie ein hautfarbenes Beige. Ich wähle den roten Lippenstift.

Meine Haare habe ich bereits in einem Chignon zusammengebunden. Ich ziehe das anliegende dunkelgraue Kostüm an, das aus Bryces schicker und teurer Kollektion kommt und meine

Kreation gut abschließt. Ich schaue noch einmal nach, ob alles, was ich brauche, in meiner

Handtasche ist.

Scheiße, meine Schuhe. Ich schnappe die schwarzen Pumps und lege sie in meine Tasche, dann ziehe ich für die Zugfahrt mein bequemes Paar Toms an … diesmal werde ich nicht zu einem wichtigen Termin mit dreckigen Schuhen erscheinen. Ich lege den Gurt meiner schicken

Laptoptasche neben den meiner Handtasche auf meine Schulter. Bryce hat mir ausnahmsweise erlaubt, meinen Arbeitslaptop mit nach Hause zu nehmen, weil ich direkt von dort zu meinem

Termin um zehn mit Jackson bei CubeThink gehe. Endlich gehe ich zur Tür hinaus.

Im Zug ist kein Platz mehr frei. Natürlich. An dem Tag, an dem ich einen Mord begehen würde, um einen Platz zu haben. Na ja, das wird mich nicht aufhalten. Ich halte mich an einer der

Stangen fest und sehe noch mal die Karteikarten mit den handgeschriebenen Notizen, die ich gestern gemacht habe, durch und versuche mir die Punkte einzuprägen, die ich heute Morgen keinesfalls vergessen darf. Ich schließe die Augen und flüstere sie mir selbst immer wieder vor. Ich bin mir sicher, dass die Leute um mich herum mich merkwürdig ansehen. Es ist das Verhalten einer Studentin vor einer Klausur, die versucht, sich die wichtigsten Punkte zu merken, nur dass ich das Outfit einer Businessfrau trage.

Ich öffne meine Augen wieder und flüstere leise: „Modifizierte Algorithmen für die Luftfahrt, um zu suchen und so zu reagieren, dass sie die Fähigkeiten gegenwärtiger militärischer und für den

Kunden gebauter Modelle deutlich übersteigen. Die RQ-16 T Hawk …“ Ich halte inne, als ich

feststelle, dass der Kerl neben mir mich nicht nur anstarrt, sondern mir tatsächlich zuzuhören scheint. Ich schenke ihm ein verhaltenes Lächeln und drehe mich so, dass ich ihm den Rücken zuwende. Wo war ich? Richtig. Die RQ-16 T Hawk …

Ich wiederhole immer wieder alle Redepunkte bis ich ankomme.

Die Büros von CubeThink sind in einem Gebäude, das nur ein paar Meilen von Gentry Tech entfernt ist. Nun, wir sind schließlich im Silicon Valley ... irgendwie ist hier ja alles nur ein paar Meilen entfernt. Der Google Komplex ist beispielsweise nur vier Meilen von CubeThink entfernt. All diese genialen Gehirne, die hier

gemeinsam im Nebel von Nordkalifornien denken. Aber immerhin ist es nur ein geniales Gehirn, das ich heute für mich gewinnen muss.

Ich gehe die Stufen vom Bahnhof hinunter und ignoriere die Obdachlosen, die immer an

Bahnhöfen zu residieren scheinen. Ich bin zu sehr auf meine Aufgabe konzentriert, um ihnen

Aufmerksamkeit zu schenken. *Versau das hier nicht.*

Der Bahnhof ist nur ein paar Blocks von CubeThink entfernt. Als ich die Hälfte des Wegs hinter mich gebracht habe, halte ich inne und überprüfe im Spiegel, der am Reißverschluss meiner

Tasche hängt, mein Make-up. Es ist heute nicht heiß, aber ich schwitze. Wirklich attraktiv, Callie. Ich ziehe ein paar Streifen mattierendes Papier aus der Tasche und tupfe damit mein Gesicht ab. Ich lächele und sehe, dass ich Lippenstift auf den Zähnen habe. *Gott.* Ich wäre fast so da reingegangen. Mit einer Serviette aus meiner Tasche reibe ich über meine Zähne, bis sie wieder schön und glänzend weiß sind. Ich atme aus und rieche an mir. Okay. Glücklicherweise habe ich wenigstens daran gedacht, Deo aufzutragen. Ich habe mich gegen Parfum entschieden, weil das aussieht, als würde ich mir etwas zu viel Mühe geben, oder?

Ich richte mich auf und gehe um die Ecke und auf das Bürogebäude von CubeThink zu. Ich werde das hier *nicht* versauen. Ich habe alles gelernt, was ich konnte, über das Produkt, was ich Jackson heute vorstellen werde. Ich kenne das Material in- und auswendig und auch Bryces

Vorschlag und welche Produkte Jacksons Firma gegenwärtig interessieren könnten, ist mir

bekannt. Was wir ihm bieten und was Jackson gewinnen könnte.

Ich *kann* diesen Deal machen. Ich *werde* diesen Deal machen.

Ich öffne die Tür und gehe in das Gebäude. Ich durchlaufe die Sicherheitsschleuse und nehme dann den Aufzug nach oben. Uiiii. Als ich den Aufzug verlasse und in das Büro von CubeThink trete, bin ich überrascht, wie anders als bei Gentry Tech die Stimmung hier zu sein scheint. Beim luxuriösen Läufer auf dem Boden angefangen bis zu den dicken Ledersesseln im Wartebereich, strahlt dieses Büro einfach nur die Eleganz der Alten Welt aus.

Selbst die Empfangsdame, eine Frau, die aussieht, als sei sie um die fünfzig, sitzt an einem Schreibtisch aus schwerem Kirsch-Mahagoni Holz. Sie ist elegant gekleidet, aber eher in einer Richtung, die man wohl als Cardigan-Chick bezeichnen könnte. Eine schöne Retro-Cateye-Brille schmückt ihre schlauen Augen.

„Ich habe einen Termin mit Mr. Vale", sage ich und lächele sie an, während ich mich aufrichte. „Miss Calliope Cruise."

Die Frau mustert mich eine Sekunde lang so, als würde sie mich bewerten und dann nimmt sie das Telefon in die Hand, um Mr. Vale zu sagen, dass sein zehn Uhr Termin da ist. Sie nickt, als sie seine Entgegnung hört und legt dann den Hörer auf.

„Sie können durchgehen", sagt sie zu mir. „Den Flur entlang", fügt sie mit einem Fingerzeig hinzu. „Die letzte Tür ganz am Ende."

Ich lächele und mein Mund fühlt sich, als ich den Flur entlang gehe, plötzlich trocken an.

Anders als im Büro von Gentry Tech ist hier nicht alles offen, sondern scheint sehr traditionell. Der Flur ist einigermaßen schmal und hat auf beiden Seiten Büroräume. Ich kann allerdings am Ende des Flures Jacksons Tür erkennen. Natürlich. Eckbüro.

Ich klopfe leicht gegen die Tür, als ich diese endlich erreiche.

„Kommen Sie herein."

Ich hole noch einmal tief Luft und trete dann ein.

Jackson steht auf und kommt um seinen Schreibtisch herum, als ich hereinkomme.

„Oh", ich kann nicht anders, als dieses überraschte Geräusch von mir zu geben, als er mit ausgestreckter Hand auf mich zukommt.

„Calliope, es ist schön, dich wieder zu sehen." Die Falte zwischen seinen Augen entspannt sich, als ich hereinkomme. Anstatt stoisch und brüsk, wie sonst, scheint er plötzlich ... pflegeleicht. Vielleicht ist er sogar erfreut, mich zu sehen?

Ich strecke ihm meine Hand entgegen, auch wenn ich ein wenig aus dem Gleichgewicht bin. Und ich bin erst etwa dreißig Sekunden in seiner Gegenwart. *Das ist ein super Anfang, Cals.*

Ich schüttle mich selbst mental, als meine Finger den Weg um seine Hand finden und bete, dass mein Griff stark genug ist. Aber nicht zu stark. Was ist das eigentlich alles für ein Mist mit der

Psychologie um ein Händeschütteln? Sei stark und selbstbewusst? Ich drücke noch ein wenig fester, aber dann wird mir klar, dass es vielleicht so aussehen könnte, als würde ich mich

verzweifelt an seine Hand klammern. Also löse ich meinen Griff. Und das war jetzt einfach

merkwürdig, also lasse ich seine Hand los und versuche, das Gesicht nicht zu verziehen. Falls Jackson auffällt, dass irgendwas Merkwürdiges passiert ist, lässt er es sich nicht anmerken.

Er mustert mich schnell von Kopf bis Fuß. Ein Mundwinkel zieht sich nach oben und dann geht er zurück hinter seinen Schreibtisch und nimmt in seinem Bürostuhl Platz. Wieder lässt sich der Charme der Alten Welt deutlich erkennen - der Bürostuhl mutet an, wie ein Ohrensessel aus

burgunderfarbenem Leder und hat kupferfarbene Nieten, die die Seiten hinauflaufen. Ich kann nicht anders, als ein paar Sekunden lang einfach nur zu starren. Wer sucht einen so offensichtlich antiken und großen Stuhl als Bürostuhl aus? Man könnte das Teil auch mit einem Thron

verwechseln!

„Schöner Stuhl", höre ich mich sagen. Ich beiße mir auf die Lippe und wünsche mir, ich könnte die Worte zurücknehmen, aber es ist zu spät. Sie sind raus und hallen wie mit einem Echo durch das luxuriöse Büro.

Jackson starrt mich einfach nur an und sagt nichts. Er sieht mich immer noch an, als wäre mein Besuch eine wahre Freude, also ... das heißt doch was, oder? Zumindest ein guter Anfang.

„Ich bin ein Mann mit einer Schwäche für die schönen Dinge des Lebens. Das werden Sie sicher noch rausfinden, Miss Cruise", ist alles, was er entgegnet, nachdem wir fast eine halbe Minute geschwiegen haben.

Was hat es mit den Schmetterlingen in meinem Bauch auf sich, die sich bilden, als er das sagt? Vielleicht liegt es daran, dass er mich die ganze Zeit anstarrt. Seine Augen ganz auf mich

fokussiert. Ich weiß nicht, was ich davon halten soll. *Komm schon, Cals, ist das wirklich wahr?* Verdammt. Wenn ich ehrlich bin, weiß ich, dass das, was ich gerade in seinen Augen sehe, zeigt, dass er an mir interessiert ist. Und es ist schmeichelhaft. Er ist ein schöner, mächtiger Mann. Aber dafür bin ich nicht hier. Das ist das *Letzte*, worum ich mich gerade kümmern sollte. Besonders, weil ich nicht sicher sein kann, ob er tatsächlich an *mir* interessiert ist oder ob es einfach der Fall ist, dass er etwas haben möchte, was er nicht haben kann - das Spielzeug von Bryce.

Der Gedanke reicht, um all die Schmetterlinge verschwinden zu lassen.

Ich nehme ihm gegenüber Platz und stelle meine schwere Tasche ab, während ich die

Laptoptasche auf den Knien balanciere. „Soll ich mit der Möglichkeit, die Gentry Tech bietet,

anfangen?" Ich hole den Laptop aus der Tasche. „Ich habe hier alle Spezifikationen und das Schema dazu, wie wir uns die Zusammenarbeit vorstellen ..."

Jackson rollt die Augen und macht eine abfällige Bewegung mit der Hand. „Müssen wir direkt mit der Arbeit anfangen? Ich würde mich viel lieber über dich unterhalten, Calliope Cruise."

Einen Moment lang bin ich sprachlos. Verdammt. Das ist nicht gut. Vielleicht war der rote

Lippenstift doch eine schlechte Idee. Ich muss den Fokus von mir auf das Projekt lenken.

Ich lächle nüchtern. „Der beste Weg, mich kennenzulernen, ist meine Arbeit zu sehen, Mr. Vale. Also, warum fange ich nicht damit an, Ihnen unseren Vorschlag zu unterbreiten? Wo kann ich

meinen Laptop an einen Beamer anschließen?“ Ich sehe mich im Büro um. „Vielleicht könnten wir auch in einen Konferenzsaal gehen, wenn das besser passt?“

Jackson sitzt einfach auf seinem Stuhl, der wirkt wie ein Thron und verschränkt ein Bein auf Höhe des Knöchels in einer entspannten Haltung. „Unser System wird gerade gewartet.“ Er

deutet auf den Stuhl in der Ecke, der auch aus Leder ist, aber Rollen hat. „Außerdem müssen wir das nicht so formell machen, wenn es nur wir zwei sind. Dein Laptop sieht aus, als hätte er einen großen Bildschirm. Schnapp dir einfach den Stuhl und setz dich neben mich.“

„Oh“, meine Augen springen zwischen dem Stuhl, auf den er gedeutet hat, und ihm hin und her. Lügt er bezüglich des Beamers? Ernsthaft ... das System der ganzen Firma wird genau an dem Tag, an dem ich auftauche, gewartet?

Ich drehe mich um und laufe cool auf den Stuhl zu, sodass er meinen innerlichen Ausraster, der sich auf meinem Gesicht manifestiert, nicht wahrnehmen kann. Das hier läuft überhaupt nicht so, wie ich erwartet habe. Ich hatte vor, ruhig und gesammelt zu sein, leidenschaftslos die Folien präsentieren zu können, professionell, idealerweise in einem Konferenzsaal. Nicht direkt neben ihm in seinem luxuriösen Büro. Meine Augen fallen auf das dunkle Holz, die Ölgemälde von

Landschaften, die an den Wänden hängen, den dicken Teppich und ... oh *Scheiße*!

Scheiße, Scheiße, Scheiße!

Ich habe meine Pumps nicht angezogen.

Hier stehe ich, in meinem schicken Kostüm ... und alten, roten Toms. Weil nichts sagt, dass man Klasse hat, wie ein altes Paar Stoffschuhe mit einem Loch in der Nähe des großen Zehs. Gott. Wenn

Jackson das vorher nicht bemerkt hat, dann sicherlich jetzt, wo ich die nächste halbe Stunde direkt neben ihm verbringen werde.

Ich schnappe mir schnell den Stuhl und positioniere mich strategisch dahinter. Vielleicht kann ich so meine Füße verstecken? Gott, hoffentlich verdeckt er meine Füße! Ich kann fühlen, dass ich rot werde.

Hör auf, auszurasten, Cal, vielleicht sieht er dich gar nicht an. Ich hebe meinen Blick, damit ich Jackson sehen kann.

Er sieht mich direkt an.

Mist. Hat er meine Füße gesehen? Ich weiß es nicht.

Ich schiebe den Stuhl an die schmale Stelle zwischen der Ecke des Büros und dem

Schreibtisch. „Also, wie ich bereits sagte, Gentry Tech fokussiert sich auf sehr fortgeschrittene, äh …", verdammt. Da ist nichts, nichts. „… wirklich fortgeschrittene Dinge", beende ich den Satz langweilig. Ich setze mich auf den Stuhl und verstecke meine Schuhe so gut ich kann unter dem Tisch, was dazu führt, dass ich in einem sehr merkwürdigen Winkel sitze.

Okay. Zeit, sich zu beruhigen. Ich versuche, meine Gedanken zu ordnen. Erinnere dich an deine Stichpunkte. Richtig. Stichpunkte! „So, wie der Vertrag mit der Regierung, über den wir sprachen." Ich nicke. Ja. Verträge mit der Regierung. Richtig.

Jackson macht ein angeekeltes Gesicht. „Bryce war immer schon verrückt nach dem Geld aus Verteidigungsverträgen. Das ist einer der Aspekte, bei dem wir uns schon früh uneinig waren."

Ich nicke, während ich meinen Laptop aufklappe. Ich bin mir der unterschiedlichen

Philosophien der beiden Firmen durchaus bewusst. Mein Job ist es, ihm deutlich zu machen, dass diese Differenzen keinesfalls unüberbrückbar sind. „Während Sie sich immer mehr für den freien Markt interessiert haben."

„Du hast deine Hausaufgaben gemacht."

Ich öffne meine ersten Folien. Gut. Endlich über das zu sprechen, was ich vorbereitet habe, hilft mir, mich zu beruhigen und die

Balance wieder zu finden. Ja, ich kann das hier. Das hier ist das, worauf ich vorbereitet bin. Ich atme tief ein, als ich eine Werbung für CubeThinks neueste, beste kommerzielle Drohne auf dem Markt aufrufe. Sie ist für wirklich ernsthafte Enthusiasten und kostet rund dreitausend Dollar.

„Nun, wenn wir uns Ihr neustes Modell ansehen, was zu Beginn des Jahres auf den Markt kam ..." Ich rattere die Daten dazu herunter. „Zehn Pfund, wiederaufladbare Batterien, die dreißig Minuten lang halten - nebenbei bemerkt: Das ist sehr beeindruckend", werfe ich ein und er nickt zustimmend. „Sie fliegt bis zu vierzig Meilen pro Stunde schnell und macht Filme in HD Qualität, die direkt auf dem Smartphone gestreamt werden können." Er nickt und fängt an, etwas ungeduldig auszusehen.

„Wenn du hier sitzen möchtest und mir den ganzen Morgen lang erzählen möchtest, was meine Firma schon alles erreicht hat, Miss Cruise, ..."

„Aber", werfe ich ein und kneife die Augen aufgrund der Unterbrechung zusammen: „All das macht Sie nur zu einem Mitstreiter auf dem Markt. Gegenwärtig hat DJI Phantom den größten Anteil am internationalen Markt der UAVs. Was gibt Ihnen den Vorteil im kommenden Jahrzehnt des Wettkampfs im Drohnengeschäft?"

Ich klicke mich durch die nächsten paar Folien und merke, dass ich selbstbewusster werde. „Ich überspringe die Geschichtsstunde. Ich bin mir sicher, dass Sie genauso viel über militärische Drohnen wissen, wie über handelsübliche. Sie wissen, dass die RQ-16 T-Hawk Drohne fast ein Jahrzehnt lang schon im Irak und Afghanistan zum Einsatz kommt." Ich nehme mir nicht die Zeit, eine Frage zu stellen.

„Natürlich."

Ich klicke mich durch die Folien, die die Details über die gasangetriebene Drohne, die Soldaten in ihren Rucksäcken tragen und als Vorhut vorausschicken können.

Ich sehe Jackson an, bevor ich die nächste Folie aufrufe. Seine dunklen Augen scheinen nichts zu verpassen, während er mich ansieht. Es bringt mich fast aus dem Konzept, aber ich atme durch. Es ist viel einfacher, wenn ich einfach nur auf den Laptop schaue. Wieso muss sein Körper so viel *Platz* einnehmen? „Gentry Tech baut die nächste Generation von kleinen Aufklärungsdrohnen."

Die Spezifikationen für Bryces neues Design tauchen auf dem Bildschirm auf. „Wie Sie sehen können", fange ich an, „... ist dieses Model kleiner und viel leichter und es benutzt eine Batterie, anstatt Gas. Wir hoffen, dass die Zusammenarbeit mit CubeThink es ermöglichen wird, eine

elektrische Batterie oder sogar Solarzellen einzusetzen. Wenn Sie hier schauen ..."

Jackson greift über mich hinweg und nimmt den Laptop. Seine Augenbrauen haben sich

interessiert zusammengezogenen, während er in das Bild hineinzoomt, um sich bestimmte

Aspekte genauer anschauen zu können.

Er ist jetzt noch näher bei mir und es ist unmöglich nicht ... nun, seinen Geruch

wahrzunehmen. Kiefer. Er riecht nach Kiefer und Mann und eine Sekunde lang stellte ich ihn mir auf seinem Lederstuhl in einem Holzhaus irgendwo mitten im Wald vor, wie er gerade vom

Holzschlagen hereinkommt.

„Interessant", sagt er leise und ich werde zurück in die Gegenwart transportiert. „Er hat sich

gegen ein koaxiales Motorendesign entschieden." Dann rümpft er die Nase. „Und wie genau will er einen schnellen Start ermöglichen, ohne mehrere Motoren einzusetzen?"

Er hat den Laptop noch immer in der Hand und ich beiße mir auf die Lippe. Ich kann ihn nicht wirklich wieder an mich nehmen, aber gleichzeitig kann ich es mir erlauben, jetzt die Kontrolle über diese Präsentation zu verlieren. „Wenn Sie eine Folie weiter klicken, können Sie das

modulare Design für einen einzigen Motor im Zentrum sehen.

Auf diese Art und Weise wird das Risiko für einen Ausfall des Motors an einem der Arme der Drohne deutlich eingeschränkt und somit das Unfallrisiko ebenfalls."

Er tut es und wir sehen eine Nahaufnahme des internen Motors. Ich fange an, die einmaligen Aspekte von dem, was Bryces Design hat, zu erklären, genau so, wie ich es gelernt habe, aber Jackson klickt weiter durch die Folien und ist schon einige weiter. Dann erreicht er das Ende der Präsentation und sieht ernüchtert zu mir auf.

„Wo ist der Rest?", fragt er und blickt wieder auf den Computer, bevor er sich erneut mit Lichtgeschwindigkeit durch die gesamte Präsentation klickt, so als käme er diesmal vielleicht zu einem anderen Schluss.

„Das ist alles."

„Was? Aber wo ist der Code?" Er sieht mich an, so als hätte ich etwas total Verrücktes gesagt. Erneut bringen seine Augen mich dazu, kurz innezuhalten. Sie sind so unglaublich blau. Eine solche Farbe habe ich noch nie vorher gesehen. Außerdem sieht er mich mit einer solchen ... Intensität an. „Oder wenigstens eine Art Code, die mir sagt, in welche Richtung seine Programmierung gehen wird?"

Ich schlucke und blicke weg, um mich von dem Fluch seiner Augen zu befreien. Ich fand auch, dass es komisch war, dass Bryce mir den Code nicht mitgegeben hat, aber ich gebe ihm die Antwort, die Bryce mir gegeben hat, als ich ihm die gleiche Frage stellte.

„Sind Sie nicht hauptsächlich an den Aspekten der Hardware interessiert?", weiche ich aus. „Das hat nichts mit dem, was wir im Rahmen der Zusammenarbeit vorschlagen, zu tun, oder? Der Vertrag würde einen Kontakt mit den besten Herstellern in Japan und überall auf der Welt mit sich bringen. Ich bin hier, um Ihnen das zu zeigen." Damit deute ich auf den Bildschirm.

Jackson allerdings fängt an, den Kopf zu schütteln, bevor ich überhaupt meinen Satz beendet habe. „Es hat nichts damit zu tun, auf welchem Gebiet er eine Zusammenarbeit vorschlägt. Das ist einfach nur der Köder. Alles, was mir das sagt, ist, dass er verzweifelt ist und unbedingt möchte, dass ich bei diesem Projekt dabei bin."

Verdammt, ich verliere ihn. Ich versuche es erneut, diesmal mit Bryces zweiter Erklärung. „Das hier ist ja erst das erste Treffen, wir legen nur die nötigen Karten auf den Tisch, um die

Zusammenarbeit zu beginnen. Gentry Tech zeigt Ihnen, was wir haben und wir lassen Sie sehen, woran wir gearbeitet haben, bevor irgendjemand anders es sieht. Wir zeigen hier unseren guten Willen."

Jackson verzieht das Gesicht, so als würde ich ihm gequirlte Scheiße servieren und als hätte er nie mehr Schwachsinn gehört. Mit Schwung legt er den Laptop wieder auf den Tisch. „Euren

guten Willen?" Er lacht und legt einen Arm auf die Lehne seines Stuhls, dann legt er sein Kinn auf die Hand und sieht mich aus zusammengekniffenen Augen an.

„Was bringt denn gute Hardware ohne die passende Software, Miss Cruise?"

Ich kann nicht anders, als die Schultern fallen zu lassen, obwohl ich immer noch fest

entschlossen bin, ihm keine Schwäche zu zeigen. „Das ist wie ein menschlicher Körper ohne

Gehirn. Nutzlos."

Seine Augenbrauen ziehen sich hoch. „Genau. Siehst du, was Bryce mir alles mit seinem guten Willen hier zeigt? Nichts. Ein wunderschönes Automodell ohne etwas unter der Motorhaube. Die Zukunft der Drohnen-Technologie hängt davon ab, wie klug sie sind."

Ich werde wach. Das hier ist in meinen Stichpunkten. Wieso habe ich nicht früher daran

gedacht? „Aber er hat sich in Meetings mit unseren Produktentwicklern genau darüber

unterhalten. Genau darum geht es bei diesem Projekt, um die

Entwicklung einer Drohne, die

intuitiv handelt und so ein Gebiet erkunden und Unterschlupf finden kann, Geschossen

ausweichen kann und anderen Objekten im Luftraum. Haben Sie das nicht gesehen? Es gab

sogar eine Folie darüber.“ Ich will den Laptop wieder aufmachen, aber er legt seine Hand auf meine und hält mich auf. Als ich hochsehe, stelle ich fest, dass er sich zu mir herübergelehnt hat. Er ist so nahe, dass ich seinen Duft noch tiefer einatmen kann. Kiefer. Holz. Gott, er riecht wirklich gut. Und seine Hand ist warm. Wenn ich meine Augen schließe, kann ich uns beide in der

Holzhütte im Wald sehen.

„Ich bin nicht an seinen Behauptungen interessiert. Bryce konnte einen mit seinen Worten schon immer gut um den Finger winkeln.“ Sein Gesicht ist nur wenige Zentimeter von meinem entfernt. „Die Durchführung allerdings, das war immer das, was ich am besten konnte.“ Seine Stimme ist leise, so leise und tief, dass ich schwören kann, dass ich spüre, wie sie durch meinen Stuhl direkt auf meine …

„Oh“, lehne ich mich zurück, um etwas mehr Distanz zwischen uns zu bringen. „Ich bin sicher, Mr. Gentry würde nichts behaupten, was er nicht auch machen kann.“

Jacksons Augen ziehen sich zusammen und seine Mundwinkel neigen sich nach unten. „Du glaubst so fest an ihn, obwohl du erst einen Monat für ihn arbeitest?“

Ich fühle, dass ich rot werde und verdamme, dass das so häufig passiert. „Das habe ich nicht

gesagt. Ich meinte einfach nur, dass jemand mit seinem Ruf nicht einfach durch die Gegend

laufen und das Blaue vom Himmel versprechen kann. Ich meine, er hat den Vertrag diese Drohne zu bauen mit dem Verteidigungsministerium abgeschlossen. Außerdem …“, sage ich, inzwischen ein wenig verwirrt, „… weiß ich, dass Sie beide …“, wie drücke ich es diplomatisch aus?, „… nicht unbedingt auf einer Ellenlänge sind, aber Sie haben zusammengearbeitet. Sicherlich müssen auch Sie zugeben, dass er wirklich gut ist, wenn es um die Entwicklung von Software geht.“

Jackson sagt nichts und starrt mich weiter einfach an.

„Und das ist es, was du in ihm siehst? Du fühlst dich zu dieser Art arrogantem Genie, wie du es gesagt hast, hingezogen?“

Ich lache laut auf. „Es ist egal, was ich in ihm sehe. Man kann nicht bestreiten, wie intelligent der Mann ist.“

„Und was, wenn es mir etwas ausmacht? Wie du ihn siehst, meine ich.“

Seine grauen Augen starren mich an. Er ist so auf mich fokussiert, dass es fast scheint, als könnte er hinter die Fassade sehen, die ich heute für ihn errichtet habe … hinter all die

Professionalität, hinter die aufgesetzte Abgeklärtheit, als könnte er wirklich *mich* sehen.

Darum soll es bei diesem Treffen aber überhaupt nicht gehen.

Ich atme aus und bete mit all der Geduld, die ich aufbringen kann, dass ich mich nicht so

frustriert oder verwirrt anhöre, wie ich bin. „Letztendlich ist es vollkommen irrelevant, welche

Gefühle Sie oder ich für Bryce hegen.“ Mein Nacken fühlt sich immer noch heiß an, als ich wieder zu Jackson hinaufsehe. „Alles, was zählt, ist, dass er der Mann ist, der all das möglich machen kann. Hatten Sie bisher nie das Bedürfnis, Teil von etwas zu sein, was wirklich wichtig ist?“ Ich lehne mich auf dem Stuhl nach vorne und damit in Jacksons persönlichen Raum, aber das ist mir egal.

„Wenn Bryce das liefert, was er verspricht. Wenn er es schafft, die nächste Generation von Aufklärungsdrohnen, die unsere Soldaten schützen, zu entwickeln, dann heißt das auch, dass viele Leben gerettet werden, nämlich die von den Aufklärern. Diese neuen, viel leichteren und

ruhigeren Drohnen werden größere Gebiete erkunden können und damit mehr Sicherheit

schaffen, sodass Soldaten nicht in irgendwelche Hinterhalte geraten.“

Sein Gesicht, was bisher neugierig gewesen war, verhärtet sich. „Und du bist so naiv, zu glauben, dass sie tatsächlich nur dafür eingesetzt werden? Du gehst davon aus, dass Bryces Technologie, wenn er es schafft, sie zu entwickeln, nicht genutzt werden wird, um Feinde zu finden und diese zu töten?"

Ich schüttele den Kopf. Das war auch das Erste, was mir durch den Kopf gegangen ist, als ich das Wort Drohne hörte. Aber ganz gewiss sollte Jackson verstehen, was all das hier bedeutet. „Du weißt, dass das hier nicht die großen, schnell fliegenden Drohnen sind, die Bomben werfen können. Das hier ist die Art Drohne, die für Überwachungen genutzt wird. Um nach Zivilisten Ausschau zu halten und ein besseres Bild davon zu bekommen, was auf dem Boden passiert, anstatt ausschließlich auf die Bilder von Satelliten zu vertrauen. Sie können genutzt werden, um Zivilisten aufzuspüren, damit bewaffneten Drohnen – die, von denen du sprichst - diese Menschen *nicht* als Kollateralschaden hinterlassen."

Ich spreche so sehr mit Nachdruck, dass ich wild mit meinen Armen gestikuliere. Mist. Das passiert nur, wenn ich sehr starke Gefühle für ein Thema habe. Ich muss mich ein wenig beruhigen. Ich atme kurz durch und beende dann mein Plädoyer mit den Worten: „Selbst, wenn ich für Bryce als Menschen nicht viel übrighabe, kann ich seine Vision wertschätzen. Sagen Sie, Mr. Vale", mein Blick trifft seinen. „Können Sie behaupten, dass Ihre Produkte in diesem Jahr Leben gerettet haben?"

Ich habe mich bereits innerlich auf eine weitere, prägnante Entgegnung eingestellt oder dass die Diskussion weitergeht, aber es herrscht Stille. Jackson allerdings sieht mich wieder einfach an. So, als würde er versuchen, mich zu bewerten. Es ist schwer, den Blick, mit dem er mich mustert, nicht als unangenehm zu empfinden. Hat meine kleine Ansprache etwas gebracht? Oder ist mein Make-up inzwischen so sehr verschmiert, weil ich schwitze, dass er nicht ganz glauben kann, dass Bryce jemanden wie mich hierherschickt, um ihn zu repräsentieren? Mein Kinn versteift sich und dasselbe geschieht mit meiner Wirbelsäule.

Nachdem wir uns für mindestens weitere 90 Sekunden angestarrt haben - was ich so genau weiß, weil ich tatsächlich die Sekunden gezählt habe - ziehe ich eine Augenbraue hoch, als würde ich ihn herausfordern.

Nicht, dass das irgendwas in ihm hervorzurufen scheint. Er starrt mich einfach eine Weile

länger an, bevor er endlich sagt: „Geh mit mir, als meine Begleitung, zur Gala vom Roten Kreuz am Freitag."

Das ist mehr eine Aussage, als eine Frage. Das erscheint mir nicht sonderlich logisch. Gerade sprachen wir über Kriege und Drohnen und das Retten von Leben und jetzt lädt er mich zu einer Party ein?

Nicht nur das, aber wie er es gemacht hat, scheint, als würde er davon ausgehen, dass ich

selbstverständlich mit ihm mitgehen würde. „Sind Sie da nicht etwas zu schnell? Was ist, wenn ich schon etwas vorhabe?"

„Hast du aber nicht."

Nun, das macht mich *definitiv* wütend. Und er scheint genau das in meinem Gesicht lesen zu

können.

„Du bist nicht die Einzige, die vor diesem Treffen ihre Hausaufgaben gemacht hat, Miss Cruise", wirft er ein, bevor ich irgendetwas entgegnen kann. „Offensichtlich habe ich deinen Sohn gesehen, als ich dich versehentlich im Park getroffen habe, also weiß ich, dass du ein Kind hast. Eine einfache Suche bei Facebook hat mir gezeigt, dass du Single bist. Nebenbei bemerkt: Du solltest definitiv deine Privatsphäre-Einstellungen überarbeiten."

„Und als alleinerziehende Mutter", er zieht die Schultern hoch, „... könntest du natürlich bereits Pläne für Freitagabend haben." Er sieht mich mit zusammengezogenen Augen an. „Aber bei deinem neuen ... und wenn ich Bryce kenne...“, sein Gesicht scheint sich zu verdunkeln, „... sehr stressigen Job, gehe ich davon aus, dass das Letzte ist, was du tun möchtest, nachdem du bereits die ganze Woche mit einem solchen Arschloch verbringst, am Freitagabend auch noch andere Arschlöcher zu treffen. Nein.“ Er schüttelt den Kopf und beäugt mich noch immer. „Ich wette, du bist eher die Art Frau, die am Freitagabend mit einem Glas Wein in der Badewanne verbringt. Vielleicht mit einem guten Buch?“

Ich werfe ihm einen bösen Blick zu. In Ordnung. Es ist wirklich ein wenig verstörend, wie akkurat seine Vorstellung von meinem Freitagabend ist. Ernsthaft. Wobei die Bücher nicht immer eine Rolle spielen. Und wenn ich in der Badewanne fertig bin, schaue ich Filmklassiker, so was wie *Vom Winde verweht* oder irgendein anderer Film in dem entweder Jimmy Stewart, Spencer Tracey oder Katharine Hepburn mitspielen.

Ich lege ein bisschen Sarkasmus in meine ansonsten immer noch freundliche Stimme: „Nein, das stimmt absolut nicht. An diesem Freitag habe ich bereits Pläne, die beinhalten, dass ich eine Haar-Kur auf dem Kopf und neuen Nagellack auf den Zehen haben werde.“

Für die letzten nervenaufreibenden fünf Minuten hat er kein Mal weggesehen. Er scheint es auch nicht zu wissen und schenkt mir ein charmantes, kleines Lächeln. „Ich finde, dass gepflegte Füße und schöne Schuhe ein essenzieller Teil eines jeden Auftritts sind. Allerdings muss ich sagen, dass ich kleine Marotten, neben einer guten Qualität, ebenfalls gut finde.“ Er streckt mir eine Hand entgegen und zieht mich hoch, bevor ich überhaupt realisiere, was er tut. Sein Blick ruht noch immer auf mir, als er sagt: „Deine Wahl der Schuhe hat mich heute wahrhaftig verzaubert.“

Meine Augen weiten sich, aber mir fällt nicht ein Wort ein, das ich zu meiner Verteidigung hervorbringen kann. Es ist ja nicht so, als könnte ich jetzt einen meiner schönen Pumps aus der Tasche holen und sagen: „Nein, warte. Ich wollte eigentlich diese sexy Schuhe tragen.“ Nein, das wäre nicht weniger peinlich. Und verdammt, er hat es schon wieder geschafft, die Oberhand zu gewinnen und das direkt zum Ende unseres Treffens. So sollte das nicht verlaufen. Er lässt meinen Laptop wieder in die Tasche gleiten - Scheiße, hat er meine Pumps oben in meiner Tasche gesehen, die steht schließlich direkt neben der Laptoptasche? - und seine Hand legt sich auf meinen Rücken.

Er geht mit mir hinüber zu Tür und ich gehe mit. Warte, so kann das hier nicht enden. Wir haben nicht einmal darüber gesprochen, wie es weitergeht ... ich habe keine Ahnung, wo wir stehen,

oder ob er ...

„Mein Fahrer wird dich um sechs Uhr für die Gala abholen“, sagt Jackson, als wir an der Tür zu seinem Büro stehen. „Und ich hoffe, dass ich nicht zu weit gehe, aber ich habe eine Einkäuferin, die ich in diesem Jahr nicht annähernd häufig genug losgeschickt habe. Sie arbeitet auf

Kommission, weißt du. Sie wird am Donnerstag mit einigen Kleidern und Schuhen

vorbeikommen.“ Der Bastard hat definitiv ein Glitzern in den Augen, als er das sagt. Und warte. Was? Ein Kleid? Ich habe nicht einmal zugestimmt mit ihm zu dieser verdammten Gala zu gehen!

„Mr. Vale ...“, fange ich an, aber er lächelt einfach weiter. Nicht eines dieser kleinen Lächeln, die er mir den ganzen Morgen lang immer wieder zuwarf. Nein, das hier ist ein wirkliches Lächeln, mit Zähnen. Und er hat unglaublich weiße Zähne. Und dieses doofe Grübchen. *Ein Grübchen*. Das ist doch nicht fair.

Ich bin einen Moment lang verzaubert. Und dann ist die Tür zu.

Ich stehe einfach da. Als ich den Flur hinuntergehe, kann ich einfach nur den Kopf schütteln und bin noch immer ein bisschen verwirrt über unser Zusammentreffen und das Ergebnis. Ich weiß, dass ich ihn noch nicht davon überzeugt habe, mit Gentry Tech zusammenzuarbeiten. Irgendwie muss ich den Deal in trockene Tücher bringen und es scheint, als gäbe es dafür nur eine

Möglichkeit.

Ich schätze, ich gehe auf die verdammte Gala.

KAPITEL 9

Ich halte nichts zurück, als ich Bryce in seinem Büro Bericht erstatte. Es macht keinen Sinn, es zu beschönigen, dass Jackson keinen Schritt in unsere Richtung gemacht hat oder sich sonderlich an einer Zusammenarbeit interessiert hat. Ich erzähle Bryce von allem, was bei dem Meeting passiert ist und sein Kinn wird immer angespannter. Aber, als ich ihm erzähle, dass Jackson mich zur Gala des Roten Kreuzes eingeladen hat, entspannt er sich.

„Gut", sagt er. „Du kannst die Möglichkeit nutzen, ihm näher zu kommen. Ich bin mir sicher, dass deine Überzeugungsfähigkeit und meine Innovation letztendlich genug sein werden, ihn für uns zu gewinnen. Heute war ja erst der Auftakt."

„Ich wollte mit dir darüber reden", fange ich zögerlich an. „Mr. Vale schien ...", ich eiere herum, um mich möglichst diplomatisch auszudrücken, „... wenig begeistert darüber, dass unsere Präsentation nur das Modell enthielt. Vielleicht könnten wir ihm einige der Logarithmen zeigen, dann wäre es sicherlich einfacher ihn schneller ..."

Bryce macht ein spöttisches Gesicht und winkt mich mit der Hand fort. „Ich gebe ihm keine Geschäftsgeheimnisse, wenn er sich nicht verpflichtet."

„Aber wie kann er sich verpflichten, wenn er überhaupt nicht weiß, was du mitbringst?", frage ich und bin mir bewusst, dass meine Verzweiflung erkennbar ist.

Bryces Blick lässt mich wünschen, dass ich nichts gesagt hätte.

„Vergiss nicht, welche Position du hast, Miss Cruise. Nur ein Anfänger würde davon ausgehen, dass es klug wäre, zu dieser Zeit die Karten auf den Tisch zu legen. Gibt man seinem Gegner beim Poker die Möglichkeit, einen Blick, auf seine Karten zu werfen?"

Diesmal beiße ich mir tatsächlich auf die Zunge. Das hier ist nicht Poker. Er versucht, Jackson von einer Zusammenarbeit zu überzeugen. Zusammenarbeit. So was, wie: Er versucht ihn dazu zu bringen, mitzuarbeiten. Nicht der Erste zu sein, der bei einem verdammten Duell die Waffe zieht oder eine so blöde Metapher benutzt, in der es um Poker geht. Trotzdem schlucke ich das, was ich wirklich denke, herunter und schüttele den Kopf.

Bryce grinst mich an. „Richtig, das machst du nicht. Wieso machst du dich nicht daran, dich um meine Korrespondenz zu kümmern? Weißt du, dein echter *Job*. Zumindest, bis du am Freitag wieder zum Einsatz kommst. Dann kannst du deinen anderen Job machen. Gut aussehen."

Er schaut auf seinen Bildschirm. Ich bin hier fertig und nicht mehr erwünscht, auch wenn ich noch genau an derselben Stelle stehe.

Ich drehe mich um und gehe in mein Büro. Ich wünschte, ich könnte behaupten, dass ich wirklich wütend bin. Aber Bryces Worte wandern immer wieder durch mein Gehirn. Gut aussehen.

Alte, von Venen durchzogene Hände, die mich anfassen. *Schönes Mädchen, ich könnte dich einfach auffressen.*

Ich zucke zusammen und bin überrascht von der Erinnerung. Ich drücke die Hände gegen mein Gesicht, als ich mich an meinen Schreibtisch setze. *Reiß dich zusammen, Cals.* Ich nehme die Hände vom Gesicht und bin dabei vorsichtig, mein Make-up nicht zu ruinieren, dann zwinge ich mich, sie auf den Tisch zu legen. Ich werde nicht auf die Toilette gehen und sie immer wieder waschen, bis sie pink sind. Ich werde die alten Zwänge nicht einsetzen lassen, die mich immer zu übermannen drohen, wenn ich an den alten Bastard denke.

Ich zähle bis zehn, atme ein und aus und öffne die E-Mails, um mich an die Arbeit zu machen.

AM FREITAG MACHE ich Notizen bei einer Telefonkonferenz mit einem japanischen Lieferanten. Bryce hat die ganze Woche lang ähnliche Konferenzen mit unterschiedlichen Firmen gehabt. Ich frage mich, ob es sich um genau die Kontakte handelt, mit denen Bryce versucht, Jackson zu locken. Und wieso Jackson sie nicht einfach selbst kontaktieren kann. Bryce sagte beim ersten Treffen mit Jackson immer wieder „exklusive Verträge". Vielleicht heißt das, dass Gentry Tech mit ihnen Verträge hat, die die Arbeit mit der Konkurrenz vielleicht für einige Jahre verbieten?

„Miss Cruise", reißt Bryces Stimme mich aus meinen Gedanken. „Auf welche Spezifikationen haben wir uns bisher geeinigt?"

Scheiße. Ich setze mich nervös auf und scrolle durch die Notizen auf meinem Laptop. Meine improvisierte Art der Kurzschrift kann ich jetzt, nach sechs Wochen, perfekt, aber meine Finger haben die letzten fünfundvierzig Minuten durchgetippt. Nun, mal abgesehen von den wenigen Momenten, in denen ich an Jackson gedacht habe.

Ich richte schnell meinen Bluetooth-Kopfhörer und fange dann an zu sprechen. „Der Motor soll aus Carbon mit Glasfaser überall da, wo es zu Nähten kommt, gearbeitet werden." Ich scrolle weiter durch die Notizen. „Um mit hohen Temperaturen klarzukommen, soll die Hülle einen gerippten Kühlkörper haben, damit es zu Luftfluss kommt, sodass die Drohne Temperaturen bis zu 240 °C aushalten kann. Der gesamte Motor soll nicht mehr als 160 Gramm wiegen, 200 Gramm mit den Kupferkabeln. Die Drohne soll zwischen 16,8 und 34 Spannung haben." Für die nächsten fünf Minuten rattere ich weitere Details herunter, über die gesprochen wurde.

Als ich fertig bin, höre ich zunächst nichts, bis Mr. Kuramoto schließlich sagt: „Ich dachte, wir hätten uns auf 12 kHz für die ESC PWM Rate geeinigt. Das ist der generell akzeptierte Standard."

Bryce verdreht die Augen, aber seine Stimme ist trotzdem professionell, als er antwortet: „Aufgrund der Spezifikationen für den Motor sollte er locker mit 16 kHz klarkommen, vielleicht sogar 20. Das sollte unser Ziel sein."

Man kann Murmeln in der Leitung hören. „Ja. Ich mag die Vorstellung, dass unser Motor einen neuen Standard festsetzt."

„Genau. Gentry Tech und KDI Industries sollten die Namen sein, die den Leuten einfallen, wenn sie an die Zukunft der Robotertechnik denken, meinen Sie nicht?"

„Das ist wahr, Sir."

„Großartig. Ich freue mich darauf, Ihre Produktionsstätten zu besichtigen und mich mit Ihnen in Ruhe zu unterhalten, ohne Telefon, wenn ich in zwei Wochen zu Besuch komme."

„Ja. Dann werden wir auch die ersten Pläne zu dem, was wir heute besprochen haben, vorzeigen können und Sie können sich mit unseren Ingenieuren unterhalten."

Bryce und Mr. Kuramoto tauschen noch einige freundliche Worte aus und dann beendet Bryce die Telefonkonferenz. Ich atme erleichtert auf, als ich den Kopfhörer aus dem Ohr nehme. In der letzten Woche hatten wir einige dieser Konferenzen mit unterschiedlichen Herstellern und jede hat mich gestresst, weil ich Angst hatte, irgendein wichtiges Detail zu verpassen.

Ich hätte ahnen müssen, dass er mich heute herausfordern würde. Die ganze Woche lange hat Bryce mir immer mal wieder eine Frage zugeworfen, also muss ich immer aufmerksam sein. Es hat mir Angst gemacht, aber wenn ich ehrlich bin, war es auch eine besondere Art des Nervenkitzels. Vor ein paar Monaten habe ich nur davon träumen können, eine solche Arbeit zu machen, auch wenn ich nur die Unterstützung am Rande bin.

Bryce lehnt sich in seinem Stuhl zurück und schenkt mir ein Lächeln. Es scheint ehrlich zu sein und ohne Hintergedanken. „Du hast das diese Woche mit all diesen Anrufen wirklich gut gemacht, Callie. Nicht nur die Organisation der Anrufe und dass alle rechtzeitig da waren. Du hast alle Fragen, die ich dir gestellt habe, beantworten können. Glaub nicht, dass ich das nicht mitbekomme.“ Er nickt, so als würde er sich selbst bestärken. „Du erweist dich wirklich als wertvoll.“

Ich fühle, dass ich rot werde, und stehe auf. Dabei drücke ich mir den Laptop gegen die Brust. „Dankeschön“, murmele ich, als ich mich umdrehe. „Ich werde die Notizen von der Konferenz abtippen und schnellstmöglich auf deinem Schreibtisch haben.“

Dann mache ich mich schnell davon und zwinge mich, Bryce nicht noch einmal anzusehen. Als ich in mein Büro gehe, bleibt das Glas zwischen meinem und seinem Büro milchig, so wie die ganze Woche schon. Ich erlaube mir einen Blick in seine Richtung, kann ihn allerdings durch das undurchsichtige Glas nicht einmal erahnen.

Aber ernsthaft. Was in Gottes Namen?

Es ist so, als hätte irgendein anderer Boss Bryces Körper eingenommen, denn er ist nicht so, wie die ersten paar Wochen, die ich hier gearbeitet habe. Es fühlt sich wieder so an, als hätte sein Zwilling übernommen. Ich gebe ihm den Namen Mr. Respektvoll. Der andere heißt Mr. Arschloch.

Das Kompliment heute war nicht das erste, das er mir gemacht hat. Er hat nach jeder Telefonkonferenz etwas Ähnliches gesagt und selbst nach dem wöchentlichen Meeting mit den Abteilungsleitern.

Nur meine Arbeit. Keine anzüglichen Kommentare über meinen Körper oder mich als Person. Ich schüttle den Kopf. Er hat nicht verlangt, dass ich oben ohne arbeite. Nichts. Er muss diesen Deal mit Jackson wirklich sehr wollen. Super, als hätte ich nicht schon genug Druck, was den heutigen Abend angeht. Ich weiß nicht, wie viel Einfluss ich Bryces Meinung nach tatsächlich bei dieser Art Treffen ausüben kann. Ich lasse meine Finger über meine Schläfe gleiten, dann fange ich an meine Notizen von der Konferenz mit Mr. Kuramoto auszuformulieren.

NACHDEM ICH BRYCE die Notizen geschickt habe, schickt er mir einen Einzeiler mit der Aussage, dass ich früher nach Hause gehen soll, damit ich mich für das große Event fertigmachen kann. Also mache ich um vier Uhr Schluss und bin mir nicht sicher, ob ich glücklich darüber oder wütend sein soll, weil ich so keine Ablenkung mehr habe und deshalb innerlich ausrasten kann.

Ich komme tatsächlich noch etwas früher heim, weil der normale Berufsverkehr, der mich sonst aufhält, noch nicht ins Rollen gekommen ist. Es gibt tatsächlich Sitzplätze im Zug, was normalerweise, wenn ich um fünf heimgehe, nie der Fall ist. Da ich etwas früher heimgehe, bin ich auch weniger erschöpft als sonst. Außerdem hat mein kleines Disney-Prinzessinnen-Ich einen Auftritt, auch wenn ich das nicht möchte. Ich hatte eigentlich gedacht, dass dieser Teil von mir längst tot ist, aber da ist er und er hat sich gestern Abend schon tierisch gefreut, als die drei Kleider bei mir angekommen sind.

Disney hat uns alle verdorben. Mehr will ich dazu nicht sagen.

Lange, fließende Kleider? Eine *Gala*? Das hört sich wahrscheinlich für meine innere, achtjährige Disneyprinzessin an wie ein Ball.

Und die Kleider. Man glaubt es kaum. Die Einkäuferin, von der Jackson sprach? Jupp. Sie verdient ihre Kommission wirklich. Wie soll ich denn nur eines davon auswählen?

Ich habe jedes Einzelne anprobiert und Shannon hat Fotos gemacht. Tatsächlich kamen wir ausnahmsweise mal gut miteinander aus. Ich war davon ausgegangen, dass sie sich über mich lustig machen würde, wenn die teuren Kleider den Weg zu uns finden - es erinnert doch ein bisschen zu sehr an die Zeit, in der ich an Schönheitswettbewerben teilgenommen habe, aber sie überraschte mich, indem sie fragte, ob ich Hilfe dabei wollte, sie anzusehen und eines auszusuchen. Nach unserem großen Streit letztens haben wir beide Schritte in Richtung Versöhnung gemacht und vielleicht war das ja auch einer. Ich bin niemand, der lange wütend ist.

Ich hatte zugestimmt und wir haben die Reißverschlüsse der

Kleidersäcke aufgezogen und jedes einzelne Kleid betrachtet, so als wären wir in der Jury bei einer Fernsehsendung.

„Nun", hat Shannon gesagt und die drei Kleider betrachtet. „Sie sind alle schön und das schon auf dem Bügel, aber du musst sie wirklich anziehen, bevor wir uns entscheiden können."

Ich hatte gegrinst. Ich hatte schon lange keinen Spaß mehr daran gehabt, Kleidung anzuprobieren. Das Gefühl, für Schönheitswettbewerbe in Kleider gestopft zu werden, was einen großen Teil meiner Jugend ausmachte, hat ihn mir genommen, aber Shannon so aufgeregt zu sehen, war etwas Neues. Es war genug, dass ich kurzzeitig vergaß, dass ich letztendlich für die Arbeit hinging. Ich habe sogar wie ein kleines Kind in die Hände geklatscht.

Sie hat ihre Augen gerollt, aber nicht, weil sie genervt gewesen war. „Komm, verfrachte deinen Hintern in das blaue Kleid." Sie hatte das blaue, trägerlose Kleid hochgehalten, das so aussah, als würde es direkt unter den Knien enden und gesagt: „Ich hole meine Kamera."

Ich habe jedes Kleid anprobiert und Shannon hat Bilder gemacht. Auch, wenn die Aussage, dass sie *Bilder gemacht* hat, wahrscheinlich nicht ausreicht. Sie war voll drin und tat so, als wäre sie Modefotografin oder so. Jetzt, wo ich darüber nachdenke glaube ich, dass sie am College auch Fotografie studiert hat, oder? Ich erinnere mich, dass ich das komisch fand, weil das *künstlerisch* ist und die Letzte, die mir einfiel, der so was gefallen würde, meine ernste Schwester war.

Jedenfalls hat ihr das Fotoshooting wirklich Spaß gemacht. Sie hat eine dieser Kameras mit riesigem Objektiv und allem. Es war ziemlich albern, aber ich habe nicht gelacht. Shannon schien tatsächlich *Spaß* zu haben.

Meine Schwester.

Spaß.

Jupp, es hat auch eine Weile gedauert, bis ich das verarbeitet hatte.

„Das Licht hier drüben ist besser", sagte sie, nachdem ich das goldschimmernde Kleid angezogen hatte. Sie hat mich quasi am Handgelenk durch den Raum gezogen bis ich in der Nähe der Lampe bei unseren Vorhängen stand. „Sie hat eine gelbe Birne und das Licht wird die Farbe noch besser rausbringen."

Sie nickte, während ich mich vor dem Vorhang positionierte. Das Kleid hat einen Sweetheart-Ausschnitt und ein Plenum in der Taille, bevor es dramatisch bis auf den Boden reicht.

„Oh, ja", murmelte sie. „Das ist viel besser."

Sie blickte durch den Sucher ihrer Kamera und stellte das große Objektiv einige Male ein, bevor sie anfing, Fotos zu schießen. „Kinn runter. Nein", sie schüttelte den Kopf, nachdem ich ihn „zu weit" bewegt hatte und die Haltung verbesserte. „Besser. Nein, jetzt kann ich in deine Nase schauen. Ein bisschen runter. So. Jetzt nicht bewegen."

Ich konnte mich kaum davon abhalten, den Kopf zu schütteln. Kein Wunder, dass Shannon das hier gerne machte. Es war die perfekte Möglichkeit, mich herumzukommandieren.

Endlich waren wir mit dem Goldenen fertig. Wir hatten noch ein Kleid. Das Rote.

Nein, Rot war das falsche Wort. Das Kleid war eher Magenta, tief und warm. Aus teurem Chiffon gefertigt mit einem Ausschnitt in Form, der genug Einblick ermöglichte, aber trotzdem stilvoll war. Der Rest des Kleides lag an und hielt die Form bis über die Hüfte, bevor es weiter wurde ... obwohl, nein das ist nicht das richtige Wort ... das Material floss, bis es auf den Boden traf.

Ich drehte mich im Kreis und das Material schwang um mich herum wie eine Wolke aus Stoff. Shannons Kamera klickte immer wieder mit sehr hoher Geschwindigkeit und kurzer Belichtung.

Ich blickte zu ihr hoch und unsere Blicke trafen sich.

„Das ist es", sagte ich im selben Moment, in dem sie sagte. „Das ist es."

Wir mussten beide lachen und ich konnte mich nicht an das letzte Mal erinnern, dass wir beide einen solchen Moment gehabt hatten. Ich ging zu ihr herüber und hob den Saum an, damit ich nicht darauf trat.

Shannon war damit beschäftigt auf das Display ihrer Kamera zu sehen und durch die Bilder zu blättern. Ich hob eine Hand und brachte sie dazu, diese etwas tiefer zu halten.

„Was ist mit uns passiert, Shannon?"

Ihr Blick trifft kurz meinen und dann fällt er wieder herunter. Sie hebt die Kamera und geht erneut durch die Fotos. Ich kann kurz Rot und Gold sehen, während sie so schnell durch die Bilder geht, dass ich quasi nichts erkennen kann.

„Ich weiß nicht, was du meinst."

Ich atme hörbar aus. „Ach, komm schon. Ich hasse es, wie es jetzt zwischen uns ist."

Stille.

Ich versuchte es erneut: „Weißt du, wie sehr ich wertschätze, was du alles für mich und Charlie machst?" Und dann frage ich mich, ob ich ihr das schon einmal gesagt habe. Nun, ich wusste, dass ich es ihr schon mal gesagt habe, aber vielleicht war das direkt am Anfang gewesen. In meinem Kopf hatte ich es ihr Tausende Male gesagt. Zugegeben, ich dachte es, weil ich versuchte, mich selbst daran zu erinnern, nett zu ihr zu sein, aber trotzdem. Ich habe es sicherlich nicht oft genug laut gesagt. „Weil ich das wirklich tue. Ehrlich. Ich hätte es ohne dich nicht geschafft, Shan. Ich bin so froh, dich zu haben."

Sie legte ihren Finger auf einen anderen Knopf und durchlief die Fotogalerie rückwärts. Sie zuckte mit den Schultern und sah mich noch immer nicht an. „Ich weiß, dass du das tust."

„Ehrlich?"

Sie zuckte wieder mit den Schultern.

„Ich möchte, dass wir die Art Schwestern sind, die miteinander reden können. Nicht nur über Rechnungen und Sachen wegen Charlie. Über wirklich wichtige Dinge."

Ich konnte sehen, dass sie erneut im Begriff war, mit den Schultern zu zucken, also legte ich die Hand auf den Bildschirm der Kamera.

Sie seufzte und sah mich endlich an. „Was soll ich sagen, Callie? Wir können nicht alles mit einer einzigen Unterhaltung wieder in Ordnung bringen. Natürlich wünsche ich mir, dass alles zwischen uns gut ist. Aber es ist einfach alles …“ Sie zuckte erneut mit den Schultern.

Ihr Blick ging zur Decke, so als würde sie nach Geduld oder aber nach einem Wort, das alles, was sie sagen wollte, ausdrückt, suchen. „… ich weiß auch nicht. Wir haben diese Art Verbindung vor langer Zeit verloren.“

Meine eigenen Schultern sackten ab. Das war es dann also.

„Das heißt nicht, dass das immer so sein muss“, sagte sie und klopfte mir mit der Hand, die nicht die Kamera hielt, auf die Schulter. „Wir sind jetzt Erwachsene. Die Vergangenheit muss nicht definieren, wer oder was wir sind.“

Das verwirrte mich nur noch mehr. Was genau hatte ich getan, als wir jünger waren, weshalb sie noch immer so wütend auf mich war? Ich war ihre jüngere Schwester und alles, was ich jemals von ihr wollte, war Aufmerksamkeit. Unsere Mutter hatte mich quasi mit Aufmerksamkeit erstickt, als ich an den Schönheitswettbewerben teilgenommen habe, aber was ich wirklich gebraucht hätte und vor allem während der noch schlimmeren Situation während ich in der High School war, war meine große Schwester. Wenn irgendjemand deshalb noch wütend sein sollte, dann war *ich* es, nicht sie.

Dann seufzte sie. „Ich gebe zu, dass es mir schwerfällt, zu vergeben“, sagte sie lächelnd. „Das tut mir leid. Ich werde daran arbeiten.“

Auch wenn ich über die Vergangenheit wütend sein wollte, fühlte ich, dass sich ein dummes Lächeln auf meinem Gesicht ausbreitete. Es schien, als wäre meine große Schwester endlich bereit, die Vergangenheit ruhen zu lassen. Sie rollte erneut mit den Augen. „Oh, in Gottes Namen, glaub bloß nicht, dass wir uns jetzt umarmen oder so …“

Ich hielt meine Hände hoch und tat einen Schritt nach hinten. „Davon würde ich nicht einmal träumen."

Sie schüttelte erneut ihren Kopf, aber mir entging das Lächeln in ihren Mundwinkeln nicht. Sie hielt die Kamera hoch und fing an, erneut die Bilder durchzusehen. „Okay. Also, das rote Kleid ist eindeutig der Sieger. Komm, schau es dir an."

Jupp. Also hatte ich nicht nur einen sehr guten Abend mit meiner Schwester, sondern fand auch noch ein Kleid, was mir unglaublich gut steht. Ernsthaft.

Den ganzen Tag über hatte ich immer mal wieder Angst, dass in den letzten 22 Stunden, seitdem ich das Kleid ausgezogen habe, irgendetwas damit passiert ist. Dass Charlie daran gekommen ist und entschieden hat, etwas Spaß mit Mamas Schere und ihrem neuen Kleid zu haben.

Oder, dass die Wohnung überflutet worden ist oder plötzlich von Mäusen eingenommen wurde. Irgendwas muss einfach passiert sein. Irgendwas passiert immer. Wir reden schließlich über mein Leben.

Als ich allerdings heimkomme und direkt zum Schrank hinüber gehe, ist nicht nur nichts mit dem roten Kleid passiert, aber auch die anderen Kleider sind noch da. Die Einkäuferin hat geschrieben, dass sie sie morgen abholen würde. Ich atme erleichtert aus und lehne dann die Stirn gegen den Türrahmen. Ein Zettel von Shannon und Charlie sagt mir, dass die beiden in den Park gegangen sind. Noch etwas Besonderes, dass ich vor ihnen zu Hause bin.

Okay. Ich habe keine Zeit zu genießen, dass ich die Wohnung für mich alleine habe. Ich beeile mich, in die Dusche zu kommen, und stelle das Wasser so heiß, wie ich es aushalte. Oh, das fühlt sich gut an.

Normalerweise dusche ich um halb sieben am Morgen, wenn auch jeder andere in unserem Haus duscht. Dann habe ich Glück, wenn ich lauwarmes Wasser bekomme.

Also genieße ich die erste heiße Dusche seit langer Zeit. Was heißt, dass ich länger darin bleibe, als ich sollte.

Als ich endlich herauskomme und feststelle, wie spät es inzwischen ist, fluche ich laut. Ich muss noch die Haare föhnen und mir eine Frisur überlegen. Da ich das magentafarbene Kleid habe, muss ich etwas mit meinen Haaren machen, was ebenso elegant ist und ... Ich bin geliefert.

Ich wische den beschlagenen Spiegel frei und starre dann auf meine Haare, aus denen Wasser auf meinen mit einem Handtuch bedeckten Körper tropft. Ja. Mich durchfährt plötzlich eine Inspiration. Verdammt. Ich laufe und schnappe mir meinen Laptop und google einfache Hochsteckfrisuren, als es an der Tür klingelt.

Ich werfe einen Blick auf die Uhr. Ich bin nicht *so* spät dran. Der Fahrer kann nicht schon hier sein, um mich abzuholen. Oder? Mein Herz schlägt plötzlich mit etwa tausend Schlägen pro Minute. Was ist, wenn ich mich in der Zeit vertan habe? Oh Gott. Das hier ist wie einer dieser Träume, wenn man eine Prüfung schreibt und nichts dafür gelernt hat.

Wie in Gottes Namen soll ich Jackson so von der Zusammenarbeit mit Gentry Tech überzeugen? Es ist alles so viel einfacher, wenn man sich auf Dinge konzentrieren kann, über die man Kontrolle hat, wie ein Kleid und Haare und Make-up, aber all das ist nur eine schöne Hülle. Er ist ein Genie und was bin ich? Ich bin einfach nur ...

Es klingelt erneut. Ich atme tief ein. Es bringt nichts, mich selbst niederzumachen. Ich werde Jackson von der Zusammenarbeit überzeugen, weil ich es *muss*. Ich kann das schaffen.

„Du kannst das“, flüstere ich mir selbst zu und betrachte mich im beschlagenen Spiegel.

Ich höre ein Klopfen an der Tür. Mist. Ich habe keine Zeit mehr. Ich blicke hinunter auf mein Handtuch. Brüste sind bedeckt, okay. Ich eile hinüber zur Tür und blicke durch den Spion. Nicht der Fahrer. Ich atme aus, so als wäre ich gerade meiner eigenen Hinrichtung entronnen. Gott sei Dank. Ich habe noch etwas Zeit. Stattdessen steht dort eine Frau mit zwei Koffern. Hat sie sich verlaufen?

Ich öffne die Tür und strecke den Kopf hinaus. „Kann ich ... Ihnen helfen?“

Sie ist eine hübsche Brünette in den Dreißigern, stylisch mit einem süßen T-Shirt und knöchelhohen Stiefeletten. Sie gibt mir ein freundliches, aber professionelles Lächeln. „Calliope Cruise?"

„Äh, ja?"

„Ich bin Breanna Monroe, professionelle Stylistin."

Da ich sie noch immer verwirrt ansehe, fügt sie hinzu: „Mr. Vale schickt mich. Ich bin hier für Ihre Haare und Ihr Make-up."

„Oh. Cool." Und merkwürdig, aber das sage ich nicht, zumindest nicht laut. Ich meine, ich kann mich verdammt noch mal selbst schminken. Meint Jackson, dass ich keine Ahnung habe? Aber ich mache einen Schritt nach hinten, als die Frau durch die Tür kommt und ihre zwei Koffer hinter sich herzieht.

Als sie sieht, wie ich aussehe, nickt sie anerkennend. „Gut, Sie haben geduscht. Es ist am einfachsten mit einer leeren Leinwand zu beginnen. Wo sollen wir uns einrichten?"

„Äh", ich sehe mich im Wohnzimmer um, dann schaue ich auf die Wand und mir wird klar, dass Shannon und Charlie jeden Moment wieder kommen. „Wie wäre es mit meinem Schlafzimmer?"

„Zeigen Sie mir den Weg", sagt sie. Als ich in Richtung des Raums am Ende der Wohnung deute, geht sie selbstbewusst voran. Als ich zu ihr in das Zimmer komme, hat sie bereits einen ihrer Koffer auf das Bett gelegt und geöffnet und ist damit beschäftigt, Dinge herauszuholen.

Ich hole den alten, etwas ekligen Klappstuhl aus dem Bad, wo ich ihn aufbewahre, und bringe ihn ins Zimmer, wo sie in der Zwischenzeit zwei kleine Tische aufgebaut hat, die sie aus ihren grandiosen Koffern geholt hat. Ernsthaft, sie ist ein bisschen wie Mary Poppins mit ihren Koffern. Sie holt immer mehr Dinge heraus. Ich blinzle, sie hat einige doppelstöckige Make-up-Paletten herausgeholt und auf einen der kleinen Tische gelegt und auf dem anderen liegt eine beeindruckende Sammlung von Lockenstäben in unterschiedlichen Größen, ein Glätteisen und einige Geräte bei denen ich keine Ahnung habe, wofür sie gemacht sind. Ich setze mich mit weit aufgerissenen Augen auf den Stuhl.

Breanna holt ein Verlängerungskabel mit sechs Steckmöglichkeiten aus dem Koffer und fängt direkt damit an, Geräte anzuschließen.

„So", sagt sie und dreht sich, nach einem zufriedenen Blick auf die perfekt aufgereihten Geräte, zu mir um, so wie ich mir einen Arzt vor einer Operation vorstelle. „Darling", sagt sie lächelnd und sie macht mir etwas mehr Angst. „Welches Kleid hast du dir ausgesucht?"

„Magenta", sage ich, aber meine Stimme hört sich komisch an und ist kaum lauter als ein Flüstern.

„Was, Süße?", fragt sie, extra laut, wie man es bei einer Oma im Altersheim machen würde.

Ich versuche es noch einmal, mit etwas mehr Selbstbewusstsein. Wenn ich es nicht einmal schaffe, vor der Visagistin und Friseurin selbstbewusst zu sein, wie soll ich es dann jemals in der echten Welt schaffen? „Das magentafarbene Kleid."

Dieses Mal sieht sie mir in die Augen, als sie lächelt, und ich kann in ihnen etwas erkennen, was ich nur als manisches Glitzern bezeichnen kann. „Natürlich hast du das ausgesucht. Zeit, dich zu *verwandeln*."

Und mit den Worten geht sie auf mich los, mit dem Make-up-Pinsel in der einen und einer

Pinzette in der anderen Hand.

ALS ES AN DER TÜR KLINGELT, sind mir Haare gezupft worden, ich bin angepinselt, angemalt, eingeschmiert und angespritzt worden und habe mich in eine glamouröse Version von mir selbst

verwandelt, die ich selbst kaum erkannte, als ich in den Spiegel blickte.

Breanna ist gerade fertig geworden und vor etwa fünf Minuten mit letzten Anweisungen an mich verschwunden.

„Check dein Make-up, bevor du aus der Limousine steigst, denn die Presse wird da sein. Achte besonders auf Lippenstift auf den Zähnen. Es gibt nichts Schlimmeres, als auf Seite 6 mit Lippenstift auf den Zähnen abgebildet zu werden."

„Presse?", quietschte ich. „Und ein roter Teppich? Wir sind doch nicht in Hollywood."

Sie hat einfach gelacht. „Aber wir sind in Kalifornien und heute Abend kommen die Reichsten heraus, um zu spielen. Die möchten auch einen roten Teppich und natürlich wird die Klatschpresse da sein. Oh ...", ihre Augenbrauen zogen sich beunruhigt zusammen. „Ich wünschte, ich hätte die Zeit, dir beizubringen, in welchem Winkel du am besten aussiehst."

Ich starrte sie einfach nur mit großen Augen an. Großartig. Als hätte ich nicht genug Dinge, über die ich mir schon Sorgen mache.

Im nächsten Moment strahlte sie wieder und hatte offensichtlich die Beklemmung auf meinem Gesicht nicht bemerkt. „Wenn jemand fragen sollte, wer deine Visagistin ist, mein Nachname ist Monroe. So wie Marilyn." Sie zwinkerte mir im Make-up-Spiegel, den sie mitgebracht hatte, zu. „Breanna Monroe." Sie lehnte sich nach vorne und schenkte mir ein Lächeln. „Eine solche Möglichkeit fürs Networking will ich nicht verpassen. Die meiste Arbeit bekomme ich letztendlich durch Mund-zu-Mund-Propaganda."

Ich lächelte, aber es erinnerte mich auf unangenehme Weise daran, worum es heute Abend wirklich ging.

Man macht sich vielleicht für ein solches Event extra schön, aber ich lebe in einer Welt, in der einem niemand etwas schenkt.

Ich sehe an mir herunter und betrachte das magentafarbene Kleid, das ich trage. Jeder hat irgendwelche Absichten. Selbst Jackson Vale. Oder wahrscheinlich, *besonders* er. Ich bin mir sicher, er ist nicht der Chef einer solchen erfolgreichen und mächtigen Firma geworden, weil er so nett ist. Und das ist ja letztendlich die Frage: Was möchte er?

Und andererseits habe ich ja auch meine eigene Mission: Cube-Think für uns gewinnen. Ich muss das schaffen, für meine eigene Zukunft.

Wie kann ich das schaffen? Laut Breanna ist es wichtig, sicherzugehen, dass ich keinen Lippenstift auf den Zähnen habe ... das hat sie wenigstens fünfzehn Mal wiederholt: Niemand möchte eine Frau mit Lippenstift auf den Zähnen küssen. Sie hat mich einfach ignoriert, als ich ihr sagte, dass ich nicht vorhatte, heute irgendjemanden zu küssen.

„Ich öffne die Tür", ruft Shannon und ich zucke auf meinem Stuhl zusammen. Verdammt. Die Tür. Richtig. Ich springe auf.

Shannon, die immer wieder Mal einen Blick auf mich geworfen hat, seit sie vor einer Stunde mit Charlie nach Hause kam, ist bereits an der Tür, als ich mit meinen High Heels in der Hand aus dem Schlafzimmer stürme.

„Warte, Shannon. Ich bin nicht ..."

Aber bevor ich den Satz beenden kann, öffnet sich die Tür. Ich erwarte Jacksons Fahrer. Stattdessen steht dort Jackson selbst.

„Guten Abend, Calliope", sagt er in seiner typischen tiefen, harten Stimme. Er ist groß und sieht schick aus in seinem schwarzen Maßanzug, den er mit einem Taschentuch, das er akkurat in die Tasche gesteckt hat und das perfekt zu meinem Kleid passt, komplettiert hat. Mit seiner großen, beeindruckenden Statur sollte er eigentlich zu massiv sein, um einen Anzug tragen zu können, aber er steht ihm vorzüglich. Was nicht zu meinem Vorteil ist, weil ich heute Abend wirklich bei der Sache sein muss. Redepunkte. Anteile am Wettbewerb. Zugang zu exklusiven Verträgen mit Produzenten. Verdammt, die Anzughose sieht unglaublich gut an ihm aus.

Und ... ich starre. Ich zwinge mich, ihm ins Gesicht zu sehen, und dann sehe ich, dass auch er mich einer Prüfung unterzieht.

„Äh", murmle ich dumm. „Hi." Ich wünsche mir plötzlich, dass ich genug Zeit gehabt hätte, die Schuhe anzuziehen, bevor die blöde Shannon die Tür öffnete. Ich habe ein unerklärliches Verlangen, perfekt für ihn auszusehen.

„Mama", Charlie kommt auf mich zu. Shannon schnappt ihn sich, bevor er mein Kleid mit seinen klebrigen Fingern ergreifen kann. Er windet sich, um ihr zu entkommen, und zeigt auf mich. Er sagt etwas, was man zunächst nicht verstehen kann. Als ich endlich weiß, was er mitteilen möchte, fange ich an zu lachen.

Shannons Augenbrauen ziehen sich zusammen: „Was sagt er?"

„Elsa. Aus *Die Eiskönigin*", ich lache noch etwas mehr. Es sieht aus, als würde Disney eine komplette neue Generation heranzüchten. Charlie ist erst zweieinhalb Jahre alt, aber er hat schon klare Vorstellungen. Prinzessinnen tragen lange Kleider. Mama trägt ein langes Kleid, also Prinzessin. *Offensichtlich*.

Ich drehe mich wieder zu Jackson um. „Sorry, ich brauche noch eine Minute. Es ist hier immer ein bisschen wie im Irrenhaus." Ich lächle entschuldigend. Ich bin dankbar für die Sekunde, die für Charlie ausgereicht hat, um auf den Boden der Tatsachen zu kommen.

Und es hat mich daran erinnert, dass ich es mir nicht leisten kann, weitere dumme Entscheidungen zu fällen, wenn es um Männer geht.

„Ich muss nur noch meine Schuhe anziehen und meine Clutch holen, falls du im Wagen warten möchtest."

„Das ist okay. Ich warte hier." Jackson tritt durch die Tür und setzt sich auf die Lehne meiner alten Couch. Ich muss bei diesem nicht passenden Bild zweimal hinsehen. Jackson und sein Tausende Dollar teurer Anzug vor meiner Couch aus zweiter Hand? Einfach ... Nein.

Aber es hört sich dumm an, wenn ich hier sitze und mit ihm darüber streite. Ich muss einfach schnell die Schuhe anziehen.

„Elsa! Elsa! Elsa!", ruft Charlie immer wieder, und versucht sich dabei aus Shannons Griff zu befreien. Ich werfe ihr einen dankbaren Blick zu und setzte mich auf den Sessel, um die Schnalle an meinen Schuhen zu verschließen. Ich war besonders dankbar, als ich sah, dass die Pumps die Art waren, die einen Riemen am Knöchel haben. Die Absätze sind schmal und ich rutsche häufig aus Schuhen, wenn sie keinen Riemen haben. Ich finde nämlich, dass ein wahrer Cinderella-Moment das Letzte wäre, was ich heute brauchen könnte. Meinen Schuh zu verlieren ... und danach wahrscheinlich zu fallen.

Die ungeschickte Cinderella. Ja, das wäre ich. Anschnallen ist meine beste Chance.

Ich blicke auf und sehe Jackson, der mich mit scheinbar großem Interesse beobachtet, während ich mit meiner Schnalle kämpfe. Was mich nur aus dem Konzept bringt. Gott, wieso konnte Jackson nicht einfach im Auto warten? Die unangenehme Stille zwischen den Erwachsenen, während Charlie unaufhörlich quatscht, bringt mich fast um. Blöder Riemen, geh endlich in die verdammte Schnalle!

„Also, Mr. Vale“, fängt Shannon an und verlagert Charlies Gewicht auf ihrer Hüfte. „Callie hat mir nicht viel von Ihnen erzählt. Sie kennen sich von der Arbeit?“

Shannon ignoriert den bösen Blick, den ich ihr zuwerfe, genauso wie die Handbewegung, die ihr zeigt, dass ich ihr die Kehle durchschneiden will, als Jackson nicht mehr zu mir nach hinten blickt. Ich muss so tun, als würde ich noch immer mit dem Riemen kämpfen, als Jackson wieder zu mir hinüberblickt. Immerhin habe ich ihn endlich in die Schnalle bekommen. *Gott* sei Dank.

„Ich bin ein *Bekannter* von der Arbeit, ja? Habe ich den Status Freund erreicht?“ Bei den Worten erstarre ich und plötzlich kann ich nicht mehr wegsehen, als ich das charakteristische Zucken im Mundwinkel bemerkte. „Und ich dachte, als wir das letzte Mal auseinandergingen, war ich einfach nur das Ziel der Interessen deines Chefs?“

Ich senke den Kopf, um meine sich rötenden Wangen zu verstecken, und fokussiere mich auf den zweiten Schuh. „Wir gehen zusammen auf den Ball, das macht uns mindestens zu Bekannten.“

„Ein Ball?“ Ich kann hören, dass er amüsiert ist.

Ich zucke zusammen. Scheiß Disney. „Gala“, versuche ich es erneut. „Die Gala vom Roten Kreuz. Du weißt genau, was ich meine.“

Da. Ich habe es endlich geschafft, die Schnalle zu schließen, also stehe ich auf und probiere die Schuhe. Ich schaffe es, nicht zu unsicher auszusehen. Einen Goldstern an mich. Jetzt muss ich es nur durch den Abend schaffen, ohne auf dem Hintern zu landen.

Jackson steht auf und streckt mir seinen Arm entgegen. Ich

schlucke. Ich schnappe die Clutch, die Brianna vorhin mit all dem, was sie als notwendig ansah, gefüllt hat - Handy, Schlüssel, Lippenstift, Eyeliner, ein kleiner Spiegel und Concealer. Gegenwärtig habe ich Angst, dass sie sich irgendwann am Abend von selbst öffnen wird und ich nicht alles wieder hereinbekomme.

Ich sehe mich nervös in der Wohnung um und frage mich, ob ich irgendwas vergessen habe. Ich möchte mich noch einmal im Spiegel ansehen, nur um sicherzugehen, dass ich mein Make-up nicht ruiniert habe.

Trotzdem, verdammt, ich sollte noch mal im Bad mein Make-up überprüfen. Aber ich habe schon etwa siebenmal kontrolliert, ob es noch sitzt. Sicherlich wird auf dem Weg von hier bis zu dem Hotel, wo die Gala stattfindet, nichts passieren, oder?

Aber bevor ich mich davonschleichen kann, um nachzusehen, schiebt Jackson mich sanft in Richtung Tür. Verdammt, er riecht *wirklich* gut. Was, wenn ich tatsächlich Lippenstift auf den Zähnen habe? Und wenn ich versuche mit ihm über die Zusammenarbeit mit Gentry Tech zu reden, ihn von den finanziellen Vorteilen und den Möglichkeiten, die sich CubeThink damit eröffnen, zu überzeugen, wäre alles, worauf er sich konzentrieren kann, der rote Fleck auf meinem Schneidezahn ...

„Warte", sage ich und befreie mich aus Jacksons Griff.

Aber ich gehe nicht ins Bad, um meine Zähne zu kontrollieren. Stattdessen gehe ich zu Charlie, der in Shannons Armen angefangen hat zu weinen.

„Oh, armes Baby. Tante Shannon lässt dich gehen, sobald Mama gegangen ist." Ich kitzle ihn im Nacken und küsse ihn auf die Wange. Dann küsse ich sein ganzes Gesicht und kitzle seinen Bauch. Sein hohes Lachen erfüllt die gesamte Wohnung. Ich drücke meine Wange gegen seine.

Alles in meinem Kopf wird ruhig.

Richtig.

Deshalb mache ich all das hier.

Ich mache einen Schritt zurück und strahle meinen wunderschönen Jungen an. „Mama kommt heute spät wieder heim, aber ich sehe dich morgen früh. Weckst du mich morgen mit Küssen?"

„Küsse!", wiederholt er und macht dann etwas, was sich wohl wie ein Kuss anhören sollte. Ich lache und kitzle ihn noch einmal.

Ich atme einmal tief ein und rieche seinen Babyduft, dann drehe ich mich um und eile hinüber zur Tür, dabei bedeute ich Jackson, mir zu folgen. Shannon lenkt Charlie ab, indem sie ihn fürs Essen fertig macht, und ich erwische Jackson dabei, wie er mich beobachtet und Charlie dann einen neugierigen Blick zuwirft.

Mein Blick verdunkelt sich. Ich gehe niemals ohne unser kleines Ritual und ich habe es gemacht, ohne darüber nachzudenken. Aber jetzt wünsche ich mir wirklich, dass Jackson im Auto gewartet hätte. Ich mag nicht, dass er das von mir gesehen hat. Ich möchte, dass die Kreise im Venn-Diagramm meines Lebens, welche mein Arbeits- und mein Privatleben darstellen, sich nie berühren, schon gar nicht sollen sie gemeinsamen Raum bekommen. Sie hätten sich nie berühren sollen.

Ich schließe die Tür zur Wohnung mit ein wenig mehr Schwung als notwendig.

„Calliope?" Jacksons Stimme reißt mich aus meinen Gedanken. „Ist alles in Ordnung?"

Ich lächle, auch wenn es offensichtlich ist, dass ich mich dazu zwingen muss. „Großartig."

Ich beeile mich, in den Wagen zu kommen. Oder eher in die Limousine. Sie sieht auf meiner Straße mit Häusern und Wohnungen von Menschen mit mittlerem Einkommen sehr deplatziert aus.

Jackson reicht mir die Hand, um mir ins Auto zu helfen, während der Chauffeur die Tür aufhält. So wie im Film. Tatsächlich ist es ein bisschen zu viel. Weil das hier das echte Leben ist. Im wahren Leben bekommt Cinderella am Ende nicht ihren Prinzen.

Trotzdem muss ich, als ich mich auf dem weichen Ledersitz einrichte und der Stoff meines Abendkleides um mich herumfließt, zugeben, dass das ein wenig das Gefühl eines Märchens zurückbringt. Das Kleid ist so, so schön. Nur eine Nacht lang könnte ich so tun, als wäre ich die Art Frau, die in so tolle Stoffe gehüllt werden muss.

Ist es nicht genau das? Ich weiß nicht, ob ich verbittert bin, wegen der Farce, die dieser Abend ist, oder ob es besser ist, mich wenigstens kurzzeitig in dieser Fantasie zu verlieren ... so zu tun, als würde das Gute eine Chance gegen das Böse haben und dass das unglücklichste und unwichtigstes Mädchen von allen nicht nur Prinzessin, sondern Königin sein kann. Zumindest in ihrem eigenen Leben.

Sei eine Königin.

Sichere den Account.

Lebe dein Happy End mit Charlie in einem Schloss weit, weit weg von allem, was uns je gefährlich werden könnte.

KAPITEL 10

Sowohl Jackson als auch ich sind still, als der Fahrer losfährt und wir in Richtung der Stadt fahren. Endlich spricht er: „Du siehst wunderschön aus."

Ich blicke zu ihm herüber und mein Atem stockt. Irgendwie kann ich, wenn ich ihn ansehe, vergessen, wie beeindruckend er ist. Er sitzt mir in der Limousine gegenüber, aber sein Körper strahlt eine pantherartige Würde aus, obwohl er so groß ist, was es unmöglich macht, wegzusehen. In der Wohnung konnte ich mich immerhin ablenken.

Aber hier? Hier ist nichts, außer mir und ihm, in dem kleinen Raum, den die Limousine bietet. Auch wenn diese tierisch groß ist, scheint sie plötzlich viel zu klein.

„Danke", antworte ich verspätet auf sein Kompliment. Dann füge ich hinzu: „Du auch. Du siehst gut aus, meine ich. Attraktiv."

Oh Gott. Habe ich das gerade laut gesagt? Können wir jetzt aufhören, miteinander zu sprechen?

„Ist es okay, wenn ich frage, wie alt dein Sohn ist?" Sein Kopf ist ein wenig zur Seite gelegt.

„Er ist zweieinhalb."

„Wie alt warst du, als du ihn bekommen hast?"

Mein Kinn versteift sich. Was für eine Frage ist das? Ich starre schon seit meiner Antwort, die ich nicht geben wollte, auf meinen Schoß und jetzt fokussiere ich mich auf die vielen Anzeigen, die den Rand des Highways 101 säumen.

„Entschuldige", tönt Jacksons Stimme deutlich näher, als ich erwarte und dann spüre ich den warmen, schweren Druck von seiner Hand auf meiner. „Ich will nicht zu neugierig sein."

Ich drehe mich zu ihm um und schaue ihm in die Augen. Er lehnt sich nach vorne und schließt damit den Platz zwischen den Sitzen, sodass sich unsere Knie fast berühren. Ich kann sein Parfum riechen. Der maskuline Duft von Kiefer vereinnahmt mich. Der erdige Duft ist so ungewöhnlich hier in der Stadt. Erneut stelle ich ihn mir in einer Holzhütte im Wald vor, vielleicht sogar in einem anderen Jahrhundert. Und seine Größe. Er ist zu groß ... so als wäre er gemacht, um Holzfäller zu sein oder jemand, der Wildschweine jagt. Nicht wie jemand, der hinter einem Schreibtisch sitzt und Codes schreibt.

„Wieso hast du angefangen, mit Computern zu arbeiten?", frage ich, anstatt seine Frage zu beantworten. Irgendwie muss ich diese Unterhaltung aufs Geschäft lenken, aber ich möchte auch, dass der Abend natürlich und angenehm verläuft. Und tatsächlich interessiert es mich einfach.

Er legt den Kopf wieder auf die Seite, was mir das Gefühl gibt, dass er versucht, mich zu durchschauen, aber er nimmt seine Hand nicht von ihrem Platz auf meiner. Ich muss sie unter seiner wegziehen, um sie wieder an meine Taille legen zu können. Er reagiert nicht auf diese Handlung.

„Mein Stiefvater."

Die Antwort ist kurz und danach ist er ruhig und blickt auf seine eigenen Hände.

Ich glaube, dass das alles ist, was er sagen wird, aber nach einigen Augenblicken fängt er wieder an zu sprechen. „Es war ... ich weiß auch nicht, das, was wir gemacht haben. Ich war ...", er zuckt die

Schultern und blickt aus dem Fenster, „... nicht ganz einfach, als ich zu ihnen kam. Mein Vater gab mir einige alte Computer, die ich auseinanderbauen konnte. Dann, nachdem ich sie in ihre Einzelteile zerlegt hatte, bauten wir sie gemeinsam wieder zusammen. Er hat alles getan, um mich zu beschäftigen, damit ich keinen Ärger machte."

Okay. Wow. Ich hatte nicht erwartet, dass er sich so öffnet.

„Ich wusste nicht, dass du in einer Pflegefamilie warst." Ich fühle mich dumm, nachdem ich das gesagt habe, denn irgendwie mache ich damit ja klar, dass ich mich über ihn informiert oder zumindest nach ihm gegoogelt habe.

Er scheint es mit Würde zu tragen und legt einen Finger auf die Lippen: „Psst, ich habe es geschafft, dass das nicht auf Wikipedia steht."

Aber er sagt es mir? Dann denke ich an all das, was ich über Kinder gehört habe, die in Pflegefamilien aufwachsen. So, als würde er das in meinem Gesicht lesen können, zieht sich ein Mundwinkel wieder hoch. Er lehnt sich nach vorne, aber nur genug, damit er mein Knie berühren kann. Der kurze Kontakt ist elektrisierend, aber diesmal lehnt er sich von selbst zurück.

„Ach komm schon", sagt er. „Sieh mich nicht so an." Seine Augen verengen sich. „Wir alle haben irgendeine traurige Geschichte. Meine ist nicht tragischer als die meisten anderen. Ich war zu jung, um mich an meine Eltern zu erinnern oder daran, wie ich sie verloren habe. Schließlich habe ich gute Pflegeeltern gefunden, die Kents, da war ich elf und der Rest ist Geschichte." Er lehnt sich wieder zurück.

Mir entgehen die beiden wichtigen Aspekte seines letzten Satzes nicht. *Schließlich* und elf. Was ist während all der Jahre dazwischen passiert?

„Ich dachte, ich hätte irgendwo gelesen, dass du als Jugendlicher Probleme in der Schule hattest?"

Er zuckt mit den Schultern und sieht aus, als wäre ihm das Thema unangenehm, dann versucht er darüber zu lachen. „Man sagt *einmal* einem Reporter etwas ...", er schüttelt den Kopf und grinst missbilligend über sich selbst, was mir einen Blick auf sein Grübchen ermöglicht.

„Entschuldigung", sage ich. Es ist mir unangenehm. Jetzt bin ich die, die ihn ausfragt.

„Nein, ist schon okay", sagt er und winkt ab. „Es ist nichts, wofür ich mich schäme oder was mir unangenehm ist. Es ist nur immer ein wenig merkwürdig, wenn Menschen schon etwas über mich wissen, bevor sie mich überhaupt das erste Mal treffen."

Diesmal bin ich unangenehm berührt. „Ja, sorry noch mal. Ich habe dich gegoogelt, bevor ich das erste Mal zu dir kam." Ich verziehe das Gesicht und ziehe entschuldigend die Augenbrauen hoch. „Ich mache es nicht wieder, versprochen."

Er grinst und zeigt sein Grübchen in all seiner Schönheit. „Wie wäre es, wenn ich mich durch dein Interesse geschmeichelt fühle, und wir belassen es dabei?"

Ich atme erleichtert aus. Okay, er versucht wirklich, lieb zu mir zu sein. Wow. Ich weiß nicht ganz, was ich davon halten soll. Ich versuche, noch immer etwas zu finden, was ich sagen kann, um meinen Fauxpas auszubügeln, als er weiterspricht.

„Ja, ich hatte Probleme ...", seine Augen sind auf den Himmel der Limousine gerichtet, während er versucht herauszufinden, wie er es am besten sagen kann, „... damit, meine Aufmerksamkeit zu fokussieren, als ich jünger war. Es war fast, als würde ich dreimal schneller denken, als meine Lehrer sprachen oder eher, als alles, was um mich herum passiert. Ich bekam ADHS diagnostiziert und mir wurde Medizin dafür gegeben, bis ich zu den Kents kam." Sein Blick ist wieder aus dem Fenster gerichtet.

„Hast du tatsächlich ADHS?" Meine blöde Neugierde wieder. Allerdings ist er es, der sich öffnet. Ich zwinge ihn zu nichts und plötzlich möchte ich alles wissen, was er mir erzählen will.

„Oh", er sieht mich wieder an, so als wäre er tief in einer Erinnerung gewesen. „Mein Vater mochte nicht, dass Medizin die gängige Methode war, mit Kindern umzugehen, die von Pflegeeltern betreut wurden. Er hat mir geholfen, davon loszukommen. Andere haben ein schwieriges Kind gesehen, aber Papa hat was anderes erkannt." Seine Finger trommeln auf dem freien Platz neben ihm.

Ich mag die Art und Weise, wie er über seinen Vater spricht. Seine Stimme wird weicher und seine sonst so harten Gesichtszüge entspannen sich. Alleine daran kann man erkennen, wie besonders dieser Mann für ihn ist.

„Er hat gesehen, dass ich immer mit etwas rumspielen musste. Er arbeitete bei Lockheed, also hat er mir die Grundlagen des Codierens beigebracht. Ich war gut darin. Es war gut für mich. Die Kontrolle, die man hat. Als ich mit dem Codieren anfing, war es, als wäre es genau das gewesen, was mir mein ganzes Leben lang gefehlt hat."

Ich ziehe die Augenbrauen zusammen. „Wie meinst du das?"

„Nun, Computer sind einfach logisch. So wie Mathe, aber sie machen mehr Spaß. Du hast ein Problem und du schreibst einen Algorithmus, um es zu beheben. Das Leben ist chaotisch, aber Computer ...", er zuckt die Schultern, „... es war so, als hätte ich zum ersten Mal in meinem Leben die Kontrolle über etwas."

„Oh", ist alles, was ich entgegnen kann, aber vor meinem inneren Auge sehe ich Jackson als elfjährigen Jungen, der vom Jugendamt als Problemkind bezeichnet wurde. Er hat wahrscheinlich jahrelang nur Chaos erlebt, bevor er zu den Kents kam. Und dann gab Mr. Kent ihm eine Plattform, auf der er plötzlich die Möglichkeit bekam zumindest einen Teil des Chaos zu kontrollieren.

Jackson spricht weiter, als würde er nicht gerade etwas sehr Persönliches preisgeben. „Mein Vater hat es geschafft, dass es Spaß machte und die Art und Weise, wie er mit mir arbeitete, gab mir die Möglichkeit meine Energie zu fokussieren. Also benutzte ich plötzlich meine Hände und mein Gehirn, weißt du?" Ein weiteres seiner Lächeln, die er für besondere Momente reserviert, lässt sein Gesicht strahlen. „Robotik war immer das perfekte Gegenstück für mich."

„War er auch ein Erfinder?" Das Patent, das Bryce dazu genutzt hatte, um Jackson an einen Tisch zu bekommen, lässt mich diese Frage stellen. Bryce hatte gesagt, dass es Jacksons Vater gehörte.

Jackson versteift sich. Er versucht sich offensichtlich daran zu erinnern, wie ich das wissen kann. Er nickt kurz impulsiv. „Er hat mir geholfen meinen ersten Roboter zu bauen. Wir haben an einem Kampfroboter-Wettkampf teilgenommen. Unserer hat gewonnen."

„Natürlich." Ich lächle.

Sein Grübchen erscheint wieder, als sein Blick meinen trifft. „Natürlich."

Er sieht so jung aus, wenn sein Gesicht so weich wird. Plötzlich wird mir klar, dass er und Bryce etwa gleich alt sein müssen. Die beiden waren schließlich zusammen auf dem College. Das heißt also, Jackson ist wie alt? Zweiunddreißig? Zehn Jahre älter als ich, aber wenn man bedenkt, was er alles erreicht hat, ist er unglaublich jung.

„Seitdem bin ich an der Sache dran", fährt er fort. „Ich habe alles Mögliche gebaut. Eine Weile lang war ich von Robotern besessen, die aufwendige Maschinen waren und wirklich einfache Aufgaben übernommen haben."

Mein Lächeln wird zu einem Grinsen. Ich weiß genau, wovon er spricht. Ich kann nicht glauben, dass er versucht, das so herunterzuspielen. „Ridiculousrobots.com, richtig? Die Seite ist immer noch super!" Ich lache. „Meine Freunde in Stanford haben immer versucht, irgendwas zu erfinden, was auf die Seite kommen könnte."

„Ah", seufzt er und tut so, als wäre ihm das unangenehm. „Das Vermächtnis meines siebzehnjährigen Ichs. Fünfzehn Jahre später und es ist immer noch das, wofür ich bekannt bin. Mehr als für meine tatsächliche Arbeit."

Jetzt lache ich richtig. „Ach, komm schon", ich schlage ihm spielerisch aufs Knie. „Das ist ein tolles Vermächtnis. Mein Lieblingsroboter war dein über zwei Meter großer Roboter, die Goldberg Maschine, die *Mary had a Little Lamb* singt und dann die Toilette abspült. Die Studenten in Stanford haben genau so eine gebaut und er war für ein Semester fester Bestandteil der Toilette im Labor. Das war super!" Ich schüttele den Kopf: „Obwohl wir alle bereit waren, Mary aus dem Fenster zu werfen, als die Abschlussprüfungen anstanden."

Das Grübchen scheint wie auf Jacksons Gesicht gemeißelt. Auch er lacht. „Ich habe die Musik nach eineinhalb Wochen ausgeschaltet. Ich kann nicht glauben, dass ihr das ein ganzes Semester lang ausgehalten habt."

„Oh mein Gott, ernsthaft? Die anderen werden sterben, sollte ich sie je wieder treffen und ihnen das erzählen! Wir haben sie nur so lang angehabt, damit es authentisch ist." Aber dann fällt das Lächeln von meinem Gesicht. Ich war nie gut mit den Leuten im Computer- und Robotiklabor befreundet ... dazu war ich zu sehr auf David fokussiert. Dann, als ich das Baby bekam, waren selbst meine Bekannten schneller weg, als man „Windeln wechseln" sagen kann. Ich versuche, meinen Gedanken zu entkommen und wieder in der Gegenwart zu sein. Jackson ist so entspannt. Ich möchte diesen Moment nicht verlieren.

„Steht ihr euch immer noch nahe?", frage ich. „Du und dein Vater?"

Ein schmerzhafter Ausdruck manifestiert sich auf Jacksons Gesicht. „Er ist gestorben, als ich im College war. Herzinfarkt."

„Das tut mir leid." Fast unbewusst sucht meine Hand nach seiner.

Er zieht sie weg, bevor es zu einer Berührung kommt. Mein Herz zieht sich zusammen und ich bin nicht sicher, ob das der Fall ist, weil er seine Hand weggezogen hat oder weil ich den Schmerz in seinen Augen gesehen habe, als er über den Verlust seines Vaters sprach.

„Wir sind da." Er setzt sich in seinem Sitz auf und ich kann sehen, dass wir auf ein gut beleuchtetes Hotel mit einer Schlange Limousinen, die am Straßenrand warten, zufahren.

Ich möchte mehr über seinen Vater erfahren, aber seine Körperhaltung und sein Gesichtsausdruck verraten mir, dass wir mit dem Thema durch sind. Trotzdem hat er sich so sehr geöffnet - mir, einer Fremden. Warum? Und gleichzeitig möchte ich einfach nur mehr wissen. Was ist passiert, nachdem sich alles mit der neuen Pflegefamilie änderte? War danach alles anders? War es für ihn einfacher in der Schule? Was ist mit dem College? Ich weiß noch immer nichts über das Patent seines Vaters oder wieso Bryce es hat. Und offensichtlich war es schwer für Jackson, als sein Pflegevater starb ...

„Wollen wir?“ Jackson sieht mir in die Augen und hält mir eine Hand hin, als sich die Tür öffnet. Sofort brechen die Stimmen und Geräusche von draußen in die Stille des Innenraums der Limousine herein. Ich atme tief ein, als mich ein leichter Schwindel bei der Vorstellung dort hinauszutreten, ergreift.

Während ich mich fertiggemacht habe und durch die überwältigende Natur von Jacksons Wesen im Wagen, habe ich überhaupt nicht an diesen Moment gedacht. Hier zu sein. Tatsächlich hier zu sein, in diesem Kleid, an Jacksons Seite. Scheiße, muss ich etwa tanzen? Oder die richtige Gabel beim Essen benutzen? Und all das zieht noch nicht einmal in Betracht, weshalb ich *überhaupt* hier bin. Ich habe mich von meinen Gefühlen und Jacksons Geschichte über seinen Vater einwickeln lassen, während ich eigentlich messerscharf sein sollte und alles, was jetzt zwischen uns ist, nutzen muss, um den Deal zu machen. Ich muss das schaffen. Und in der Zwischenzeit muss ich es schaffen, mich nicht komplett zum Affen zu machen.

Scheiße, Scheiße, Scheiße, Scheiße, Sch ...

„Atme“, flüstert Jackson in mein Ohr. So als würde sein heißer Atem an meinem Ohr irgendwie helfen. Ich erschaudere aufgrund des Gefühls, als er aus dem Auto steigt. Dann schnappt er sich meine Hand und egal, ob ich bereit bin oder nicht, zieht er mich hinter sich her.

Es ist kein eleganter Ausstieg, belassen wir es dabei. Letztendlich stolpere ich über den Stoff meines Kleides und falle gegen Jacksons Brust.

„Scheiße“, ich klammere mich an sein Revers und meine Wangen sind feuerrot vor Scham.

„Ich habe dich“, sagt er und unser Blick trifft sich, als seine Hand meine Taille findet und mir Halt gibt.

Wow. Er hat wirklich blaue Augen. Wirklich, wirklich, *wirklich* blau. Licht vom roten Teppich muss irgendwie auf sie treffen, denn sie scheinen wirklich zu strahlen. Ich habe noch nie in meinem Leben eine solche Farbe gesehen und ...

„Ich habe dich“, wiederholt er flüsternd.

„Wenn Sie mir folgen wollen“, unterbricht ein laut sprechender Mann mit einem Clipboard unseren Moment, der immer wieder über seinen Kopfhörer und dann mit uns spricht. „Ja, ja, ich schicke das Auto jetzt weiter.“

Der Mann, mit den glatt gestrichenen Haaren, muss der Concierge oder Organisator des Events sein und lächelt uns ungeduldig an. „Wenn Sie den Veranstaltungsraum betreten würden, dann kann das nächste Auto vorfahren.“ Er deutet auf den roten Teppich hinter uns.

„Natürlich“, sagt Jackson. Anders als ich, achtet er nicht auf den Concierge. Er sieht noch immer mich an. Nervös mache ich einen Schritt nach hinten, von ihm weg und achte dabei darauf, dass ich nicht auf mein Kleid trete, und schreite in Richtung des roten Teppichs.

Das hier ist einfach ein Wohltätigkeitsevent, aber wahrscheinlich wird so was in Kalifornien zelebriert wie in Hollywood. Auch wenn das hier nicht unbedingt Paparazzi sind, hatte Breanna recht, hier sind viele Kameras, die Fotos für die Klatschblätter machen. Auch ein paar lokale Nachrichtensender sind da, um zu sehen, wie die Reichen aus der Bay Area ihre schönsten Roben für die Wohltätigkeit präsentieren.

Jackson tritt neben mich und hält den Arm raus, damit ich ihn ergreifen kann. Dann gehen wir zusammen den roten Teppich hinunter.

Er ist nicht sonderlich lang, aber trotzdem ist er rot und die Blitze der Kameras erleuchten ihn immer wieder. Ich bin an dem Arm eines wunderschönen Mannes in einem wundervollen Kleid. Es ist der unglaublichste Moment meines Lebens. Aufgrund des Blitzlichts ist es schwer, die Augen aufzuhalten, aber ich gebe mein Bestes.

Jackson Vale ist ein Jemand und Bilder von ihm sind häufig in Klatschblättern zu sehen. Es war Schwachsinn, als er vorhin im Auto sagte, er sei hauptsächlich für ridiculousrobots.com bekannt. Gentry Tech ist eher ein Name, den man gehört hat, wenn man sich für Robotik interessiert oder das studiert hat, so wie ich, aber CubeThink Drohnen sind auch normalen Menschen bekannt. Ja, sie stellen auch Modelle für den Einsatz in Filmen in Hollywood und Ähnliches her, aber sie machen auch bezahlbare Modelle. Spielzeuge, um die Eltern beim letzten Black Friday Schlussverkauf kämpften.

Also, ja, ich möchte nicht der Idiot neben ihm sein, der im Blitzlichtgewitter mit geschlossenen Augen zusammenzuckt. Also blinzle ich schnell, als meine Augen zu tränen anfangen und versuche, sie offen zu halten.

Ich setze das größte Lächeln auf, das ich in mir habe. Aber lässt mich das nach Schönheitskönigin aussehen? Ich dimme es ein wenig und hoffe, dass es jetzt betont zurückhaltend wirkt. So sollte doch die Begleitung von Jackson Vale aussehen, oder?

Bevor ich das Ganze komplett sezieren kann, haben wir das Ende des Teppichs erreicht und stehen unter der Markise des Eingangs des Hotels, wo die Gala stattfindet. Ein weiterer Verantwortlicher weist uns an, vor dem Logo des Roten Kreuzes für weitere Fotos zu posieren. Oh, großartig, noch nervenaufreibender. Ich habe nicht viel Zeit, über mein Lächeln nachzudenken, bevor die Blitze unsere Gesichter wieder erhellen.

Gott, gebt einem Mädchen doch einen Moment. Ich habe es kaum geschafft, mein Gesicht in eine nette Geste zu manövrieren und im nächsten Moment werden wir bereits vom Teppich ins Hotel geschoben.

„Verdammt, ich wünschte, ich hätte das üben können“, flüstere ich Jackson zu, als wir durch die Türen treten. „Ich schwöre, es war noch nie vorher so schwer, zeitgleich zu gehen und zu lächeln.“

Er hustet, um ein überraschtes Lachen zu überdecken, als wir die Türschwelle in die geschmückte Lobby übertreten. Er blickt zu mir hinab. Beide Mundwinkel sind zeitgleich hochgezogen. „Du hast das super gemacht.“

Ich habe nicht die Zeit das Lob zu verarbeiten, bevor wir in den

Raum geführt werden, der wohl Ballsaal genannt wird. Mir ist klar, dass das hier wahrscheinlich sonst als Mehrzweckraum genutzt wird, aber er ist komplett verwandelt worden.

Weiße Lichterketten hängen von der Decke und alles andere ist in Weiß und Gold dekoriert worden. Makellose weiße Tischdecken. Goldene Servietten. Goldene Schwäne als Tischdekoration mit Vasen voller weißer Tulpen.

Alles sieht aus wie aus einem Märchen, dafür braucht man noch nicht einmal all die wunderschönen Menschen, die langsam den Saal füllen. Hinter den Tischen gibt es einen offenen Bereich, wo man Menschen treffen oder tanzen kann.

Einige wenige sitzen bereits an den Tischen. Die meisten unterhalten sich im offenen Bereich und auf der Tanzfläche, wo Kellner bereits mit Champagner und Häppchen ihre Runden machen. Genau dorthin führt auch Jackson mich mit sanftem Druck auf meinem Rücken. Ich hätte es lieber, wenn er mir wieder seinen Arm reichen würde. Ich könnte die Unterstützung, die dieser mir bietet, gut gebrauchen. Aber die Berührung seiner Hand auf meiner Hand, am Rücken, wo das Kleid weit ausgeschnitten ist, fühlt sich ... ein bisschen zu intim an.

Das surreale Gefühl ist zurück. Es ist, wie einer dieser Träume, in denen ich in eine Realityshow geraten bin. Die kennt wohl jeder, die Art, in der ein großer Streich gespielt wird und dann taucht Ashton Kutscher auf ... nur, dass bei der Show nur Promis reingelegt wurden und sie vor Ewigkeiten lief. Mal abgesehen davon würde bei meinem Glück die Art Traum zu einem Albtraum, bei dem mich alle auslachen und es Clowns gibt und von dem Punkt an alles nur noch schlimmer wird ...

„Also, jetzt weißt du, wo ich herkomme und wieso ich mit Computern arbeite. Was ist mit dir?"

Als ich zu Jackson hinaufsehe, ist sein Blick so intensiv, dass er mir fast den Atem raubt. Oh, Gott, der Mann sollte mit einem Warnhinweis geliefert werden.

„Ich, ähm ...", stottere ich, zucke die Schultern und beginne zu lachen. „Ich weiß nicht. Etwas mit Computern zu machen schien mir in die Karten zu spielen, weil man das bei mir nicht erwartet."

Seine Augenbrauen ziehen sich zusammen, so als wisse er nicht genau, was ich meine.

Ich kann fühlen, dass ich wieder rot werden. „Du weißt schon, dummes Blondchen." Ich sage das mit den *dicken Möpsen* nicht und er ist ein wahrer Gentleman und blickt nicht in meinen Ausschnitt, der es irgendwie schafft, dass sich das Kleid von einem vollkommen passenden Kleid auf dem Bügel in etwas verwandelt, das Jessica Rabbit anziehen würde.

Die Falte zwischen seinen Augenbrauen allerdings wird nur noch tiefer. „So habe ich dich nie gesehen, Calliope."

Ein Teil von mir möchte das anzweifeln. *Warum hast du mich dann heute eingeladen?* Ich habe meine ganze Naivität schon vor langer Zeit aufgebraucht. Ich habe akzeptiert, dass das alles ist, was Männer sehen, wenn sich mich anschauen.

Aber was ist ... *wenn* ein Mann darüber hinweg sehen könnte? Ich habe nie angezweifelt, dass es in der großen, weiten Welt Männer geben könnte, die dazu fähig wären. Ich wusste nur immer, dass das dann nicht die Art Mann wäre, die sich zu mir hingezogen fühlt.

Jackson macht es wieder. Dieser intensive Blick.

Und genau wie beim ersten Mal raubt er mir den Atem. Es ist so, als würde er in mich hineinschauen. *Mich* sehen.

„Jackson", flüstere ich und mein Herz rast plötzlich.

„Jackson", tönt ein älterer Herr mit grauen Haaren und einem Südstaatenakzent. Er schnappt sich Jacksons Hand und scheint sie fast zu zerquetschen. „Ich bin so froh, dich hier zu sehen, mein Junge."

Ich mache einen Schritt nach hinten, blinzele und atme tief ein. Gott, was war ich im Begriff zu sagen? Ich habe keine Ahnung, was seinem Namen gefolgt wäre. Aber vielleicht musste ich ja auch nur laut seinen Namen sagen. Merken, wie er sich auf meinen Lippen anfühlt.

„Trevor", sagt Jackson und ich bin überrascht, denn seine Stimme hört sich an, wie die eines Fremden. All die Wärme und Lebensfreude, die ich den ganzen Abend bisher spürte, sind aus ihr verschwunden.

Seine Stimme und seine Fassade sind wieder die eines Unnahbaren, so, wie an dem Tag, als ich ihn zuerst getroffen habe, also habe ich keine Ahnung, was er von diesem Trevor hält. Ich glaube, es ist einfach die Fassade, auf die Jackson zurückgreift und tatsächlich keine Aussage über den Mann, der vor uns steht. Aber Jackson hat seine Maske bei mir abgelegt. Schon viele Male. Was heißt das?

Ich kann allerdings nicht weiter darüber nachdenken, denn ich habe Trevors Aufmerksamkeit auf mich gelenkt. „Und wer ist deine wunderschöne Begleitung an diesem Abend?“

„Miss Calliope Cruise, darf ich Mr. Trevor Henderson vorstellen?“ Wieder verrät Jacksons Stimme nichts. „Trevor, das ist meine Bekannte, Miss Cruise. Sie hat sich netterweise dazu bereit erklärt, den Abend mit mir zu verbringen.“

„Ich arbeite bei Lockheed Martin“, sagt Trevor und hält mir die Hand hin. „Sagen Sie nicht, dass Jackson Sie dazu gebracht hat, mit seinen Spielzeugen zu spielen, wo doch so viele dynamische Firmen im Valley gute Leute suchen.“

Als wir die Hände schütteln - seinerseits mit einem Griff, der deutlich zu fest ist, wenn ich das sagen darf - muss ich mich wirklich zurückhalten, meine Hand nicht zu schütteln, nachdem er sie losgelassen hat. Und das Lächeln scheint in Trevors Gesicht gemeißelt. Es ist das Lächeln eines Verkäufers. „Worauf sind Sie spezialisiert? Sind Sie Ingenieurin? Oder ist Mathematik Ihr Spezialgebiet? An welcher Universität haben Sie den Abschluss gemacht?“

„Wie wäre es, wenn du einfach einen Abend lang Pause machst, Trevor?“ Jacksons Gesicht ist regungslos, fast gelangweilt.

„Komm schon, Jackson, du kennst die Regeln des Spiels“, entgegnet der andere Mann, der mich noch immer mit einem riesigen Lächeln im Gesicht, betrachtet. „Man darf sich nie eine Möglichkeit entgehen lassen, neue Kontakte herzustellen. Also, an welcher Universität waren Sie?“

„Äh, Stanford“, entgegne ich. „Ich habe aber meinen Abschluss noch nicht.“

„Sie arbeitet bei Gentry Tech, während sie ihr letztes Semester abschließt“, wirft Jackson ein. Bei den Worten schießen Trevors Augenbrauen nach oben. „Mhh, Gentry Tech, interessant!“ Er sieht einige Male zwischen Jackson und mir hin und her. „Und sie ist heute als dein Gast hier? Wie interessant.“

„Vorsichtig, Trevor. Im Moment hörst du dich an, wie die wunderschöne Lästerschwester Mrs. Henderson.“

„Habe ich meinen Namen gehört? Mir brennen die Ohren.“ Eine elegante ältere Frau kommt zu unserer kleinen Gruppe herüber und legt ihre Hand auf Mr. Hendersons Schulter. Sie drückt ihm einen Kuss auf die Wange. „Ich hoffe, es ist wenigstens ein spannendes Gerücht, was hier jemand über mich verbreitet.“

Das zaubert Jackson tatsächlich ein echtes Lächeln ins Gesicht. „Gibt es andere, wenn es um dich geht, Lucy?“

Mrs. Henderson lacht und fährt sich dann über ihr glänzendes braunes Haar. Sie scheint, wie Mr. Henderson, um die fünfzig zu sein, aber ich vermute, dass sie etwas im Gesicht hat machen lassen. Es ist allerdings nicht super auffällig oder so. Ihre Haut ist glatt und ihre Haare glänzend braun. Sie ist wunderschön und elegant und als Jackson sie anlächelt, überrasche ich mich selbst, weil ich plötzlich eifersüchtig bin. Sie muss mindestens zwanzig Jahre älter sein als er, wenn nicht noch mehr.

„Oh, wie du mich verwöhnst, Jackson.“ Sie wendet sich von ihrem Ehemann ab, um Jackson einen Kuss auf die Wange zu drücken, der für meinen Geschmack etwas länger dauert, als nötig.

Als sie sich zurücklehnt, leuchten ihre Augen vor Aufregung. „Ich schätze nicht, dass mein Ehemann erfolgreicher ist als sonst, wenn es darum geht, dich davon zu überzeugen für Lockheed zu arbeiten?“

„Leider“, sagt Mr. Henderson: „Heute versuchte ich seine hübsche Begleitung, Miss Cruise, zu überzeugen.

Zum ersten Mal scheint Mrs. Henderson mich wirklich wahrzunehmen. Ich bin mir nicht wirklich sicher, wie ich den Blick in ihren Augen, als sie mich mustert, deuten soll. „Oh? Und worauf ist Ms. Cruise spezialisiert?"

Mr. Henderson legt unauffällig den Arm um die Taille seiner Frau und blickt dann wieder mich an. „Da waren wir gerade angekommen."

Ich kann spüren, dass ich rot werde. Die Worte, die mir auf der Zunge liegen, sind, dass ich niemand bin, nur eine persönliche Assistentin. Deutlich weniger als das, wenn ich ehrlich bin, schließlich ist einer der Gründe, wieso ich den Job habe, schlicht und einfach meine Oberweite.

Aber nein. Vergiss es.

Ich zwinge mich selbst, mich aufzurichten, und blicke Mr. Henderson direkt in die Augen. Ich kann nicht alle meine Hoffnungen auf Bryces dünnes Versprechen einer Zukunft in einem seiner Forschungszentren stützten.

Vielleicht bin ich nur eine Schachfigur für Bryce und vielleicht habe ich Jacksons Interesse erweckt, aber wenn ich mich selbst in der Stratosphäre, in der sich diese beiden mächtigen Männer befinden, irgendwie etablieren kann, wenn sie ihr Interesse verlieren, dann war all das hier nicht umsonst. Mr. Henderson hat es selbst gesagt. Eine solche Möglichkeit fürs Networking will ich nicht verpassen und Lockheed ist ganz oben in der Hackliste der weiterentwickelten Maschinen und geht immer einen Schritt weiter, als die Konkurrenz.

„Ich bin am Design von spezialisierten Algorithmen im Machine Learning interessiert, besonders der Robotik."

„Auf welchem Feld genau haben Sie gearbeitet?", fragt Trevor.

Mir wird klar, dass ich tatsächlich eine Antwort für ihn habe. „In meinem letzten Jahr in Stanford habe ich an einem Projekt gearbeitet, bei dem es um das Lernen durch Imitation ging. Wir versuchten unserem Roboter", ich beuge mich vor und lächle verschwörerisch, „... wir haben ihn Ginger genannt ...Verhalten durch Beobachtungen beizubringen, wenn der Benutzer etwas macht, ohne, dass wir all das, was er kann, programmieren müssen. Wir mussten ihm beibringen, *wie* man lernt. Das war der Sinn des Projekts. Er war nur ein Arm und eine Hand, die an ein kleines Computer-Gehirn angeschlossen waren, aber wir waren eigentlich nur daran interessiert, wie schnell und intuitiv wir das Programm gestalten konnten, was ihm ermöglichte, Verhalten zu erlernen."

Mr. Henderson sieht beeindruckt aus. „Und, hat das geklappt?"

Ich zeige meine Enttäuschung nicht, denn ich habe Ginger nie sein volles Potenzial entwickeln sehen. Es war ein Projekt, das sich über beide Semester meines letzten Jahres erstrecken sollte. Natürlich war ich für das zweite Semester nicht mehr da. Ich habe es kaum durch das erste geschafft ... ich musste meine Abschlussprüfungen früher schreiben, weil Charlies Geburtstermin Mitte Dezember war. Er ist schließlich sogar noch früher gekommen, aber glücklicherweise hatte ich die letzte Klausur schon hinter mir.

Aber all das zeige ich ihm nicht. Stattdessen strahle ich ihn freundlich und offen an: „Ich musste das Projekt verfrüht aufgeben, aber ich habe an dem Code, der uns den ersten Durchbruch ermöglichte, mitgearbeitet. Als ich ging, konnte Ginger sein Gegenüber so gut imitieren, dass ein High Five möglich war. Es war aber genug, dass ich wusste, dass ich nichts anderes mehr machen möchte."

Ich schüttle lachend meinen Kopf. „Ich bin von Programmen fasziniert, die einen direkten Kontakt zwischen der Hardware und der echten Welt ermöglichen." Ich ziehe eine Augenbraue hoch und beuge mich erneut verschwörerisch nach vorne, bevor ich in Jacksons Richtung mit den Schultern zucke. „Ob mein Weg mich weiter in das Drohnensystem, das Mr. Gentry und Mr. Vale zusammen erarbeiten oder um die Zukunft der weiterentwickelten Maschinen führt, wird sich zeigen."

Dann lehne ich mich zurück, achte aber weiter auf eine gerade Haltung und glaube, dass ich es endlich einmal geschafft habe nüchtern zu erscheinen. Verdammt, das fühlt sich gut an.

Trevors großes Grinsen zeigt mir, dass ich geschafft habe, das zu erreichen, was ich wollte. Bevor meine Lippen sich überhaupt zu einem entgegnenden Lächeln verziehen können, hat er eine Karte aus seiner Anzugtasche geholt und mir gereicht. „Wie gesagt, wenn Sie keine Lust mehr haben, mit Spielzeug zu spielen, rufen Sie mich an.“ Dann zwinkert er mir zu und meine Finger ergreifen die Karte.

Ich versuche nicht zu sehr zu grinsen und stattdessen kokett zu lächeln. „Ich werde an Sie denken.“ Ich nehme die Karte und öffne meine volle Clutch, um sie hinein zu schieben. Zu meiner Erleichterung lässt sie sich nach einem kurzen Wrestling-Match hinter meinem Rücken wieder schließen.

„Ja, gut, Liebling“, sagt Mrs. Henderson, die von der Unterhaltung gelangweilt scheint. „Ich bin am Verhungern. Lass uns unsere Plätze finden.“ Mit einem langen Blick auf Jackson und einem abschätzigen in meine Richtung, zieht sie ihren Mann hinter sich her in Richtung der Tische.

Ich kann nicht anders, als nach dieser Unterhaltung ein wenig aufgeregt zu sein. Ich schnappe mir ein Glas Champagner von dem Tablett einer vorbeieilenden Kellnerin und nehme einen großen Schluck des kohlensäurehaltigen Getränks. Mir schießen die Tränen in die Augen, aber immerhin verschlucke ich mich nicht.

Ich höre allerdings ein dumpfes Grummeln aus nächster Nähe. Überrascht sehe ich auf, als mir klar wird, dass es Jackson ist, der Lachen muss. Es ist ein angenehmes Geräusch. Mehr als angenehm. Ein Mädchen könnte schnell süchtig nach einem solchen Geräusch werden. Ehrlich gesagt könnte man schnell nach Jackson Vale süchtig werden.

Er hat sich selbst ein Glas Champagner genommen und sieht mich jetzt über den Rand von diesem an. Ein sanftes Lächeln auf den Lippen, aber seine Augen strotzen vor ... Lebensfreude, als er mich ansieht.

„Ich hätte wissen sollen, dass ein Abend mit dir alles andere als langweilig werden würde“, kommentiert er in seiner tiefen Stimme.

Sein Gesicht ist hart, sein Kinn und seine Wangenknochen so definiert, dass sie herausstechen. Trotz des Anzuges, der einem Gentleman gebührt, sieht er gleichzeitig wild aus. Er scheint erneut in eine völlig andere Epoche zu gehören. So, als würde er sich in einer

Umgebung mit viel Leder und vielleicht dem einen oder anderen Bärenfell deutlich wohler fühlen.

Man sagt, die Augen seien das Fenster zur Seele, was also sehe ich in seinen? Ich suche in seinen tiefen blauen Augen, aber ich kann nichts erkennen. Er unterbricht unseren Blickkontakt allerdings nicht, sodass wir einander anstarren. Oder eher ineinander. Ich kann ihn vielleicht nicht lesen, aber ich wäre verdammt, wenn ich die ... Intensität, die zwischen uns herrscht, nicht bemerken würde.

Aber dann sehe ich ein Gesicht, das ich kenne, im Augenwinkel auf der anderen Seite des Saals. Mein Kopf schwingt ruckartig in die Richtung. Und es scheint, als würde durch den Schock alle Luft meiner Lunge entweichen.

Es sind David und die Schreckschraube.

KAPITEL 11

Was machen *die* hier? Wie ist …?

„Calliope? Was ist los?“ Jacksons Körper versteift sich und seine Hand liegt sofort auf meinem Rücken.

Einen Moment lang kann ich überhaupt nichts sagen. David sieht sowohl entspannt als auch stylisch in seinem schwarzen Smoking aus. Auch über die Entfernung kann ich sehen, dass das, was er anhat, deutlich schicker ist als alles, was er je um mich herum anhatte. Seine Frau ist bei ihm eingehakt. Groß und elegant. Sie passt perfekt zu ihm.

„Calliope.“ Jacksons Stimme holt mich in die Gegenwart und verlangt nach einer Antwort.

„Es ist … niemand, jemand, den ich kenne“, sprudeln die Worte aus mir heraus. Als ich hinauf in Jacksons Augen blicke, die missbilligend aussehen, erkenne ich, dass er weiß, dass ich lüge. Es ist mir egal. Mehr bekommt er jetzt nicht aus mir heraus.

Es gibt zwei Kreise in meinem Leben und die dürfen sich nie berühren.

Sie dürfen sich nicht berühren.

Ich entferne mich von dem Kontakt mit Jackson. „Habe ich jemanden sagen hören, dass das Essen serviert wird?"

Ich gehe in die Richtung der Tische. Einen Moment später folgt Jackson mir. Ich weiß, dass er mich beobachtet und ich versuche, meinen Blick stur nach vorne zu richten, aber ich kann es nicht vermeiden. Unabsichtlich wandern meine Augen durch den Saal und dahin, wo ich sie soeben gesehen habe. Sie sind verschwunden und ich fühle Panik in mir aufsteigen. Wo sind sie hin? Scheiße.

Ich weiß nicht, wieso es mich so schockiert, dass sie hier sind. Das Rote Kreuz ist ja keine Organisation, die nur von Genies aus dem Bereich der Technik frequentiert wird. Gott, ich bin so ein Idiot, weil ich das nicht habe kommen sehen. Die Schreckschraube ist reich. Natürlich ist sie hier.

Es wird alles gut gehen. Hör einfach auf, darüber nachzudenken. Tu so, als wären sie nicht hier. Es ist gut, dass du sie aus den Augen verloren hast. Dieses Event ist groß genug. Wahrscheinlich werde ich sie den Abend über nicht mehr sehen.

Ja, genau das werde ich tun. *Ignorieren, ignorieren, ignorieren.*

Jetzt, wo ich einen Plan habe, fühle ich mich etwas besser und in der Zwischenzeit hat Jackson mich an einen der langen Tische geführt, die den Saal füllen. Vor jedem der Plätze steht ein kleines Namensschild in wunderschöner Kalligrafie. Ich nehme die Karte in meine Hand und lasse meine Finger über meinen Namen gleiten, bevor ich zu Jackson hinaufsehe.

Dreimal klingt eine Glocke durch den Raum und dann macht sich die große Masse auf in Richtung der Tische. Ich ergreife mein Champagnerglas.

Aber dann halte ich inne, als ich bemerke, dass Menschen um uns herum Platz nehmen. Genauer gesagt, als ich David und seinen Hausdrachen sehe, die quasi direkt gegenüber Platz nehmen.

Das gibt es doch nicht.

Mein Plan, die beiden einfach zu ignorieren, hat sich gerade in Luft aufgelöst. Sie haben mich gesehen. Das wird dadurch deutlich, dass die Schreckschraube krampfhaft versucht, *nicht* in meine Richtung zu sehen. Und auch David tut so, als würde ich nicht existieren. Ich meine, genau das war ursprünglich *mein* Plan, aber das war, bevor ihre Plätze so nah an unseren waren, dass sie, würden sie niesen, direkt in meinem persönlichen Bereich wären. Ernsthaft. David sieht mich zweimal wöchentlich. Wir haben ein gemeinsames Kind.

Ein Kind, für das er das volle Sorgerecht haben möchte.

Richtig.

Ich stelle den Champagner ruckartig auf den Tisch. Das Letzte, was ich brauche, ist, dass er behauptet, ich sei betrunken in der Öffentlichkeit.

Vielleicht ist es wirklich das Richtige, die beiden in der Öffentlichkeit einfach zu ignorieren. Ich strecke meinen Nacken in die andere Richtung.

„Bist du sicher, dass alles okay ist?"

„Alles gut", antworte ich abgelenkt und gebe auf, sodass ich den Hausdrachen aus den Augenwinkeln beobachten kann. Ich habe sie tatsächlich noch nie aus solcher Nähe gesehen. Ich meine, sie war bei unserer ersten Anhörung, aber da hatte ich offensichtlich tausend andere Dinge im Kopf. Seither hat sie immer im Auto gewartet, wenn David kam, um Charlie abzuholen. Nun, außer dem einen Mal mit der Klingel, aber selbst dann lief die Schlampe einfach davon, als ich es endlich zur Tür geschafft hatte.

Ich kann nicht anders, als sie anzustarren. Aber ich versuche, es so zu machen, dass es nicht offensichtlich ist. Während ich mich so fühle, als hätte ich mich verkleidet, sieht sie aus, als würde sie hierhergehören. Elegant. Kultiviert. Ihre langen, dunklen Haare, die sie offen trägt, sind leicht gelockt. Sie sehen glänzend und gesund aus, so wie in einer Shampoo-Werbung. Makelloses Make-up. Perlen an den Ohren und um den Hals. Sie trägt ein schwarzes Kleid, was eine Schulter entblößt und sich perfekt an ihren sportlichen, kleinen Körper schmiegt. Sie ist nicht viel jünger als David, aber ihr stehen die Dreißiger gut und all das lässt sie nur noch erfahrener und kultivierter wirken.

Schön. Und nun? Ich habe akzeptiert, dass ich für David einfach nur eine Affäre war. Vielen Menschen wird das Herz von der ersten großen Liebe gebrochen. Es war nicht wahr. Es war schwer für mich, ihn bei der ersten Anhörung zu sehen und als er anfing, Charlie abzuholen. Es wäre wohl für jeden in meiner Position schwer gewesen. Ich bin jetzt darüber weg. Aber jetzt hier zu sitzen, und zwar mit den Menschen, die versuchen, mir meinen Sohn wegzunehmen? Das ist wirklich gequirlte Scheiße.

Gott, es ist heiß hier drin. Würde es merkwürdig aussehen, wenn ich die Stoffserviette nehmen würde und sie wie eine Südstaatenschönheit benutzen würde und den Schweiß von der Stirn tupfe? Großartig, jetzt werde ich rot. Das passiert immer, wenn mir warm wird. Verdammt, haben die hier keine Klimaanlage?

„Ich kann nicht anders, aber ich glaube, irgendwas ist los", sagt Jackson und wendet sich mir zu.

„Ich habe dir gesagt, es ist alles in Ordnung." Es hört sich schnippischer an, als ich es meine. Aber verdammt, ich habe Durst und mein Glas Champagner steht einfach da, als würde es sich über mich lustig machen. Ich will wirklich ein Glas Wasser haben. Hier steht ein Wasserglas an meinem Platz, aber natürlich ist es leer. Wo sind verdammt noch mal die Kellner, die kommen und diese auffüllen? Ich nehme meine Platzkarte und fächere mir damit frische Luft zu. „Findest du es hier warm?"

Jackson schüttelt den Kopf und sieht mich neugierig an, aber ich erkenne auch etwas anderes in seinem Blick.

Verdammt. Was mache ich hier? Ich versaue es, das tue ich. David zu sehen hat mich komplett aus dem Konzept gebracht. Heute Abend ist zu wichtig, als dass ich mich von meinem blöden Ex aus dem Tritt bringen lassen könnte. Es ist Zeit, sich wieder zusammenzureißen.

„Also ich habe diese Woche mit Bryce über den Algorithmus gesprochen und er hat mir etwas mehr ... über das Design gesagt", sage ich und halte dann inne, weil meine Stimme sich kratzig anhört. Ich schwöre, in meinem Mund ist es so trocken wie in der

Mojavewüste. Ich huste und ich habe nichts, als das lauwarme Glas Champagner, um das zu ändern, also nehme ich einen Schluck.

Allerdings landet dieser in der falschen Röhre, was mich dazu bringt zu husten. Jackson klopft mir mit der Faust einige Male auf den Rücken. Der Champagner aus dem fast vollen Glas findet den Weg über den Rand und in meinen Schoß.

Gott. Ich springe im gleichen Moment, in dem Jackson sich entschuldigt, vom Stuhl auf und greife nach Servietten. Und dann fühle ich es. Ich sehe hoch und natürlich starren mich alle in unserer Nähe an. Auch David und die Schreckschraube. Diese grinst nicht gerade unauffällig und legt ihre Überlegenheit deutlich in ihren Blick.

„Entschuldige mich", bringe ich raus und drehe mich von allen weg. Weg von David, Jackson, der Schreckschraube und all den anderen neugierigen Blicken. Ich eile, so schnell ich es in den hohen Schuhen kann, vom Tisch weg. Wasser. Ich brauche Wasser und einen Moment, um einfach ... Ich weiß auch nicht, um mich zusammenzureißen.

Ich habe keine Ahnung, wo die Toiletten sind, aber ich mache mich auf in die Richtung, wo ich sie vermute. Ich muss so oder so aus dem Saal raus. Manchmal muss ein Mädchen einfach eine Sekunde für sich haben.

Ein Kellner mit weiteren Champagnergläsern kreuzt meinen Weg.

„Toiletten?" Die Verzweiflung muss mir ins Gesicht geschrieben stehen. Gekonnt balanciert er das Tablett auf einer Hand und deutet dann in die Ecke des Raums. „Direkt dort drüben, Madame."

Ich schnappe mir ein Glas Champagner und mache mich dann schnell auf den Weg. Erst als ich die Tür hinter mir schließe ... nun, zwei Türen, es ist eine dieser schicken Toiletten, in der vorher ein eleganter Raum zum Aufenthalt einlädt ... kann ich wieder durchatmen.

Ich schütte den Champagner weg und fülle das Glas dann mit

Wasser. Dann trinke ich es mit großen Schlucken. Oh mein Gott, hat stilles, frisches Wasser jemals so gut geschmeckt?

Ich mache es noch mal voll und trinke dann ein weiteres Glas, bevor ich es am Waschbecken stehen lasse und auf eine der Toiletten gehe.

Erst dann stelle ich fest, dass eine der Türen bereits geschlossen ist. Mist, ich hoffe, ich hörte mich nicht an, wie eine gestresste Kuh, als ich hier so reinrannte, wie ich tatsächlich vermute. Ich finde es immer komisch, zeitgleich mit Fremden auf einer Toilette zu sein, egal ob einem die Kabinen ein wenig Privatsphäre ermöglichen oder nicht.

Ich setze mich auf die geschlossene Toilette, so als wäre sie ein Stuhl und hoffe, dass die Beine der anderen Frau sich bald entfernen. Dann lehne ich den Kopf nach hinten und starre an die Decke. Ich bin unmöglich. Wenn sie geht, kommen wahrscheinlich drei andere Frauen. Der Ballsaal ist mehr als voll. Ich sollte dankbar sein, dass ich wenigstens ein wenig Privatsphäre wahren kann.

Es ist ruhig hier drin. Ich atme tief ein und langsam wieder aus. Oh mein Gott, was für ein vollkommenes Desaster es dort draußen war. Ich schnappe mir ein wenig Toilettenpapier und Tupfe damit die Nässe von meinem Kleid. Es ist auf dem dunkelroten Kleid nicht sonderlich offensichtlich. Es ist auch nicht so nass, wie ich zunächst erwartet hatte. Ich schmeiße das Toilettenpapier in den kleinen Mülleimer an der Wand und erlaube mir noch einige weitere Minuten, um mich zu sammeln.

Okay, ich werde wieder rausgehen und mich darauf fokussieren, Jackson die beste Präsentation meines Lebens zu geben. Ich werde den Abend nutzen. Ich werde ruhig, entspannt und gefasst sein.

Ich gehe auf die Toilette und trete dann aus meiner Kabine, um die Hände zu waschen und zu sehen, ob ich mein Make-up richten muss.

Ich bin überrascht, dass das Make-up noch immer so toll aussieht, wie als ich meine Wohnung verließ. Ich dachte, ich wäre verschwitzt. Dann erinnere ich mich daran, dass Breanna irgendetwas auf mein

Gesicht gesprüht hat, was das Make-up fixieren sollte, als sie fertig war. Ich hatte aufgrund der Dämpfe einige Male gehustet, aber es hat tatsächlich geholfen, dass alles da bleibt, wo es hinsoll.

Ich lächle und bin dankbar, zu sehen, dass ich keinen Lippenstift auf den Zähnen habe. Breanna wäre stolz.

Als ich die Hände abtrockne, öffnet sich die Tür.

„Du machst dich ernsthaft wieder zur Hure eines älteren Mannes? Du bist wirklich nicht sonderlich kreativ, was?"

Ich sehe überrascht auf und erblicke sie im Spiegel. Es ist die Schreckschraube. Dort steht sie, mindestens 1,75 m groß und von Kopf bis Fuß herausgeputzt.

„Jackson Vale." Sie schnalzt mit der Zunge und ihre spitzen Schuhe klackern auf dem Marmor, als sie auf mich zu kommt. „Du bewegst dich wirklich mit großen Schritten nach oben." Sie sieht mich aus den Augenwinkeln an, während sie ihre Clutch öffnet und Lippenstift herausholt. „Zumindest, bis ihm klar wird, was für eine verrückte Schlampe du bist."

Ich mache einen Schritt nach hinten. „Entschuldigung?"

Sie fängt an, entspannt ihren Lippenstift aufzutragen. Sie drückt die Lippen mit einem Plopp zusammen, bevor sie sich wieder mir zuwendet. Oder sollte ich sagen, zu mir hinabblickt.

„Schau dich an." Sie grinst. „Eine billige Blondine." Sie greift meine Haare und zieht daran, sodass die Strähnen aus der Frisur fallen.

Ich starre sie einfach nur schockiert an. Was zur Hölle? Hat die Schlampe das gerade wirklich getan?

„Du zeigst allen deine riesigen Doppel D Titten, nur damit sie nicht erkennen, wie irre du wirklich bist." Sie schlägt mit ihrer eckigen, silbernen Clutch auf meine Brüste. Doll genug, dass es wehtut. Sie setzt zu einem weiteren Schlag an.

„Fass mich verdammt noch mal nicht an." Ich schubse sie. Wenn sie meint, dass sie so auf mich losgehen kann und ich mich nicht wehre, dann liegt sie falsch.

„Was tust du da?", kreischt sie und hört sich plötzlich ganz anders an. Sie stolpert nach hinten und landet auf dem Boden, auch wenn ich sie überhaupt nicht so doll geschubst habe. „Ich wollte einfach nur mit dir reden, von Frau zu Frau, damit David seinen Sohn häufiger sehen kann“, jetzt hört sie sich an, als würde sie betteln, so, als hätte sie Angst vor mir.

Was zur Hölle wird hier gespielt? Ich gehe auf sie zu und sie hebt abwehrend die Hände. „Bitte hör auf. Ich werde nicht wieder auf dich zukommen. Bitte tu mir nicht weh!“

Ich werfe die Hände hoch. „Wovon sprichst du, verdammt noch mal?“

Aber vor meinen Augen scheint sie eine komplette Persönlichkeitsverwandlung durchzumachen. Sie grinst, während sie vom Boden aufsteht. „Hast du alles, Manny?“

Die Toilette, die bereits geschlossen gewesen war, als ich hereinkam, öffnet sich und ein mittelgroßer Mann, der eine Chauffeuruniform trägt, tritt hinaus und hält sein Handy mit Kamera hoch. „Ich habe alles, Mrs. K.“

Ich sehe Davids Frau an und plötzlich erkenne ich die grausame Wahrheit. Sie ist mehr als willig, alle fehlenden Informationen zu liefern. Das Grinsen aus ihrem Gesicht ist verschollen. Ich sehe nur tödliche Entschlossenheit in ihrem Gesicht. „Du hast David lange genug von seinem Sohn ferngehalten. Er gehört zu seinem Vater. Zu uns. Ich wusste, dass ich es aufnehmen kann, wie du wirklich bist.“

Ich will auf sie losgehen und ihr die Augen auskratzen, aber ich kann sehen, dass Manny die Kamera auf uns gerichtet hat und uns filmt. „Nichts von dem, was du aufgenommen hast, ist die Wahrheit“, sage ich in die Kamera, bevor ich mich wieder dem Hausdrachen zuwende. „Du hast mich zuerst angegriffen.“

Sie zuckt mit den Schultern. „So wird es im bearbeiteten Video aber nicht aussehen.“

„Er ist mein Sohn“, sage ich durch zusammengebissene Zähne, während meine Hände an meiner Seite zu Fäusten geballt sind.

„Er ist Davids Sohn.“

„David schien nicht so zu denken, als er mir sagte, ich solle abtreiben." Ich muss mich anstrengen, nicht komplett auszurasten. „Ich bin die ...", dabei drücke ich den Daumen auf meine Brust, „... die Charlie von Anfang geliebt hat und immer für ihn da war, vom ersten Schritt bis zum ersten Wort. Ich bin die, die Opfer gebracht hat. Ich bin die, die das College verlassen hat und andere Sachen nicht wahrgenommen hat, um für ihren Sohn da zu sein, weil er meine Priorität ist. Er bedeutet mir alles. Ihr werdet ihn mir nie wegnehmen." Ich muss mich wirklich zusammenreißen. „Diesmal habe ich einen Anwalt, der weiß, was er tut."

„Du verdienst kein Baby", sagt sie, während sie einen Schritt auf mich zu macht und die Wut in ihren Augen brennt. „Du bist eine Hure. Wir haben Bilder. Was meinst du, sagt der Richter, wenn er die sieht? Glaubst du, er meint, dass du eine gute Mutter bist, wenn er sieht, wie du, anstatt deine Miete zu bezahlen, kokst?"

Mein Magen rutscht mir in die Kniekehlen. Wie kann ...? Das war nur einmal und David hat es mitgebracht. Er hat mir gesagt, es wäre heiß, wenn wir es beide machen würden und dann Sex hätten. Ich hasste das Gefühl, das ich danach hatte, so als hätte ich keine Kontrolle mehr. Und David hat Fotos gemacht? Daran kann ich mich nicht erinnern. Allerdings ist die ganze Nacht, nachdem wir die Drogen nahmen, nicht mehr sonderlich klar.

Ich sehe auf und die Schreckschraube böse an und dann richtet der Kerl die Kamera wieder auf mich. Oder lügt die Schlampe, damit sie alles, was ich jetzt in die Kamera sage, wieder anders darstellen kann?

„Wenn du so sehr ein Baby möchtest, warum bekommst du dann nicht einfach eines?" Dann sehe ich es, den Schmerz in ihrem Gesicht.

„Das kannst du nicht, oder? Darum geht es." Als es mir klar wird, mache ich einen Schritt nach hinten. Ich hatte also recht. Sie kann keine Kinder bekommen. Einen Moment lang tut sie mir leid. Ich kann mir nicht vorstellen, wie es sich anfühlen würde, wenn ich meinen kleinen Charlie nicht haben könnte.

Ihre Gesichtszüge verhärten sich. Ja, alles Mitleid ist schnell verschwunden. Mir ist diese Frau mehr als egal. „Er hat mir gesagt, ihr wärt geschieden." Meistens haben wir uns bei ihm getroffen, was notwendig war, weil ich noch im Wohnheim lebte. Wieso hätte ich ihm nicht glauben sollen, dass er in Trennung lebt? „Es tut mir leid, dass du keine Babys bekommen kannst, aber du kannst mir nicht einfach meines stehlen."

„Das ist kein Stehlen. Es ist Davids Kind." Sie deutet auf Manny und dreht sich zur Tür um, aber nicht bevor sie mir über die Schulter hinweg noch einmal einen reinwürgt, indem sie sagt: „Und unser Anwaltsteam hat genug Stoff gegen dich, um das volle Sorgerecht zu bekommen, und dagegen kann dein kleiner Anwalt für Familienrecht, für den du irgendwie das Geld zusammengekratzt hast, nichts ausrichten. Wir haben schließlich eine ziemlich krasse Geschichte zu erzählen." Sie lehnt sich wieder in meine Richtung, während die Worte nur so aus ihr raus sprudeln: „Das arme College-Mädchen, das gerne ältere Männer verführt. Es fing schon früh an, mit einem Vorgesetzten ihres Vaters, als sie sich für ihren lieben Vater zur Hure machte. Oder vielleicht ging es um die Kontrolle, die du dadurch hattest, als du ihn erpressen konntest."

Ihre Worte treffen mich wie ein Schlag in die Magengrube.

David hat es ihr gesagt.

Ich habe ihm meine dunkelsten, schmerzhaftesten Geheimnisse anvertraut. Er hat es *ihr* gesagt. Und wird er es gegen mich verwenden? Ich ... Ich bin ... ich meine, ich weiß, dass er mich nie geliebt hat, aber ich dachte wenigstens ...

Meine Beine fühlen sich an wie Gummi.

Nein, lass sie nicht sehen, dass das etwas mit dir gemacht hat, Cals. Lass es sie nicht sehen. Du musst eine Festung sein. Du musst ...

Aber das scheint mir nicht zu gelingen, denn ich sehe den Triumph, der ihr Gesicht zum Strahlen bringt. „Du dachtest nicht, dass das jemals jemand herausfindet, oder Cals? Oder sollte ich dich besser Lolita nennen? Du bist immer hinter mächtigen Männern her, oder nicht? Das allerdings ist nicht genug, um deine Existenz zu rechtfertigen, oder was auch immer dir das bringen soll? Erst der Chef deines Vaters, dann dein Professor und jetzt Jackson Vale? Du tust so, als wärst du ein unschuldiges Opfer, während du dich in deiner billigen Kleidung präsentierst und deine zu große Brust in ihre Gesichter drückst. Du verführst sie, egal ob sie Frauen haben oder Moral, damit sie dich ficken. Aber das ist alles, was du jemals für sie sein wirst. Ein Spielzeug, was sie dann wegschmeißen. Du bist einfach nur billig."

Meine Hände ballen sich zu Fäusten, aber ich gebe ihr genau das Gegenteil von dem, worauf sie hofft.

Oh, natürlich möchte ich ihr die Augen mit meinen Haarnadeln ausstechen. Aber all das vergrabe ich tief, tief in mir. Das habe ich gelernt. Ich lasse es niemanden sehen. Niemand darf es jemals wissen.

Ich kann ja sehen, was passiert, wenn man sich öffnet und es jemandem erzählt. David hat mich auf jede Art und Weise verraten, auf die er es konnte.

Nein ... Ich schlucke, als mich erneut der Schmerz durchfährt ... verstecke ihn, als wäre ich ein tiefer See und lasse ihn gefrieren. An der Oberfläche kann man rein gar nichts erkennen. Diese Schlampe will echte Wut und eine Reaktion, damit sie diese auf Video verewigen kann. Also gebe ich ihr nichts. Desinteresse.

Ich gähne. „Bist du fertig?" Ich strecke mich. „Ich muss zurück zu meinem Date."

Ihre Augen verengen sich. Oh, jetzt ist sie wirklich wütend. Ich lasse sie meine Befriedigung nicht sehen. Alles, was sie von mir bekommt, ist Langeweile.

Bevor ich allerdings anbieten kann, dass wir den Security-Mann auf die Damentoilette bitten, dreht die Schreckschraube sich weg und Manny folgt ihr schnell aus der Toilette.

Ich stehe einfach nur einen langen Moment da und blicke ihnen nach. Jetzt, wo alles vorbei ist, fühle ich mich leer.

Schlecht. All das war ziemlich schlecht. Was David und der Hausdrache vorm Gericht über mich sagen wollen ... Mr. McIntyre, das Arschloch, für das mein Vater arbeitete, der sagt, dass ich ihn *verführt* hätte, als wollte ich ... das Schaudern fängt tief in mir an und findet den Weg nach außen.

David war selbst so sauer, als ich ihm davon erzählt habe. Wir waren eines Abends im Bett und er hatte versprochen, dass wir für immer zusammen sein würden. Ich war noch nie so glücklich gewesen und ich wollte nicht, dass es zwischen uns Geheimnisse gibt. Ich hatte Angst, aber ich erzählte es ihm trotzdem, weil ich ihm vertraute.

David war so wütend gewesen, dass er aus dem Bett aufgesprungen war. Er sagte, er würde ihn umbringen. Ich musste ihn anbetteln, damit er nicht direkt auf einen Rachefeldzug ging. Er machte danach sehr zärtlich Liebe mit mir und sagte mir, dass er mich vor allem Schlimmen, was mir jemals passieren könnte, beschützen würde.

Er ließ mich glauben, dass es echte Helden gab.

Aber das war eine Lüge. Eine schreckliche Lüge ...

Meine Lippe fängt zu zittern an.

Ich öffne die Tür. Meine Beine sind noch immer aus Gummi. Ich zwinge mich, trotzdem zu laufen.

Aber ich kann die Worte der Schreckschraube nicht vergessen. Mein Magen dreht sich um. Wenn ihre Lügen den Richter überzeugen, habe ich nichts mehr. Ich werde nichts sein. Ich habe Mr. McIntyre überlebt und das zum Teil dank David. Ich habe Davids Verrat wegen Charlie überlebt. Aber wenn man mir Charlie wegnimmt?

Mein ganzer Körper fängt an, sich taub anzufühlen, während ich versuche aufrecht zu stehen und weiterzugehen.

Nein. Ich werde nicht zulassen, dass sie mir mein Baby wegnehmen. Das können sie nicht. Wir werden weglaufen. Ich werde meinen Namen ändern, meine Haare, mich in Mexiko verstecken, irgendwas, oh Gott, alles ...

„Calliope", eine Hand schließt sich um meinen Arm, als ich benebelt aus der Toilette stolpere. Ich sehe hoch und alles, was ich sehe, ist Jackson. Sein Gesicht zeigt Emotionen, die ich nicht nennen kann.

Alles, was ich tun kann, ist ihn anzustarren. Ich sollte den Abend nutzen. Es ist wirklich wichtig. Eine kleine Stimme in meinem Hinterkopf schreit mich an und will, dass ich mich zusammenreiße.

Aber ... Charlie. Diese schreckliche Frau versucht meinen Platz als Charlies Mutter einzunehmen. Sie weiß nicht, wie man ihm ein Schlaflied singt. Wie wir morgens miteinander kuscheln. Das Lächeln, das er nur mir schenkt.

„Es reicht. Sag mir sofort, was los ist." Jackson zieht mich in eine kleine Ecke, die dank einer Säule etwas Privatsphäre bietet.

„Ich", fange ich an, aber dann halte ich inne, denn in meinem Gehirn gibt es tatsächlich gerade keine anderen Worte. Da ist einfach nichts. Nichts außer. *Charlie. Mein Baby. Charlie.* „Nach Hause", schaffe ich es endlich zusagen. „Muss nach Hause."

Glücklicherweise schien das irgendwie Sinn zu machen, denn Jackson nimmt meinen Arm und durchschreitet den Gang mit langen Schritten, sodass ich mich anstrengen muss, um Schritt zu halten. Erleichterung durchläuft mich. Zuhause. Morgen kann ich damit umgehen. Morgen wird mir alles klar werden, natürlich. Ich finde immer eine Lösung, oder? Ich muss.

Nur, dass David beim ersten Verhandlungstermin das geteilte Sorgerecht bekam. Natürlich habe ich jetzt einen besseren Anwalt, aber ist das wirklich genug gegen das Team, was David und die Schreckschraube angeheuert haben? Und all die schrecklichen Dinge, die sie mir vorwerfen will? *Die Gewohnheit ältere Männer zu verführen.*

Oh Gott, ich könnte Charlie verlieren. Ich habe immer gesagt, dass nichts auf dieser Welt mich und meinen kleinen Jungen trennen könnte.

Aber nichts ist sicher.

David, die Schreckschraube und ihr Team aus Anwälten könnten vielleicht ...

Ich fange an zu hyperventilieren. Ich versuche zu atmen, aber ich bekomme nicht genug Luft.

Mein kleiner Junge.

Er ist mein Leben.

Sie können ihn mir nicht wegnehmen ...

Ich habe nicht wirklich mitbekommen, dass wir in die kalte Nachtluft getreten sind, bis die Limousine vor uns zum Halten kommt. Jackson schubst mich fast hinein.

„Atme. Calliope. Atme, du hyperventilierst."

Ich versuche es. Ich versuche es wirklich. Aber jedes Mal, wenn sich mein Mund öffnet, damit ich einatmen kann, sehe ich es vor mir ... ein Polizist, der mich festhält, während diese schreckliche Frau Charlie von mir fortzieht. Dann ist die Luft, die ich so sehr brauche, wieder verschwunden.

Ich sehe Punkte. Oh Gott, oh Gott, oh Gott ...

Dann, warte, was passiert hier ...?

Alles steht plötzlich Kopf und das nicht, weil mir schwindelig ist. Jackson hat mich umgedreht, sodass sich mein Gesicht auf den Sitz drückt. Und warte ... Tut er ...?

Er tut es. Er hat mich über seinen Schoß gelegt.

Arsch in der Luft.

Und jetzt zieht er mein Kleid hoch.

Bevor ich überhaupt verstehen kann, was hier passiert, trifft seine Hand auf meinen Hintern. Es tut nicht wirklich weh, es ist mehr ein leichtes Stechen, aber das Geräusch, was durch die Limousine hallt und der Schock ... *Versohlt* er mir gerade in einer fahrenden Limousine den Hintern ... und können wir darüber reden, dass ein Kerl, den ich kaum kenne, mir den Hintern *versohlt*?

Und dann tut er es wieder. Diesmal die andere Backe.

Jacksons Stimme ist ruhig, nachdem er noch einmal auf jede Backe geschlagen hat. „Dein Safeword ist *Rot*."

KAPITEL 12

„Ich gehe davon aus, dass du weißt, was ein Safeword ist?", fährt er fort. „Die sind inzwischen ja Teil der Popkultur."

Ich liege einfach da, schockiert. Ich meine, in meinem Leben war ich in den letzten zwei Monaten wirklich häufig genug geschockt, aber das hier setzt dem Ganzen vielleicht die Krone auf.

„Antworte, Calliope." Seine Stimme ist ein knurrender Befehlston. „Sag dein Safeword."

Ich atme einmal tief ein und bin bereit ihn zu verfluchen, als mir klar wird, was passiert - ich kann wieder atmen. Ich hyperventiliere nicht mehr. Aber in dem Moment, wo mir das klar wird, kehrt die lähmende Angst zurück. Charlie. David und seine Frau drohen, ihn mir wegzunehmen. Es ist definitiv möglich, dass ich mein Baby verliere. Und bei dem Gedanken ziehen meine Lungen sich wieder zusammen und ich beginne am ganzen Körper zu zittern.

„Safeword", verlangt Jackson. „Sag, dass du mich verstanden hast."

„Rot", quatsche ich.

Und dann öffnen sich die Schleusen. Sowohl wörtlich, als auch im übertragenen Sinn. Jacksons Hand fällt auf meinen Hintern, in einem schnellen Rhythmus und erst tut es nur ein wenig weh, aber dann schlägt er immer fester zu und ich winde und wehre mich gegen seinen Halt.

Es tut weh, aber ein Teil von mir ist der Ansicht, dass ich das aushalten kann, mir ist klar, dass er weiß, was er tut. Er hält sich zurück und gibt mir nur das, was ich aushalten kann, er legt nicht seine ganze Kraft hinein, um mir tatsächlich weh zu tun.

Mein Gehirn scheint sich irgendwie von allem anderen getrennt zu haben. Meine Konzentration fokussiert sich auf jeden Schlag, wenn seine Hand auf meinem Arsch landet. Sie landet überall auf meinem Hintern, aber nie an der gleichen Stelle, er bewegt sich vom Poansatz hinab und wieder hinauf.

Mir ist überhaupt nicht klar, dass ich weine, bis die Frequenz der Schläge langsamer wird und sie dann aufhören. Nicht wegen des Schmerzes. Ich versuche gar nicht, es zu verstehen. Ich kann nicht. Ich möchte nicht. Aber in diesem Moment fühlt es sich an, als müsste ich nicht. Ich muss überhaupt nicht denken.

Jacksons Hände sind jetzt sanft und er streichelt das stechende Fleisch, das er kurz vorher geschlagen hat. Das bringt mich nur dazu, noch stärker zu weinen. Ich, die *nie* weint.

„So ist es gut", murmelt er. „Lass es raus."

Und das tue ich. Mein Hintern ist warm ... nein, rot und heiß ... unter seinen Händen. Er streichelt mich weiter sanft und als seine Liebkosungen sich langsam in Richtung meiner Schenkel bewegen, drücke ich mich gegen seine Hand. Ich brauche ihn. Weil, Gott, eben war ich zu verwirrt, um es zu erkennen, aber die Schläge haben nicht nur meinen Hintern heiß gemacht.

Ich bin feucht. Durchnässt. Das macht nicht mehr Sinn, als alles andere, was ich erlebt habe, seit ich heute Abend in diese Limousine gestiegen bin, aber Jacksons Hände sind so sicher, so entschlossen. Er hat die komplette Kontrolle in diesem Moment, wo ich überhaupt keine habe.

Ein langer Finger gleitet einfach in mich hinein und er atmet hörbar aus. „Du bist so bereit. So perfekt. Du bist so wundervoll."

Perfekt? Mir entweicht ein hässlicher Schluchzer. Wundervoll? Was ist bei diesem Mann nicht richtig?

„Genau so, wundervoll", flüstert er und seine tiefe Stimme ist ein Grummeln, als sein Daumen meinen Kitzler findet. Seine andere Hand schlägt mit einem lauten Geräusch auf meinen Arsch.

Ich schreie auf, während ich mich auf seinem Schoß winde. Dann fühle ich, wie hart er unter mir ist. Auch auf ihn hat all das hier eine Auswirkung. Sollte ich ihn auch anfassen? Ist es das, was er erwartet? Seine talentierten Finger erkunden mich weiter und mein Rücken verbiegt sich vor Lust.

Ja, ich sollte ihm etwas von dem, was er mir gibt, zurückgeben. Das ist es. Ein geiler Fick in einer Limousine. Ich bewege mich, um eine Hand zwischen uns beide zu bekommen und ihn zu greifen, aber er schlägt mir wieder auf den Hintern. Dann hält er meine Hände über meinem Kopf fest, drückt sie mit einem Knurren gegen das weiche Leder des Sitzes und befiehlt: „Lass sie da."

Das tue ich und er setzt das fort, was er angefangen hat. Er massiert mich überall. Von der Rundung meines Hinterns, die er mit einer Hand hält, zu den Fingern der anderen Hand, die immer wieder in mich und wieder hinausgleiten. Mein Atem wird schneller, aber es ist anders als vorhin. Nein, jetzt atme ich auf ein Ziel hin. Der Druck zwischen meinen Beinen wird immer größer, oh Gott, größer …

Ich drücke mich gegen Jacksons Hand. Ich wusste nicht, dass es so sein könnte … Niemals hat mich jemand so angefasst … Seine Finger stoßen gekonnt immer wieder rein und raus und wieder rein und er trifft eine Stelle, die mich ein helles Licht hinter meinen Augenlidern sehen lässt und mein Magen dreht sich.

Oh Gott, ich bin fast da, fast …

Ich stehe an einem wunderschönen Abgrund und ein Teil von mir möchte noch nicht hineinfallen. Das hier ist eine so wundervolle, großartige Art der Folter. Ich möchte für immer hier bleiben. Mit ihm. In ihm ertrinken.

Aber dann lehnt Jackson sich vor und beißt mir ins Ohr.

„Komm für mich, jetzt", sagt er durch zusammengebissene Zähne und zeitgleich drückt er die Spitze seines Daumens in die enge Rosette meines Hinterns.

Und ich komme und komme und ich *komme*.

Mein Orgasmus ist so stark, dass ich eine Vene auf meiner Stirn pochen fühlen kann in dem Moment der blinden Helligkeit, die mich ergreift, so als würde all mein Blut gleichzeitig mit der Kraft meines Orgasmus durch mich pulsieren. Als ich wieder in meinem Körper bin, ist dieser noch nicht wieder ruhig und meine Beine zittern. Was vorher nur Weinen war entwickelt sich zu herzzerreißendem Schluchzen.

Gott, ohhhhh Gott.

Ich schnappe nach Luft und bekomme kaum genug. Wärme breitet sich überall in meinem Körper aus, der sich nun entspannt, ich bin fertig, liege auf seinem Schoß und halb auf der Rückbank.

Ich meine, ich weiß, wie sich ein Orgasmus anfühlt. Zumindest *dachte* ich, dass ich es weiß. Ich fasse mich manchmal selbst an. Und da waren die paar schrecklichen Male mit Gentry, aber jede dieser Begegnungen war schnell, hart und voller Scham.

Aber das hier ... das hier ... Gott, kann es wirklich so sein?

Es ist mir peinlich und ich sollte ihm etwas zurückgeben und dann ist da alles, weshalb ich vorhin so neben mir stand ... Charlie, oh Gott, Charlie ...

„Genug", sagt Jackson und zieht den Rock meines Kleides wieder hinunter. Er hebt mich hoch und setzt mich auf den Platz neben ihm.

Richtig. Natürlich hat er genug von mir. Das hier sollte etwas Heißes, Geiles, Verbotenes sein, aber stattdessen weine ich die ganze Zeit? Wahrscheinlich war das nicht das, was Jackson sich erhofft hat, als er mich heute Abend abgeholt hat. Sind wir endlich bei mir zu Hause, damit er mich absetzten und loswerden kann? Ich habe neben dem Schluchzen nun auch mit Schluckauf zu kämpfen, während meine Atemzüge sich wieder verkürzen.

Ich bin so schwach, obwohl ich mir geschworen habe, stark zu sein. Dumme, dumme, schwache Calliope.

Aber Jackson vergrößert den Abstand zwischen uns nicht und er sieht auch nicht aus, als wäre es ihm unangenehm. Auch die Limousine wird nicht langsamer. Stattdessen zieht Jackson mich auf seinen Schoß und drückt meinen Kopf gegen seine Brust, sodass ich seinen langsamen, rhythmischen Herzschlag hören kann.

„Du kannst weinen oder du kannst mit mir darüber sprechen", sagt er, so als wäre es nichts. „Beides ist in Ordnung. Aber du darfst dich nicht weiter selbst mit dem quälen, was in deinem Kopf vorgeht." Eine kurze Pause. „Oder es ist mir egal, wie weh dir dein Hintern tut und wir legen eine zweite Runde ein."

Dann streicht er mir über die Haare, entfernt die Haarnadeln, während er das tut, damit es für ihn einfacher ist.

All das hier scheint verrückt, vollkommen irre, bescheuert ...

Weil ich es brauche, wähle ich die erste Möglichkeit. Ich weine.

Aber nur für eine kurze Zeit, denn Jackson, der mich in seinen starken Armen hält und mir über den Kopf streicht, eine unglaubliche beruhigende Wirkung hat. Ich lehne mich gegen ihn. Auch wenn ein Teil von mir weiß, dass es gefährlich ist, mich hier sicher zu fühlen.

Es gibt keine Helden. Das hier ist eine Illusion, in der ich mich wiege, in der ich mich meine Sorgen vergessen lassen und so tue, als wäre alles okay. Aber ich bin so müde und Jackson ist so, so stark und sanft und gut und ...

ALS SICH MEINE schläfrigen Augen öffnen, springt die Welt vor mir. Jackson trägt mich in seinen starken Armen, mein Gesicht ist in seine Brust gedrückt, sein waldiger, männlicher Geruch ist in meiner Nase.

Was zur Hölle?

„Wo sind wir?", frage ich und versteife mich.

„Shhhh, entspann dich. Wir sind bei mir."

Okay, jetzt bin ich komplett wach. „Warte. Was?", ich wehre

mich ein wenig gegen seinen Griff. „Lass mich runter." Draußen ist es dunkel, aber mal abgesehen davon ist Jacksons Brust sowieso alles, was ich sehen kann.

„Nein."

„Nein?", spucke ich aus.

„Nein. Wir sind fast an der Tür."

Ich zwinkere noch einmal und sehe mich dann bewusst um. Wir stehen vor einem riesigen Haus. Naja, das können wir streichen. Haus ist das falsche Wort. Villa. Wir stehen am Seiteneingang einer riesigen Villa. Jackson hievt mich einfach von einem in den anderen Arm, während er mit der anderen Hand in seine Hosentasche fährt und einen Schlüssel hervorholt.

„Ernsthaft, lass mich einfach runter. Oder, ruf mir einfach ein Uber, ich muss wirklich nach Hause."

„Ich habe schon mit deiner Schwester telefoniert", sagt er locker. „Sie sagte, dass es gar kein Problem wäre, solange wie nötig auf Charlie aufzupassen."

Was zur Hölle? Ich lege meine Hände aufs Gesicht. Alles kommt plötzlich zurück. Davids schreckliche Frau. Charlie. Wie ich mich in der Limousine gehen ließ. Nicht nur das Schluchzen. Auch der Orgasmus. Oh Gott. War ich das wirklich?

Jetzt fühlt sich das alles an, als wäre das eine komische Traumversion von mir gewesen. Und nein, es war nicht wirklich die Art Cinderella-Traum, mit dem ich in den Abend gestartet bin. Ich bin mir ziemlich sicher, dass Disney niemals eine Cinderella-Geschichte erzählt hat, in dem der Prinz der Prinzessin den Hintern versohlt, nachdem die Schlampe, die die Frau des Exfreundes ist, dafür gesorgt hat, dass besagte Cinderella eine Panikattacke bekommt, weil sie über deren Vergangenheit spricht und damit droht, ihr den Sohn wegzunehmen. Alleine über all das nachzudenken ist anstrengend.

„Schau", fange ich an, aber Jackson macht die Tür auf und wir sind schon über die Schwelle ins Haus getreten. Er tritt die Tür, damit sie zufällt und bringt mich hinüber zur Couch, wo er mich endlich ablegt. Einige durch Bewegung aktivierte Lichter sind bei unserem Eintritt angegangen.

Er bringt mich in ein Wohnzimmer, was ähnlich dekoriert ist, wie sein Büro - dicke Teppiche, Ledersofas, die dank der geschnittenen Holzbeine und der Dekoration am Rücken fast antik wirken. Es ist nicht, wie in einem Laden für Antikmöbel mit Spitzendeckchen oder im viktorianischen Stil, wo überall kleine Andenken herumstehen. Nein, es strahlt einfach Gemütlichkeit und männliche Eleganz aus. Hier lebt ein Mann, kein Junge.

Aber ich kann mir das alles überhaupt nicht in Ruhe ansehen, weil Jackson mir schnell wieder auf die Pelle rückt.

„Schau", versuche ich wieder und werde rot. „Alles, was da passiert ist", ich deute in Richtung der Tür. „So bin ich nicht. Ich weine normalerweise nicht." Ich sage nicht, dass ich normalerweise nicht von Fremden in Limousinen den Hintern versohlt bekomme. Hoffentlich ist das klar, ohne dass ich es sage.

Jackson neigt den Kopf und beobachtet mich auf die Art und Weise, die mir immer das Gefühl gibt, dass er etwas zu viel sieht. „Wenn du also nicht die Art Frau bist, die häufig weint, muss irgendwas Schlimmes passiert sein, dass du heute Abend so die Fassung verloren hast. Sag mir, was es war."

Ich bewege mich auf den dicken Couchkissen, sodass ich sitze. Ich weiß, dass ich rot bin und meine Haare fallen mir jetzt auf die Schultern. Die Haare, durch die er vor kurzer Zeit in der Limousine die Finger gleiten ließ. Die Erinnerung an diese intime Berührung lässt Schmetterlinge in meinem Bauch flattern. Mein Blick bleibt auf meinen Schoß gerichtet. „Es war nichts."

Jackson macht ein Geräusch, was deutlich macht, dass er mir nicht glaubt und ich sehe ihn an.

„Nichts, mit dem ich nicht klarkomme", ändere ich meine Aussage.

„Vielleicht ist das so", sagt er. „Aber du wirst mir trotzdem erzählen, worum es ging. Ich habe gesehen, dass diese Frau dir auf die Toilette gefolgt ist. Wer ist sie?"

Ich wende den Blick ab. Ich möchte die Geschichte nicht erzählen. Nicht von den Fehlern, die ich gemacht habe. Auch wenn ich sie nicht wirklich als Fehler sehen kann, schließlich habe ich deshalb Charlie bekommen. Alles in meiner Vergangenheit ist, was es ist. Genauso, wie die Gegenwart. Der Seelenhandel, den ich mit Bryce eingegangen bin. Was auch immer es ist, was mich hierhergebracht hat. Ich lehne meinen Kopf gegen die Couch und starre an die Decke.

Der einzige Weg aus dieser Lage ist, sie durchzustehen, oder? Charlie und ich werden das durchstehen. Irgendwie.

„Calliope", sagt Jackson ungeduldig. Er hat sich nicht hingesetzt und so groß wie er ist, türmt er sich quasi vor mir auf. „Ich habe genug davon, dass du meinen Fragen ausweichst. Ich schwöre, ich lege dich wieder über mein Knie, wenn das notwendig ist, damit du mir antwortest."

Ich starre ihn erschrocken an. Sein Gesicht ist dunkel, aber das, was ich in seinen Augen sehe, bringt mich zur Kapitulation. Auch wenn seine Anweisungen deutlich sind, sehe ich in seinem Gesicht etwas, was ich nur als Sorge beschreiben kann. So, als würde er wirklich wissen wollen, was mit mir los ist. Und wann ist mir das das letzte Mal passiert? Mal abgesehen von Shannon, die sich ja irgendwie um mich sorgen muss, einfach, weil sie meine Schwester ist, wer sonst in meinem Leben sorgt sich darum, was mit mir los ist?

Also sage ich es ihm. Zumindest das von David. Die Worte sprudeln nur so aus mir heraus ... Ich weiß, es ist ein Klischee, aber ich kann förmlich spüren, wie die Last von meinen Schultern fällt. Der Stress, der meine Brust umklammert hatte, fällt ab, während ich erzähle.

„Also, lass mich das mal zusammenfassen." Jackson läuft vor mir immer wieder auf und ab. „Dieser Mann hat seine Machtstellung ausgenutzt und dafür nie Konsequenzen gesehen. Auch wenn du wegen all dem das College abbrechen musstest und dein letztes Semester nicht beenden konntest. Und er hat dir gesagt, du sollst abtreiben und plötzlich will er dir dein Kind wegnehmen, weil seine Frau sich entschieden hat, dass sie ein Baby will?"

Ich verziehe das Gesicht: „Ja, das hört sich richtig an." Ich setze mich gerade hin. „Aber die beiden werden mir Charlie nicht wegnehmen." Desto häufiger ich das laut sage, desto einfacher wird es, das zu glauben, oder? Ich werde das Zittern in meiner Stimme einfach ignorieren.

„Mir ist egal, wie gut deren Juristen sind", fahre ich fort. Und dann sage ich leise, aber nicht weniger entschlossen: „Ich werde Charlie nehmen und weglaufen, wenn es zum Äußersten kommt." Scheiße, das hätte ich nicht laut sagen sollen. Was hat er an sich, das mich dazu bringt, jeden meiner Gedanken laut auszusprechen?

Jacksons Augen verengen sich und ich füge schnell hinzu: „Nicht, dass es dazu kommen *wird*. Jetzt, wo ich für Bryce arbeite, kann ich mir einen guten Anwalt leisten." Dann verziehen sich meine Mundwinkel. Mein Job bei Bryce hängt davon ab, ob ich Jackson überzeugen kann und bisher habe ich das Thema heute Abend nicht einmal angesprochen ...

„Was ist es? Wieso hat sich dein Gesichtsausdruck gerade so verändert?"

Ich seufze. Ich spiele meine Karten heute wirklich nicht gut. Ich kann wahrscheinlich irgendwie sein Mitleid erregen, aber so was hasse ich. Ich möchte es lieber einfach ansprechen.

„Ich muss dich dazu bringen, der Zusammenarbeit mit Bryce zuzustimmen. Dann bekomme ich eine Beförderung." Ich sehe ihm in seine strahlenden, blauen Augen. „Aber ich möchte nicht, dass du es irgendwie machst, weil du ..." Ich zucke mit den Schultern. „Mitleid mit mir hast."

Dann verfärben meine Wangen sich erneut. „Nicht, dass du wegen so etwas Dummem eine solche Entscheidung fällen würdest, aber ähm ..." *Verdammt, spuck es einfach aus, Cals.* „Die Zusammenarbeit könnte ein wirklich gutes Produkt hervorbringen. Was Bryce sich überlegt hat kann wirklich die nächste Phase der Drohnentechnik ..."

„Arbeite für mich", fällt Jackson mir mit einem strengen Blick ins Wort. „Kündige bei Bryce und fang bei CubeThink an."

Ich lache laut. „Oh", halte ich plötzlich inne. „Das ist dein Ernst."

Sein ernster Gesichtsausdruck ist Aussage genug.

Ich atme aus und werfe ihm einen bitterbösen Blick zu. „Und du möchtest, dass ich für dich das Gleiche mache, wie jetzt für Bryce? Ich soll deine *persönliche* Assistentin sein?"

„Nein", sagt er ganz entsetzt. Zum ersten Mal am heutigen Abend sieht Jackson aus, als stünde er kurz davor, die Fassung zu verlieren. Sein Gesicht ist jetzt nicht nur angespannt, nein, seine Haut ist fleckig, so als wäre er kurz davor, auszurasten.

Ich rutsche die Couch hinunter. Ich kenne diesen Mann nicht wirklich gut und ich bin alleine mit ihm in einem großen, leeren Haus. Natürlich habe ich mich in seiner Gegenwart bisher immer sicher gefühlt, aber ...

Er atmet tief durch, so als würde er versuchen, sich zu beruhigen. „Nein, ich würde niemals sexuelle Gefälligkeiten als Teil deiner Anstellung erwarten. Bryce ist eine Schlange. Er bettelt darum, kleine Verträge mit der Regierung zu bekommen, nimmt Abkürzungen und letztendlich geht es ihm um den Gewinn, nicht um die Weiterentwicklung."

„CubeThink ist ihm Lichtjahre voraus, wenn es um den weltweiten Einsatz geht. Wir können unsere Drohnen benutzen, um echte Probleme zu lösen ... solche, *ohne* die Beteiligung des Militärs." Das Missfallen ist ihm ins Gesicht geschrieben.

Dann sieht er mir in die Augen. „Vielleicht rette ich keine Leben, aber das heißt nicht, dass wir keinen wertvollen Dienst leisten. Bäume pflanzen, gute Bilder von den Ozeanen, die Lieferung von Versorgungspaketen für Flüchtlinge, das ist es, was mich antreibt. Alles Kommerzielle ist nur, damit wir die experimentellen Projekte, an denen wir arbeiten, verwirklichen können."

Einen Moment lang starre ich ihn einfach nur an. „Warum hast du dann überhaupt einem weiteren Treffen zugestimmt, wenn du wusstest, dass du sowieso nicht mit ihm zusammenarbeiten möchtest?“

Er zuckt ein bisschen zu auffällig mit den Schultern und setzt sich endlich hin. Er sitzt so nah bei mir, dass nur etwa zwanzig Zentimeter zwischen uns liegen. Als er die Beine verschränkt, berührt sein Knie meinen Schenkel. Ein kleiner Stromstoß durchfährt mich.

„Man soll immer wissen, was die Konkurrenz macht“, sagt er. „Ich würde mir nie die Gelegenheit entgehen lassen, einen seiner Prototypen zu sehen. Und nach all den Jahren möchte er etwas von mir. Er will es so sehr, dass er mir das Patent meines Vaters zurückgeben würde, was er mir seit Jahren vorenthält.“

„Wofür ist das Patent?“, frage ich und schlucke. Ich will nicht, dass er weiß, wie viel Einfluss seine Nähe auf mich hat. „Und wie hat Bryce es bekommen?“

Jacksons Gesichtszüge werden wieder hart, so wie fast immer, wenn wir über Bryce sprechen. „Ich habe dir doch gesagt, dass mein Vater Erfinder war, oder?“

Ich nicke.

„Komm“, sagt er und steht auf. „Lass uns ein Stück gehen.“

Er steht vor mir und hält mir eine Hand hin. Ich ergreife sie und lasse mich von ihm hochziehen. Wieder spüre ich einen Schlag, als er mich berührt. Verdammt, was soll das? Es ist fast so, als wäre ich wieder ein Teenager und der Junge, den ich mag, schaut mich an und die kleinsten Kleinigkeiten bringen mich aus dem Konzept. Ich schüttele über mich selbst den Kopf.

Jackson führt mich durch das Wohnzimmer und bedient dann einen Schalter, der dafür sorgt, dass der Innenhof, der reich bepflanzt ist, beleuchtet ist, bevor er die Glastür öffnet.

Als wir hinaustreten begrüßt mich direkt der Duft von Blumen. Das Licht erhellt unterschiedliche Beete, die um das Haus herumlaufen. Es sind allerdings nicht nur Blumen. Es gibt auch Bäume und viele hohe Büsche.

Das Licht hat den Garten zum Leben erweckt. Alte Straßenlaternen leuchten überall verteilt und ihr Licht strahlt bis auf den

Teich in der Mitte des Hofes. Jackson geht in Richtung des Teichs, während er zu sprechen anfängt. Dieser ist von Seerosen und anderen Pflanzen bedeckt. Alles hier draußen ist so lebendig. Ich wette, er hat sogar Fische in seinem Teich.

„Mein Vater hatte nicht das Kapital oder zumindest ..." Jackson starrt auf die Oberfläche des Teichs, so als würde er dort nach dem richtigen Wort suchen. „... Das Interesse daran, irgendeine seiner Erfindungen zu vermarkten. Er liebte seine Maschinen und mit Computern zu arbeiten, aber er und meine Mutter waren immer mehr an zwischenmenschlichen Projekten interessiert."

„So, wie du", werfe ich mit einem sanften Lächeln ein, auch wenn ich fast weinen möchte, jetzt wo Jackson seine verletzliche Seite zeigt, der missverstandene Teenager und das Paar, das in ihm sah, was niemand anderem aufgefallen war. Verdammt, es ist so, als hätte irgendjemand meine inneren Leitungen aufgemacht. Ich möchte plötzlich bei jeder Kleinigkeit weinen.

Jackson nickt, während wir den Weg um den kleinen Teich herumgehen. „Ich war nicht ihr erstes Pflegekind. Sie waren bereits in Rente und dachten, dass kein Kind mehr ihres Weges kommen würde, als ein Bekannter meines Vaters diesen kontaktierte, um mit ihm über mich zu reden. Wegen mir haben sie sich umentschieden."

Er schluckt schwer, aber wendet seinen Blick nicht ab. „Mein Vater hat mir alles gegeben, was er hatte und während mein Verhalten sich besserte ..." Er schüttelt sein Kopf mit einem bitteren Lachen. „War ich bei weitem nicht perfekt. Manchmal mache ich mir Sorgen, dass er wegen mir so früh gestorben ist."

„Ich bin mir sicher, dass das nicht stimmt." Ich sehe ihn genau an, um herauszufinden, ob er das wirklich meint, aber ich bin mir nicht sicher. Das kann er doch nicht wirklich glauben.

Er zuckt mit den Schultern und lächelt selbstkritisch. „Wir werden es nie wissen. So oder so arbeitete er, als er verstarb, gerade an einem Computer mit emotionaler Intelligenz. Oder zumindest an einem, der diese realistisch nachmachen konnte. Er sah ihn als Werkzeug für die Arbeit mit problematischen Teenagern, wollte ihnen ermöglichen, jemanden zu haben, mit dem sie reden konnten, wenn sie sich fühlten, als wäre niemand anders für sie da."

Diesmal schlucke ich schwer. „Das ist großartig."

„Das war mein Vater." Seine Mundwinkel ziehen sich nach oben und sein Lächeln bedeutet so viel - Trauer, Stolz, Leid. Oder vielleicht ist all das in seinen Augen. Ich weiß es nicht, aber ich kann es fühlen. Manchmal scheint Jackson unlesbar, aber gerade öffnet er sich mir wieder, so wie er es auf der Fahrt zur Gala getan hat.

Wieso ich?

Als ich Jackson gegoogelt habe, fand ich heraus, dass er selten mit einer Frau an seiner Seite abgelichtet wird. Er ist bekannt dafür, sein Privatleben geheim zu halten und in Interviews nicht darüber zu sprechen. Wieso also ist er so offen mit mir? Hat er keine Angst, dass alles, was er mir sagt, den Weg in irgendwelche Zeitungen finden könnte? Natürlich möchte ich, dass der Deal zustande kommt, aber ich bin auch Angestellte von Bryce Gentry. Das sollte ein weiterer Grund sein, mir *nicht* zu vertrauen.

Wir sind stehen geblieben und direkt neben uns ist ein kleiner Orangenbaum. Kleine, unreife Orangen hängen überall. Wir sind an einigen Beeten mit Tonnen von Erdbeeren vorbeigekommen und davor habe ich Gurken gesehen. Ich stelle mir vor, wie Jackson in seinem eigenen Garten Erdbeeren pflückt, um sie zu essen, wie er hier draußen sitzt und die Schönheit dieses Zufluchtsorts genießt.

Das Bild von ihm, was ich vor meinem inneren Auge sehe, droht mich zu überwältigen und ich versuche mein Bestes, wieder Teil der Unterhaltung zu sein. „Wie also hat Bryce das Patent bekommen?"

Nachdem die Worte raus sind, wünsche ich mir allerdings, dass ich nie gefragt hätte, denn Jacksons Augen, die eben noch so viel sagten, schließen sich abrupt.

„Der Tod meines Vaters war sehr schwer für mich. Ich war im zweiten Jahr am College und ich ...", er atmet schwer und ich habe das Gefühl spüren zu können, wie er sich versteift. „... ich bin aus der Spur geraten. Ich trank zu viel, schlief mit vielen Frauen, sowas."

„Bryce ging mit mir zur Schule ..." Sein Gesicht verhärtet sich, als er Bryces Namen ausspricht. „Und ich hatte einen Kurs mit ihm. Dann war er auf der gleichen Party wie ich und wir unterhielten uns. Er machte mir Komplimente, sagte, er habe davon gehört, was ich alles im Labor schon gemacht habe. Er wusste natürlich von der Website.“

Jacksons Gesichtszüge verdunkeln sich. „Ich hatte damals keine Ahnung. Konnte nicht erkennen, dass er mich die ganze Zeit über manipuliert hat. Versuchte, möglichst viel von mir zu bekommen. Sein Charisma hat mich eingenommen. Er hatte so große Visionen. Er war klug. Wir haben angefangen an einigen Projekten zusammenzuarbeiten. Es war aufregend. Zum ersten Mal seit Vaters Tod fühlte ich mich lebendig.“ Er schüttelt den Kopf und es ist offensichtlich, dass ihn all das anekelt.

„Ich sah, wie er andere behandelte.“ Jackson geht wieder los. „Wie er sie manipulierte. Manchmal benutzte er mich sogar als Hilfe. Zunächst erschien es alles ziemlich harmlos. Wie ein Streich. Manchmal sagte ich ihm, wenn er zu weit ging und er schaltete eine Zeit lang eine Stufe zurück.“

Jackson schüttelt den Kopf. „Aber er ging immer an die Grenzen von dem, was für mich in Ordnung war. Unsere gemeinsame Arbeit war aber wirklich gut und ich spielte alles herunter. Ich war dumm und erzählte ihm von der Idee meines Vaters. Wir arbeiteten danach zusammen daran weiter.“

Er hält erneut inne und ich sehe eine Emotion in seinem Gesicht, die ich bereits kenne. Ich kenne sie, weil ich sie selbst regelmäßig in meinem Gesicht im Spiegel sehe - *Scham*.

„Irgendwann erkannte ich, wer er wirklich ist. Aber nicht, bevor er mich mit runtergezogen hatte. Ich habe Dinge getan, auf die ich nicht stolz bin. Um aus der Sache herauszukommen, musste ich das Patent meines Vaters aufgeben. Du bist nicht die Einzige, die in der Vergangenheit Fehler gemacht hat, Callie. Und vertraue mir“, wieder treffen seine durchdringenden Augen auf meine. „Meine Sünden sind deutlich größer, als deine!“

Er sieht mich noch immer eindringlich an, als er sagt: „Komm, arbeite für mich. Bleib nicht bei Gentry Tech. Bryce Gentry ist nicht nur ein schlechter Mann. Er ist gefährlich, Callie!“

Ich schüttle den Kopf und habe das Gefühl, dass ich noch immer vom Champagner benebelt bin. „Du sagst, du spielst keine Spielchen. Ich weiß, dass ich es nicht tue. Aber das hier fühlt sich an, wie eines zwischen dir und Bryce. So, als wäre ich ein Spielstein und ich weiß nicht einmal, wie ich da hineingerutscht bin.“

Jackson schüttelt entschieden den Kopf. „Deshalb möchte ich dich. Du versuchst nicht, zu spielen. Du bist aufrichtig. Weißt du, wie selten das inzwischen geworden ist?“ Er streckt die Hand nach mir aus und legt sie im Lampenschein auf meine Wange. „Diese Welt ist so grässlich, aber du bist so unschuldig.“

Ich weiche zurück. Ich weiß, dass er mir ein Kompliment machen möchte, aber es fühlt sich nicht an wie eines. Mal abgesehen davon, dass er unrecht hat. „Sprich nicht so von oben herab mit mir“, sage ich. „Nur weil ich jung bin, heißt das nicht, dass ich nichts durchgemacht habe.“

Jackson hält die Hände in die Luft. „Ich weiß. Ich weiß das. Genau das macht dich so besonders. Es ist nicht so, als wärst du behütet aufgewachsen, aber trotzdem ...“, pausiert er und starrt mich mit etwas, was aussieht wie Verwunderung, an. „Bist du besonders“, wiederholt er dann.

Mein Herz öffnet sich bei den Worten, während sie sich gleichzeitig zu glatt anfühlen, zu perfekt. Auch wenn das nicht unbedingt Bilder sind, die ich sonst mit Jackson zusammenbringen kann. Er schmiert einem keinen Honig ums Maul, wie Bryce. Alles, was ich von ihm gesehen habe, in der kurzen Zeit, die wir uns jetzt kennen, zeigt mir, dass auch er aufrichtig ist.

Ich trete unangenehm berührt auf der Stelle und reibe dann meine Stirn. „Ich verstehe nicht ganz. Du sagst, dass du mir etwas anderes anbietest, als Bryce. Was war dann das in der Limousine?“ Die Verwirrung muss mir ins Gesicht geschrieben stehen.

Jacksons Augen sprühen wieder Feuer, als ich ihn daran erinnere. „Die persönliche Beziehung, die uns beide vielleicht verbindet

…" Meine Augen weiten sich bei dem Wort Beziehung. „oder eben auch nicht, ist komplett unabhängig von deiner Arbeit bei CubeThink. Das eine hat nichts mit dem anderen zu tun. Das würden wir von der Personalabteilung schriftlich festhalten lassen. Komplette Ehrlichkeit. Alles wird offen sein und offiziell. Ich verspreche dir, dass ich als Arbeitgeber nur an deinen intellektuellen Fähigkeiten interessiert bin."

Ich setze mich auf eine Bank in der Nähe, von der man auf den Teich schauen kann, weil ich meinen Beinen plötzlich nicht mehr vertraue.

Er hat Interesse an mir wegen meiner intellektuellen Fähigkeiten?

„Ehrlich?" Ich hasse mich selbst für den leisen Anflug von Hoffnung, der so offensichtlich in diesem einen Wort mitschwingt. Jackson nickt einfach nur, ganz so, als wäre das offensichtlich, während er neben mir Platz nimmt. Er sitzt nahe genug, dass unsere Knie sich berühren und ich hasse es, dass ich mir bewusst bin, wie warm er ist, auch wenn wir uns nur durch die Kleidung berühren. Er hat eine unglaubliche *Präsenz*. Es ist unmöglich, ihn zu ignorieren.

„Natürlich. Deine Professionalität, Leidenschaft und, dass du gebildet bist, was das Feld angeht, genauso wie dein fast abgeschlossenes Studium in Stanford, all das macht dich interessant für meine Firma. Das hast du heute Abend gesehen. Die Tatsache, dass ich dich Bryce direkt unter der Nase wegschnappen würde, ist nur ein Bonus." Sein Mundwinkel zieht sich nach oben.

„Oh", ich glaube, endlich zu verstehen. Er hat ebenso lange darüber lamentiert, dass ich keine Spielchen spiele und jetzt tut er selbst genau das. Es geht hier nicht um mich oder um meine Fähigkeiten. Es geht darum, Bryce einen reinzuwürgen. Gott, ich war so dumm, dass ich auch nur einen Moment glaubte, es könnte um etwas anderes gehen.

Ich schüttle es ab. Es ist egal. Wenn ich aus Bryces Krallen entkommen kann und echte Arbeit für gutes Geld machen kann, dann ist es gut. Es ist alles gut.

Ich stehe auf und streiche mein Kleid glatt.

„Gut, wenn das alles ist, Mr. Vale. Danke für einen …“ Ich will mich eigentlich für einen schönen Abend bedanken, aber es wäre wohl offensichtlich, dass das eine Lüge ist. „für eine interessante Erfahrung“, beendet ich den Satz stattdessen und bin bereit zu gehen.

„Wieso habe ich das Gefühl, dass du mich gerade wieder absichtlich falsch verstehst?“ Auch Jackson steht auf und greift mich an der Taille, bevor er mich an sich heranzieht, sodass wir Brust an Brust, Stirn an Stirn stehen.

„Ich *will* dich - auf jede Art und Weise, wie man diese Aussage verstehen kann. Vergiss die Arbeit für einen Moment. Lass uns über das Persönliche sprechen. Denn heute Abend war erst der Anfang. Du wirst in meinem Bett sein, Calliope. Auf meinem Schreibtisch. An meiner Wand.“

Seine Stimme ist belegt und voller Versprechen. Sie lässt mich erschauern, ich fühle sie überall. Und er ist noch nicht fertig: „Du wirst darum betteln, dass du kommen darfst. Tatsächlich wirst du lernen, was es heißt, zu akzeptieren, was ich dir gebe. Ich werde dir so oft den Hintern versohlen, bis du verstehst, dass du nach Hilfe fragen musst und wenn es das Letzte ist, was ich tue.“

Okay, jetzt macht er mich einfach nur wütend. Ich bin im Begriff ihm genau das zu sagen …

Aber bevor ich auch nur ein Wort über die Lippen bringen kann, treffen seine auf meine. Und es ist nicht wie vorhin im Auto. Diesmal bin ich nicht sanft oder überwältigt. Ich bin nicht am Heulen.

Ich beiße in seine Lippe. Er macht einen überraschten Laut und entfernt sich ruckartig.

Aber ich ergreife sein Gesicht und ziehe ihn zurück an meine Lippen für einen weiteren langen, harten Kuss. Ich drücke meinen gesamten Körper gegen ihn, weich gegen hart.

Er drückt seinen Schenkel zwischen meine Beine und ich ziehe mein Kleid hoch, damit ich genug Spielraum habe um mein Zentrum gegen ihn zu drücken, den Ort, wo ich ihn am meisten brauche.

Ich bin noch immer geschwollen von meinem letzten Orgasmus und innerhalb weniger Sekunden stehe ich wieder kurz davor, direkt am Abgrund. Ich stöhne und drücke mich gegen sein Bein, während ich schwer gegen seine Lippen atme.

Gott, *endlich.*

Hier ist ein Mann, der mich einfach will. Ich wusste gar nicht, wie sehr ich das brauchte - bis jetzt. Nachdem alles mit Bryce und, Gott, David, so kompliziert war. Ich habe immer versucht mich davon zu überzeugen, dass Davids und meine Beziehung mehr war als nur Sex, aber jetzt kann ich sehen, dass das gelogen war. Wann immer ich versucht habe, mit ihm über etwas Wichtiges zu reden, auch wenn mich etwas mitnahm, sagte er einfach, dass er dafür sorgen würde, dass ich mich besser fühlte und fing an, mich anzufassen. Ich bin etwa die Hälfte der Zeit gekommen ... das war David nicht so wichtig und deshalb auch nicht für mich.

Aber heute Abend. Heute Abend fühlt sich anders an, als jede sexuelle Erfahrung, die ich jemals gemacht habe. Die Art, wie Jackson seine gesamte Aufmerksamkeit auf mich legt. Die Weise, wie er mich vorhin gehalten hat, als ich weinte. Jede bedachte Berührung.

Diese Art des Verlangens fühlt sich gut an, sauber - einen Moment lang kann ich nicht atmen, als seine Zunge um meinen Nippel gleitet - was nicht heißt, dass es nicht zeitgleich unglaublich geil ist und schmutzig und heiß - alles gleichzeitig.

Jacksons Hand umfasst meine Taille. Er hebt mich und drückt mich gegen sich, während seine Küsse genauso hungrig sind, wie meine. Nach ein paar weiteren Sekunden hebt er mich noch höher, hält mein Gewicht mit seinen starken Armen, die sich unter meine Schenkel geschoben haben.

Ich schlinge die meinen direkt um ihn und er trägt mich wieder in Richtung des Hauses. Er hört fast nicht auf, mich zu küssen und ich werde mit jedem Schritt geiler. Die unglaubliche Stärke dieses Mannes. Die Befehle, die mit jeder seiner Berührungen einhergehen.

Als wir im Haus sind, schließt er die Glastür und drückt mich dann dagegen, drückt mit seinem Körper gegen mich, sodass ich mich winde, um mehr Reibung zu haben. Er löst sich von meinen Lippen und beißt in mein Ohr.

„Wo sollen wir es tun, wunderschöne Frau? Auf dem Sofa? Direkt hier, an der Glastür? In meinem Bett? Dein erstes Mal mit mir soll so sein, wie du es willst."

Ich bin unsicher, ob ich mich geschmeichelt fühle, weil er fragt oder ob ich ihm sagen soll, dass er den Mund halten und mich einfach nehmen soll.

„Das hängt davon ab ...", sage ich und kämpfe zeitgleich mit den Knöpfen seines schönen, weißen Hemdes, bevor meine Augen seine heißen, blauen Augen treffen. Ich lasse die Beine fallen, sodass sie nicht mehr um ihm liegen und rutsche an seinem Körper hinab. Unsere Blicke trennen sich während all dem nicht, ich greife in seinen Schritt und fahre fort: „... ob du ein Mann bist, der Titten mag, oder einer, der auf Ärsche steht."

Er knurrt und versucht meinen Arsch in seine Finger zu bekommen.

„Oh, oh, oh", sage ich lachend und trete den Rückzug an. „Ich dachte, das hier ist meine Show?"

Ich beeile mich, um die Couch herumzukommen und lehne die Ellenbogen auf die Rückenlehne, dabei strecke ich den Hintern heraus. Ich blicke ihn über meine Schulter hinweg an.

Ein Grummeln entweicht Jacksons Kehle, als er auf mich zukommt. Er läuft nicht schnell. Nein, es ist der langsame, sichere Gang eines Jägers, der sich an seine Beute anpirscht.

Ich spüre überall Stiche. Mein Herz schlägt noch etwas schneller und die Hitze, die sich in meinem Magen gesammelt hatte, läuft tiefer und wird noch heißer.

Als er endlich von hinten meine Hüfte ergreift, kann ich schwören, bin ich kurz davor zu schreien, wie ein Tier, während es rossig ist. Er zieht mich an sich und drückt seinen harten Schwanz gegen meinen Hintern. Dann fühle ich die leichteste Berührung seiner Finger an meiner Wirbelsäule, oben, an meinem Kleid und höre das Geräusch, das der Reißverschluss macht, als er ihn aufzieht. In der nächsten Sekunde ist das Kleid, was meine Kurven bis gerade noch betonte, weit offen.

Ich hatte erwartet, dass Jackson grob sein würde, mir das Kleid geradezu vom Körper reißen würde, aber stattdessen ist er sanft. Er führt den Stoff langsam meine Arme hinunter und lässt ihn hinunter zu meiner Hüfte fallen. Als es mit einem Rauschen des Chiffons auf den Boden fällt, stehe ich dort, nur in meinem roten BH und passender Unterhose.

Wieder sind Jacksons Hände sanft auf meinem Körper. Es ist fast so, als würde er mich anhimmeln, als er an meiner Schulter beginnt und meine Kurven meinen Körper hinab nachfährt, dabei gleiten seine Hände über meine Brüste, erklimmen meine Nippel und kneifen sie kurz, finden dann ihren Weg in Richtung Süden, bis er meine Unterwäsche sanft über meine Hüften gleiten lässt.

Ich atme schnell, als mein Intimbereich entblößt wird. Besonders, nachdem meine Unterwäsche den Weg zu dem Stoff, der bereits auf dem Boden liegt, gefunden hat und er sich wieder auf den Weg meine Beine hinauf gemacht hat.

Er beugt sich nach vorne und küsst sich den Weg nach oben. Als er meine intimste Stelle erreicht, drückt er mich sanft tiefer in die Couch, sodass er einen perfekten Blick auf mich hat.

Und dann beginnt sein Mund seine Expedition.

Oh. Mein. *Gott.* Lust fährt mir durch den ganzen Körper.

Zunächst leckt er um meinen Eingang herum, bevor seine Zunge tief in mich hinein sticht. Mein Rücken drückt sich durch und ein Schrei entfährt mir, als seine Zunge meinen Kitzler findet. Ich muss mich an der Tür festhalten, damit ich nicht die Balance verliere, als er anfängt an dem gespannten Nervenbündel zu saugen, denn und das ist wirklich kein Spaß, es kann passieren, dass jemand einen wirklich schwach macht.

Oh Gott, oh Gott, es fühlt ... ich kann gar nicht ... wenn er aufhört, schwöre ich ...

Mir sind nicht einmal die hohen Laute, die mir entweichen, peinlich, als er einen Finger in mich steckt und weiter an meinem Kitzler leckt. Seine Finger finden genau die richtige Stelle in mir, während er draußen saugt und das war es auch schon.

Ich zittere und dann versteift sich mein gesamter Körper, als ich komme.

Mein Orgasmus ist so stark, dass die Welt um mich herum weiß wird und das nicht nur einen Moment lang. Einen Pulsschlag lang, dann einen weiteren und noch einen und ...

Ich kann nicht atmen und ich bin mir nicht sicher, ob mein Herz schlägt und mein Körper hat sich in einem einzigen Schlag der Lust komplett versteift und oh Gott, so etwas habe ich noch niemals zuvor in meinem Leben gefühlt.

Endlich kann ich nach Luft schnappen und mein Blick klärt sich. Ich klammere mich an die Kissen der Couch. Einen Augenblick vorher war ich nicht mal mehr sicher, ob mein Herz überhaupt schlägt, aber jetzt überschlägt es sich förmlich, so schnell ist der Rhythmus.

Ich schnappe nach Luft, als ich Jackson über meine Schulter hinweg ansehe. Er sieht sehr selbstzufrieden aus, als er seinen Mund mit seinem Unterarm abwischt. Auch er ist jetzt, mal abgesehen von seinen Boxershorts, nackt.

Ein Nachbeben läuft durch meinen Körper, als ich ihn so erblicke. Seine Schultern sind unglaublich breit und während er nicht zu muskulös ist, hat er mehr Muskeln als ich jemals an einem echten Mann gesehen habe. Und zu meiner Überraschung sind seine Arme mit Tattoos geschmückt. Bilder von einer öden, fremden Landschaft und merkwürdig Tiere, die fast anmuten, wie Monster.

Er sieht, dass ich seine Tattoos betrachte. „Ich hatte eine Phase", ist alles, was er sagt.

Er versucht, mich zu küssen, aber ich weiche ihm aus, ich bin noch nicht fertig damit, ihn zu betrachten. Er hat einen Waschbrettbauch und ... meine Augen fallen auf das V, was nach unten deutet.

Er hat ein echtes V, das zu seinem ...

„Verdammte Scheiße", flüstere ich. Dann trifft mein Blick auf seinen und ich weiß, ich habe Menschen schon davon sprechen hören, dass man in den Fängen der Lust sei, aber ich habe es noch nie vorher so gespürt. „Hol deinen Schwanz raus und fick mich. Jetzt."

Er lacht nicht, er lächelt nicht einmal. Aber ich sehe seine Augen aufflammen. Und als ich auf seine Hand sehe, hält er bereits ein Kondom. Braver Junge.

„Jetzt", sage ich noch einmal mit Nachdruck.

Er macht sich keine Mühe mehr, etwas zu sagen. Er zieht seine Boxershorts aus und befreit, was definitiv ein Penis ist, der zum Ficken gemacht wurde. Er ist groß und dick. Nicht monströs oder so, aber ziemlich perfekt, wenn man mich fragt. Lang und gleichmäßig steht er für mich Spalier. Für *mich*.

Ich kann nicht anders, als mich zurückzulehnen und meine Hände darüber gleiten zu lassen. Jackson zuckt bei meiner Berührung zusammen und atmet hörbar aus. Er wirft seinen Kopf in den Nacken, während ich ihn streichle, aber nur einen Moment lang.

„Genug", sagt er und verscheucht meine Hand. „Ich muss in dir sein!"

Ich nicke und dann zieht er sich das Kondom über. Er blickt mir in die Augen und alles, was ich sehen kann, ist Verlangen. Und verdammt. Ich habe noch nie jemanden mehr begehrt als diesen Mann in diesem Augenblick.

Er tritt auf mich zu und spielt mit mir, reibt seinen Schwanz über mein Loch, macht sich mit meinen Säften feucht. Ich stöhne, weil er so mit mir spielt, aber er lässt mich nicht länger warten. In der nächsten Sekunde stößt er in mich.

Er ist nicht vorsichtig oder sanft. Nein, er stößt ihn einfach komplett in mich hinein, vergräbt sich in mir. Ich atme einmal scharf ein und dehne mich, während mein Körper sich an ihn gewöhnt, aber das macht es alles nur noch aufregender.

„Scheeeeeeeeiße", kommt es hinter mir unter seinem Atem. Er lehnt seine Brust auf meinen Rücken und legt einen Arm um meine Taille, sodass die Haare auf seinem Kinn meinen Nacken kitzeln. Diese Position hält er für eine unglaublich lange Zeit, die wahrscheinlich nur einige Momente lang dauert, bis zu seinen Eiern in mir.

Er ist überall - überall um mich herum, in mir ... und ich fühle, ich fühle ... Ich schlucke und bin plötzlich wieder kurz vorm Weinen.

Denn ich habe sowas noch nie zuvor gespürt. Es ist überwältigend. So viel Leidenschaft, ja, aber auch, es ist auch ... als wäre ich sicher, so als könnte mir nichts passieren, während er so um mich herum ist.

Ich kann es noch immer fühlen, auch, als er ihn irgendwann wieder hinaus zieht, um wieder in mich hinein zu gleiten. Denn dann stößt er immer wieder in mich, erobert meinen Körper immer wieder, mit jedem Stoß. Seine große Hand hält mich so sicher, so als wäre er geboren, um Kontrolle über meinen Körper zu haben.

Es fühlt sich gut an, Gott, so gut, aber es ist auch viel. Vielleicht zu viel und zu schnell. Er ist ein Mann und jeder Mann hat mich bisher enttäuscht. Verraten. Glaube ich wirklich, dass Jackson anders sein wird? Ich bin nicht die Art Mädchen. Ich bin nicht das Mädchen, das an Märchen glaubt. Nicht einmal eine Nacht lang.

Aber, gerade als ich mich von ihm entferne und irgendeine Entschuldigung hervorbringen möchte, wieso ich gehen möchte, ergreifen Jacksons starke Finger mein Gesicht und drehen es, sodass ich ihn über meine Schulter hinweg ansehe. Er stößt wieder tief in mich und dann küsst er mich, während er mein Gesicht liebkost.

Und ich schmelze.

Mein Gehirn schaltet sich aus.

Ich kann nur noch fühlen.

Und *er*.

Jackson. Jackson, oh Gott, *Jackson*.

In mir.

Um mich herum. Nur er. *Nichts als er*.

Er küsst mich und die Hand, die auf meiner Wange lag, fällt hinunter, um meine Brust zu massieren. Der gleichmäßige Rhythmus seiner Hüfte ändert sich nicht. Ich dachte nicht, dass es möglich wäre, dreimal in einer Nacht zu kommen, aber als seine Hand noch weiter an mir hinunter wandert und anfängt, meine Klitoris zu umkreisen, setzt die unstillbare Flut in mir wieder ein.

Er spielt meinen Körper wie ein Instrument, das er jahrelang geübt hat. Ich kann es nicht infrage stellen. All meine Energie fährt in jede Zelle meines Körpers und als es diesmal über mich hereinbricht, blickt er in meine Augen. Ich kann sein angespanntes Gesicht sehen, als er sich selbst das gleiche Vergnügen im selben Moment erlaubt.

Können Sex-Universen aufeinandertreffen? Ich weiß es nicht. Ich bin mir sicher irgendjemand hat das mal so gesagt und alles Mögliche geht mir durch meinen verwirrten Kopf, während Jackson meinen erschöpften Körper in sein Schlafzimmer trägt.

Er legt mich ab und dann ist sein großer, warmer Körper neben mir. Ich kuschle mich an ihn, denn ich brauche etwas, was mich gegen den Sturm der Gedanken in meinem Kopf erdet. Ich glaube, ich habe noch immer nicht die Energie, um all das hier zu analysieren.

Einmal in meinem Leben werde ich mir keine Sorgen machen. Ich werde es nicht zu Tode sezieren. Stattdessen genieße ich den Moment und das komplett befriedigte Gefühl meines Körpers.

Ich kuschle mich noch etwas mehr an Jackson und dann schlafe ich.

KAPITEL 13

Ich wache langsam auf. Ich blinzele einige Male, sehe genug, um festzustellen, dass das Licht aus ist und dann schließe ich wieder die Augen. Gott sei Dank gönnt Charlie mir einige Minuten mehr Schlaf. Normalerweise klettert er in mein Bett und springt direkt nach Sonnenaufgang auf mir herum. Vielleicht wird er anfangen, länger zu schlafen, jetzt, wo er älter wird. Oh Gott, das wäre großartig.

Ich drehe mich um und vergrabe mich tiefer im Kissen. Mein Körper sinkt in die luxuriöse Matratze und ich kuschle mit der Decke, die um mich herum liegt. Mmh, sie ist so weich, so als würde man mit Wolken kuscheln.

Aber ... warte ... was?

Meine Matratze ist auf. Sie biegt sich in der Mitte durch und hat eine Feder, die mich pikst, wenn ich mich falsch drehe.

Meine Augen öffnen sich ruckartig und ich setze mich auf. Meine Augen gleiten durch den edlen Raum. So, wie im übrigen Haus, sind auch die Möbel hier antik, aber hier ist ein Mix mit modern zu erkennen. Es gibt keinen Stuck oder dunkle Tapete. Nein, die Wände haben eine warme Sandfarbe mit schöner Textur. Rollvorhänge aus Lamellen verdunkeln die Fenster.

Dann gibt es natürlich das riesige Himmelbett in der Mitte des Raums. Ich sehe hinüber auf die Senke neben mir im Bett und kann einen Moment lang nicht atmen. Vorsichtig lasse ich meine Hand über die Stelle gleiten. Sie ist noch warm.

Okay, Cals. Hör auf dich von dem, was gestern Abend passiert ist, abzulenken, indem du seinen Einrichtungsstil bewunderst. Ich und Jackson Vale ... Oh mein *Gott.* Ich lasse mich wieder auf das Bett fallen und bedecke mein Gesicht mit meinen Unterarmen. Meine Wangen werden rot, wenn ich an einige Details des letzten Abends denke.

Im Tageslicht kann ich kaum glauben, dass das wahr ist. Nur, dass ich hier, in Jackson Vales riesigem Bett bin. Und, als ich meine Beine bewege, kann ich das spüren, was von einer Nacht, die von ... nun ... *sportlichen* Aktivitäten gefüllt war, so kann man es wahrscheinlich am besten sagen.

Ich drücke meine Handrücken gegen meine geröteten Wangen. Wenigstens ist Jackson nicht da, um mitzubekommen, wie ich am Morgen danach aussehe.

Was einen Haufen anderer Gedanken mit sich bringt. An vorderster Stelle: Ich habe gestern Abend mein Gesicht nicht gewaschen und muss jetzt aussehen, wie eine Vogelscheuche. Und zweitens: Jackson ist nicht hier. Ein Blick auf die Uhr zeigt, dass es viertel vor Acht ist. Das ist für mich quasi ausschlafen. Charlie weckt mich gewöhnlich um halb sechs, spätestens allerdings um sechs auf.

Aber Jackson. Es ist Samstag und es ist wohl nicht so, als hätte er wegen der Arbeit früh aufstehen müssen. Wieso ist er also nicht hier?

Sei kein Idiot, weise ich mich selbst zurecht, während ich mich aus dem bequemsten Bett der Welt rolle. Ich entdecke eine Tür zu meiner Linken, die nicht ganz geschlossen ist. Während ich mich auf den Weg zu ihr herüber mache, stelle ich fest, dass meine Annahme richtig war - es ist ein Badezimmer.

Gott, Danke! Ich muss dringend pinkeln und muss mich um

mein Make-up kümmern, was wahrscheinlich gerade auch in *Nightmare - Mörderische Träume* kommen könnte.

Die letzte Nacht hat sich wahrscheinlich wegen all meiner Gefühle und Jacksons netten Worten ein wenig ungewiss angefühlt, aber ich weiß, welche Versprechen Männer machen, nur um es mit einem Mädchen zu tun. Am Morgen danach sind die Worte in der Regel genauso leer, wie das Bett, in dem ich aufgewacht bin.

Es ist okay. Es ist alles in Ordnung. Ich erledige, was getan werden muss und lasse dann Wasser, das so heiß ist, wie ich es aushalten kann, aus dem Wasserhahn laufen. Die letzte Nacht war schön. Für uns beide. Ich habe nicht das Gefühl, ausgenutzt worden zu sein. Niemand wurde benutzt. Ich wollte es genau so sehr, wie Jackson.

Ich gebe Seife aus dem Seifenspender auf meine Hand und reibe ein wenig zu stark über mein Gesicht. Ich wünschte, Männer würden den Schwachsinn sein lassen. All das Gerede darüber, dass er möchte, dass ich für ihn arbeite, weil ich so qualifiziert bin. Oder die Andeutungen darüber, dass er gerne eine andere Beziehung als eine rein professionelle mit mir eingehen würde.

Mann, ich reibe noch stärker, um den alten Mascara, der um meine Augen verschmiert ist, abzubekommen.

Reicht es nicht zu sagen: *„Hey, du machst mich geil, ich mach dich geil. Ich möchte ficken, aber nur einen Abend lang?“*, anstatt all der Lügen und Versprechungen im Sinne von: *„Du bist so besonders. Ich möchte mich um all deine Probleme kümmern“*, alles Schwachsinn.

„Aua, Gott“, sage ich, nachdem ich mir mit dem Zeigefinger ins Auge gestochen habe. Ich wasche die Seife ab und trockne mein Gesicht, als ich allerdings in den Spiegel blicke, muss ich feststellen, dass ich noch immer nicht viel besser aussehe.

Ich gebe etwas Zahnpaste auf meinen Finger und benutze ihn wie eine Zahnbürste. Aber meine Haare sind irre, so als hätte ich nicht nur eine wilde Nacht im Bett verbracht, sondern wäre auch noch mit 120 km/h im Cabrio durch die Gegend gedüst. Ich versuche sie mit meinen Fingern zu durchkämmen, aber wegen all des Zeugs, was Breanna letzte Nacht benutzt hat, damit alles da bleibt, wo es hingehört, ist es aussichtslos.

Ich werfe einen Blick zur Tür zum Schlafzimmer. Dort bewegt sich nichts. Natürlich. Jackson ist natürlich längst weg, auch wenn es Samstag ist und er nicht sagen kann, dass er arbeiten gehen musste.

Ich lächle abfällig, obwohl ich nicht weiß, ob ich der Grund bin, oder er. Gott, ich frage mich, ob er den Fahrer für mich abgestellt hat oder ob er erwartet, dass ich ein Taxi rufe, um zurück in die Stadt zu kommen. Was für ein Vollhorst!

Wahrscheinlich sollte ich mich einfach herausschleichen und den unausweichlichen Walk of Shame hinnehmen. Ich sollte meine Tasche und das Handy suchen und ein Uber rufen.

Aber nein! Das mache ich nicht.

Er hat mich gestern Abend nicht rausgeschmissen und er hat sich heute Morgen einfach wie ein Idiot davongeschlichen. Und ich werde dieses Haus nicht mit zerzausten Haaren und seinem Duft auf meiner Hand verlassen. Ich schließe die Augen und habe das plötzliche Bedürfnis zurück zum Bett zu gehen und noch einmal am Kissen zu riechen. Ich reiße die Augen auf und finde mich selbst abstoßend.

Ich sehe mich im Bad um. Alles hier ist, verglichen mit dem Rest des Hauses, sehr modern. Die Dusche sieht aus, als wäre es eine Regendusche mit weiteren Sprühköpfen in der Wand. Ich gehe etwas näher heran und betrachte die kleine Kontrolleinheit neben der Dusche. Ich muss nur ein paar Knöpfe ohne Ergebnis ausprobieren, bevor ich diese Unternehmung aufgebe.

Super. Ich schüttle den Kopf über mich selbst - jupp, genau so ist es, die Bedienung der *Dusche* ist zu hoch für mich. Ich hätte wissen müssen, dass ich keine Chance habe, bei diesem Mann mitzuhalten und zwar in dem Moment, als ich gestern in eine verdammte *Limousine* stieg.

Als ich mich allerdings umdrehe, entdecke ich hinter einer halbhohen Wand einen Whirlpool. Der hat zwar auch ein paar Knöpfe, aber immerhin habe ich einen solchen schon einmal benutzt. Zugegeben, der war nur etwa halb so groß, wie dieser, aber trotzdem, wahrscheinlich wird die Bedienung ähnlich sein, oder nicht?

Letztes Jahr hat Shannon mich und Charlie zu einer Konferenz, zu der sie eingeladen war, mitgenommen. Wir haben ein wunderbares Zimmer bekommen, weil irgendwas bei der Reservierung schiefgegangen war. Wir sind damals den ganzen Tag im Hotel geblieben und haben am Pool gespielt, aber Charlie mochte tatsächlich den Whirlpool in unserem Zimmer noch lieber, als den Pool draußen. Anders, als bei den meisten Whirlpools konnte man die Temperatur einstellen, sodass es nie zu heiß wurde. Wir haben Charlie Schwimmflügel angezogen und er ist quasi ausgeflippt wann immer man die Düsen und Blasen angestellt hat.

Die Erinnerung zaubert ein Lächeln auf mein Gesicht, während ich den Hahn aufdrehe. Es gibt tatsächlich vier und sie alle gehen auf einmal los und füllen den Whirlpool schnell. Ich habe mir immer geschworen, dass ich eines Tages genug Geld haben würde für ein Haus mit Whirlpool. Es könnte das hässlichste Haus aller Zeiten sein, aber ich würde trotzdem einen modernen Whirlpool für meinen Kleinen haben.

Meine Hand legt sich auf meine Brust, als ich feststelle, dass ich schon wieder mit den Tränen kämpfe. Verdammte *Tränen*. Was soll das? Ich kann es nicht einmal auf meine Hormone schieben, denn meine Periode ist erst gerade vorbei und ausnahmsweise habe ich auch genug Schlaf bekommen, also ist es nicht Erschöpfung. Ich weiß nicht, wie spät ich gestern eingeschlafen bin, aber ich weiß, dass ich wie eine Prinzessin auf dieser unglaublich bequemen Matratze geschlafen habe.

Ich schüttle den Kopf, so als würde es dabei helfen, die Gefühle, abzuschütteln. Ich nehme eine der Flaschen, die am Rande des Whirlpools steht. Ich finde Shampoo und ein Schaumbad, beides sieht sehr teuer aus.

Großartig. Ich werde wohl doch den ganzen Tag nach Jackson riechen. Nun, Gott, immerhin werde ich keine zerzausten Haare mehr haben. Ich werde bestimmt genug von Shannon zu hören bekommen. Mich hat gestern Abend alles so überwältigt, dass ich einfach akzeptiert habe, dass Jackson sie angerufen und ihr gesagt hat, dass ich die Nacht mit ihm verbringen werde. Aber, wie ich Shannon kenne, war sie am Telefon wunderbar und lieb und ich werde mich ihrem Urteil stellen dürfen, sobald Charlie uns nicht mehr hört. Die verantwortungslose Callie, die zeigt, wer sie wirklich ist. Gott, ich möchte gar nicht daran denken.

Ich bin froh, als das Wasser das angegebene Niveau erreicht und ich die Düsen anmachen kann. Ich steige die kleine Stufe an der Seite hinauf und es fühlt sich an, als wäre ich im Himmel, als ich mich ins Wasser lasse. Mein Körper entspannt sich im blubbernden, dampfenden Wasser.

Ich tauche unter und bleibe einige Momente lang genau dort, die echte Welt und alles in ihr, verschwindet. Fühlt es sich so im Bauch der Mutter an? So ruhig. Ganz alleine. Kein Druck, keine Erwartungen, man existiert nur in der Verbindung mit sich selbst. Oder vielleicht in Relation zum Rest der Welt? So denken doch die Mönche, oder? Ich habe mich mit ihren Ansichten auseinandergesetzt, als ich Yoga gemacht habe. Verbunden sein mit der gesamten Welt, durch meine Füße auf dem Boden, über die Wurzeln der Bäume und dann über die Äste mit dem Regen, der die Blätter trifft, bis in den Himmel.

Ich tauche auf und versuche, alles zu vergessen. Ich atme einige Male die feuchte Luft tief ein. Ich kann wirklich ein bisschen mehr Ruhe in meinem Leben brauchen. Die Luft aus den Düsen trieft auf meine Seite und meine Muskeln entspannen sich auf der Stelle. Ich zähle langsam bis zehn und mit jedem Atemzug fällt ein bisschen mehr der Anspannung von mir ab.

Endlich höre ich auf zu zählen und atme einfach nur gleichzeitig, mit geschlossenen Augen, während ich mich einfach nur auf den Augenblick konzentriere. Die beiden Düsen an meinem Rücken massieren meine müden Muskeln und das Wasser zwischen meinen Beinen tut den Rest für den Schmerz dort. Meine Hand gleitet meinen Körper hinunter und ich lege sie sanft über meinen Venushügel.

Ich zucke zusammen, nicht weil es weh tut, sondern weil es so offensichtlich ist, was letzte Nacht passiert ist. Nachdem ich so lange keinen ... seit David mich vor Charlies Geburt verließ ... was hat Jackson an sich, dass ich mich ihm so hingegeben habe? Und vor allem so komplett?

Sofort fluten Erinnerungen und Bilder der letzten Nacht mein Gehirn. Sein Körper über meinem. Seine erfahrenen Finger. Sein Mund. Meine eigene Hand, die vorhin nur untersucht hat, fängt an, zu massieren. Ich halte die Augen geschlossen, während ich mir auf meine Lippe beiße. Vielleicht ist Jackson durch mit mir, aber eine kleine letzte Fantasie, während ich hier in seinem großartigen Bad bin und sein Duft überall um mich herum ist, schadet doch nicht?

Ich drehe mich ein bisschen, sodass der Strahl, der bisher auf meine Hüfte traf, jetzt die Stelle trifft, wo ich ihn am meisten brauche. Ich beiße noch stärker auf meine Lippe, damit das Stöhnen mir nicht über die Lippen fährt. Ich bin mir sicher, dass jedes Geräusch in diesem Bad ein unglaubliches Echo erzeugt.

Jackson ist vielleicht weg, aber was ist, wenn er ein Hausmädchen oder so hat, das mich hört und dann nachsehen kommt? Ich tauche ein wenig tiefer ins Wasser und richte meinen Körper aus, sodass er noch näher an der Düse ist. Nein, das wird mein kleines Geheimnis bleiben und niemand muss jemals davon erfahren.

Das Wasser pulsiert und massiert meine unteren Lippen, während ich meinen Kitzler streichle. *Ich muss in dir sein.* Die Erinnerung an Jacksons Worte und das Gefühl des Wassers bringen mich dazu, meinen Rücken durchzudrücken. Meine Brüste heben sich über die Wasseroberfläche und treffen auf die kühlere Luft des Bads. Ich kann nicht anders, als einen Nippel mit der Hand, die sich nicht um den Kitzler kümmert, zu umfassen.

Ich beiße auf meine Unterlippe und versuche mir vorzustellen, es sei Jacksons Hand, aber die Fantasie schafft nur so viel. Meine Hände sind klein und weich. Es ist nicht das Gleiche. Das Hoch, auf dem ich war, verliert an Schwung. Meine Brauen ziehen sich zusammen und ich winde mich, während ich stärker reibe, auf der Suche, nach Erlösung.

Alles, was ich je von Jackson haben werde, sind Erinnerungen. Das muss verdammt nochmal genug sein.

Aber, je mehr ich reibe, desto weniger scheint es, dass ich dahin kommen werde, wo ich hin will. Was mich einerseits nur noch mehr frustriert, aber andererseits anspornt.

Ich lasse meinen Kitzler in Ruhe und fasse meine Brüste mit beiden Händen, drücke und rolle die Spitzen zwischen meinen Fingern. Komm schon. Ich kann das. Fall wieder in die Lust. Komm schon.

Knall.

Was zur ...? Ich erschrecke mich so sehr, dass ich Wasser schlucke und meine Augen sich ruckartig öffnen.

Nur um Jackson im Türrahmen zu entdecken.

Ein Tablett, voll mit Essen, liegt auf dem Boden. Er muss es fallen gelassen haben. Die zerbrochene Kaffeetasse hat braune Flüssigkeit überall auf dem Marmor verteilt. Ein Mix aus Eiern, Speck und Pfannkuchen umrahmt es.

Ich huste wegen des Wassers, das ich versehentlich verschluckte und drücke mich gegen den Rand des Whirlpools. Obwohl ich mich direkt dumm fühle. Wieso mache ich das? Scham? *Gott, Cals, er hat die gerade masturbierend in seinem Whirlpool gefunden!*

Oh Gott.

Er. Ist. Nie. Gegangen.

Er hat mir Frühstück gemacht.

Frühstück im Bett, vermutlich, wegen des Tabletts.

Und dann hat er mich so vorgefunden ...

Dass sich alles in mir zusammenzieht, beschreibt nicht das Gefühl der Scham, das mich in diesem Moment erfüllt. Ich schließe die Augen, aber in Wahrheit möchte ich einfach wieder abtauchen und so tun, als wäre all das hier niemals passiert.

„Das ist das Geilste, was ich je in meinem Leben gesehen habe."

Seine Aussage lässt mich ihn überrascht ansehen. Er ist nicht … sauer? Und er denkt nicht, dass ich bemitleidenswert bin oder so? Der Ausdruck in seinem Gesicht, als er das Badezimmer durchschreitet, sagt etwas vollkommen anderes aus. Er sieht hungrig aus, allerdings nicht so, als hätte er Lust auf das Frühstück, das den Weg auf den Boden gefunden hat.

„Warum hast du aufgehört?“ Wie immer liegt in seiner Stimme der Hauch eines Befehlstons. „Zeig mir, wie du dich selbst anfasst.“ Während er spricht, zieht er das weiße T-Shirt, das er trägt, aus. Der Anblick seiner breiten, muskulösen Brust und das dunkle Feuer in seinen Augen ist ausreichend dafür, dass ich meine Scham vergesse. Ohne weiter darüber nachzudenken, verschwindet meine Hand wieder unter der Wasseroberfläche.

Er stöhnt, tief und herzhaft, während er seine Boxershorts auszieht und über den Rand des Whirlpools klettert. Das helle Morgenlicht und das gut beleuchtete Badezimmer lassen es zu, dass man wirklich alles sieht, aber Jackson zögert nicht einen Moment lang. Ich kann seinen Schwanz nur anstarren. Ich meine, ich habe ihn gestern Abend gesehen, aber jetzt, wo ich die Möglichkeit habe, ihn in all seiner Schönheit im Tageslicht zu sehen, kann ich nicht wegschauen.

Und verdammt, es ist ein wirklich schöner Schwanz. Es ist der Durchmesser. Genau das ist es, wieso ich mich heute Morgen so herrlich wund fühle. Er ist breit und rund und er hat eine dicke Vene, die die Unterseite des Schwanzes entlangläuft, einen pulsierenden Pilzkopf. Ich befeuchte meine Lider und mein Atem wird schneller, als er endlich neben mir in das Wasser gleitet.

„Siehst du, was du mit mir machst?“

Zum ersten Mal an diesem Morgen wage ich es, ihm in die Augen zu blicken. Sein Blick lässt meinen Magen Räder schlagen, besonders die Tatsache, dass wir uns in die Augen sehen, während wir beide seinen Schwanz bearbeiten. Ich kenne diesen Mann kaum, aber es fühlt sich so intim an … Ich wende den Blick ab und versuche meine Hand zurückzuziehen, aber Jackson lässt mich nicht.

Stattdessen greift er zu mir herüber und fasst mich mit beiden Händen an der Taille. Es scheint, als würde er mich quasi ohne Kraftanstrengung durch das Wasser transportieren, sodass ich auf seinem Schoß lande, so, dass ich ihn ansehe und er sich zwischen meinen Beinen befindet.

Ich versuche alles anzusehen, außer seine unglaublichen blauen Augen. Es ist aussichtslos.

„Wann wurdest du zuletzt getestet?"

Was? Mein überraschter Blick trifft seinen und dann verstehe ich. „Ich nehme die Pille und ich bin sauber, aber ..."

„Ich auch."

In diesem Moment hat er einen Arm um meine Taille und hebt mich leicht aus dem Wasser, während seine andere Hand an seinem Glied ist.

Ich fühle, wie er sich an mir reibt. Oh Gott. Da ist kein Kondom. Deshalb hat er gefragt. Es gibt diesen Moment, in dem ich dem Ganzen hätte Einhalt gebieten können. Ich hätte sagen können, dass ich nicht ohne Kondom möchte. Dass ich noch nicht bereit bin, ihm so zu vertrauen.

Aber das tue ich nicht.

Dann hat er mich in der richtigen Position und ich genieße jeden Zentimeter, den sein Schwanz tiefer in mich eindringt. Ich umschließe ihn und wickle meine Beine um ihn, als ich ganz auf ihm sitze. Er ist so tief in mir, dass es sich anfühlt, als würde er meinen Muttermund berühren.

War jemals jemand so in mir? David war nicht sonderlich abenteuerlustig und wenn wir Sex hatten, war es meistens Missionar und dauerte zehn Minuten. Rein, raus, vielen Dank!

Jackson hebt mich im rauschenden Wasser hoch und lässt mich dann wieder hinunter und alle anderen Gedanken verschwinden aus meinem Gehirn.

Genau wie letzte Nacht ist da nur *Jackson*. Nur dieser Moment.

Der Winkel, in dem er mich hat, lässt mich auf eine Art und

Weise gegen ihn gleiten, dass ich fast verrückt werde bei jedem einzelnen Stoß. Aber ich will noch mehr.

Ohne überhaupt darüber nachzudenken, lege ich meine Arme um seinen Kopf und drücke meine Brüste in sein Gesicht. Jackson schenkt mir eines seiner seltenen Grinsen und dann folgt er meinem stummen Befehl.

Er saugt einen Nippel in seinen Mund, spielt zunächst mit mir, bevor er hineinbeißt. Ich stöhne und mein Körper zieht sich aufgrund des Gefühls um seinen zusammen. Dann findet seine Hand meinen anderen Nippel. Es fühlt sich an, als wäre es fast zu viel, die unglaubliche Lust mischt sich mit Schmerz. Besonders, als er anfängt stark an mir zu saugen und zeitgleich zu kneifen.

Ich rutsche auf ihm herum, während der Arm um meine Taille mich weiter auf und ab bewegt. Meine Beine sind wie Wackelpudding, aber ich versuche mein Bestes, ihn zu unterstützten. Aber, auch wenn ich oben bin, ist er derjenige, der die volle Kontrolle über diesen Tanz hat.

Ich kann fühlen, dass ich kurz vorm Orgasmus bin. Ich winde und wackle auf ihm herum, während er weiter immer wieder in mich hineinstößt und dabei meine Nippel nie außer Acht lässt.

Bis er es ganz plötzlich tut.

Das Gefühl fährt plötzlich wieder in mich herein und mein Orgasmus ergreift mich mit überwältigender Kraft.

Ein hoher Schrei entfährt meiner Kehle und Jackson stößt noch kräftiger als zuvor in mich hinein, bevor er ruhig wird. Er hält mich fest auf ihm, sein Kopf liegt zwischen meinen Brüsten.

Mir wird, als ich wieder zurückkomme und atmen kann, klar, dass ich ihn genauso fest halte, mit meinen Armen, die noch immer um ihn geschlungen sind und meinen Fingern, die sich in seinen Haaren vergraben haben.

Oh Gott, was tue ich hier?

Mein Herz rast. Jackson ist immer noch hart in mir. Alles, was ich tun möchte, ist ihn näher an mich heranzuziehen und anzuflehen genau dort für immer zu bleiben. Was zeitgleich dazu führt, dass ich mich verschließe und ihn wegdrücken möchte, damit ich die Flucht aus seinem Zuhause ergreifen kann.

So, als könnte er meine Gedanken lesen, fasst Jackson mich noch fester. Sein Penis ist immer noch eher steif, so, als würde auch er versuchen wollen, für immer so zu verweilen.

„Woran denkst du, Baby?"

Ich zerfließe fast, auch wenn es das Letzte ist, was ich will. *Baby*. Der Kosename hört sich unglaublich komisch an, wenn er von jemandem wie Jackson kommt. Aber er hörte sich auch perfekt und richtig und natürlich an. Was passiert mit mir? Ich vergesse mich nicht wegen eines Mannes. Niemals. Ich weiß es besser. Ich habe meine Lektion gelernt. Oder nicht?

Ich versuche zu lachen. „Nichts."

Ich zucke die Schultern und lächle, als ich mich schließlich von ihm löse. „Ich werde nur schrumpelig, ich bin schon so lange hier drin."

Ich halte die Hand hoch und zeige ihm meine schrumpeligen Fingerspitzen. Ich rutsche noch ein wenig weiter von ihm weg und sein Penis gleitet aus mir hinaus. Ich fühle zeitgleich Erleichterung und Verlust. Unglaublich. Ich kenne ihn kaum, erinnere ich mich. Was soll es? Wir haben halt eine unglaubliche Chemie. Das heißt nichts. Überhaupt nichts.

Gerade, als ich sagen will, dass ich mich wahrscheinlich auf den Weg machen sollte, streckt Jackson wieder die Hand nach mir aus. „Hast du dich schon gewaschen?"

Ich sollte ja sagen oder dass es egal ist. Ich werde einfach duschen, wenn ich nach Hause komme. Ich werde einfach meine Haare in einen Pferdeschwanz binden und gut.

Stattdessen schüttele ich dummerweise den Kopf. Und bekomme als Belohnung ein weiteres von Jacksons Lächeln. Mit Grübchen und allem.

Er greift nach einer der schicken Flaschen am Rand des Whirlpools. Einen Moment später hat er cremiges Shampoo in seiner

Hand. Er schäumt es zwischen seinen Händen auf und positioniert sich dann hinter mir.

Als er anfängt, das Shampoo in meine Haare zu massieren versuche ich, so angespannt zu bleiben, dass mein Körper seinen nicht berührt. Ich kann es nicht erklären, nicht einmal mir selbst, aber es fühlt sich an als … als hätte ich schon zu viel von mir selbst gegeben, letzte Nacht, heute Morgen.

Es war fast besser, als ich dachte, er sei weg. Da war er ein Arschloch. Das konnte ich verstehen. Damit passte er in die Kategorien der Männer, die ich eingerichtet habe.

Aber das hier?

Jackson erlaubt die Distanz zwischen uns nicht. Nachdem er zunächst das Shampoo in meine Haare eingearbeitet hat, legt er einen unerbittlichen Arm um meine Taille und zieht mich an sich, sodass ich eng an seiner Brust liege. Dann fährt er fort, entspannt meine Kopfhaut zu bearbeitet, indem er methodisch von vorne nach hinten und von außen nach innen arbeitet.

Er spült seine Hand im Wasser ab. „Schließ die Augen, Baby."

Mein Herz pocht wieder, als er den Kosenamen benutzt. Ich schließe die Augen, während ich mich selbst anweise, nicht so dumm zu sein. Baby. Das ist einfach etwas, was Männer sagen. Offensichtlich sogar Jackson. Es bedeutet nichts.

Ich halte den Atem an, als Jackson seine großen Hände mit Wasser füllt und über meinen Kopf entleert, um das Shampoo auszuspülen. Immer wieder macht er das, spült meine Haare aus, bis das Shampoo herausgewaschen ist.

Ich halte die Augen die ganze Zeit geschlossen, während er anfängt, den Rest meines Körpers zu waschen. Ich bin mir der Berührungen seiner Hände, die an meinem Nacken anfangen und langsam meine Schultern bearbeiten, mehr als bewusst … dann finden sie den Weg zu meinen Brüsten. Mein Atem stockt, als er sie berührt. Zu meiner Überraschung verweilt er dort nicht lange, obwohl ich fühlen kann, wie er unter mir hart wird.

Er ist so sanft zu mir. Es scheint fast unmöglich, für einen so großen Mann. Paradox. Aber während seine Hände über meine Hüften gleiten und mich zwischen den Beinen waschen, gebe ich schließlich auf und lehne mich komplett gegen ihn. Ich verwandle mich zu Wachs in seinen Händen. Ich kann nicht *nicht*.

Und es scheint, als könnte er spüren, dass ich mich ergebe, genauso, wie er vorhin meine Spannung gespürt hat. Eine Hand bleibt dort und die andere findet den Weg in meine nassen Haare an meinem Nacken. Und dann küsst er mich hinter meinem Ohr. Ich kann nicht anders, als aufgrund seiner Berührungen zu erschauern.

„Du bist so schön. Ich glaube nicht, dass du weißt, wie wunderschön du bist. Wie wertvoll. Wenn ich dich anfasse, kann ich nur daran denken ..."

Ich drehe mich in seinem Arm um und lege einen Finger auf seine Lippen. „Hör auf." Ich schüttle den Kopf, um meinen Worten Nachdruck zu verleihen. „Hör auf zu reden."

Ein entschlossenes Glitzern wird in seinen Augen sichtbar und mir wird klar, dass er streiten möchte, also bringe ich ihn auf dem besten Weg, den ich kenne, zum Schweigen.

Ich küsse ihn. Als seine Lippen meine empfangen, weiß ich nicht mehr, ob es nur ein Kuss ist, der ihn zum Schweigen bringen soll. Gott, das hier ist, was ich die ganze Zeit wollte. Seit ich ihn in der Tür zum Bad stehen sah und mir klar wurde, dass er überhaupt nicht gegangen war.

Er hat mich nicht benutzt und dann fallen gelassen. Vielleicht macht er es noch. Nein, streichen wir das ... wahrscheinlich wird er das. Aber in diesem Moment, heute, jetzt, will er mich.

Also küsse ich ihn. Ich lege die Arme um seinen Nacken und Küsse ihn mit all der Verwirrung und Leichtigkeit und Lust, die seine Anwesenheit in mir hervorruft. Er küsst mich zurück, aber nur einen Moment lang, bevor er mich hochhebt und mit aus dem Whirlpool hebt.

Ich versuche mich von ihm zu lösen, sodass ich alleine stehen kann und ihn nicht aus dem Gleichgewicht bringe, wenn er die Stufe hinunter tritt. Genauso wie gestern Abend hält er mich allerdings einfach mit einer Hand unter meinen Schenkeln.

Ob er weiß, wie unglaublich sexy seine Kraft ist? Ich wickle meine Beine um ihn und halte mich mit meinen Armen noch fester. Meine Brust tut weh, denn trotz all dem Schwachsinn, den ich mir selbst erzähle, weiß ich, dass das hier ist, was ich wirklich will ... so eng um ihn geschlungen sein, einfach nur so bleiben und ihn niemals loslassen. Es ist beängstigend und ich möchte, dass er mich absetzt, damit ich davon laufen kann, aber aus irgendeinem Grund verstärkt sich mein Griff nur noch.

Er hört nicht auf, mich zu küssen, während er mich aus dem Whirlpool trägt und eine Hand das kleine Geländer ergreift, damit wir die Balance halten. Sobald wir auf der flauschigen Badezimmermatte stehen, trägt er mich zurück ins Schlafzimmer.

Die Hand unter meinen Schenkeln ist so positioniert, dass er Zugang zu meinem Intimbereich hat und er streichelt mich, bevor wir überhaupt das Bett erreichen. Ich bin schon so gereizt, dass ich nicht weiß, ob ich kurz davor stehe zu explodieren oder überhaupt gar nicht schon wieder bereit bin.

Jackson legt mich auf die Matratze und als sein Körper auf meinen trifft, durchfahren mich Impulse, die mich fast wieder zum Orgasmus bringen. Verdammt, dieser Mann ist ein Zauberer.

Jackson nimmt seine Lippen nur von meinen, damit sie einen Pfad an mir hinab beschreiten können. Ich wimmere immer wieder aufgrund all der Gefühle, die gleichzeitig über mich hineinbrechen. Oh Gott, ich bin kurz davor.

An meinen Brüsten hält er inne, saugt an jedem meiner schmerzenden Nippel, bis ich mich unter ihm winde. Als er wieder zu mir hochkommt, küsst er mich so tief, dass ich den Druck zwischen meinen Beinen erwarte. Aber während ich seinen harten Schwanz an meinem Schenkel fühle, versucht er nicht, in mich einzudringen. Ich bin wieder genau am Abgrund. So nah. Aber doch noch nicht bereit.

Er küsst mich einfach weiter mit tiefen, erfahrenen Zungenstößen. Es macht mich verrückt. Wieso nimmt er sich plötzlich so viel Zeit, wenn ich so geil bin und ihn brauche?

Ungeduldig lasse ich meine Hand zwischen unsere Körper gleiten und ergreife seinen Schwanz, will ihn in Position bringen, damit er in mich eindringen kann. Aber Jackson ergreift mein Handgelenk und zieht meinen Arm hoch. Es ist ihm ein Leichtes auch mein anderes Handgelenk zu umfassen, sodass beide Hände über meinem Kopf fixiert sind. Seine Küsse werden noch kräftiger und die pochende Länge an meinem Bein noch deutlicher. Ich stöhne unter ihm. Wieso quält er uns beide so?

„Jackson", wimmere ich zwischen Küssen.

Sein Schwanz zuckt und der Druck auf meine Handgelenke verstärkt sich. „Sag es noch mal", befiehlt er.

Zunächst bin ich verwirrt. Ich bin im Sexrausch. Was habe ich überhaupt gesagt?

„Meinen Namen", stellt er klar, so als hätte er meine unausgesprochene Frage gehört. „Sag meinen Namen."

„Jackson", sage ich wieder und drücke meinen Venushügel gegen ihn, während ich meine Beine um seine Taille wickle. Ich bin verzweifelt, ich will ihn und in diesem Moment ist es mir nicht peinlich. „Jackson, ich brauche dich. Jetzt."

Er küsst mich einen Moment lang so hart, dass ich fast keine Luft bekomme, aber ich will ihn. Ich erwidere seinen Kuss mit ebenso viel Verlangen.

Der pulsierende Rhythmus zwischen meinen Beinen ist fast richtig.

Nur ein bisschen mehr ... Wenn er mich genau da anfassen würde ...

Aber jedes Mal, wenn ich versuche, mich richtig gegen ihn zu positionieren, auch wenn es nur sein Schenkel ist, entzieht er sich mir. Er verweigert sich mir absichtlich, der Bastard.

Als ich vor Frustration aufheule, lacht Jackson leise. Verdammter Bastard. Ich bin kurz davor, ihm in die Zunge zu beißen, als er mich loslässt. Ich stöhne, besonders, weil er immer noch meine Handgelenke fixiert. Er hält mich einfach fest, während er in die Schublade seines Nachttischs greift.

Was, jetzt sucht er ein Kondom, obwohl er eben im Whirlpool in mir gekommen ist? Ugh, fein, wenn es das ist, wieso er sich zurückhält, soll er sich ein Gummi überziehen und dann seinen wunderbaren Schwanz wieder in mich hineinstecken.

Was in …? Er hält kein Kondom in der Hand.

„Was zur Hölle ist das?“ Die Frage kommt atemlos heraus, als ich das schmale, metallische, tubenartige Ding betrachte, das er aus dem Nachttisch geholt hat. Es hat einen Durchmesser von etwa zweieinhalb Zentimetern und ist etwa 20 Zentimeter lang mit einer runden Spitze und einem kleinen Schalter am anderen Ende.

Jackson drückt auf den Schalter und es fängt an, zu vibrieren. Aha. Nun, das beantwortet eine meiner Fragen, auch wenn ich noch nie einen solchen Vibrator gesehen habe. Nicht, dass ich tatsächlich viele gesehen hätte. Ich hatte ein paar Freundinnen, die auf ihre kleinen, batteriebetriebenen Freunde geschworen haben, aber es war mir immer zu peinlich, selbst einen zu haben.

„Aufmachen“, befielt her und bringt das zylinderförmige Objekt in die Nähe meines Mundes. Mein Einspruch erstickt auf meiner Zunge und aus irgendeinem Grund tue ich, was er mir sagt. Ich öffne den Mund und er schiebt die runde Spitze hinein. Meine Lippen schließen sich darum, bis ich daran sauge, wie an einem Wassereis. Jacksons Augen leuchten auf und meine Vagina zieht sich zusammen. Er schiebt das Spielzeug immer wieder in meinen Mund und zieht es heraus und ich kann fühlen, wie die Feuchtigkeit aus meiner Scheide rinnt.

Jacksons Augen springen zwischen den meinen und meinem Mund hin und her. Gott, ich kann nicht glauben, dass ich das hier vor ihm mache. Ich habe noch nie etwas so … Schmutziges getan. Gleichzeitig kann ich nicht bestreiten, wie geil es ist. Ich kann mich nicht ganz so verhalten, wie mein innerer Pornostar es will und das Teil in meinen Rachen gleiten lassen oder daran lecken, als sei es mein Lieblings-Leckerli. Ich nehme einfach das, was Jackson mir gibt, während meine Augen auf ihm ruhen und auf Hinweise warten. Aber er scheint schon zufrieden mit dem, was wir hier machen.

„Genau so, Baby", sagt er mit tiefer Stimme. „So ist es gut, saug daran."

Also mache ich es. Ich sauge daran, so als würde ich mir vorstellen, es sei sein Schwanz und ich werde noch feuchter.

Gerade, als ich wirklich in Fahrt bin, zieht er das Spielzeug heraus. Dann, mit einer Hand auf meiner Hüfte, dreht er mich grob um, sodass ich auf meinem Bauch liege. In der nächsten Sekunde zieht er wieder an mir, sodass ich auf meinen Händen und Knien bin und mein Hintern in die Luft ragt. Er ergreift meinen Hintern und massiert die Backen. Er ist nicht so sanft und oh ... wow, das ... ist unglaublich.

Ich vergrabe meinen Kopf im Kissen. Er massiert weiter meinen Hintern, so als wären wir bei einer Tiefenmassage. Er zieht die Backen weit auseinander und ich fühle, dass er den Kopf senkt ...

Da.

Ich springe aufgrund des Schocks, den ich spüre, als seine Zunge meinen Hintereingang berührt, fast vom Bett. Oh Gott. Kleine Blitze der Lust durchfahren meinen Venushügel bei der Berührung. Ich kann nicht glauben ... ich meine, niemals hat jemand zuvor ...

Seine Daumen drücken hinein und er zieht das Gebiet noch weiter auseinander. Ich höre ein Geräusch und ... Hat er gerade ...? Ich blicke entsetzt über meine Schulter.

Ja, er hat mich gerade angespuckt. Da unten. Er reibt die Spucke mit seinen Daumen in mein Loch und nutzt die Feuchtigkeit, um einen Daumen hineinzuschieben. Meine Augen weiten sich und ich schwöre, das Gefühl schnürt mir einen Moment lang die Luft ab. Ich habe nicht die Möglichkeit überhaupt herauszufinden, was ich von all dem halte, denn im nächsten Augenblick drückt Jackson das kegelstumpfförmige Spielzeug in meine Scheide.

„So ist es richtig, werde schön feucht für mich", sagt er mit einem angespannten Flüstern, während seine Augen auf diesen Teil meines Körpers fokussiert sind.

Es ist mir zu peinlich, ihm weiter zuzusehen, also drücke ich den Kopf wieder in das Kissen. Ich sollte ihn bitten, aufzuhören. Da ist der Gedanke wieder, dass all das hier ... zu viel ist. Es ist zu intim, viel zu schnell. Aber das, was er mit mir macht, Gott, ich habe sowas noch nie zuvor gefühlt ...

Jackson zieht den Zylinder aus meiner tropfenden Scheide und der Daumen gleitet aus meinem Hintern hinaus. Ich atme aus, nur um den Atem wieder anzuhalten, als ich spüre, wie das metallene Spielzeug seinen Platz einnimmt.

Mein ganzer Körper zuckt bei diesem Versuch des Eindringens zusammen. Ich hätte es kommen sehen sollen, als sein Daumen anfing, dort mit mir zu spielen. Natürlich war es das, worauf all das hier abzielte.

Aber das kann nicht sein. Er möchte mir das Teil in den Arsch stecken? Ich schüttle meinen Kopf und versuche mich wegzubewegen, aber Jackson legt einen starken Arm um meine Taille und hält mich fest.

„Psst, Baby, vertrau mir. Das hier wird sich so gut anfühlen. Vertrau mir." Er drückt das Gesicht gegen meine Hüfte und flüstert immer weiter in diesem leisen, hypnotisierenden Tonfall. Auch wenn ich es nicht will, kann ich nicht anders, als meine Versuche aufzugeben und dort zu bleiben.

„Genau so, meine Wunderschöne." Eine Hand gleitet langsam meine Wirbelsäule hinunter. Seine Hand umrundet meine Hüfte und legt sich dann auf den Bereich zwischen meinen Beinen. Ich fühle seinen warmen Atem und dann platziert er Küsse überall auf meinem Hintern. Manchmal kommen seine Zähne zum Einsatz und er knabbert an mir.

Und, auch wenn ich jedes Mal zusammenzucken, versuche ich nicht wieder, davonzukommen. Als ich diesmal das Spielzeug an meinem Hintereingang fühle, bleibe ich da, wo ich bin.

„Genau so, Baby. Du machst das so gut. Du warst noch nie schöner. Du bist so stark. Entspann dich, Baby. Entspann dich für mich." Der Arm, der bisher um meine Taille geschlungen lag, gleitet zwischen meine Beine und fängt an, meinen Kitzler zu liebkosen.

Ich drücke meinen Kopf aufgrund der unterschiedlichen Gefühle, die über mich hereinbrechen, in das Kissen. Es fühlt sich alles ungewohnt und wunderbar und fremd und geil an. So verdammt geil. Die Spitze an meinem Arschloch ist entschlossen, aber Jacksons Finger, die mich so erfahren bearbeiten, bringen meinen Körper dazu, sich zu entspannen, sodass die Spitze des Zylinders hinter den ersten Ring aus Muskeln gleiten kann.

Ich atme ein, als er hineingleitet und Jackson macht ein Geräusch, was ich nur als männlichen Triumph bezeichnen kann.

„Gott im Himmel, ich muss mich echt zusammenreißen." Es hört sich an, wie eine schmerzhafte Erkenntnis.

Gut. Meine sind also nicht die einzigen Barrieren, die durch diesen unglaublichen Einlass ins Wanken kommen.

Als ich Jacksons Hand spüre, die sich in meinen Haaren zur Faust ballt und meinen Kopf zurückzieht, sodass ich ihn über die Schulter ansehen muss, grinse ich ihn an. Sein Gesicht ist eine Mischung aus Lust und Verwirrung.

Es ist das erste Mal, seit ich ihn kenne, dass ich das Gefühl habe, auch nur das kleinste bisschen Kontrolle über eine Situation zu haben. Ich habe nicht vor, diese zu verlieren. In diesem Moment hat er meine Hände nicht fixiert und das nutze ich zu meinem Vorteil.

Ich greife zwischen uns und lege meine Hände um seinen Schwanz, den ich dann einfach in mich führe.

Er lässt ein schmerzhaftes Stöhnen entweichen, aber diesmal weicht er nicht zurück. Nein, er drückt sich ganz hinein und sein Körper fällt nach vorne, sodass er meinen gesamten Rücken bedeckt. Ich bin komplett von ihm umrahmt und ich liebe es.

Mit seinem Schwanz in mir und dem Spielzeug in meinem Hintern, fühle ich mich so voll, wie noch nie zu vor.

„Du magst das, oder? Du magst es, wenn mein Schwanz in dich rammt, wenn ich deinen Hintern so vollgestopft habe?"

Seine dreckigen Worte lassen mich noch geiler werden.

„Ja", schaffe ich es zu sagen. Es ist ein Flüstern, aber das reicht ihm anscheinend nicht.

„Ich kann dich nicht hören", seine Stimme scheint fast drohend, während er meine Hüfte ergreift und mit starken, heftigen Stößen einen Rhythmus beginnt. „Du liebst es, zeitgleich Arsch und Fotze gefüllt zu bekommen?" Das Geräusch von Fleisch auf Fleisch, jedes Mal, wenn er in mich stößt, füllt den Raum.

Einige Sekunden lang kann ich nur vor Lust stöhnen. Meine Augen schließen sich und das gesamte Universum scheint stillzustehen, mit Jacksons Körper über meinem, der so vollgestopft ist, dass es keinen Raum für irgendeinen anderen Gedanken zu geben scheint, nur das Gefühl, dass ich kurz davor bin, vor Gefühlen zu explodieren. Es ist Lust mit einem kleinen bisschen Schmerz und viel zu vielen anderen Gefühlen, mit denen ich mich jetzt nicht auseinandersetzen kann.

Aber dann zieht Jackson ihn heraus und schwebt schnell atmend hinter mir. Wir schwitzen beide und ich finde den Weg zurück in die Gegenwart. „Ich denke, du magst es nicht, also höre ich besser auf", knurrt er.

„Nein", rufe ich entsetzt. Ich blicke über meine Schulter, sodass ich ihm in die Augen schauen kann. „Ich liebe es. Ich will es. Bitte."

Ich greife erneut nach ihm, denn ich brauche ihn in mir.

Ein dunkles Lächeln breitet sich in seinem Gesicht aus, während er sich über seine sündigen Lippen leckt.

„Und was liebst du, Baby?" Er kommt wieder auf mich zu, sodass sein Schwanz leicht gegen meine Lippen im Zentrum gleitet. Ich erschauere.

„Ich liebe es, vollgestopft zu werden", flüstere ich.

„Lauter", befiehlt er.

Ich werde rot, aber in diesem Moment würde ich alles tun, nur damit er wieder in mir ist. Mein Körper zieht sich um das Spielzeug in meinem Hintereingang zusammen und alleine das Gefühl schickt alle möglichen Empfindungen durch meinen Körper. Gleichzeitig fühle ich mich einfach nur leer an dem Platz, an dem ich Jackson brauche.

„Ich liebe es, wenn mein Arsch voll ist und dein Schwanz mich füllt", sage ich.

Sein Penis berührt mich und die Spitze gleitet wieder in mich hinein. „Lauter."

Ich stöhne und versuche mich so zu manövrieren, dass wieder mehr von ihm in mir ist, aber er bewegt sich mit mir und verweigert mir das Gefühl, nach dem ich mich so sehne. Ich werfe ihm einen bösen Blick zu, gebe aber zeitgleich nach und rufe: „Ich liebe es, wenn du meinen Arsch und meine Fotze füllst!"

Bevor das letzte Wort überhaupt über meine Lippen geglitten ist, rammt Jackson wieder seine ganze Länge in mich. Er zieht ihn raus, haut ihn wieder rein, immer wieder, wie ein geiler Bulle. Ich bin noch nie so animalisch genommen worden. Dass mein Hintern so voll ist, trägt dem nur weiter bei und lässt Jacksons Schwanz doppelt so dick wirken, während er sich in mich hineinrammt.

Und seine Worte. Sie reißen nie ab. „Genau so, Baby. Du bist mein wunderschönes, schmutziges Mädchen. Nur für mich so dreckig. So wunderschön. Eines Tages werde ich deinen wunderschönen Hintern nehmen."

Ein paar weiteren harten Stößen folgt: „So geil, so unglaublich eng."

Dann erreichen seine Hand und sein Finger meinen Kitzler und ich verliere die Kontrolle.

Mein Orgasmus ist wie eine Explosion, weil ich so lange kurz davor stand. Jackson wird es aber nicht bei nur einem belassen. Er reibt mich durch den ersten weiter und bringt mich direkt nochmal zum Kommen. Tränen laufen meine Wangen hinab, als er mich das dritte Mal zum Orgasmus bringt, wobei der vielleicht nur eine Verlängerung des zweiten ist.

Mir ist nicht mal klar, dass ich die Geräusche mache, bis Jacksons Stöhnen sich meinem angleicht. Er ruft Kraftausdrücke, während er noch heftiger als vorher in mich hinein stößt. Ich beiße in das Kissen und wünsche mir, es wäre sein Fleisch. Ich möchte ihn beißen, so in ihn eindringen, wie es sich anfühlt, denn ich glaube, er zerreißt mich.

Als wir endlich fertig sind und er neben mir aufs Bett fällt, zieht er meinen Körper an seinen. Seine schiere Größe umrahmt mich komplett, auch von hinten, und sein Arm liegt über meiner Taille. Ich lächle, nehme seine Hand und vereine unsere Finger. Dann sehe ich, dass ich überall auf seiner Hand und seinem Unterarm Kratzspuren hinterlassen habe, schließlich war das der einzige Teil seines Körpers, den ich erreichen konnte. Anstatt dass es mir peinlich ist, spüre ich plötzlich primitive Befriedigung, weil auch ich Spuren hinterlassen habe.

Meiner. Ich habe meine Spuren hinterlassen.

Ich küsse seine Knöchel und er fasst mich fester, dann legt sich eines seiner langen, schweren Beine über meine. So als würde er mich einsperren.

Mir ist es egal. Ich kuschle mich an ihn und konzentriere mich ganz auf seinen warmen Atem auf meiner Schulter. Innerhalb von dreißig Sekunden ist sein Atem bereits gleichmäßig und er beginnt leise zu schnarchen.

Ich kichere. Ich kann nicht anders. Das können wirklich nur Männer. Er hat mich gerade so hart gefickt, wie niemand zuvor und ich habe noch immer einen Dildo in meinem Hintern ... aber er schläft innerhalb von nicht einmal zwei Minuten einfach ein. Ich schüttle den Kopf und fasse zwischen meine Beine. Ich muss mich ganz schön dehnen, aber ich schaffe es, das Spielzeug zu ergreifen und es herauszuziehen. Es gleitet mit einem *Plopp* aus mir heraus. Ich bin zu fertig, als dass mir das peinlich wäre. Ich lege das Spielzeug auf die Seite des Bettes und kuschle mich dann in Jacksons Arme.

Es scheint nicht, als würde er mich zeitnah loslassen und in diesem Moment gibt es sowieso keinen Ort, an dem ich lieber wäre.

KAPITEL 14

„Mama, mach eins, zwei, drei!" Charlie zieht an meiner Hand. Ich blicke zu Shannon hinüber und sehe, wie er auch ihre Hand ergreift. Sie nimmt sie.

Es ist mir egal, wie voll der Gehweg im Zoo ist, ich liebe es, Charlie lachen zu hören.

„Eins, zwei, drei", zähle ich und dann schaukeln Shannon und ich Charlie zwischen uns in die Luft, die Beine ganz hoch. Charlies Lachen füllt die Luft und ich lache ebenfalls. Das funktioniert immer.

„Nochmal!"

Ich bin ihm einen Schritt voraus. Genau in dem Moment, in dem seine Füße den Boden berühren, zähle ich schon wieder. Shannon macht mit und als ich zu ihr hinüberblicke, sehe ich, dass auch sie grinst. Zum ersten Mal seit langer Zeit scheint sie entspannt zu sein.

Sie war nicht mal über meine überraschende Pyjamaparty mit Jackson wütend, als ich heute Morgen nach Hause kam. Und als ich ihr vorschlug mit mir und Charlie in den Zoo zu gehen, schob sie nicht wie sonst ihre Arbeit vor. Ja, sie kümmert sich während des

Tages um Charlie, aber sie verbringt nur selten wirklich Zeit mit ihm, wenn es nicht um den gewöhnlichen Tagesablauf geht.

Wir schaukeln Charlie noch ein paar Mal hin und her, bevor meine Arme müde werden.

„Nochmal!", verlangt Charlie.

Ich beuge mich hinunter und kitzle seinen Bauch. „Sorry, Mama ist ein Schwächling. Ich brauche eine Pause." Ich küsse ihn auf die Stirn. „Oh, schau dir die große Schildkröte an."

Ablenkung: das beste Hilfsmittel aller Mütter.

Charlie schaut in die Richtung, in die ich deute und sein Gesicht erhellt sich. „Schildkröte!" Das Wort hört sich eher an, wie „Chill-Kröde". So niedlich. Ich bin noch immer darauf fokussiert, wie niedlich mein Sohn ist, als sein kleiner Körper sich in die Richtung katapultiert und seine kleine Hand reißt sich fast von meiner los, so schnell will er hin. Ich stolpere ihm hinterher, während wir uns einen Weg durch die Massen der anderen Kinder und Eltern bahnen, um näher an den Zaun zu kommen, der uns von den großen Schildkröten trennt.

„Was für eine große Schildkröte", sage ich und Charlie sieht mich mit dem abwertenden Blick an, den besonders kleine Kinder für ihre Eltern reservieren, wenn diese sich als unwissend erweisen.

„Chill-kröde, Mama. Dora sagt Chill-kröden sind groß und laufen auf dem Boden, nicht alle sind im Wasser."

„Auch", sagt Shannon neben mir. „Ich glaube, dein Zweieinhalbjähriger ist nicht ganz mit deiner Aussprache zufrieden."

Ich stoße meinen Ellenbogen leicht in sie und sie lacht. Ich tue so, als würde mich das aus dem Tritt bringen, aber in Wirklichkeit ist es einfach so schön, sie so an meiner Seite zu haben.

Charlie ist von den Schildkröten fasziniert, also müssen wir eine Zeit lang verweilen.

„Es ist ein so schöner Tag", lamentiert Shannon.

Ich drehe mich zu ihr um. „Okay, ernsthaft. Was ist los mit dir?"

„Was?"

Ich ziehe die Augenbrauen zusammen und will wissen, ob das ihr Ernst ist.

„Nichts ist los", sagt sie und weicht meinem Blick aus.

Wow, noch offensichtlicher hätte sie es ja nicht machen können, dass sie etwas verheimlicht.

„Oh mein Gott, ist es ein Mann?", frage ich und werde aufgeregt. „Hast du jemanden kennengelernt?"

„Oh, schau", sagt Shannon laut. „Charlie hat keine Lust mehr auf die Schildkröten. Sollen wir auf den Spielplatz gehen, Kleiner?"

Charlie fängt an zu hüpfen.

„Glaub bloß nicht, dass du mir so einfach davonkommst", knurre ich Shannon zu, während Charlie versucht vor uns her zu rennen und unsere Arme hinter sich her zieht, damit wir uns beeilen.

„Okay, okay, Freundchen, warte auf uns", lache ich und laufe ein bisschen schneller. Und ich hatte mich gefragt, ob wir nicht besser den Buggy mitnehmen. Auch wenn ich weiß, dass all diese überflüssige Energie irgendwann aufgebraucht sein wird und wir plötzlich einen kleinen übermüdeten Jungen an unserer Seite haben werden, hat er einfach zu viel Spaß, um jetzt darüber nachzudenken.

„Ich wette, du überdenkst jetzt nochmal die ganze Kind-an-der-Leine-Sache", scherzt Shannon und ich werfe ihr einen bösen Blick zu.

Genau in dem Moment, als sie es sagt, sehen wir ein Kind in Charlies Alter, was genau so ein unglaubliches Gerät trägt. Die Leine ist straff, während das Kind vor seinem gestresst wirkenden Vater, der das Ende der Leine einige Male um seine Hand gewickelt hat, tobt.

„Oh mein Gott, nein. Einfach nur nein", sage ich schließlich und lache. „Ich schwöre, als ich diese Dinger das erste Mal gesehen habe, stand ich hinter einer Theke und habe einfach eine Frau mit Leine gesehen. Ich beugte mich hinüber, um zu sehen, was für einen Hund sie hat und stattdessen ist da ein *Kind*! Ich dachte, was ist das denn für eine ... Scheibenkleisterei."

„Ausdrücke." Shannon sieht mich skeptisch an.

Ich verdrehe die Augen im Kopf. Hat sie nicht gehört, dass ich mich selbst zensiert habe? Ich versuche, nie in Charlies Nähe zu fluchen.

Es ist viel zu voll, um sich in den Schlangen tatsächlich zu unterhalten. Erst, als wir Charlie sicher in das Karussell mit Marienkäfern gesetzt und den Gurt angelegt haben, kann ich wieder mit Shannon reden.

Wir stellen uns zu den anderen Eltern. Ich hole mein Handy heraus und mache ein paar Fotos von Charlie, der das kleine Steuerrad in seinem Marienkäfer-Auto enthusiastisch hin und her dreht und dabei auf seinem Sitz auf und ab wippt, während das Karussell sich langsam in Bewegung setzt. Seine besondere Art zu lachen erfüllt mich mit Wärme, als ich das perfekte Foto von seinem strahlenden Gesicht mache, während der Wind durch seine dunklen Locken fährt.

„Also, ist es ein Mann?“, frage ich meine Schwester. Ich gebe nicht so einfach auf. „Ist das der Grund, warum du heute so gut gelaunt bist?“

Sie atmet hörbar neben mir aus. „Wenn wir über Männer reden, bist du die, die etwas zu erzählen hat. Das, was ich gestern von dem Mann gesehen habe, mochte ich. Und auch, als ich am Telefon mit ihm sprach, als er angerufen hat, war er nett.“

Ich werfe ihr einen Blick zu, um sicher zu gehen, dass sie sich nicht über mich lustig macht, aber sie sieht tatsächlich aufrichtig aus. Trotzdem frage ich: „Veräppelst du mich?“ Ja, veräppelst. Charlie kann uns zwar gerade, während er im Karussell ist, nicht hören, aber um uns herum sind viele andere Kinder.

Shannon zieht die Augen zusammen. „Wieso? Kann ich an deinem Liebesleben nicht interessiert sein?“

Ich ziehe eine Augenbraue hoch. „Wahrscheinlich um mir zu sagen, dass ich es falsch angehe, klar.“

Sie schüttelt den Kopf. „Sei nicht so kindisch, Callie. Mr. Vale hört sich nach einem netten Mann an. Respektabel.“

Vor meinem inneren Auge taucht er auf, wie er mich in der Limo über sein Knie legt. Ja, ich bezweifle, dass sie das sagen würde, wenn sie die Details der letzten Nacht kennen würde. Ich grinse innerlich und sie spricht weiter.

„Er hat einen guten Job", fährt sie fort. „Er ist ein Kollege, aber arbeitete nicht im gleichen Büro, also kannst du einigen Komplikationen ausweichen ..."

„Er möchte, dass ich für ihn arbeite", unterbreche ich sie.

Ihr Ausdruck verändert sich auf der Stelle. „Du musst immer alles komplizierter machen, oder?" Sie schaut Charlie zu, wie er immer im Kreis fährt und dieser Ausdruck ist wieder auf ihrem Gesicht. Der, den sie normalerweise hat, wenn ich in ihrer Nähe bin. Ernüchterung gemischt mit Enttäuschung.

Einen Moment lang sage ich nichts. Gott, es war dumm ihr zu erzählen, dass er mir einen Job angeboten hat. Wir kamen doch endlich einmal gut miteinander aus. So, als wären wir ganz normale Schwestern. Und dann musste ich es einfach versauen.

Aber nein, das ist Schwachsinn. Ich sollte nicht den Frieden bewahren, indem ich Geheimnisse vor ihr habe. Ich habe genug von dem Quatsch.

„Shannon, kannst du das einfach lassen?", frage ich stattdessen und berühre ihren Arm, damit sie mich ansieht. „Ich weiß, dass ich in der Vergangenheit Fehler gemacht habe. Viele Fehler, okay? Aber Bereuen bringt niemandem irgendwas. Ich kann nicht zurückgehen und etwas anders machen. Und selbst wenn, würde ich es nicht", füge ich entschlossen hinzu. „Dank ihnen habe ich Charlie."

„Aber das heißt nicht, dass du nicht aus ihnen lernen und alte Gewohnheiten ablegen solltest", sagt Shannon mit Funken sprühenden Augen.

„Das weiß ich ..." Ich sehe ihr in die Augen. „... und das tue ich. Selbst in den letzten paar Monaten. Glaub mir." Ich schüttele den Kopf und denke daran, wie naiv ich war, als ich in Bryce Gentrys Büro trat und sein Angebot, das direkt vom Teufel selbst kam, angenommen habe. Ich dachte damals wirklich, dass das die einzige

Möglichkeit aus meiner misslichen Lage herauszukommen gewesen wäre.

Was tue ich, wenn ich ein Problem habe, was für mich unlösbar erscheint? Ich lasse einen Mann meinen Körper benutzen ... das ist immer meine erste Wahl. Ich gehe immer davon aus, dass mein Körper meinen Wert bestimmt. Das ist schließlich das, was mir beigebracht wurde. Das Mädchen, was an Schönheitswettbewerben teilnahm, dann als Teenager missbraucht wurde und schließlich in ihrem ersten Jahr am echten College von ihrem Professor ausgenutzt wurde. Dann Bryce.

Gott, wieso habe ich das Muster vorher nicht erkannt? „Ich lerne dazu“, sage ich nochmals, diesmal leiser. „Ich bin jetzt anders.“ Je häufiger ich es sage, desto leichter wird es, es zu glauben, oder nicht? „Zwischen mir und Jackson ist es anders.“

„Nur, wenn du es nicht von Neuem machst. Noch arbeitest du nicht für ihn.“

Ich halte inne, bevor ich etwas entgegne. Hat sie recht? Ich zwinge mich, wirklich darüber nachzudenken. Ich habe ihr gerade gesagt, dass ich aus meinen Fehlern lerne, aber wieso ist es mit Jackson anders? Mir selbst wird erst jetzt klar, wie ich von einem Mann mit Machtanspruch über mich zu David und dann zu Bryce gegangen bin. Ist Jackson wirklich so anders? Ich habe ihm meine Zweifel über seine Absichten direkt an den Kopf geworfen, aber alle seine Antworten schienen aufrichtig, trotzdem bin ich nicht mehr das naive Mädchen, das ich einst war.

Männer lügen, um zu bekommen, was sie wollen.

Heute Morgen, bevor ich kurz vor Mittag nach Hause kam, habe ich geduscht. Aber ich kann schwören, dass ich immer noch Jacksons Hand auf meiner Wange spüren kann, die er gestreichelt hat, als er mir auf seiner großen, von Säulen umrahmten Terrasse, auf Wiedersehen gesagt hat. Er hat mich zurückgehalten, bevor ich zu dem Fahrer in der Limousine, die mich nach Hause bringen sollte, gehen konnte.

„Ich möchte am Montag mit im Gerichtssaal sein", hatte er gesagt.

Mir war die Kinnlade heruntergefallen. Der einzige Grund, wieso er überhaupt davon wusste, war gewesen, dass er verlangt hatte, dass ich am Montag mit ihm zu Mittag esse und ich ihm hatte erklären müssen, wieso ich da keine Zeit habe.

„Du kennst mich kaum", hatte ich entgegnet. „Du kannst nicht zu meiner Sorgerechtsverhandlung kommen!"

Sein Gesichtsausdruck hatte sich verdunkelt. „Ich denke, wir haben einander sehr schnell, sehr gut kennengelernt." Seine Augen waren schwer, als er seinen Intimbereich gegen meinen drückte. Gott, er war schon wieder hart. Dieser Mann hat eine Ausdauer, wie ein Zuchtbulle.

Ich war ganz ich und wurde natürlich sofort rot. „Das meinte ich nicht."

„Nein?", hatte er mit hochgezogener Augenbraue entgegnet. „Es gibt einen Grund, wieso es eine biblische Art und Weise gibt, jemanden zu kennen. Ich glaube, wir haben uns in den letzten vierundzwanzig Stunden auf die intimste Weise kennengelernt." Er hatte sich zu mir herübergelehnt, sodass seine Worte ein heißes Flüstern an meinem Ohr waren. „Und zumindest ich habe vor, jeden Zentimeter deines Körpers noch genauer kennenzulernen."

Und ich meine, was in Gottes Namen soll ein Mädchen darauf erwidern? Er hat sich dann zurückgelehnt, so als hätte er gewusst, dass ich kurz davor war, auszurasten, einfach weil es zu intim wurde.

Dann, als ich mich endlich zur Limousine umdrehte, erinnerte er mich daran, dass er ein ausführliches Schreiben an mich schicken würde, mit all den Details zu dem Job, den er mir anbieten wollte.

„Das hat nichts mit dem, was zwischen uns passiert zu tun, Callie", erinnerte er mich. „Aber denk bitte darüber nach. Ich kann dich wirklich gut gebrauchen."

Heute Morgen hatte mir das geschmeichelt, doch jetzt sehe ich es in einem anderen Licht. Er könnte mich wirklich einfach *benutzen*. Und was genau würde übrig sein, wenn er damit fertig ist?

Aber Jackson ist nicht so, wirft meine innere Stimme ein.

Woher weißt du das? Wie lange kennst du ihn? Ganze drei Wochen? In denen du ganze sechzehn Stunden mit ihm verbracht hast? Von denen du die Hälfte verschlafen hast.

Aber letzte Nacht ... und dann heute Morgen ... er war so sanft. Hat so viel Rücksicht genommen, während wir Liebe machten. Es war explosiv und intensiv und wir hatten eine so unglaubliche Verbindung ...

Großartig. Jetzt lasse ich mich einfach von gutem Sex blenden.

Er wollte bei der Sorgerechtsverhandlung deines Sohns dabei sein ...

Er hat es als eine Möglichkeit gesehen, mich emotional von ihm abhängig zu machen. Das alles geht viel zu schnell. Wieso? Weil er mich genauso manipulieren möchte, wie alle anderen auch.

Das Marienkäfer-Karussell wird langsamer und hält schließlich an.

„Ich weiß nicht“, sage ich schließlich und reibe mir über die Schläfe. „Vielleicht hast du recht.“ Ich gehe los, um Charlie einzusammeln, allerdings hält Shannons Hand mich zurück.

„Ist das dein Ernst?“

Ich befreie mich aus ihrem Griff. „Sei nicht so überrascht. Schau, das alles ist gerade nicht wichtig. Wir müssen erstmal die Verhandlung am Montag durchstehen. Alles andere können wir danach besprechen.“

Sie nickt und ich sehe, dass ihre Augenbrauen sich vor Sorge zusammenziehen. Sie läuft mit mir zu Charlie hinüber. „Ich habe mit der Meditation gegen Stress angefangen, die mein Doktor mir empfohlen hat“, murmelt sie. „Es war der einzige Weg für mich, die letzte Woche durchzustehen. Ich könnte ausrasten, wenn ich an Montag denke.“

Wir sammeln Charlie ein und können deshalb nicht weiterreden.

„Hey Kleiner!“ Ich öffne den Sicherheitsgurt und hebe einen grinsenden Charlie aus dem Marienkäfer-Auto. Ich setzte ihn auf meine Hüfte.

„Nochmal!“

Ich lache und vergrabe mein Gesicht in seinem Nacken. Der beste Geruch der Welt. Sonnenschein und mein kleiner Junge. „Wir müssen den anderen Jungen und Mädchen in der Schlange auch die Möglichkeit geben, Karussell zu fahren!“

Er reibt seine Augen und ich kann erkennen, dass der aufregende Nachmittag langsam Wirkung zeigt. Ich weiß, dass er sich wahrscheinlich lauthals beschweren und wahrscheinlich sogar weinen wird, also greife ich ein, bevor er dazu die Möglichkeit bekommt, indem ich vorschlage: „Wie wäre es mit einem Eis, um dem Nachmittag die Krone aufzusetzen?“

„Eiscreme!“

Ablenkungsmanöver geglückt.

Er fängt an, auf meiner Hüfte zu wippen und seine starken Muskeln reißen ihn fast aus meinen Armen. „Runter. Runter!“

In Ordnung. Ich schätze, seine Energiereserven sind noch nicht komplett aufgebraucht.

Ich setzte ihn ab und Shannon und ich ergreifen jeweils eine seiner Hände.

In der Nähe der Fahrgeschäfte ist ein kleiner Kiosk, also stehen wir kurze Zeit später in der Schlange für Eis. Charlie umarmt mein Bein und lehnt seinen Kopf gegen mein Knie. Oh. Mein Herz könnte explodieren. Wie in Gottes Namen habe ich es geschafft, einen so wundervollen kleinen Menschen zu machen? Manchmal verschlägt mir das noch immer den Atem, die Vorstellung, dass ich ihn in meinem Bauch hatte und dass er jetzt auf der Welt ist und geht und spricht und jeden Tag etwas erwachsener wird.

Ich lasse meine Finger durch seine dunklen, seidigen Locken gleiten. Als ich zu Shannon hinaufsehe, hat auch sie einen emotionalen Blick, während sie mich und Charlie betrachtet. Was das gleiche Gefühl in mir hervorruft. Sie hat heute zwar einiges gesagt, das ich nicht wirklich hören wollte, aber sie hat nicht unbedingt unrecht. Ich werde nicht mehr Entscheidungen fällen, ohne alle Aspekte in Erwägung zu ziehen. Ich werde meine Vergangenheit nicht mehr meine Zukunft beeinflussen lassen. Ich werde nicht einfach immer wieder in alte Muster verfallen. Ich werde nicht die Art Mädchen sein.

„Also, liegt es am Yoga oder an der Meditation, dass du so gut gelaunt bist?“

Ein leichtes Lächeln liegt auf Shannons Lippen. „Ja, ich habe den Lebensstil des Zens entdeckt!“

Ich nicke beeindruckt. Ich habe es noch nie geschafft, mehr als fünf Minuten am Stück still zu sitzen, wenn ich es mit der Meditation versucht habe.

„Natürlich“, lehnt sie sich zu mir herüber. „Natürlich hilft es, dass Sunil, der Lehrer in meinem Meditationsseminars, zu dem ich im Zen-Center gehe, mich um ein Date heute Abend gebeten hat.“

Ich brauche eine Sekunde, bis ich verstehe, was sie mir sagt, aber dann grinse ich wie ein Honigkuchenpferd. „Super gemacht, Zen-Master.“

„Haha, weit daneben.“ Sie wird ein wenig rot. „Der einzige Grund, wieso wir uns unterhalten haben, war, dass es mir so schwerfiel, meinen Geist zu leeren, selbst während der zehn Minuten Spanne am Ende unseres Kurses. Ich bin nach dem Kurs zu ihm herüber gegangen und habe ihm erzählt, dass mein Arzt mir quasi Meditation verschrieben hat, um mir mit dem Stress zu helfen, aber dass ich nicht glaube, dass das bei mir funktionieren wird.“

„Das hast du nicht!“

Sie nickt beschämt. „Er hat mir angeboten, mir privaten Unterricht zu geben. Ich dachte erst, dass das etwas wäre, was das Center im Programm hat. Nein. Er hat mich bemitleidet.“

„Oder er hat durch deine Leggings gesehen, was für tolle Beine du hast.“

„Halt den Mund“, sagt sie und schlägt mir auf die Schulter. „Das ist es nicht. Er hat gesagt, er kann sehen, wie gestresst ich bin. Ich hatte eine kranke, nebelig-blaue Aura.“

Ich schlage mir die Hand auf den Mund, aber ich kann das Lachen nicht ganz unterdrücken.

Shannon schlägt mir wieder auf die Schulter, diesmal allerdings mit deutlich mehr Kraft.

„Autsch. Tut mir leid, tut mir leid." Ich halte eine Hand in die Luft und schnappe mit der anderen nach Charlie, der in der Zwischenzeit mein Bein losgelassen hat und im Begriff ist, in der Menschenmenge zu verschwinden. „Was heißt es, wenn man eine neblig-blaue Aura hat?"

Shannon rollt die Augen. Ja, so kenne ich sie. Ich kann mir nicht wirklich vorstellen, dass sie an Auren und diesen ganzen New-Age-Schwachsinn glaubt. Sie ist ein logischer Mensch, sie mag Zahlen. Deshalb ist sie so großartig, was Graphic Design angeht. Ihre Entwürfe sind komplex, strukturiert und präzise.

„Angeblich heißt es, dass ich Angst vor der Zukunft habe und nicht gut darin bin, mich selbst auszudrücken."

Meine Augenbrauen ziehen sich hoch. „Vielleicht ist da doch was dran."

Dafür werde ich erneut geschlagen.

„Du bist ein schlechtes Vorbild für Charlie. Charlie", sage ich und blicke zu ihm hinab. „Sag Tante Shannon, ob es okay ist, andere zu schlagen."

Sein ganzer Körper richtet sich nach oben, nicht nur sein Kopf, als er zu uns hochsieht. Wenn Shannon und ich ihn nicht an den Händen halten würden, würde er jetzt auf seinem Hintern sitzen.

„Schlagen ist bööööööseeee", verkündet er.

Ich sehe meine Schwester vorwurfsvoll an und schüttele den Kopf. „Aus dem Mund eines Kleinkinds."

„Jedenfalls", verkündet sie, während sie wieder die Augen rollt, „angeblich kann man durch Meditation positives Denken fördern und wenn ich zeitgleich Giftstoffe und zugesetzten Zucker aus meiner Ernährung streiche, sollte ich mich zeitnah wie eine neue Frau fühlen."

„Und? Funktioniert es?"

„Das sage ich dir, nachdem ich dieses leckere, zuckerhaltige Eis gegessen habe."

Ich lache und mache einen Schritt nach vorne. Wir sind endlich am Ende der Schlange angekommen.

Shannon und Charlie bestellen beide Schokoladeneis und ich Erdbeere. Wir schaffen es, eine leere Bank zu ergattern, als eine Familie aufbricht. Ich esse mein Eis so schnell, dass mein Gehirn zu gefrieren scheint, weil es wirklich lecker ist. In der Zwischenzeit schafft Charlie es, sich komplett mit Schoko-Eis zu bekleckern. Egal, wie oft ich losgehe, um neue Servietten zu holen, es landet immer wieder etwas auf seinem Gesicht. Es bedeckt seine Wangen und läuft sein Kinn hinab und natürlich schafft er es auch, welches in die Haare zu bekommen.

Aber er lacht und genießt den Snack, also ist es letztendlich egal. Mein Gesicht tut, als der Nachmittag sich dem Ende neigt, weh, weil ich so viel lächeln musste.

Mein kleiner Engel mit dem Schokoladengesicht fällt im Uber, das wir uns für den Rückweg gönnen, ein. Ich bin zwischen seinem Kindersitz und Shannon eingequetscht. Sie lehnt sich über mich, blickt Charlie an und lächelt.

„Das hast du gut gemacht“, flüstert sie und drückt kurz meine Hand. Die Anspannung in ihr führt dazu, dass sich ihre Augenbrauen zusammenziehen. „Bist du sicher, dass du und dein Anwalt alles habt, was ihr für Montag braucht?“

Ernsthaft, ich bin beeindruckt, dass sie mich nicht den ganzen Tag deshalb ausgequetscht hat. „Mein Anwalt ist bestens vorbereitet. Ich treffe mich morgen mit ihm, um noch einmal die Strategie zu besprechen, aber in seinen E-Mails und bei unseren Telefonaten hat er gesagt, dass er zuversichtlich ist, dass wir gewinnen. Es scheint unmöglich, dass David das volle Sorgerecht bekommen könnte.“

Sie drückt erneut meine Hand und lehnt dann den Kopf gegen die Kopfstütze, während sie beruhigt ausatmet. „Du machst das gut, Callie.“

Und von meiner Schwester ist das ein wirklich großes Lob.

KAPITEL 15

„Hast du heute Morgen etwas gegessen?“, fragt Don, während wir gemeinsam zum Gerichtsgebäude gehen.

Ich nicke, auch wenn es fast eine Lüge ist. Ernsthaft, ich habe es kaum geschafft, eine Tasse Tee zur Entspannung zu trinken, aber immerhin habe ich dabei auch eine halbe Scheibe Toast heruntergewürgt. Ich war sowieso nicht sonderlich hungrig. Gestern Nachmittag habe ich allerdings quasi aus Stress mein eigenes Gewicht in Bagels und Gebäck verspeist, während der dreistündigen Strategiesitzung in Dons Büro.

Don hat mich daran erinnert, was ich erwarten kann und wie ich reagieren soll ... oder eher, wie ich eben *nicht* reagieren soll. Aber egal, wie schlecht mir ist, ich bin bereit. Verdammt. Auch wenn ich angespannt bin wie die Saiten einer Gitarre, die zu hart gespannt sind. Ich muss die Kontrolle behalten und nicht ausrasten, egal was für Schwachsinn David und Reginas Anwälte mir vorwerfen.

„Vergiss nicht zu atmen“, sagt Don, während er mir auf die Schulter klopft und mir ein Lächeln schenkt, das wahrscheinlich beruhigend sein soll. Obwohl er einen ziemlich schicken Anzug trägt, erinnert er mich, mit seinem verwuschelten, langsam ergrauenden Haar immer an einen Vater aus einer Sitcom. Ich habe ihn allerdings auch schon in seinem Anwaltsmodus gesehen, als er also sagt: „Komm, wir sind bereit. Du weißt, dass sie keine Chance auf das volle Sorgerecht haben. Du bist eine tolle Mutter. Lass nicht zu, dass sie dich glauben lassen, dass das nicht die Wahrheit ist", kann ich etwas entspannen.

Ich kann endlich durchatmen. Ja. Natürlich, er hat recht. Das Gericht ist kein böses Monster. Ich glaube an das Recht, oder nicht? Egal, wie viel sie ihren Anwälten bezahlen, die Fakten geben mir recht. Ich wusste beim letzten Mal nicht, was auf mich zukommt und habe mich überrennen lassen.

Ich beiße die Zähne zusammen. Heute läuft das nicht so. Außerdem habe ich meinen eigenen Wadenbeißer an meiner Seite. Ich nicke Don zu und er lächelt mich wieder an, während er mir die Tür zum Gerichtshaus aufhält.

Das Gericht ist in einem neueren Gebäude untergebracht. Meine Absätze klacken auf den schwarz-weißen Fliesen, als wir eingetreten sind. Don spricht einen Mann in Uniform an, der uns den Weg einen der Flure entlang in einen großen, offenen Raum weist.

„Wir sind in Saal drei", sagt Don.

Ich schlucke und folge ihm. Beim letzten Mal war es nicht wirklich förmlich. Wir trafen uns an einem rundem Tisch im Richterzimmer. Als wir allerdings den Saal betreten, trägt der Richter seine Robe. Es ist der gleiche Richter wie beim ersten Verhandlungstermin. Mist. Ich hasse die Tatsache, dass er bereits Vorurteile über mich gebildet hat, weil ich mich bei der ersten Anhörung so schlecht verkauft habe.

Nein. Denk nicht zu viel darüber nach. Heute ist ein neuer Tag.

Ich versuche mich auf andere Details zu konzentrieren. Der Saal ist nicht groß. Er sieht nicht aus wie einer dieser Säle, die man im Fernsehen sieht, wenn über einen Fall berichtet wird. Weder die Zuschauerreihen, noch der Richtertisch sind verziert. Nein, nur fluoreszierendes Licht über unseren Köpfen und Tische, die in ein großes

Rechteck angeordnet wurden. Aber Don hat mir ja auch gesagt, dass das hier noch nicht das tatsächliche Verfahren ist, dass Fälle vorm Familiengericht es häufig überhaupt nicht bis zu einer Hauptverhandlung schaffen. Nicht einmal zehn Prozent der Fälle. Deshalb wird es Vorverhandlung genannt. Dort werden die Fälle dem Richter vorgestellt und er kann eine Entscheidung fällen.

Bisher sitzt niemand an den langen Seiten des Rechtecks. Am einen Ende sitzen David und seine Frau bereits auf ihren Plätzen. Ich verstecke meine zitternden Hände hinter meinem Rücken. Das Letzte, was die beiden sehen müssen, ist, wie sehr mich all das hier mitnimmt. Dass ich auch nur das kleinste bisschen Angst habe, dass die beiden es tatsächlich schaffen könnten, mir Charlie wegzunehmen.

Innerlich schüttele ich den Kopf. Die Hölle friert ein, bevor ich das zulasse. Ich denke an ihn und Shannon im Park. Sie wollte hier sein, aber keiner von uns konnte sich vorstellen, Charlie heute mit einem uns unbekannten Babysitter alleine zu lassen. Nein, stattdessen hat Shannon einen Tag geplant, an dem die beiden all das machen, was Charlie mag. Zuerst gehen sie in den Park. Dann werden sie ins Kindermuseum gehen, wo es riesige Blöcke aus Schaumstoff gibt, aus denen Charlie gerne ein Schloss baut, was sie dann mit ihren Körpern wieder einreißen. Gott, Charlie lacht immer so laut, wenn er sich gegen die Wände wirft und alles in sich zusammenfällt. Charlie kichert und …

Don streckt seine Hand aus und drückt mich mit sanftem Druck auf meinem Arm vorwärts.

Oh Gott. Mein Baby. Ich kann ihn nicht verlieren.

Ich richte mich auf und laufe dann zu unseren Plätzen neben David und Regina, mit den Anwälten zwischen uns. Ihr Anwalt schafft es allerdings, mich zu mustern und abwertend zu lächeln.

Wahrscheinlich wäre es keine gute Idee ihnen den Mittelfinger zu zeigen.

Nein, halt dich zurück, Cals. Es geht darum, die perfekte Aura zu präsentieren, die ruhig und entspannt ist. Ich setze mich hin und lege den angenehmsten Gesichtsausdruck, den ich kann, auf.

Der Richter sitzt uns teilnahmslos am anderen Ende des Tischgebildes gegenüber. Auch wenn er nicht hinter dem Richtertisch sitzt, macht der Abstand und vor allem seine Robe ihn zu einer Respektsperson.

„Der ehrbare Richter Casey", sagt der Sprecher.

Der Richter nickt und wir fangen an. Die Anwälte streiten sich durch jede Aussage, die gemacht wurde. Dabei gehen wir auch die schriftlichen Aussagen durch, die dem Richter vorher gereicht wurden. In den letzten Wochen habe ich einiges über die Vorgänge hier gelernt. Don und ich haben uns ausführlich über alle „Beweise", die Davids Seite vorbringt, gesprochen und ich muss mich wirklich zusammenreißen, als sie anfangen, all den Schwachsinn vorzutragen, den sie für heute vorbereitet haben.

„Wenn Sie sich Beweisstück Nummer 23 ansehen wollen, Richter Casey", schlägt Davids Anwalt vor. „Dann können Sie sich einen Eindruck von Miss Cruises Drogenkonsum verschaffen."

Nur, weil Don gestern mit mir darüber gesprochen hat, schaffe ich es, nicht aufzustehen und loszubrüllen, was für ein Heuchler David ist. Beweisstück 23 ist ein Bild von mir, auf dem ich Koks von Davids Glastisch ziehe und zwar in einem BH und Slip mit Leopardendruck, die David mir gekauft hat und kaum etwas bedecken. Ein super Eindruck für den Richter.

Das Nächste bringt mich allerdings wirklich an den Rand meiner Kontrolle.

„Mr. Kinnock hat weiterhin Anzeichen gesehen, dass Drogen eine Rolle spielen, als er seinen Sohn für einen seiner wöchentlichen Besuche abholte." Er blickt auf einen Zettel vor ihm. „Geweitete Pupillen. Puderrückstände um ihre Nase. Sie war unruhig und paranoid."

Während er das abliest, werde ich immer aufgebrachter. Als ich gestern all diese „Beweise" gesehen habe, wurde mir schlecht. Ein kleiner Teil von mir konnte überhaupt nicht glauben, dass David ein solches Foto von mir geschossen hat ... und es jetzt nicht nur gegen mich benutzte, sondern auch noch weitere Lügen über mich verbreitete. Und solch *schreckliche* Lügen. Zu sagen, dass ich regelmäßig Drogen nehme und ständig high bin, sollte ja eigentlich reichen, aber dass ich es tun würde, während Charlie im Haus ist? Ich möchte am liebsten über den Tisch hinüber greifen, Davids feingliedriges Gesicht nehmen und es auf den Tisch knallen. Ich will Blut sehen.

„Aufgrund ihres anhaltenden Drogenkonsums", fährt Davids Anwalt fort, „und der möglichen Kindeswohlgefährdung, möchten wir das volle Sorgerecht für Mr. Kinnock beantragen. Mit sofortiger Wirkung." Er setzt sich hin.

Gott sei Dank war ich diesmal darauf vorbereitet. Nur, weil ich wusste, dass all das hier auf mich zukommt, kann ich ruhig an diesem Tisch sitzen und nicht das Gesicht verziehen, als Don aufsteht und für mich Einspruch erhebt.

„Euer Ehren, das Bild, das hier vorliegt, ist mehr als drei Jahre alt und wurde gemacht, bevor meine Mandantin überhaupt schwanger war. Auch wenn meine Mandantin in ihrer Vergangenheit schlechte Entscheidungen gefällt hat, war es, bevor sie eine Mutter war und deshalb haben sie keinerlei Auswirkungen auf unsere gegenwärtige Situation. Und zur Aussage seines Mandanten", mit diesen Worten senkt Don den Kopf und wirft dem Richter einen Blick zu, der eigentlich nur eine Aussage hat: ernsthaft? „Es ist klar, dass hier Aussage gegen Aussage steht. Meine Klientin nimmt keine Drogen. Mr. Kinnocks Anschuldigung der Kindeswohlgefährdung ist dementsprechend komplett unbegründet. Meine Mandantin möchte das gerne beweisen, weshalb sie darauf bestanden hat, einen freiwilligen Drogentest zu machen, damit diese Sache endlich vom Tisch ist."

Ich werfe ein Lächeln in Richtung von Davids Seite des Raums. Der Anwalt der beiden versperrt mir den Blick auf ihn und die Schreckschraube, aber ich kann mir ihre Gesichter vorstellen. Sie waren wahrscheinlich nicht davon ausgegangen, dass ich mich wehren würde, was?

In dem Moment, in dem Don mir gestern die Beweise gezeigt hatte, machte er mir klar, dass sie sich wirklich auf die Drogen fokussiert haben. „Sie werden ihr Bestes geben, es so darzustellen, als wärst du drogensüchtig. Sie haben keine Tatsachen, also werden sie sich darauf stützten. Du hast das Bild gesehen und die Aussage deines Exfreundes. Das zusammen mit der Art und Weise, wie sie es präsentieren …“, er rieb sich über die Schläfe. Wir haben in einem großen Konferenzraum in seinem Büro gesessen und überall um uns herum lagen an dem langen Tisch Papiere. „Es sind natürlich alles fadenscheinige Anschuldigungen.“

Fadenscheinig. Da weiß man wohl, dass man einen guten Anwalt hat. Wenn er Worte benutzt, bei denen man sich nicht ganz sicher ist, was sie eigentlich bedeuten. Ich konnte es allerdings in diesem Moment direkt verstehen. Die Anschuldigungen waren einfach Schwachsinn.

„Aber?“, fragte ich, während ich einen weiteren Muffin in meinen Mund stopfte und unruhig auf die Antwort wartete.

„Aber“, fuhr er fort und sah zeitgleich entschuldigend und nervös aus, „was mir Sorgen macht ist, dass es tatsächlich letztendlich um den menschlichen Faktor gehen wird. Der Richter. Er wird nicht vergessen können, was die beiden ihm da präsentieren. Es ist der gleiche Richter, der auch beim ersten Mal entschieden hat und David das geteilte Sorgerecht zugesprochen hat. Er hat vielleicht nicht vergessen, wie instabil du beim ersten Termin aussahst.“

Das ist mir unangenehm.

„Mach dir keine Sorgen“, hatte Don schnell versucht, mich zu beruhigen. „Die Tatsachen sind auf unserer Seite. Es ist nicht so, als hätten sie Beweise. Nur ein altes Foto und Aussagen von deinem Ex.“

Ich schob den leeren Teller, auf dem zuvor alle möglichen Backwaren gelegen hatten, von mir weg. „Du hast gerade gesagt, dass der Richter nicht vergessen wird, was er zu sehen bekommt.“ Ich schüttele den Kopf und meine Gedanken rasen. Dann setze ich mich aufrecht hin. „Warte, ich weiß es. Ich mache einen Drogentest um zu beweisen, dass das alles Schwachsinn ist."

Don schüttelt direkt den Kopf. „Sie können dich nicht zwingen, einen Drogentest zu machen. Ich habe doch gerade gesagt, dass sie keine Beweise ..."

Ich winkte ab. „Nein, ich meine, ich mache freiwillig einen."

Er schüttelte weiterhin den Kopf. „Es ist nie eine gute Idee etwas zu machen, wozu man nicht vom Richter gezwungen wird."

„Aber das wird es ihnen zeigen. Der Richter kann nicht glauben, dass ich drogensüchtig bin, wenn er die Ergebnisse des Tests vor sich liegen hat." Ich werde immer aufgeregter, während ich darüber nachdenke. „Und es wird zeigen, dass David lügt."

Don hielt noch immer inne, obwohl er aussah, als würde er das Ganze immer noch nicht wollen. Seine Augenbrauen waren zusammengezogen, aber dann atmete er hörbar aus. „Ich schätze, wenn es das ist, was du machen willst ... ich könnte eine Freundin anrufen, die Sozialarbeiterin ist und sie könnte es organisieren. Wir können es sogar morgen beim Gericht machen, damit der Richter sieht, wie ernst es uns ist, wenn du wirklich willst, dass es in die Beweise aufgenommen wird. Und er wird innerhalb einer Woche die Ergebnisse haben."

Ich nicke vehement. „Je schneller, desto besser."

Ich bin jetzt also sehr froh darüber, zu sehen, wie überrascht Davids Anwalt ist, als Don all das erklärt.

„Miss Cruise", spricht der Richter mich direkt an und seine Augen durchbohren mich, wie ein Laser. „ist es richtig, dass Sie freiwillig einen Drogentest machen möchten?"

Ich setze mich aufrechter auf meinen Stuhl und fühle mich, als wäre ich im Büro des Schulleiters. Auch wenn das hier natürlich deutlich ernster ist und es noch nie in meinem Leben wichtiger war, einen guten Eindruck zu machen. Charlies Gesicht erscheint vor meinem inneren Auge und mein Magen zieht sich zusammen. „Ja. Mein Anwalt hat alles arrangiert, sodass wir ihn direkt heute mit einer Sozialarbeiterin machen können, wenn das okay ... ich meine, in Ordnung ist." Ich schlucke und möchte mich selbst dafür treten, dass ich so über die Worte stolpere.

Der Richter nickt und wirft dann wieder einen Blick auf seine Zettel. „Das nächste Beweisstück."

Ich kann endlich wieder atmen. Ich kann noch immer nicht glauben, dass David sich dazu hinablässt, mir einen solchen Vorwurf zu machen. Ich werfe einen Blick hinüber und sehe, wie die Schreckschraube ihm etwas ins Ohr flüstert. Meine Augen verdrehen sich. Oh, richtig, ich habe vergessen, dass er überhaupt nicht mehr selbst denken kann.

Ich erschaudere. Die Frau möchte meinen Sohn, zusammen mit David, dem Betrüger, Lügner und Bastard. Das sind die Leute, die mir meinen lieben Charlie wegnehmen wollen. Nein, das werde ich verdammt nochmal nicht zulassen.

Ich sehe wieder zum Richter hinüber, während ihr Anwalt ihm die nächsten Beweise vorlegt, über meinen kurzen Aufenthalt im Gefängnis und die Stalking-Anschuldigungen.

Obwohl ich mir fest vorgenommen habe, cool zu bleiben, werde ich rot. Ich hasse es, wie überzeugend ihr Anwalt das Bild einer instabilen Frau zeichnet. Stalking. Komplett von den Socken zündet sie ein Auto an. Eingesperrt, bevor ich einen noch größeren Schaden anrichten konnte. Die Art und Weise, wie er über mich spricht, würde mich selbst anzweifeln lassen, ob *mir* das Sorgerecht zustehen sollte. Ich muss gegen das Bedürfnis, tiefer in meinem Stuhl zu rutschen, ankämpfen. Die Fakten sind nicht falsch, aber ...

Aber was? Es ist nicht die ganze Geschichte. Es ist wahr, aber ich weiß nicht, wie ich das darlegen soll.

Don steht auf, nachdem der andere Anwalt Platz genommen hat und ich schlucke schwer und versuche den Kloß in meinem Hals, der nur aus Angst besteht, herunterzuschlucken. In Ordnung, es ist Zeit für meinen Anwalt zu beweisen, dass er das hart verdiente Geld, was ich ihm gebe, tatsächlich wert ist.

„Mein Kollege hat ein Bild einer manipulativen Drogenabhängigen gezeichnet", sagt Don. „Aber das ist eine Geschichte, die ausschließlich auf einem einzigen Polaroidbild und ein paar zusammengeschusterten Anekdoten besteht."

„Ich würde den Bericht der Polizei wohl eher nicht als Anekdote bezeichnen", wirft der Anwalt der Gegenseite ein.

Der Richter wirft Davids Anwalt einen bösen Blick zu, der mehr sagt als tausend Worte und dieser verstummt.

„Wie ich gerade sagte", fährt Don fort und wirft seinen eigenen vorwurfsvollen Blick in Richtung der Gegenseite, bevor er sich wieder dem Richter zuwendet. „Miss Cruises Geschichte kann deutlich einfacher erklärt werden. Nicht als die einer jungen Frau mit Problemen, die sich in Alkohol und Drogen flüchtet - die die Gegenseite mit nichts weiter als einem einzigen Foto belegen kann. Aber einfach dadurch, dass sie eine naive, junge Frau war, die das Pech hatte, schwanger zu werden."

Okay. So weit, so gut. Gestern hatten wir keine Zeit mehr, sodass ich nicht seine gesamte Verteidigungsstrategie kenne. Die meiste Zeit haben wir damit verbracht, mich darauf vorzubereiten, was Davids Team mir auftischen würde, aber er versicherte mir, dass er alles unter Kontrolle hat. Ich bin trotzdem nervös, es zu hören.

„Es ist eine Geschichte, wie es sie seit Beginn der Menschheit gibt", fährt Don fort. „Ihre Eltern waren nicht gewillt, sie aufzunehmen. Und ja, vielleicht war sie ein wenig überwältigt, als der Vater des Kindes sie abwies." Er wirft einen mitleidigen Blick über die Schulter in meine Richtung, bevor er sich wieder dem Richter zuwirft. Ich rutsche auf meinem Stuhl herum. Ich weiß, dass das hier nur Show ist, dass er das Mädchen, das ich einst war, in einem bestimmten Licht darstellen möchte, aber ich hasse das Mitleid. Trotzdem versuche ich mir so viel Würde zu bewahren, wie ich kann, während Don fortfährt.

„Aber Sie müssen sich an die Aussage von Dr. Ruth Newsome erinnern, die auch an Beweis 23 hängen, nämlich, dass schwangere Frauen bis zu tausend Mal mehr Östrogen im Blut haben, wenn ihre Schwangerschaft vorbei ist. Das und die höheren Werte des Progesterons und anderer Schwangerschaftshormone kann unglaubliche

Stimmungsschwankungen hervorrufen, die Miss Cruises Verhalten durchaus erklären."

Er erörtert weiter. Ich blinzele, während ich weiter versuche, zuzuhören. Seine Verteidigung basiert auf der Tatsache, dass ich schwanger war? Wow. Das ist irgendwie unangenehm. Hormone. Ernsthaft, das ist das Beste, was ich zu meiner Verteidigung vorbringen kann?

Ich beobachte das Gesicht des Richters und bin nicht sicher, ob er überzeugt ist. Gott, es hört sich an, wie die alten Argumente zur weiblichen Unzurechnungsfähigkeit. Männer, die versuchen, die Taten von Frauen zu erklären und sagen, dass es etwas mit *Hysterie* zu tun hat.

Während unseres Termins gestern habe ich versucht, Jacksons Idee vorzubringen, die Don, wenn ich mich richtig erinnere, auch in unserem ersten Treffen angeschnitten hat. Selbst jetzt denke ich an Jacksons Zorn, den er an meiner Stelle empfand, darüber, wie David seine Machtposition ausgenutzt hatte und mich isolierte, weil ich unsere Beziehung geheim halten musste, weil diese ihn in Schwierigkeiten hätte bringen können ... Zu dem Zeitpunkt hätte ich wohl nein gesagt, wäre ich im Besitz all meiner geistigen Fähigkeiten gewesen, wäre ich erwachsen gewesen und hätte erwachsene Entscheidungen getroffen.

Wenn ich jetzt zurückblicke, kann ich erkennen, wie naiv ich gewesen bin. Zum ersten Mal seit Jahren wird mir klar, dass ich wahrscheinlich tatsächlich nicht ganz alleine schuld an allem bin. Ich bin nicht nur ein dummes Mädchen, was immer alles falsch macht und irgendwie an Größenwahn leidet. David erschien mir so weise, so selbstbewusst, so als würde er sich immer um mich kümmern und plötzlich ... war er weg.

Er wollte mich nicht mehr.

Ich konnte es nicht verstehen.

Es machte keinen Sinn.

Klar, sicher, ich war nicht ganz normal.

Aber vielleicht ist die Wahrheit, dass David einfach jemand war, der Mädchen ausnutzt und der ein hübsches, verletzliches Mädchen gesehen hat und der einen geilen Körper wollte, während er das erste Mal nicht mehr unter dem Einfluss seiner kontrollsüchtigen Ehefrau stand. Und ja, die Tatsache, dass ich Missbrauchsopfer war hat mich wahrscheinlich noch angreifbarer gemacht und beeinflusst, wie ich reagiert habe, als mein angeblicher Retter mich plötzlich fallen ließ, so als wäre ich der Müll der letzten Woche.

Ich bin alt und erwachsen genug, um Verantwortung für mein Handeln zu übernehmen ... aber mir selbst die Erlaubnis zu erteilen, Davids Anteil an der Tragödie zu sehen, hilft mir, über die Scham, die ich so lange mit mir herumgetragen habe, hinwegzukommen. Ich blicke an seinem Anwalt vorbei und sehe nun ihn an, den Schatten der Schreckschraube und kann sehen, dass David nicht der ist, für den ich ihn gehalten habe. Ich habe mich in die Vorstellung von ihm verliebt, die ich mir gemacht habe ... Er war nie stark, nie jemand, der sich kümmert und einen liebt. Er ist ein egoistischer Mann ohne Rückgrat, der einfach ein bisschen Spaß und Abwechslung suchte, ohne starken Willen, der den Weg des geringsten Widerstands geht.

„Sie kann also nicht für das, was sie getan hat, als ihre Östrogenwerte einen Höchstwert erreichten, verantwortlich gemacht werden", erklärt mein Anwalt und meine Aufmerksamkeit fällt wieder auf das Geschehen im Gerichtssaal. „Gleichzeitig bekam sie, wegen der Trennung von Mr. Kinnock, nicht genug Schlaf und musste mit den ersten Nebenwirkungen der Schwangerschaft umgehen. Wie Sie in der Studie von Baker, Garcia und Hammock erkennen können, kann Schlafmangel, gemischt mit dem Hormonanstieg zu der Art irrationalem Verhalten führen, das meine Mandantin an diesem Tag zeigte. Seitdem haben sich ihre Hormonwerte allerdings normalisiert und sie war eine vorbildliche Bürgerin und Mutter."

Ich versuche nicht zu zeigen, wie unangenehm mir das alles ist. Okay. Es ist nicht das schönste Bild, das er von mir hätte präsentieren können, aber wahrscheinlich schafft er damit, das zu erreichen, was er sich vornahm. Und Don und ich haben über andere Wege gesprochen, wie wir diese Zeit meines Lebens hätten präsentieren können.

Es gab nicht viele andere alternative Erklärungen, die mich besser hätten darstellen lassen.

Don sagte, dass David und Reginas Anwälte mich als jemanden darstellen wollten, der eine glückliche Ehe vorsätzlich zerstören wollte, jemanden, der versuchte, einen älteren, verheirateten Professor zu verführen. Es scheint in den sozialen Medien Bilder von mir aus dieser Zeit zu geben, in denen ich unangemessen gekleidet bin und „eindeutig nach Aufmerksamkeit suche". All das ist unglaublich sexistischer Schwachsinn und die paar Bilder, die aus dem Kontext gerissen wurden, sind von der einen Party, die ich am Anfang meiner Beziehung mit David besuchte, als ich noch versuchte, Freunde zu finden. Eine Freundin hat mich so angezogen und mitgeschleppt.

David war danach auf hundertachtzig und hat mich mit den Bildern konfrontiert, die er auf dem Instagram-Profil meiner damaligen Freundin gefunden hat ... einer Person, die nebenbei bemerkt, auch eine seiner Studentinnen war. Das hätte eine Warnung sein sollen. Aber damals habe ich es nicht so gesehen. Er war so voll Leidenschaft, wenn es um mich ging. Er konnte es nicht ertragen, dass irgendjemand anders mich so sehen würde, wenn er nicht dabei war, blablabla. Und jetzt versuchte er diese Bilder zu benutzen, um mir Charlie wegzunehmen.

Meine Hände ballen sich unter dem Tisch zu Fäusten. Don hatte offensichtlich recht, als er vermutete, in welche Richtung Davids Anwälte gehen würden. Aber wieso attackieren wir sie nicht auch? Wieso sagen wir nicht, dass David seine Machtposition missbraucht hat?

Ich erinnere mich an gestern. Don sagte, dass wir keinen Rosenkrieg anzetteln sollten ... dass es deutlich einfacher wäre, den Richter von meinem Charakter zu überzeugen, wenn wir uns einwandfrei verhielten. Anstatt einer ehemaligen Geliebten, die jetzt Rachegelüste verfolgte, würden wir uns an die Tatsachen halten und das Positive bestärken: Wieso ich eine komplett ausgeglichene Frau und ein nützliches Mitglied der Gemeinschaft bin, genauso wie eine fähige, liebende Mutter. Ich habe ihm da zugestimmt. Das alles hörte sich gut an, als Don diesen Plan, bei dem wir David nicht attackieren, präsentierte, aber jetzt, Gott, ich habe das Gefühl, dass ich komplett auseinandergerissen werde, während David einfach da sitzt und aussieht wie ein guter Pfadfinder.

Als Don sich hinsetzt, steht Davids Anwalt direkt wieder auf, so als wäre er ein Stehaufmännchen, was nur auf seinen Einsatz wartete. „Würde eine fähige Mutter die ganze Nacht wegbleiben und ihren Sohn in der Obhut einer anderen Person lassen? Würde eine fähige Mutter nicht stattdessen ein stabiles Umfeld schaffen, anstatt innerhalb von zweieinhalb Jahren", er wirft einen Blick auf seinen Zettel, um dem Ganzen mehr Nachdruck zu verleihen. *„Fünf Mal* umzuziehen und sich nicht auf ein Familienmitglied verlassen, das sich letztendlich mehr um das Kind kümmert, als sie selbst?"

Verdammt. Der Detektiv. Wegen all dem, was wir am Wochenende angesehen haben, war mir klar, dass David einen eingestellt hatte. Es war schlimm genug zu wissen, dass er mich überhaupt hat verfolgen lassen ... Wenigsten waren die Bilder allerdings schon zwei Monate alt, als ich noch meinen anderen Job hatte, in der Bar. Gott, er macht das immer noch?

Meine Fingernägel drücken sich in meine Handfläche, so angespannt bin ich inzwischen. Don legt eine Hand auf meinen Unterarm. Er muss irgendwie fühlen können, dass ich komplett angespannt bin. Scheiße. Ich hoffe, mein Gesicht zeigt nicht, wie wütend ich bin. Ich versuche, mein Gesicht zu entspannen. Zen. Ich bin ein verdammter Baum mit Wurzeln, die tief in die Erde reichen und die Sonne scheint in mein Gesicht ...

„Wie Sie bei Beweisstück 26 sehen können, ist Calliope Cruise für vierzehn Tage zwischen dem 1. März und dem 30. April nicht nach Hause gekommen. Das sind 22 % der Zeit, die Calliope Cruise nicht mit ihrem Sohn zu Hause verbrachte. Das ist etwa ein Viertel. Können Sie sich das vorstellen?" Der Anwalt schüttelt seinen Kopf, so als könnte er es selbst nicht glauben. „Ein Viertel des Lebens ihres Kindes ist ihre Schwester mit dem Baby zu Hause, während sie wer weiß wo hingeht und wer weiß was tut. Und das war, als sie das volle Sorgerecht hatte! Sie können also klar erkennen, wieso wir glauben, dass es besser für das Kind wäre, wenn mein Mandant das volle Sorgerecht hätte."

Die Beine meines Stuhls quietschen, als ich diesen zurückschiebe. Verdammter ...

Tu es nicht!

Ich drücke die Zähne zusammen und halte mich gerade rechtzeitig zurück. In meinem Kopf stehe ich auf und schreie den Anwalt an. Wie können Sie es mit Ihrem Gewissen vereinen, dort zu stehen und solch böse Behauptungen von sich zu geben? Dass Sie die Zahlen einfach für sich missbrauchen ...

Auch wenn es nicht so war, wie Shannon in diesen Nächten vermutete. Schlampe. Hure. Die Worte bleiben ungesagt, aber sie machte tausende Male Anspielungen. Dumm, Dumm, dumm, dass ich nicht daran dachte, dass sie genau den gleichen Ansatz nutzen würden, dass ich eine Frau bin, die keine Moral hat und eine schreckliche Mutter bin. Ich dachte, dass die Tatsachen so offensichtlich wären: Ich war eine Frau und ich war in einer schlechten Gegend. Von dort nach Hause zu laufen war einfach ein zu großes Risiko.

Ich atme tief durch und bewege meinen Hintern nicht von dem Stuhl. Ich werde ihnen nicht geben, was sie wollen. Ich verschränke die Hände vor meinem Körper. *Charlie.* Denk an Charlie.

Dons Blick fällt auf mich, so als wäre er sicher, dass ich jede Sekunde ausrasten werde. Er versucht dieses Mal nicht, mich zurückzuhalten. Vielleicht ist ihm klar, dass das vergebene Liebesmüh wäre. Wenn ich ausrasten würde, könnte mich nichts aufhalten. Aber ich schaffe es, mich zusammenzureißen. Ich denke an Charlies Grinsen, das er mir am Morgen schenkt, wenn er auf mein Bett klettert und an meiner Nase zieht, bis ich aufwache. Sein Kichern, das durch den Raum hallt, wenn ich seinen Bauch küsse, nachdem ich seine Windel gewechselt habe. Der Klang seiner Stimme, wenn er versucht „r" zu sagen und es eher ein „w" wird. Wasen. Twauwig. Wennen.

Ich atme tief durch und nicke Don zu. Falls die Ader auf meiner

Stirn stärker pulsiert als jemals vorher, nun, dann hoffe ich einfach, dass der Richter weit genug weg sitzt, sodass er es nicht bemerkt.

In dem Moment, in dem Davids Anwalt sich setzt, ist Don auf den Beinen. „Euer Ehren, meine Mandantin schlief in diesen Nächten an ihrem Arbeitsplatz, weil sie niemanden hatte, der sie nach Hause bringen konnte. Es ist keine gute Gegend und sie sorgte sich um ihre Sicherheit, würde sie öffentliche Verkehrsmittel in Anspruch nehmen. Dass Mr. Newsom ihr daraus einen Strick drehen und andeuten möchte, dass sie sich nicht moralisch verhielt, wenn sie einfach nur eine Frau war, die sich um ihre Sicherheit sorgt, ist abscheulich."

Davids Anwalt zieht eine Augenbraue hoch. „Kann Mr. Maury als Beweis dafür, wo sie die Nächte verbracht hat, eine Aussage ihres damaligen Arbeitgebers vorlegen?"

Mein Herz krampft. Verdammt. Nein, natürlich nicht. Ich habe es ihm natürlich nie gesagt, weil ich nicht dachte, dass er das sonderlich gut finden würde. Ich glaube nicht, dass es sonderlich hilfreich wäre, wenn ich sagen würde, dass ich meinen Chef angelogen habe, was das bei der Arbeit schlafen angeht.

„Bitte richten Sie Ihre Einwände an das Gericht", fordert der Richter, während seine Augen Davids Anwalt abschätzend ansehen. Nicht, dass das dem Mistanwalt irgendwas ausmachen würde. Er hat immerhin sein Ziel erreicht.

„Euer Ehren, hat mein Kollege irgendwelche Beweise vorgelegt, die belegen, dass meine Mandantin tatsächlich feiern war oder irgendeine der anderen Anschuldigungen, die hier eben fielen?", schießt Don zurück. Ich nicke. Ja, genau so, Don. Ich habe das Bedürfnis ihm ein High-Five zu geben oder ihm einen Kuss auf die Wange zu drücken. Das bekommt man, wenn man einen echten Anwalt anheuert.

„Es ist eine große Stadt", sagt Davids Anwalt. „Es gibt viele Orte, die Miss Cruise hätte aufsuchen können."

„Was heißt, dass Sie keine Beweise dafür haben, dass sie überhaupt irgendwo hingegangen ist."

„Was wirklich wichtig ist, ist wo sie *nicht* war. Zu Hause mit ihrem Sohn."

„Nur, weil sie nicht bei ihm sein konnte, ohne sich in Gefahr zu bringen. Aber sie hat ihn in den Händen einer Aufsichtsperson gelassen, die mehr als fähig ist. Das Kind war zu keiner Zeit in Gefahr oder ist vernachlässigt worden."

„Es reicht", verkündet der Richter laut. „Ich werde Sie beide daran erinnern, dass alle Einwände direkt an das Gericht zu richten sind. Wenn Sie sich nicht daran halten, habe ich kein Problem damit, Sie beide meines Gerichtssaals zu verweisen. Weiter."

Ups. Ich blicke beunruhigt zu Don herüber, aber er nickt mir selbstbewusst zu. Er ist eindeutig nur das Risiko eingegangen, den Richter wütend zu machen, weil er fand, dass diese Diskussion zu wichtig war, um sie zu verlieren. Ich nicke zurück. Okay. Ich glaube, wir haben diesen Aspekt vielleicht gewonnen? Besonders, weil Don betont, dass ich den Job in der Bar sowieso nicht mehr habe. Ich arbeite jetzt zu völlig normalen Zeiten.

Auch wenn meine Arbeit nicht vollkommen normal ist. Oh mein Gott, was, wenn man mir noch immer folgt, was ist, wenn sie irgendwas davon gefilmt haben ...? Eine Sekunde bin ich förmlich erstarrt und kann nicht atmen, dann allerdings wird mir etwas klar. Wenn sie ein Video davon hätten, wie Bryce mich in dem Restaurant gefingert hat, dann hätten sie damit angefangen. Und Bryce ist seitdem nicht mehr mit mir in der Öffentlichkeit zu sehen gewesen.

Verdammt. Ich beiße mir auf die Oberlippe und meine Hände verschränken sich unter dem Tisch.

Ich bin erst zweiundzwanzig Jahre alt, aber plötzlich habe ich das Gefühl, dass ich deutlich zu alt für diesen Schwachsinn bin. Ich habe einfach nicht die Energie dafür. Wieso war mir nicht klar, was für ein Risiko ich mit meiner Arbeit für Bryce eingehe? Wenn Davids Anwalt auch nur die leiseste Ahnung hätte, was mein normaler Job beinhaltet ... Ich war so ein Idiot. Ich habe meine alten Muster und Unsicherheiten mein Leben viel zu lange bestimmten lassen. Wieso hat es so lange gedauert, bis ich das erkannt habe?

Mir ist schlecht. Schnell drehe ich die Flasche auf, die vor mir steht und nehme einen großen Schluck. Die Anwälte sprechen über weitere Beweise, die weniger nervenaufreibend sind und dann machen wir Mittagspause.

Ich stehe für die Pause auf und als ich das tue, steht eine Frau mit ernstem Gesichtsausdruck und einer zu großen Bildung in einem schäbigen Anzug neben dem Gerichtsdiener.

„Callie, das hier ist Rita Hawthorne", sagt Don. „Sie wird mit dir auf die Toilette gehen und die Probe nehmen."

Oh, super. Der Pisstest. Ich nicke der Frau zu und fühle mich unwohl, weil schüttelt man die Hand der Frau, die deinen Pisstest nimmt? Das erscheint mir irgendwie falsch. Glücklicherweise scheint sie es genauso zu sehen, denn auch sie schenkt mir einfach nur ein verbissenes Lächeln ... dann dreht sie sich um und geht aus dem Saal. Richtig. Ich folge ihr.

Als wir auf der Toilette ankommen, geht die weibliche Gerichtsdienerin hinaus. Erneut bin ich mir unsicher, wie es jetzt weitergeht. Ich halte die Tür für Rita auf und sie nickt mir zu, als sie hinein geht. Als wir beide vor dem großen Spiegel mit dem fluoreszierenden Licht darüber stehen, sucht sie in ihrer Tasche und holt einen Becher hinaus, in den ich pinkeln soll. Dann folgt sie mir in die Kabine.

Ja. Das passiert tatsächlich so. Sie schauen einem zu, während man pinkelt.

Ich habe Glück, dass Don heute Vormittag dafür gesorgt hat, dass ich immer Wasser zu trinken hatte. Ansonsten wäre ich immer zu schüchtern, um vor jemandem zu pinkeln, aber ich muss schon seit eineinhalb Stunden wirklich dringend aufs Klo.

Rita zieht demonstrativ ihre Handschuhe über, bevor sie mir den Becher abnimmt und ein Siegel darauf anbringt. Sie unterschreibt es, bevor wir die Toilette verlassen. Sie ist sehr gründlich, was das alles angeht und es erinnert mich ein bisschen an CSI. Das ist für mich allerdings nur gut. So können David und die Schreckschraube nicht behaupten, ich hätte den Test irgendwie manipuliert oder die Ergebnisse anzweifeln, wenn sie zurückkommen und keine Drogen nachgewiesen werden können.

David ist so ein Idiot, alleine, weil er behauptet, dass ich Drogen nehme. Meint er wirklich, ich habe das weiter getan? Ich habe das Gefühl gehasst, als ich es zweimal tat, weil er mich unter Druck gesetzt hatte, dass ich sie mit ihm nehmen soll. Ich hatte keine Kontrolle und fühlte mich verletzlich, so als könnte jeder alles mit mir machen und ich hätte keine Chance, sie aufzuhalten ... Ich erschaudere beim Gedanken daran. Nein, das ist nichts, was ich jemals wieder freiwillig machen würde. Er muss sich alleine darauf verlassen haben, dass die Anschuldigung mich schlecht aussehen lassen würde.

Mir mein Baby wegzunehmen. Der Gedanke daran, dass ich möglicherweise Charlie verlieren könnte ... Da möchte ich mich am liebsten wieder zur Toilette umdrehen und alles, was möglicherweise noch in meinem Magen ist, darin entleeren. David ist böse. Böse. Es gibt kein anderes Wort, was beschreibt, was er machen möchte. Die Mischung aus blinder Wut und Übelkeit macht mich schwindelig.

Vielleicht fühle ich mich aber auch so, weil ich heute noch nicht wirklich etwas gegessen habe. Ich lehne mich gegen die Wand der Toilette, atme tief durch und hole einen Müsliriegel aus meiner Tasche. Ich zwinge mich, einige Bissen zu nehmen, auch wenn es das Letzte ist, was ich machen möchte. Mein Magen möchte sie nicht wirklich in sich behalten. Ich kann aber nicht riskieren, ohnmächtig zu werden, nur weil ich heute nichts gegessen habe.

Als ich wieder in den Gerichtssaal trete, bin ich fest entschlossen, ruhig, cool und gefasst zu erscheinen. Diese Bastarde werden mir meinen Sohn nicht wegnehmen und wenn sie versuchen, mich mit einem ihrer angeblichen Beweise zu provozieren, dann haben sie Pech gehabt.

ICH HALTE mein Versprechen an mich selbst und reagiere auf

nichts, was am Nachmittag gesagt wird. Nicht einmal das manipulierte Video aus der Toilette bei der Gala. Natürlich wirft Don ein, dass es nicht in die Entscheidung einfließen dürfte, nachdem es gezeigt wurde, aber der Richter hat es zu diesem Zeitpunkt eben schon einmal gesehen. Der Richter gibt Don recht und sagt, sie würden das Video als das sehen, was es ist, was auch immer das heißen soll.

Ich habe meinen Gesichtsausdruck zu keiner Zeit nicht unter Kontrolle gehabt. Ich habe nicht einmal den Kopf gedreht, um David und seine Frau anzusehen. Ich will ihnen nicht diese Befriedigung gönnen. Und, nun, selbst wenn ich sie aus dem Augenwinkel betrachten würde, würde meine Fassade Risse bekommen und ich würde eventuell über unsere Anwälte hinüber David angreifen und ihm die Augen auskratzen. Das ist leider so.

Am besten ist es, so zu tun, als würden sie nicht existieren. Ich konzentriere mich auf den Block, der vor mir liegt und mache mir Notizen, während die Anwälte sich irgendwelche Fachbegriffe um die Ohren knallen. Ich habe versucht, dem Ganzen zu folgen, aber es waren alles Aussagen wie „im Rahmen der Richtlinien, die solche Verbreitung von Informationen als nichtig ansieht" und „im Rahmen dieses Gesetzes und dessen Artikels". Ja, ich habe nach ein paar dieser Sätze, die mein Gehirn nicht verarbeiten konnte, damit aufgehört.

Stattdessen male ich Kästchen. Ich habe die Sandburg gemalt, die Charlie und ich am Strand gebaut haben, als wir Mitte Juni dahin gefahren sind. Es war zu kalt, um weiter als bis zu den Knöcheln ins Wasser zu gehen, aber wir haben den ganzen Nachmittag lang im Sand gespielt. Da die Saison noch nicht begonnen hatte, war der Strand schön leer. Es war ein perfekter Tag. Wir spielten, bis die Sonne begann, unterzugehen. Ich malte den Sonnenuntergang hinter der Sandburg. Ich bin kein Künstler, aber mein Stift fing einfach an, die Wellen des Meeres am Horizont zu zeichnen.

Charlie. Charlie. Mein Charlie. Alles wird okay. Mama sorgt dafür, dass alles gut wird.

Ich wiederhole es immer wieder in meinem Kopf, ohne dass ich wirklich darüber nachdenke, ich glaube, ich bete. Ich bin mir nicht sicher, was ich von Religion halte, aber ich bete. *Bitte mach, dass alles gut wird. Bitte mach, dass ich Charlie behalten kann. Bitte lass alles gut werden. Bitte.*

Dann, gegen zehn vor vier, neigt sich die Verhandlung dem Ende zu. Beide Anwälte sind mit ihren Unterlagen durch. Mein Herz rast.

Das war es.

All das lief die ganze Zeit auf genau diesen Moment hinaus. Der Teil, in dem der Richter eine Entscheidung fällt. Mein Magen ist noch unruhiger als vorher. Verdammt. Vielleicht war der Schoko-Müsliriegel, den ich zum Mittagessen hatte, doch eine schlechte Idee gewesen.

Ich starre den Richter, der uns gegenübersitzt, an. In welche Richtung ist er geneigt? Er sitzt einfach nur da und wühlt in seinen Unterlagen. Heißen die Falten auf seiner Stirn, dass er über etwas nicht glücklich ist? Heißt es, dass er dem anderen Anwalt glaubt, dass ich eine schlechte Mutter bin?

Sein Ausdruck ist ernst, aber nun, war er das nicht auch heute Morgen, als wir anfingen? Ich weiß nicht, ob er sich im Laufe des Tages verändert hat.

Ich ziehe die Augen zusammen und versuche, besser zu sehen. Hat sein Auge gezuckt? Was in Gottes Namen heißt das? War das ein holt-diese-unfähige-Mutter-endlich-aus-meinem-Gerichtssaal-Zucken oder ein ich-kann-den-Schwachsinn-den-dieser-Vater-mir-auftischt-einfach-nicht-glauben-Zucken?

Don klopft mir auf die Schulter und schüttelt dann fast unmerklich mit dem Kopf. Da wird mir klar, dass ich mich quasi über den Tisch gelehnt habe und den Richter anstarre. Mist. Das ist alles, was ich brauche. Was ist, wenn er im Begriff war, sich für mich zu entscheiden und dann herüber sieht und mich beobachten kann, wie ich mich hier zum Affen mache und quasi über den Tisch krieche?

Ich lehne mich zurück und versuche mich zu entspannen. Ruhig. Kompetent. Erwachsen. Das hier ist keine große Sache. Nur die

Zukunft meiner Existenz und die Frage, ob sie mir das Herz herausreißen und mir meinen Sohn wegnehmen.

Richtig. Das ist wahrscheinlich nicht der hilfreichste Gedanke, wenn man versucht, sich zu beruhigen.

Gerade, als ich es geschafft habe, ein wenig ruhiger zu werden, beginnt der Richter zu sprechen und ich zucke auf meinem Stuhl, so als hätte ich einen Elektroschock bekommen.

Er hält mitten im Satz inne und starrt mich einen Moment lang an, bevor er sich räuspert und fortfährt: „Wie ich gerade sagte, alle Beweise und Anträge werden Einfluss auf meine Entscheidung im Fall Kinnock gegen Cruise haben. Die Entscheidung des Gerichts wird Ihnen innerhalb von dreißig Tagen postalisch zugestellt und tritt zum in den Unterlagen vermerkten Termin in Kraft. Grundsätzlich wird es sich um den ersten des Folgemonats handeln. Verhandlung geschlossen."

Mit diesen Worten steht der Richter auf und verlässt den Gerichtssaal.

Ich drehe mich zu Don um und starre ihn mit offenem Mund an.

„Was ist gerade passiert?", zische ich, als ich endlich meine Stimme finde. „Ich dachte, er hätte eine Entscheidung fällen sollen." Ich gestikuliere deutlich in Richtung des Tisches, an dem der Richter bis gerade noch saß. „*Heute*. Darum ging es. Wir kommen hier mit all den ..." Ich wedle noch immer mit den Händen. Verdammt, jetzt fällt mir das Wort nicht ein, auch wenn ich es eigentlich den ganzen Tag schon hatte sagen wollen. Ich stottere einen Moment und dann fällt es mir ein „... *Anträgen* und Beweisen und dann soll er ein Urteil fällen!"

Don hält die Hände hoch. „Es tut mir leid. Das hier passiert häufig. Ich hätte dich warnen sollen. Der Richter fällt nur manchmal am selben Tag ein Urteil." Er lässt seine Finger knacken. Er schüttelt den Kopf und legt eine Hand auf meinen Arm. „Es tut mir leid. Das wird schon was werden. Wir haben einen guten Fall präsentiert", versichert er mir. „Es gab keinen Grund dir das Sorgerecht für deinen Sohn zu nehmen. Nichts, was sie heute dargelegt haben, ändert das."

Ich schließe die Augen und atme tief durch. Kann ich das einen ganzen *Monat* lang glauben?

Ja, gottverdammt, ja, das kann ich. *Ups*. Ich zucke zusammen. *Entschuldige, Gott. Ich werde deinen Namen nicht mehr zum Fluchen benutzen*. Ich fange neu an.

Und ich werde nicht zulassen, dass David und seine schreckliche Frau Einfluss auf mich haben. Ich öffne die Augen und sehe die Schreckschraube gemeinsam mit David an mir vorbeigehen. Sie trägt, wie immer, High Heels. Sie reckt ihr Kinn in die Höhe, so als wäre sie etwas Besseres, was nicht einmal die Luft mit uns normalen Menschen teilt. Alleine der Gedanke daran, dass die beiden weiterhin Teil des Lebens meines Sohns sein werden, bringt mich dazu, etwas schlagen zu wollen.

Stattdessen balle ich die Hand zu einer Faust und drehe mich von ihnen weg, als ich von meinem Stuhl aufstehe. „Ich werde jetzt nach Hause gehen", sage ich über die Schulter zu Don. „Danke für alles, was du heute für mich getan hast."

„Es war mir ein Vergnügen. Und mach dir bitte keine Sorgen. Dein Sohn geht nirgendwo hin."

Ich nicke und gehe dann in Richtung der Tür, während ich sicher gehe, dass ich einen anderen Ausgang nehme, als David und die Schreckschraube.

Als ich an diesem Abend nach Hause komme, stürme ich förmlich auf Charlie zu. Ich nehme mein Baby extra fest in den Arm und schaukle ihn, bis er einschläft.

KAPITEL 16

„Was muss ich tun, damit du zustimmst, für mich zu arbeiten?", fragt Jackson am Freitag, als wir Nudeln in einem Thai Restaurant essen, das genau zwischen CubeThink und Gentry Tech liegt. Es ist halb sechs und ich bin direkt nach der Arbeit hier herüber gehastet.

Die ganze Woche über habe ich Nachrichten von Jackson bekommen, dass er mich sehen möchte, aber ich habe versucht jede einzelne Minute meiner Zeit mit Charlie zu verbringen.

Es sind erst vier Tage der Wartezeit von dreißig vergangen und es verwandelt sich jetzt schon in die absolute Folter. Eine dumme Stimme in mir wiederholt immer wieder, dass er uns *innerhalb* von dreißig Tagen informieren wird ... was heißt, dass es tatsächlich jeden Tag so weit sein könnte. Es muss nicht wirklich dreißig Tage dauern. Und der Gedanke daran macht mich irre.

Und da bin ich nicht die Einzige. Als ich das elfte Mal anrief, um Shannon zu fragen, ob wir Post vom Gericht bekommen haben, ist sie endlich ausgerastet. Sie hat mir gesagt, dass sie anrufen würde, wenn irgendwas käme und dass ich sie noch nervöser machen würde, als sie sowieso schon ist. Da ich also versuche, mich ein bisschen zu entspannen, habe ich mich entschlossen, mit Jackson zu Abend zu essen und seine Einladung anzunehmen. Wir haben uns die ganze Woche geschrieben. Nach meiner Unterhaltung mit Shannon im Zoo war ich mir nicht sicher gewesen, wie ich mich fühlen würde, wenn ich ihn wieder sehe ... aber es fühlt sich natürlich an. So leicht. Auch, wenn er jetzt genau das Thema anschneidet.

Ich schüttle den Kopf und lächle. „Wieso ist es so wichtig für dich, dass ich für dich arbeite? Hat das irgendwie mit Macht zu tun? Willst du wissen, wann ich wo bin? Weil, das ist irgendwie gruselig, mein Freund." Der Witz enthält einen Hauch Ernst. Ich habe die Unterlagen, die er mir geschickt hat, angesehen und auch wenn es interessant ist, versuche ich nur einmal eine kluge Entscheidung zu fällen. Ich habe das Gefühl, dass ich mich für das eine oder andere entscheiden muss - eine Beziehung mit Jackson oder ein Job bei ihm.

Ich beiße mir auf die Lippe. Nicht, dass die Situation bei Gentry Tech weiterhin ausgeglichen wäre, wenn ich sie mit einer Beziehung mit Jackson belaste. Bryce hat diese Woche allerdings nichts versucht. Ich kann mir nicht vorstellen, dass er das tun wird, solange er davon ausgeht, dass ich den Vertrag mit Jackson und CubeThink am Haken habe.

Aber was ist, wenn er herausfindet, dass das nicht der Fall ist?

Jackson greift über den Tisch hinweg meine Hand. „Calliope." Meine Aufmerksamkeit fällt wieder auf ihn, besonders wegen des Gefühls, das in seiner Stimme mitschwingt, wenn er nur meinen Namen sagt. „Ich möchte dich nicht kontrollieren." Seine Augen verdunkeln sich und er neigt den Kopf. „Nun, zumindest nicht außerhalb des Schlafzimmers."

Ein Schock durchfährt meinen Körper, als er das sagt, aber wenigstens besteht er nicht auf dem Thema.

„Ich möchte, dass du bei CubeThink anfängst, weil du wertvoll für die Firma wärst." Dann wird sein Mund zu einer Linie. „Ich möchte allerdings wirklich ehrlich sein, also ja, ich habe noch einen anderen Grund, warum ich möchte, dass du für mich arbeitest. Das heißt nicht, dass ich nicht glaube, dass du den Posten verdient hast. Aber gleichzeitig liegt es an dir, was du daraus machst. Du wirst nichts geschenkt bekommen, weil du eine Beziehung oder keine Beziehung zu mir hast. Es ist mein Ernst, dass ich der Personalabteilung mitteilen werde, dass wir etwas miteinander haben. Ich werde dich nicht vorziehen. Du wirst wegen dem was du tust Erfolg haben, oder eben nicht."

Alles, was er sagt, hört sich gut an. Es ist alles, was ich hören möchte. Aber mir entgeht nicht, dass er eine wichtige Sache ausgelassen hat. Ich lege meine Stäbchen neben den Teller und setze mich aufrechter. „Also, was ist dein anderer Grund?"

Jacksons Kinn versteift sich leicht. „Ich möchte nicht, dass du für Bryce arbeitest."

Mein eigener Rücken versteift sich. „Wegen eurer blöden Rivalität?" Er hat immer wieder beteuert, dass unsere Beziehung, sowohl die private als auch die professionelle, nicht auf der Feindschaft beruht, aber irgendwie läuft alles immer wieder darauf hinaus.

„Nicht wegen der Feindschaft." Seine Augen funkeln und seine Hand fährt durch die Luft, während er einen Schnitt andeutet. „Weil er gefährlich ist. Ich hasse es, dass er dich in seiner Tasche hat. Ich hasse, dass er dir weh tun könnte, nur um mich zu verletzten."

Ich lache. „Weh tun? Er ist ein Bastard, das gebe ich dir, aber ..."

Jackson schüttelt vehement den Kopf. „Du weißt nicht, was ich über ihn weiß. Ich habe dir einen Teil unserer Geschichte erzählt. Die Art und Weise, wie er Menschen manipuliert, wie er mich manipuliert hat. Erst hat er Zeit mit mir verbracht und mit mir zusammengearbeitet. Aber dann ...", die Muskeln in seinem Gesicht versteifen sich, „dann hat er mich in seine Pläne hineingezogen. Er mag ... Er mag es ...", er hält inne und blickt mir dann in die Augen. „Er macht Dinge kaputt, Menschen. Besonders Frauen. Ich kann den Gedanken daran, dass du noch einen weiteren Tag mit ihm in seinem Büro verbringst, nicht ertragen."

Einen Moment lang bin ich sprachlos. Ich denke an all die Spielchen, die Bryce gerne spielt. Aber sie sind nicht ... schlimm ... oder? Ich erinnere mich daran, wie wertlos und dumm ich mich nach seinen ersten Aktionen gefühlt habe. Er ist aber nicht mehr so und ich glaube, dass alles rückblickend gar nicht so schlimm war. Ich weiß nicht, wieso ich mich so fühle. Vielleicht, weil ich immer gekommen bin? Die Scham durchfährt mich, als ich mich daran erinnere. Das war wahrscheinlich das Schlimmste daran, dass ich es gehasst hatte, dass er meinen eigenen Körper gegen mich ausspielen konnte. Was wäre, wenn er das noch immer machen würde, eine lange Kampagne mit all diesen Spielchen, gerichtet gegen nur eine Person?

Meine Stimme zittert ein wenig, als ich frage: „Was meinst du, er macht Menschen *kaputt*?“

Jacksons Mund verzieht sich und bringt sein Missfallen zum Ausdruck und, wenn ich mich nicht irre, schwingt in seiner Stimme Reue mit, als er sagt: „Ich möchte jetzt nicht zu sehr ins Detail gehen. Ich möchte überhaupt nicht, dass du es weißt. Aber ich mache mir an jedem Tag, den du dort verbringst, Sorgen um dich. Ich möchte, dass du aufhörst, nicht einmal eine Frist setzt. Wenn du dich entschieden hast, dann geh überhaupt nicht mehr hin. Schreib ihm einen Brief und ich bringe ihn zu ihm.“

Ich schnaufe. Plötzlich erscheint das alles wie eine Überreaktion. Jackson ist zu beschützerisch. Es ist lieb gemeint, aber unnötig. „Sei nicht albern. Du musst nicht meine Schlachten austragen.“ Als ich das sage, wird mir klar, wie sehr ich es meine. Ich bin nicht mehr das schwache, kleine Mädchen, welches die großen, bösen Männer braucht, um Entscheidungen für sie zu fällen. Nachdem mir klar geworden ist, was ich David habe mit mir machen lassen und das auch noch direkt, nachdem ich Mr. McIntyre entkommen war … ich schüttle den Kopf. Ich bin nicht mehr die Art Mädchen. Es ist an der Zeit die Zügel in die Hand zu nehmen und selbst Kontrolle über mein Leben zu ergreifen.

Genau das mag ich daran, in Jacksons Nähe zu sein. Er gibt mir das Gefühl stärker zu sein - einfach, weil ich es kann, nicht weil er meine Stütze ist. Und genau so soll es bleiben.

Die Furchen um Jacksons Mund vertiefen sich und er schüttelt gleichzeitig den Kopf. „Tu nicht so, als sei deine Position da rein professionell. Er behandelt dich genauso, wie all seine …“

Er bricht ab, aber das, was er nicht ausgesprochen hat, steht jetzt zwischen uns.

Huren.

Bryce behandelt mich, wie jede seiner Huren, genau das ist es, was Jackson sagen wollte.

Der Schmerz folgt so langsam, dass ich eine Sekunde brauche, bis ich damit klarkomme. Ich weiß, wie Menschen mich mein ganzes Leben lang gesehen haben. Einfach eine Blondine mit großen Brüsten - offensichtlich eine Schlampe. Aber *Jackson*? Oh mein Gott, ich bin so dumm.

Ich starre ihn an und bin fest entschlossen, ihm nicht zu zeigen, wie viel Schmerz er mir gerade bereitet hat. Was mich vor Wut schnauben lässt. Bis gerade saß ich hier und habe mir selbst eingeredet, dass ich es nie wieder erlauben würde, dass ein Mann mich kontrolliert. Jackson war die Ausnahme, weil er mir das Gefühl gab, dass ich stärker wäre. Aber all das war einfach nur Schwachsinn. Er hat mich *nie* als stark gesehen. Für ihn war ich immer nur ein Opfer. Und, dass ich ihm geglaubt habe, hat ihm einfach nur die Macht gegeben, mich zu verletzen. Nach allem. Ich bin immer noch so dumm.

Nein, nicht mehr.

Ich lächle und hasse die Fassade, die sich anfühlt, als wäre sie am Bröckeln und ihm zeigt, wie verletzlich ich in Wahrheit bin.

„Es ist schön zu wissen, wie du wirklich fühlst." Ich ergreife meine Handtasche und beginne den Rückzug aus dem Restaurant. Ich arbeite daran, meine Emotionen unter Kontrolle zu bringen, während ich laufe, aber Jackson legt eine Hand auf meinen Ellenbogen und hält mich zurück.

„Warte, Calliope, das meinte ich nicht."

Ich halte inne, aber nur, um der Hand, die mich zurückhält, einen bösen Blick zuzuwerfen. Hauptsache er meint nicht, mich so zu behandeln, wäre in diesem Moment eine gute Idee.

Er flucht und lässt mich los.

Gute Entscheidung, Freundchen.

Ich öffne die Tür und trete hinaus in den sonnigen Nachmittag. Jackson folgt mir, versucht aber nicht erneut mich körperlich zurückzuhalten.

„Hör mir einfach zu."

Ich laufe weiter. Ich habe mich zumindest ein wenig zusammengerissen. Wut kann Wunder bewirken. Ich klammere mich an sie, wie an einen Rettungsring.

„Gott, du kannst einen wirklich frustrieren." Aus meinem Augenwinkel kann ich sehen, dass eine seiner Hände durch seine Haare gleitet. Es ist merkwürdige eine solche Geste bei einem Mann zu sehen, den eigentlich nichts aus dem Konzept bringt. Ein Teil von mir will nachgeben, ihm die Chance geben, sich zu erklären ...

Aber dann erinnere ich mich daran, dass er von mir denkt, dass ich Bryces Hure sei. Genau so wird er mich immer sehen. Ich kann ihm das nicht einmal vorwerfen.

Es ist schließlich wahr.

Ich meine, Gott sei Dank sind wir nie eine richtige Beziehung, oder was auch immer das zwischen uns war, eingegangen ... Gott, ernsthaft, wir hatten nur ein gemeinsames Wochenende ... Aber in so kurzer Zeit sind wir eine so tiefe Verbindung eingegangen. Mein Magen rutscht mir in die Kniekehlen und die Thai Nudeln, die ich gegessen habe, drohen einen zweiten Auftritt hinzulegen. Ich versuche mich noch immer an die Wut zu krallen, aber diese ebbt schnell ab und verwandelt sich in etwas anderes.

Reue.

Denn ich wünschte, ich könnte das Rodeo, das die letzten zweieinhalb Monate waren, noch einmal von vorne beginnen. Ich wünsche mir, dass ich erst Jackson begegnet wäre. Aber andererseits ist es fraglich, ob Jackson an mir interessiert gewesen wäre, hätte er mich nicht erst mit Bryce gesehen.

Das wird immer zwischen uns stehen. Er wird das Bild von mir als die bemitleidenswerte Hure seines Erzfeinds, das unser erstes Treffen hinterlassen hat, nie vollständig vergessen können. Ich werde seinen Motiven dafür, mit mir liiert sein zu wollen, nie ganz trauen können. Zu einem Zeitpunkt in meinem Leben hätte es vielleicht gereicht … alleine die Vorstellung, dass er mich retten möchte. Denn, wenn ich ehrlich bin, glaube ich nicht, dass Jackson mich nur möchte, um Bryce eins auszuwischen.

Vielleicht hat Jackson ja einen Heldenkomplex? Verdammt ja, den hat er. Ich werfe einen Blick zu ihm hinüber. Er hält Schritt und hat einen entschlossenen Gesichtsausdruck aufgesetzt, auch wenn er nichts sagt.

Meinen Blick zu ihm versteht er wohl als Aufforderung, denn er fängt erneut an, sich zu verteidigen. „Callie, Gott, es tut mir leid, was ich gesagt habe. Ich habe es nicht so gemeint. Wenn ich dich ansehe, sehe ich dich nicht so …"

Ich muss sofort wegsehen, denn es tut so weh. Er spricht weiter, aber ich ignoriere seine Worte einfach. Er hat mich die ganze Zeit einfach nur als verwundet gesehen. Er wollte mich heil machen. Nein, es hatte nichts mit der Rivalität zu tun.

Aber was ist … ich komme aus dem Tritt, als der Gedanke in mein Bewusstsein schießt … aber was ist mit Bryce?

Oh mein Gott, war es das, was Bryce von Anfang an getrieben hat? Hat er mich als die Karotte vor seinem Rivalen genutzt, der dieser nicht widerstehen konnte … eine verletzliche Frau, die Jackson retten musste?

Aber warum? Was hat Bryce davon? Wollte er wirklich mit Jacksons Firma zusammenarbeiten und dachte er, dass er Jackson nur so an die Angel bekommt? Das scheint weit hergeholt und viel zu zusammengedichtet, um irgendwie ein Geschäft zustande zu bringen. Außerdem geht Jackson den Vertrag ja eh nicht ein. Also, vielleicht …

Ich schüttle den Kopf. Gott, was meine ich jetzt, was ich bin, ein Verschwörungstheoretiker? All das hier ist affig. Es ist wahrscheinlicher, dass es genau das ist, als was es erscheint und ich stecke einfach nur in einer beschissenen Lage fest.

Es gibt keinen größeren Plan. Ich habe mich einfach nur in einen Kerl verliebt, der mich immer als das Mädchen sehen wird, das eine

Anstellung bekommen hat, weil sie sich von ihrem Chef unterm Tisch während eines Meetings fingern lässt. Alles in mir zieht sich zusammen, aber irgendwie schaffe ich es, nicht vor Scham den Kopf zu senken. Nein, das reicht jetzt. Ich stehe für meine Fehler ein und mache ab jetzt einfach weiter.

Ich war ein Idiot, dass ich dachte, diese Version von Aschenputtel könnte ein gutes Ende nehmen.

Ich gehe schneller. Ich muss nach Hause.

Ich muss mein Baby halten.

Ich muss mich darauf konzentrieren, was wirklich wichtig ist.

Ich bin direkt zur nächsten Light Rail Haltestelle marschiert, halte allerdings inne, als Jackson seinen Körper direkt vor meinen schiebt.

„Ich habe das Gefühl, dass du kein Wort von dem, was ich gesagt habe, gehört hast." Er hört sich entnervt an. Natürlich hat er recht. Er hat geredet, aber ich habe nichts gehört, habe mich nur darauf konzentriert, dass ich nach Hause muss. Weg von ihm.

Als ich versuche, an ihm vorbeizukommen, tritt er wieder vor mich und versperrt mir den Weg. Offensichtlich hat er aber eines im Restaurant gelernt, denn er fasst mich nicht an. Aber diese neue Taktik, mich nicht vorbeigehen zu lassen, ist genauso nervig, wenn nicht sogar noch schlimmer, weil ich weiß, dass er es so macht, um meine Grenzen zu respektieren.

„Lass mich dich wenigstens nach Hause fahren. Mein Auto ist direkt hier." Mit einer Kopfbewegung deutet er auf die Limousine hinter uns, die wartet. Gott, ist sein Fahrer uns gefolgt, seit wir das Restaurant verlassen haben? „So bist du viel schneller zu Hause, als wenn du den Zug nimmst."

Ich bin versucht. Ich würde schneller heimkommen, aber ich bin mir nicht sicher, ob ich es noch länger in Jacksons Gegenwart aushalte. Ich rieche sein Aftershave. Wieso muss er nur so gut riechen?

Ich weiß, dass meine Argumente begründet sind. Dass wir nicht zusammen sein können. Es wird, weil es so begonnen hat, niemals funktionieren.

„Bitte, Calliope. Gibt mir wenigstens die Gewissheit, dass du heil nach Hause gekommen bist." Seine Stimme ist sanft.

Mist! Ich kann mich nicht entscheiden, ob es mich auffrisst, dass Jackson findet, es sei seine Aufgabe, sich um nicht zu kümmern oder weil er so lieb ist. Ich habe mich so lange alleine um mich *und* Charlie gekümmert. Die richtige, mutige und eigenständige Entscheidung wäre es, ihm zu sagen, dass er Land gewinnen soll und den Zug zu nehmen. Oder? Vielleicht gibt es aber auch einen Unterschied zwischen Stolz und Eigenständigkeit.

Ich seufze. Gott, ich bin so müde. Ich werfe einen Blick zu der Limousine hinüber.

Egal. Rom wurde nicht an einem Tag erbaut und ich arbeite schließlich noch daran, etwas aus mir zu machen.

Nach einem weiteren Augenblick nicke ich schließlich zustimmend. Jackson strahlt, dann allerdings greift er nach meiner Hand und ich ignoriere ihn, während ich durch die Tür, die er mir aufhält, in das Auto steige. Jackson folgt mir ohne ein Wort.

Aber dann möchte ich weinen. Weil ich seine Hand nicht ergriffen habe. Auch wenn ich weiß, dass das hier nicht funktionieren kann, ist da noch ein Teil ... der Teil, dem egal ist, dass das hier falsch ist. Der Teil, der möchte, dass ich die Lücke zwischen unseren Körpern schließe und mich an seinen Hals schmeiße. Der Teil, der sich daran erinnert, wie gut ich mich gefühlt habe, als wir Liebe machten.

Die ersten beiden Male am Samstag waren einfach nur krass gewesen, daran besteht kein Zweifel. Aber beim dritten Mal war er es sanft und langsam angegangen. Der Orgasmus baute sich langsam auf, aber als ich ihn erreichte, kam er mit mir. Man sagt, dass die Augen das Fenster zur Seele sind und ich hätte schwören können, dass er in diesem Moment einen Teil meiner Seele gestohlen hat. Ein Teil meiner Seele ging auf ihn und ein Teil seiner auf mich über.

Aber jetzt sind wir hier, Welten voneinander entfernt, während wir nebeneinander auf den Ledersitzen seiner Limousine Platz genommen haben. Und Gott, wenn unsere Arten uns fortzubewegen nicht Bände sprechen, was unsere Unterschiede angeht, dann weiß ich es auch nicht. Der Anführer eines Industriezweigs, der einen Fahrer hat und die alleinerziehende Mutter der Unterschicht, die öffentliche Verkehrsmittel nutzt und Probleme hat, genügend Geld zu verdienen. Wir leben in unterschiedlichen Universen und genauso wird es enden.

WIR SPRECHEN während der Fahrt nicht. Ich bin froh, dass er nicht versucht die Stille damit zu füllen, mit mir über den Job oder unsere Beziehung oder irgendwas anderem zu füllen. Die Wahrheit ist, dass ich über den Job nachdenke. Er hat von Anfang an gesagt, dass er nicht von unserer persönlichen Beziehung abhängig ist. Vielleicht ist es dumm, ihm nach allem, was er jetzt über mein Leben denkt, noch zu glauben. Es ist besser, wenn ich weiter für Bryce arbeite, wo ich weiß, dass der Job sexuelle Gefälligkeiten bedeutet. Es ist allerdings sicher, dass es wieder unangenehm werden wird, sobald klar wird, dass der Deal mit CubeThink nicht zustande kommen wird.

Wenn es allerdings Zeit wird, zu kündigen, möchte ich mich nicht auf Jackson verlassen, der mir Steine aus dem Weg räumen soll. Ich mache mein eigenes Bett und auch wenn ich mich darin nicht betten möchte, werde ich es schaffen, mich aus eigener Kraft aus dieser Lage zu befreien. Ein Fuß vor den anderen, ein Desaster nach dem anderen. Das ist mein Motto, nicht wahr?

Als wir meine Straße erreichen, rutsche ich bereits von Jackson weg. Ich möchte nicht, dass er denkt, dass er einen Abschiedskuss oder so bekommt, nur weil ich sein Angebot angenommen habe. Meine Augen sind fest auf das Fenster gerichtet, also sehe ich Shannon, die auf das Auto zu rennt, als dieses sich unserem Haus nähert.

Ich reiße die Tür auf und mein Herz schlägt plötzlich doppelt so schnell. „Was ist passiert?"

„Wie kannst du nur?", schreit sie und weint gleichzeitig.

„Was?" Ich halte sie, als sie auf mich zu stolpert, hicksend und die Augen gerötet vom Weinen. Sie fängt an, wild auf mich einzuschlagen und ich hebe die Arme, um sie abzuwehren. Sie trifft meine Schulter und zielt erneut auf meinen Kopf. Bevor sie diesen trifft, ist Jackson ausgestiegen und hält ihre Arme hinter ihren Rücken. Sie wehrt sich gegen ihn wie eine Wilde.

„Wie konntest du nur?", schreit sie wieder. „Sie haben Charlie wegen dir genommen!"

„Wovon redest du?" Ich zittere wie Espenlaub. Nein, was sie sagt, kann nicht wahr sein. Das muss ein schreckliches Missverständnis sein.

„Ich habe dich angerufen", sagt sie vorwurfsvoll. Sie steht inzwischen selbst. „Ich habe dich immer wieder angerufen. Wo warst du?" Dann scheint sie in sich zusammenzusacken. Sie hört auf, sich gegen Jacksons Griff zu wehren. Er lässt erst locker, dann lässt er sie los. Sie sinkt in sich zusammen, weint. „Sie haben unseren Charlie mitgenommen."

„Wer?", will ich von ihr wissen und lehne mich zu ihr hinunter, sodass ich ihr direkt ins Gesicht blicken kann. Ich fasse ihre Schultern und bin kurz davor, sie zu schütteln. Ich weiß nicht, was mit meinem Handy passiert ist oder wieso ihre Anrufe nicht ankamen, aber all das macht keinen Sinn. „Sag mir, was passiert ist. Du musst mir sagen, was passiert ist, damit ich es in Ordnung bringen kann. Wer hat Charlie mitgenommen?"

Shannon holt tief Luft. „Sie sind alle gleichzeitig gekommen. David und seine Frau und sie hatten die Polizei dabei und einen Boten vom Richter. Er hatte einen Umschlag mit der Entscheidung des Richters." Es scheint, als würde sie wieder Kraft gewinnen, während sie mich böse anblickt. „Sie haben das volle Sorgerecht bekommen, weil du den Drogentest nicht bestanden hast."

„Was?" Ich blicke Jackson entsetzt an. Aber dann sehe ich es auch in seinem Gesicht. Er fragt sich. Fragt sich, was er tatsächlich über mich weiß.

„Du glaubst auch, dass ich Drogen genommen habe", flüstere ich. Es tut weh, schneidet tief ins Fleisch. Er glaubt also nicht nur, dass ich eine Hure bin, sondern dass ich eine *drogenabhängige* Hure bin.

Ich blicke zwischen den beiden hin und her. Natürlich hat der Richter das Ergebnis nicht angezweifelt. Wieso sollte er das tun? Ich bin ein Niemand, der im Gefängnis gelandet ist, während er schwanger war. Der es nie geschafft hat, Kontrolle über sein Leben zu bekommen. Der seinen Körper verkauft, damit seine Familie sich einen Anwalt leisten kann, aber letztendlich hat das alles nicht gereicht. Weil das Labor irgendwo Mist gebaut hat. Wie kann ich dagegen vorgehen?

Gott, ich schätze, ich muss meinen Anwalt anrufen? Und dann fangen wir an, dagegen vorzugehen? Aber wie lange wird das dauern? Und in der Zwischenzeit ... ich blicke zu unserer Wohnung hinüber.

Dann trifft mich die Erkenntnis.

Dann trifft sie mich wirklich.

Charlie ist weg.

Weggebracht.

Ich habe nicht mehr das Recht, meinen eigenen Sohn zu sehen. Ein Schluchzen findet den Weg an die Oberfläche.

Oh, Gott. Oh, Gott. Oh, Gott. Oh, Gott, Oh, Gott. Oh, Gott. Oh, Gott. Oh, Gott ...

Das kann nicht passieren. Egal was, nur nicht das. Ich habe alles getan, damit ich und Charlie zusammenbleiben können und jetzt ...

„Callie, Callie. Calliope!!!"

Ich blicke auf und in Jacksons Augen, mir wird endlich klar, dass er mich fest umarmt hält. „Baby, wir werden alles tun, damit er zurück zu dir kommt. Ich habe Anwälte der besten Kanzlei der Stadt auf Abruf bereit. Wir werden dafür sorgen, dass sie auch für ihr Geld arbeiten müssen. Sie werden die Probe erneut testen lassen und beweisen, dass es ein falsches positives Ergebnis war."

Meine Augen treffen auf seine. Heißt das, dass er wirklich glaubt, dass ich unschuldig bin?

Er drückt mir einen festen Kuss auf die Stirn. Er scheint es in meinen Augen zu sehen, denn er flüstert: „Es tut mir leid, dass ich auch nur eine Sekunde an dir gezweifelt habe, Baby. Es gibt hunderte Dinge, die ein falsches Ergebnis hervorrufen können. Erkältungsmedizin. Andere frei verkäufliche Medikamente. Fehler im Labor. Selbst Dinge, die du gegessen hast. Wir werden dagegen vorgehen und es wird als ungültig angesehen werden. Wir werden deinen Sohn in null Komma nichts zurückhaben."

Mit jedem selbstbewussten Wort, das seine Lippen verlässt, fällt etwas von der Gefühllosigkeiten, die ich empfinde, von mir ab. Er spricht davon, als hätten wir wirklich eine Chance. „Wie lange dauert ein Widerspruch?" Meine Stimme ist kaum lauter als ein Flüstern.

„Das weiß ich nicht, aber wir können meinen Anwalt anrufen und es herausfinden." Er lehnt sich zurück, aber nur weit genug, um meine Hand in seine zu nehmen und mir auf die Beine zu helfen. Er hat schon sein Handy in der Hand und wählt.

Shannon hat sich das Ganze voller Angst und Verwirrung angesehen. Wahrscheinlich glaubt sie nicht ganz so an mich, wie Jackson ... die Erinnerung daran lässt einen warmen Schauer über mich laufen und das trotz des Horrors, den ich gerade noch verspürte ... aber ich werde ihr beweisen, dass ich eine gute Mutter bin. Verdammt noch mal, ich werde es ihnen allen beweisen, egal wie sehr ich kämpfen muss. Charlie gehört zu mir. Ich habe in meinem Leben vielleicht viel Scheiße gebaut, aber er ist die eine Sache, bei der ich mir geschworen habe, dass ich sie richtig machen werde.

„Komm", sage ich zu ihr und nicke mit dem Kopf in Richtung unserer Wohnung. Meine Stimme und meine Beine sind noch immer zittrig, aber ich schlucke und versuche mich zusammenzureißen. Zu sehen, wie Jackson direkt die Initiative ergreift, hat mir geholfen, die Orientierung wiederzufinden.

„Sandoval", bellt Jackson in sein Handy. „Ich brauche eine

Notfall-Konsultation in einer Sorgerechtsangelegenheit. Deine besten Leute. Wir treffen uns in einer Stunde in meinem Büro."

Meine Hand drückt Jacksons reflexartig. Er blickt zu mir herüber und nickt mir ermutigend zu, während er zuhört, was die Person am anderen Ende der Leitung erwidert.

Mein Herz zieht sich in meiner Brust zusammen. Was ist, wenn ich mich geirrt habe? Was ist, wenn Jackson und ich über die erste Begegnung hinwegsehen können? Ich denke an ein solches Leben ... eines mit einem Partner, in dem die Lasten verteilt werden, wo man in den schweren Minuten nicht alleine da steht ...

Jackson beendet den Anruf und lässt das Handy wieder in die Tasche seines Jacketts gleiten. Irgendwas in meinem Gesicht fällt ihm auf, denn er hält inne, bevor er durch die Wohnungstür tritt und fragt: „Was ist?" Sein Gesicht ist gezeichnet von Sorge. „Baby, wir holen Charlie zurück zu dir nach Hause. Das verspreche ich dir." Er streckt eine seiner riesigen Hände aus und lässt sie über meine Wange gleiten.

Ich lehne meinen Kopf dagegen, rieche ihn und nicke. Dann, weil ich noch immer nicht ganz verstehen kann, was ich eigentlich fühle, vergrabe ich mein Gesicht in seiner Brust und umarme ihn fest. Einen Moment später legen sich seine Arme um mich und auch er umarmt mich.

„Alles kommt in Ordnung, Baby", verspricht er und streicht mir über den Rücken. „Alles kommt in Ordnung." Ich kann ihn nur fester halten.

Ich möchte ihm glauben.

Verdammt, wie sehr ich das möchte. Und jetzt, wo ich hier stehe, mit Jackson Vales starken Armen um mich geschlungen, da kann ich es vielleicht. Vielleicht kann ich es.

KAPITEL 17

Meine Hände zittern, als ich den Aufzug von Gentry Tech betrete, um am folgenden Montag meine Kündigung einzureichen.

Das Wochenende ohne Charlie war die Hölle, aber Jackson und ich haben uns mit seinen Anwälten getroffen und sie haben die nötigen Unterlagen direkt heute Morgen, als das Gericht aufgemacht hat, eingereicht, damit die Probe zu einem unabhängigen Labor gebracht werden kann.

Jackson war die ganze Zeit über wundervoll. Er hat nicht versucht mich zu küssen oder mir irgendwie näher zu kommen. Er war einfach nur ... für mich da, auf eine vollkommen andere Weise, als jemals irgendwer zuvor.

Ich weiß nicht, was das heißt. Vielleicht ist es ja doch möglich darüber hinwegzusehen, wie all das hier begonnen hat und die Idee der Möglichkeit von Jackson und mir und einer gemeinsamen Zukunft zu verfolgen? Ich habe noch immer viele widersprüchliche Gefühle bezüglich allem, was mit Charlie zu tun hat und versuche möglichst wenig daran zu denken. In diesem Moment ist er einfach nur ein toller Freund und das reicht. Egal, was passiert, ich werde meinen Entschluss von jetzt an die Kontrolle über mein Leben zu behalten, nicht aufgeben. Ich werde Männer nicht mehr davon ausgehen lassen, dass sie über mich entscheiden können.

Das ist der Grund, weshalb ich Jacksons Angebot, die Sache mit Bryce zu klären, abgelehnt habe.

Ich werde in Bryces Büro marschieren und kündigen. Ich werde, was auch immer er mir entgegensetzt, aushalten. Dann werde ich hier raus gehen und eine lange, heiße Dusche genießen und alle Erinnerungen an diesen Ort abschrubben.

Die Tür des Aufzugs öffnet sich und ich balle meine zitternden Hände zu Fäusten. Ich kann das hier. Ich bin mehr als Abschaum und ich werde mich nicht mehr wie solcher behandeln lassen. Ist es nicht das, woran Jackson mich immer wieder erinnert, egal auf welchem Wege? Er sieht meinen Körper und meinen Geist als zwei unabhängige Teile von mir und er fühlt sich von beidem angezogen. Alleine die Erinnerung an all unsere gemeinsame Zeit lässt mich mich aufrichten.

Ich durchquere die kleine, schicke Lobby und gehe in Bryces Büro, ohne vorher zu klopfen, Madisons Proteste ignoriere ich dabei. Bryce sieht bei meinem unerwarteten Auftritt genervt auf. Seine Wand war schließlich milchig gewesen, was heißt, dass alle ihn in Ruhe lassen, es sei denn Madison hat ihn zuvor durch die Gegensprechanlage kontaktiert. Aber ich will das hier hinter mich bringen und werde nicht treu darauf warten, dass ich endlich an der Reihe bin. Es ist Zeit dafür einzustehen, was ich verdiene und dass ich aufhöre, mich selbst zu bestrafen, indem ich mich von Bryce oder irgendwem anders herumschubsen lassen.

„Ich spreche später mit dir, Mandeep, ich muss mich um etwas kümmern.“ Bryce lacht, aber sein Gesichtsausdruck lässt anderes vermuten. „Das werde ich tun. Ich spreche dich bei der Telefonkonferenz nächste Woche.“ Bryce drückt auf einen Knopf, um das Gespräch zu beenden und dann fällt seine gesamte Missgunst auf mich.

„Du weißt, dass man mich bei Telefonaten nicht stören soll. Oder jemals, wenn das Glas nicht durchsichtig ist.“

Ich weiß, was er tut, er möchte mich in die Defensive zwingen. Normalerweise würde ich mich wie eine Irre entschuldigen.

Heute nicht. Ich stehe weiter da und strecke mein Kinn raus.

„Ich bin hier, um zu kündigen." Ich ziehe den Umschlag mit meiner Kündigung, die ich direkt oben in meiner Tasche liegen hatte, um leicht daranzukommen, heraus. Ich schiebe sie über den Schreibtisch auf ihn zu.

„Ich weiß, dass man gewöhnlicherweise die Kündigungsfrist einhält", fahre ich fort, „und es tut mir leid, dass ich das in diesem Fall nicht kann."

Ich drücke die nächsten Worte zwischen den Zähnen hervor. „Vielen Dank für die Chance, die du mir gegeben hast." Schließlich hätte ich Jackson ohne ihn niemals kennengelernt. „Ich werde all die Kleidung, die du mir gegeben hast, reinigen und zum Wochenende herbringen lassen."

Ich hoffe auf einen schnellen Abgang und drehe mich auf dem Absatz um, um zu gehen.

Ich hatte viele Entgegnungen erwartet – Fluchen, Schreien, oder sogar Bryces Befehlston, der Businesspartner überall auf der Welt innehalten und zuhören lässt. Aber ich hatte nicht damit gerechnet, hinter mir ein lautes Lachen zu vernehmen. Oder die Worte, die mich etwas zum Einknicken bringen, bevor ich die Tür erreiche. „Oh, du meinst, du kannst gehen? Einfach so?"

Was soll das heißen? Ich entscheide, dass ich mich auf keine Diskussionen einlassen werde und gehe weiter auf die Tür zu.

Der Knall, den seine Hand macht, als sie auf die Tischplatte schlägt, lässt mich allerdings erneut innehalten. „Hast du vergessen, was in dem Vertrag steht, den du unterschrieben hast?"

„Was meinst du?", frage ich, ohne mich umzudrehen. Ich wusste, dass er es mir nicht leicht machen würde, aber wieso spricht er über den Vertrag?

„Schau mich an, du kleine durchtriebene Schlampe. Glaubst du nicht, dass ich das hier in dem Moment, in dem du in mein Büro stolziert bist, habe kommen sehen?"

Bei diesen Worten kann ich nicht anders, als mich umzudrehen. Ich verstehe nichts. Was hat er kommen sehen?

Er ist aufgestanden und seine Fäuste liegen auf dem Tisch. Ein breites Grinsen auf dem Gesicht, während er sich ansieht, wie verwirrt ich bin. Er sieht aus, wie ein zufriedener Jäger und ich fühle mich wie das Tier, das gerade in eine seiner Fallen getappt ist, die prompt zugeschnappt ist. „Hat Ihnen niemand beigebracht, das Kleingedruckte zu lesen, Miss Cruise?"

„Ich habe das Kleingedruckte gelesen", werfe ich ein. „Ich habe den gesamten Vertrag gelesen, bevor ich unterschrieben habe."

Nach dem ersten Gespräch hatte ich sichergehen wollen, dass im eigentlichen Vertrag nicht von sexuellen Gefälligkeiten die Rede ist. Ich hätte die Verbindlichkeit solcher Konditionen angezweifelt, aber trotzdem ... ich habe sichergestellt, dass ich das Kleingedruckte auf jeder einzelnen Seite gelesen habe.

Bryce holt seinen Schlüsselbund hervor und guckt die Schlüssel durch, bis er einen kleinen silbernen findet. Er öffnet die unterste Schublade seines Schreibtischs. „Hier haben wir ihn ja."

Er holt einige Stapel weißes Papier heraus und blättert bis auf die vorletzte Seite. Dann fängt er an zu lesen: „Du stimmst zu, dass du während deiner Beschäftigung in dieser Firma und den fünf folgenden Jahren, egal aus welchem Grund das Beschäftigungsverhältnis erlischt, nicht ..." Er blickt auf und lächelt. „... hier kommt das wirklich Gute", dann deutet er wieder auf das Dokument. „... direkt oder indirekt irgendwo im Staatsgebiet der USA für einen Konkurrenten arbeiten wirst, egal, ob du dort dieselben Pflichten hast, wie hier, oder nicht."

Scheiße, scheiße, scheiße.

Bryce blickt zu mir hoch, um sicherzugehen, dass ich ihm zuhöre und verdammt nochmal, natürlich tue ich das. Wie in Gottes Namen ist mir die Klausel zum Wettbewerbsverbot entgangen? Ich könnte schwören, dass ich jede Zeile dieses blöden Vertrages gelesen habe. SCHEIßE!

„Bei Verstoß gegen das Wettbewerbsverbot ist der Arbeitgeber dazu befugt, Schadenersatz in Höhe des zehnfachen des Einstiegsgehaltes der Arbeitnehmerin zu fordern."

Ich muss husten. Heißt das ...? Das kann nicht wirklich sein, was er sagt ...

Bryce lächelt erfreut. „Genau, bei deinem gegenwärtigen Gehalt würdest du mir mehr als eine dreiviertel Million Dollar schulden, wenn du vorhast hier zu kündigen und in welcher Position auch immer für einen Mitbewerber zu arbeiten, egal in welcher Stellung."

„Nein." Es ist nur ein erschrockenes Flüstern. Nein, nein, das ist ein Bluff. Ich habe den gesamten Vertrag gelesen. Ich schwöre, dass ich das getan habe. „Lass mich das sehen." Ich mache einen Schritt auf ihn zu und reiße ihm das Papier aus den Händen.

„Gerne", sagt er und hat dabei noch immer ein zufriedenes Grinsen im Gesicht. „Ich habe Kopien."

Meine Augen gleiten über das Papier, zuerst kontrolliere ich meine Unterschrift und stelle fest, dass sie es ist. Ich habe auf jede Seite meine Initialen geschrieben, um zu zeigen, dass ich sie gelesen habe. Dann fallen meine Augen auf die Zeile, die Bryce netterweise mit gelbem Textmarker markiert hat. Ich schüttle den Kopf und stehe kurz davor ihn zu beschuldigen, dass er das alles gefälscht hat, als ich feststelle, dass diese Seiten überhaupt nicht Teil des eigentlichen Vertrages sind.

Die Zeile steht in der Geheimhaltungserklärung. Der markierte Satz ist mitten in einem langen Paragraphen voller rechtlicher Definitionen auf der zweitletzten Seite des dicken Stapels. Nur der eine Satz über das Wettbewerbsverbot und die Folgen, wenn ich mich nicht daranhalte.

Mein Magen fühlt sich an, als wäre es ausgehöhlt worden, wie ein Kürbis. Oh mein Gott. Ich habe das unterschrieben. Ich muss genau diesen Abschnitt überflogen haben. Es war schließlich nur die Geheimhaltungserklärung. Es ging einfach nur um die Weitergabe von Informationen ... nicht den tatsächlichen Arbeitsvertrag. Darin sollte so etwas nicht stehen. Also, ja, ich habe es gelesen, aber nicht so genau, wie ich es hätte tun sollen.

Bryce hat diese Klausel nicht im Kleingedruckten versteckt, sondern im direkten Blickfeld, getarnt durch den juristischen Jargon.

Ich knalle den Vertrag wieder auf den Tisch. Meine Brust hebt und senkt sich. Meine Hand legt sich auf meinen Bauch. Gott, mir ist schlecht. Bryce lacht noch einmal und ich kann ihn einfach nur erschrocken ansehen.

„Wieso?", frage ich und weiche vom Tisch zurück. „Was willst du von mir?" Dieser Kerl ist ein sadistisches Arschloch. Wieso schreibt er so etwas in einen Vertrag, wenn er nicht die Absicht hatte, dass genau das hier passiert? Das hatte er von Anfang an vor. Wie …? Ich meine, wieso …? Ich blicke zu ihm herüber und ich bin so verwirrt, dass mir schwindelig ist. „Hast du mich nur eingestellt, um mein Leben zu zerstören?"

Bryce hebt unschuldig die Hände. „Nein, keinesfalls. Ich bin ein sehr großzügiger Mensch. Ich will nur das Beste für meine Angestellten. Du musst verstehen, dass es für einen Mann in meiner Position wichtig ist, dass meine Angestellten nicht einfach zur Konkurrenz wechseln und dort meine Geheimnisse ausplaudern."

„Aber ich bin deine persönliche Assistentin", werfe ich ein. „Ich kenne überhaupt keine Geheimnisse!" Vielleicht hätte ich welche kennen können, aber er hat mit mir nie über die Algorithmen oder sonst irgendwelche geheimen Informationen gesprochen. Alles, was ich weiß, weiß Jackson sowieso schon.

„Das stimmt", sagt Bryce. „Und deshalb bin ich bereit mit dir zu verhandeln." Sein Lächeln ist wie in sein Gesicht gemeißelt.

Meine Nackenhaare stellen sich auf. Ich habe das Gefühl, dass ich die Maus bin, mit der die Katze spielt, bevor sie ihr ein Ende bereitet. Was hat der Bastard vor? Ich hätte schwören können, dass er sich darüber freut, mich in genau diese Position gebracht zu haben.

Ich muss an die Theorie denken, die ich vor ein paar Tagen hatte, dass genau all das hier irgendwie Bryces Spiel ist … von dem Moment, in dem er mich anstellte, über das Mittagessen mit Jackson, mich anzuspornen, mit Jackson zusammenzuarbeiten, damit wir zusammenfinden und jetzt ... was jetzt? Ist es das hier, was auch immer das ist, was er die ganze Zeit über wollte?

Aber nein, Gott, das ist Schwachsinn. Es ist nicht so, als wären wir Spielpuppen und Bryce wüsste, welche Schnüre er ziehen muss, damit wir genauso reagieren, wie er erwartet ... ich verlagere mein Gewicht bevor ich den Kopf schüttle.

Das hier ist kompletter Irrsinn. Was *genau* sollte er überhaupt davon haben?

„Was meinst du, verhandeln?", frage ich durch zusammengebissene Zähne.

„Nun, weißt du, ich habe ein kurzfristiges Treffen heute Morgen mit einigen Freunden und potenziellen Investoren, die gerade in der Stadt sind. Es geht um das gleiche Projekt, wie das, was du Mr. Vale vorgestellt hast. Da ich davon ausgehe, dass er dir den Job angeboten hat, der dich dazu brachte, so kurzfristig hier zu kündigen", bei diesen Worten wird Bryces Lächeln breiter, als er feststellt, dass ich immer steifer werde. „Wir wissen beide, wie gut du darin bist, Präsentationen zu geben. Außerdem hat ein hübsches Gesicht einer Vertragsverhandlung noch nie geschadet."

Er ist vollkommen entspannt. Wenn meine unglaubliche Theorie, dass er die ganze Zeit auf das hier zugearbeitet hat, wahr ist, dann scheint das, was er hier vorschlägt, zu einfach und zu maßgeschneidert. Was irgendwie auch zeigt, dass ich einfach ein wenig zu paranoid war. Es geht einfach nur darum, dass Bryce ein Arschloch ist, was alles aus mir rausholen möchte, weil ich kündige und für Jackson arbeiten möchte. Die Frage ist, wie viel ich zu geben bereit bin.

„Und dann? Ich gebe eine Präsentation bei diesem letzten Meeting und du erlässt mir die achthundertfünfzigtausend Dollar Strafzahlung?" Ich schnaufe.

Bryce zuckt die Schultern. „Ich bin kein Idiot. Das Geld werde ich niemals von dir sehen. Du hast kein Haus, nicht einmal ein Auto ... es würde dich einfach nur in die Insolvenz treiben und ich bekomme nicht einmal zwanzigtausend, wenn überhaupt. Nein", sagt er kopfschüttelnd. „Wie ich bereits sagte, ich kann auch großzügig sein. Alles, was ich von dir erwarte, ist, dass du mitkommst, eine Präsentation gibst und freundlich zu unseren ehrbaren Gästen bist."

Mein ganzer Körper verkrampft sich. „Was soll das heißen?"

Zum ersten Mal, seit ich sein Büro betreten habe, sehe ich das Glitzern in seinen Augen, das mich vermuten lässt, dass ich den echten Mann sehe. Er war immer ein Hai und einen Moment lang hält er es scheinbar nicht für nötig zu verstecken, dass er ein Raubtier ist. Es ist in der nächsten Sekunde wieder verschwunden, aber der Einblick hat gereicht, dass ein Schauer meine Wirbelsäule hinabläuft.

„Es ist eine Stunde deiner Zeit im Tausch dafür, dass du gehen darfst, ohne dass du weitere Verpflichtungen mir oder der Firma gegenüber hast." Er zieht die Augenbraue hoch, so als versuche er mir ein Geschenk zu machen und ich wäre ein Idiot, der es nicht direkt annimmt.

Gott. Wenn er versucht es darzustellen, als wäre es keine große Sache, ist es wahrscheinlich genau das Gegenteil. Scheiße, Fuck. Scheiße, Fuck. Was soll ich tun? Achthundertfünfzigtausend Dollar. Fast eine Million. Alleine der Gedanke an die Summe sorgt dafür, dass mir schlecht wird. Natürlich hat er recht. Ich werde niemals auch nur einen kleinen Teil zurückzahlen können. Die Alternative? *Fünf Jahre* lang nicht mehr in diesem Bereich arbeiten zu dürfen.

Ich drehe mich von Bryce weg und meine Hand legt sich auf meine Stirn. Ich schlucke schwer. Gott. Wie bin ich hier schon wieder reingeraten?

Ich balle meine Hände zu Fäusten und will mich selbst anschreien. *Oh, ja, Callie, das sollte fortan alles so anders laufen,* macht sich eine Stimme in meinem Kopf lustig. Du wolltest für dich selbst einstehen. Ausnahmsweise stark sein. Und zum ersten Mal in meinem Leben möchte ich etwas verändern, aber dieser Vollidiot lässt mich direkt wieder in den Morast sinken, aus dem ich mich herausgezogen habe.

Meine Schultern sinken. Denn er wird gewinnen.

Wieder einmal stecke ich in einer unmöglichen Situation. So

viel schlimmer, als die, in der ich vor zwei Monaten war, als ich das erste Mal sein Büro betrat. Jetzt habe ich nicht einmal mehr Charlie. Ich habe mich zu einer würdelosen Hure gemacht und wofür? Damit ich mich vor einem anderen Mann degradiere, die Rolle der schwachen Unterworfenen einnehme, damit man wieder auf meine Gefühle scheißt und trotzdem das Wichtigste in meinem Leben verliere?

Ich kann Bryces Blick spüren und ich kann mir den Triumph, den er jetzt empfindet, nur vorstellen. Genau das ist es, was ihn geil macht ... Menschen, die in seiner Gegenwart erstarren.

Gott, war es das, was er beim Vorstellungsgespräch in mir gesehen hat? Dass ich ein Mädchen bin, das man einfach kontrollieren kann? Dass ich leicht zu formen wäre? Leicht zu brechen.

Bryce zerstört gerne Menschen. Jacksons Worte kommen mir in den Sinn.

Ist das der Grund, warum Bryce mich aus all den Bewerbern ausgesucht hat?

Allein der Gedanke macht mich wütend.

Ich bin so viel stärker als sie alle. Mir wird erst jetzt klar, wie stark ich eigentlich bin, aber egal ... Ich habe nicht all das, was ich überstanden habe, mein Baby unterstützt und erzogen und dafür gekämpft, ihn wiederzubekommen, überlebt, weil ich schwach bin.

Also scheiß auf Bryce Gentry. Ich hebe den Kopf, stärke meinen Blick und richte mich auf.

Ich wusste, dass es Konsequenzen haben würde, wenn ich heute kündige. Bryce ist verkorkst. Egal, was sein Plan ist, egal ob es etwas ist, was er lange geplant hat oder einer, den er eben auf die Schnelle gefasst hat, ich werde damit klarkommen, weil ich es muss. Weil ich meine innere Zicke umarme, die mit allem klarkommt, was das Leben ihr auftischt.

Ich werfe Bryce einen bösen Blick zu. Scheiß auf ihn und all die Männer in meinem Leben, die versuchten, mich kleinzuhalten. „Wie viele Menschen werden bei diesem Meeting sein, wo ich die Präsentation halten soll?“

Er lehnt sich in seinem Stuhl zurück und verschränkt die Hände unter dem Kinn. „Neun."

Ich atme aus, versuche allerdings ihn meine Erleichterung nicht sehen zu lassen. Ich möchte nicht auch nur eine Kleinigkeit von mir vor diesem Arschloch zeigen. Keine Reaktion, keine Antwort. Innerlich bereite ich mich allerdings vor. Neun Menschen. Okay. Bryce kann nichts zu Verrücktes mit mir anstellen, wenn neun Businessmänner im selben Raum sind.

Ich werfe ihm meinen bösesten Blick zu. „Nichts passiert in diesem Raum, dem ich nicht zuvor zugestimmt habe?"

Bryce hebt die Hände. „Natürlich. Das ist alles deine Entscheidung. Erinnere dich einfach nur daran, was auf dem Spiel steht, solltest du dich in der letzten Sekunde anders entscheiden."

Ich atme noch einmal tief durch. „In Ordnung."

Bryce fängt an aufzustehen, aber ich strecke die Hand aus. „Nicht so schnell. Ich möchte es schriftlich, dass nach dem heutigen Meeting all das, was ich zuvor unterzeichnet habe, keinen Bestand mehr hat."

Er neigt den Kopf und nickt, fast so, als würde er mich respektieren ... auch wenn das natürlich einfach eine andere Form der Manipulation sein könnte. Es ist unmöglich bei ihm den Unterschied zu erkennen. „Gut gespielt, Miss Cruise. Ich werde es innerhalb der Stunde an deinen Drucker schicken. Das Meeting ist um zehn im Konferenzraum B. Sei pünktlich."

Ich gehe in mein Büro und hoffe, dass das das letzte Mal sein wird. Egal was Bryce von mir will, ich werde bereit sein. Und ich schwöre, dass das hier das letzte Mal ist, dass ich in einer solchen Lage bin.

KAPITEL 18

Ich bin nie zuvor in diesem Konferenzraum gewesen. Er ist deutlich kleiner als Konferenzraum A, wo die Projektmanager jeden Dienstag ihre Updates präsentieren. Statt des Industriedesigns, welches den anderen Raum nominiert, ist dieser modern mit klaren Linien.

Der Tisch im Zentrum führt dazu, dass alles andere wie ein großes Z angeordnet ist. Die zehn Stühle, die im Raum stehen, sehen auch deutlich bequemer aus. In ihnen liegen dicke, weiße Kissen, die ebenfalls ein Z darstellen. Bei Bryce geht es immer um die Präsentation.

Ich bin zwanzig Minuten zu früh gekommen. Heute werde ich mir keinesfalls Unpünktlichkeit vorwerfen lassen. Unruhig blicke ich mich im Raum um. Richtig. Zeit für die Vorbereitung. Ich habe diesen Job zwar erst ein paar Monate, aber ich habe mir nur einen Fehler erlauben müssen, um herauszufinden, was Bryce bei einer Präsentation von seiner persönlichen Assistentin erwartet ... nicht, dass er mir vorher eine Checkliste oder Ähnliches gegeben hätte.

Seit diesem Fauxpas habe ich meine eigene Checkliste: Eine Kanne kochend heißen Kaffee von dem Coffeeshop im Erdgeschoss des Gebäudes organisieren (Es ist ganz offensichtlich verboten, dass ich welchen koche, das habe ich bei meinem zweiten Versuch eines erfolgreichen Meetings versaut.). Zweitens muss ein Teller mit Backwaren von der kleinen Bäckerei, mit der wir einen Vertrag haben, geliefert werden ... *nicht* vom Coffeeshop unten, egal wie viel einfacher das wäre, besonders wenn das Meeting kurzfristig angekündigt wird. Drittens müssen an jedem Platz ein Block und ein Stift bereitliegen, auch wenn jeder heute seinen Computer benutzt. Es könnte ja sein, dass jemand Älteres teilnimmt, der noch immer Papier und Stift bei einem solchen Treffen erwartet.

Ich sehe mich um, während ich alles vorbereite. Gott, dieser Konferenzraum ist besser genau so ausgestattet, wie Konferenzraum A, ich habe nämlich keine Lust dort hinüber zu rennen, um die Tassen zu holen. Als ich den kleinen Schrank am Ende des Raumes öffne, atme ich erleichtert aus. Dieses Porzellan ist noch feiner als das, was ich gewöhnlich benutze. Also, es ist jetzt nicht aus Silber oder so. Natürlich nicht. Hier bei Gentry Tech gibt es nichts, was als traditionell oder gar antik gelten könnte. Das Porzellan ist modern und mattschwarz.

Ich gieße den Kaffee aus der Pappkanne in die schöne aus Porzellan und stelle die Tassen hin. Dann arrangiere ich all das schön auf dem Tablett auf der Arbeitsplatte. Alles andere ist schnell organisiert und als ich gerade den Krug mit Wasser fülle, öffnet sich die Tür hinter mir.

Ein paar Tropfen Wasser gehen daneben, als ich den Wasserhahn ausschalte. Ich muss mich wirklich zusammenreißen, um nicht laut zu fluchen.

Ich wische das Wasser mit der Hand weg, während ich mich umdrehe und Bryce sehe, der die Tür für einige sehr angesehen aussehende, ältere Herren öffnet. Ich wische meine Hand an meinem Rock ab und lege ein Lächeln auf, während ich mich von der Arbeitsplatte wegbewege. Scheiße. Gehe ich hinüber und begrüße sie oder warte ich hier wie eine unterwürfige Sekretärin?

Ich halte mitten im Schritt inne und bleibe, wo ich bin, auf halbem Weg zwischen Theke und Tür. Ich lasse die Hand fallen, was sich dann aber dumm anfühlt und verstecke sie dann hinter meinem Rücken. Gott, verdammt, bin ich fünf? Ich lasse sie wieder an meine Seite fallen.

In der Zwischenzeit ignoriert Bryce mich komplett und begrüßt immer mehr Männer, die in den Raum treten. Ich zähle leise mit. Fünf, sechs, sieben. Okay, es sind fast alle da. *Atme, Cals, atme.* Meine Brust bewegt sich tatsächlich mit jedem Atemzug. Okay. Das ist gut. Allerdings, scheiße, jetzt wird mir schwindelig. Verdammter Mist. *Atme langsamer.*

Ich versuche langsamer und tiefer einzuatmen. Ich kann das. Ich bin professionell.

Eine professionelle ... was genau? fragt meine innere Stimme.

Ja, ich sage meiner inneren Stimme, sie solle den Mund halten. Ich muss nur diese Stunde aushalten, danach bin ich frei.

„Entschuldigen Sie", sagt Bryce. „Ich habe es versäumt, Ihnen meine Assistentin vorzustellen: Miss Calliope Cruise. Sie wird mich dabei unterstützen, die Produktlinie infrage vorzustellen."

Bryce streckt die Hand in meine Richtung aus und bedeutet mir, näher zu kommen. Ich bin erleichtert endlich eine Idee davon zu bekommen, was ich hier eigentlich soll, aber die Schmetterlinge in meinem Bauch flattern, während ich auf ihn zu komme. Schmetterlinge sind wahrscheinlich die falsche Beschreibung. Sie lassen einen an schöne Dinge denken. Ich sollte wahrscheinlich Motten sagen. Ja. Es sind definitiv gruselige, haarige, Kleiderschrank-Motten, die in meinem Inneren herumflattern, als ich die erste Hand schüttle.

Der Mann, dem die Hand gehört, ist alt genug, um mein Großvater zu sein, vielleicht noch älter. Seine Falten haben Falten. Ich hatte erwartet, dass seine Haut trocken und brüchig sein würde, aber nein, seine Hand ist verschwitzt. „Schön, Sie kennenzulernen, kleine Dame." Seine Augen sind fest auf meine Brust fixiert.

„Richard", sagt Bryce und schlägt ihm auf den Rücken. „Beanspruche meine liebe Assistentin doch nicht ganz für dich. Ich möchte gerne, dass sie alle kennenlernt, bevor wir anfangen. Außerdem, wie ich dir schon gesagt habe", bei diesen Worten tauschen die beiden

Männer einen langen Blick aus. „Wird es später ausreichend Zeit für eine Frage-und-Antwort-Runde geben."

„Ahhh", sagt Richard und drückt meine Hand noch einmal, bevor er zur Seite tritt.

Danach ist es eine wahre Männerparade. Ich kann von der Machart ihrer Anzüge erkennen, dass sie alle wohlhabend sind. Keiner von ihnen ist jünger als vierzig. Viele von ihnen haben schwere, fremde Akzente, einer hört sich an, als sei er britisch und einige kommen aus Asien.

„Es ist schön, Sie kennenzulernen, Miss Cruise", sagt der letzte Mann. Ein Carl irgendwas von Atlantic Dynamics. Sein Blick fällt nicht einmal südlicher als mein Kinn. „Es wird viel über Gentry Techs neue Drohnen gesprochen und ich bin erfreut, Ihre Präsentation hören zu dürfen."

„Vielen Dank", entgegne ich. Er scheint freundlich und aufrichtig. Ich kann die Paranoia, die mich ergriffen hat, seit Bryce mich für dieses Meeting rekrutiert hat, nicht vollkommen ablegen, aber jetzt alle auf ihren Plätzen zu sehen hilft dabei, das hier als gewöhnliches Meeting zu sehen und die beflügelten Kreaturen in meinem Magen scheinen sich zu beruhigen.

Das alles war einfach ein weiteres von Bryces Spielchen. Er hat all das hier vorbereitet, so, als wäre es etwas Schäbiges oder Komisches. Es ist aber alles ganz normal. Ich möchte mich fast selbst auslachen dafür, dass es in meinem Kopf etwas vollkommen anderes geworden war. Nun, das und ich würde Bryce gerne dafür in die Eier schlagen, so mit mir zu spielen.

Ich drehe mich von Carl weg und fühle mich erleichtert, während ich den Beamer anschalte. Ich hole meinen Laptop aus meiner Tasche und werfe Bryce einen Blick zu. Er nickt mir zu und eröffnet das Meeting.

„Meine Herren, es freut mich, Sie zu unserer Präsentation über die Zukunft unserer unbemannten Flugsysteme begrüßen zu dürfen. Was wir Ihnen heute präsentieren ist ein Design, das der gegenwärtigen Technologie Lichtjahre voraus ist."

Bryce fährt fort und geht auf einige Details des Designs ein und nickt mir dann zu, während er zeitgleich eine Fernbedienung nutzt, um das Licht zu dimmen.

Ich schalte den Beamer an und beginne mit meiner Präsentation. Da ich diese nun einige Male gehalten habe, ist meine Stimme stark und klar. Ich bin bei keinem Punkt unsicher.

Es gibt Fragen während der Präsentation. Zu meiner Überraschung lässt Bryce mich die meisten selbst beantworten und greift nur ein, wenn sie zu technisch sind, als dass ich die Antwort kennen würde.

Ich beende meine Präsentation der Folie über die Software, mit der die Drohnen gesteuert werden ... der Teil, den Jackson so aus der Fassung brachte, weil er nicht vollständig war. Die Männer in diesem Raum sehen allerdings zufrieden aus und ich würde fast sagen, beeindruckt. Entweder vertrauen sie einfach auf Bryces Versprechen oder sie wissen es nicht besser. Aber diese Männer kommen aus der gleichen Sparte, sicherlich wissen sie, welche Fragen sie stellen müssen. Vielleicht liegt es einfach an Bryces gutem Ruf und sie vertrauen, dass er das, was er verspricht, auch verwirklichen kann.

Bryce erhellt den Raum wieder. Er ist gefüllt mit leisen Unterhaltungen, während einige der Männer miteinander sprechen. Ein paar von ihnen machen sich noch immer Notizen auf ihren Tablets. Die Notizblöcke sind alle unberührt.

Das ist okay für mich. Ich blicke auf meinen Laptop. Ich kann nicht glauben, dass ich das ohne Versprecher geschafft habe. Erleichterung durchfließt mich. Ich bin offiziell fertig mit Gentry Tech. Ich kann nicht anders, als zu lächeln. Ich habe es sogar geschafft, das hier gut zu machen. Ich bin tatsächlich ein wenig stolz auf mich.

„Lassen Sie uns uns nun, wo der erste Teil abgeschlossen ist, ein wenig stärken."

Oder nicht. Die Aufregung, die ich gerade gespürt habe, verebbt ein wenig. Okay, das kann ich aushalten. Kein Problem.

Bryce nickt mir zu, ohne überhaupt zu mir herüber zu blicken. Ein eleganter Weg mich daran zu erinnern, dass ich eine unterwürfige Bedienstete bin. Ich muss es nur noch durch dieses letzte Meeting schaffen. Ich kann alles eine Stunde lang aushalten.

„Hol unseren Gästen, was immer sie wünschen."

„Natürlich." Ich versuche die Anspannung nicht durch meine Stimme zu transportieren.

Ich stehe auf und gehe an die Arbeitsfläche im hinteren Teil des Raumes und …

Mir kneift jemand in den Hintern.

Was in …?

Ich sehe Bryce überrascht an. Hat er mir gerade …?

Bryce streckt die Hand aus und greift unverfroren nach meiner anderen Arschbacke.

„Was tust du da?" Die Worte verdeutlichen den Schock.

Denn das hier passiert nicht. Das hier ist öffentlich. Das hier sind respektierte Businesspartner. Ich habe gerade eine Präsentation gehalten, als ebenbürtige …

„Knöpfen Sie Ihre Bluse auf, Miss Cruise." Bryces Stimme ist noch immer genau so, wie das ganze Meeting über.

Ich starre ihn an, halte inne.

Seine freundlichen Augen verhärten sich ein wenig. Er lehnt sich herüber und flüstert, sodass nur ich ihn hören kann: „Möchtest du aus dem Vertrag raus, oder nicht? Du kannst nur gehen, wenn du alle Erwartungen bei diesem Meeting erfüllst."

Arschloch. Mein Herz wird schwer und ich atme frustriert aus. Zeitgleich bin ich gedemütigt. Trotzdem halte ich nur einige Sekunden inne, bevor meine Hände den obersten Knopf meiner Bluse finden. Das hier ist genau das, was ich von Anfang an erwartet habe, oder nicht? Die Konsequenzen, die ich würde tragen müssen, weil ich kündige?

Von Anfang an, als ich in meinem Büro saß, traf ich die Entscheidung, dass ich stark genug bin, das hier zu überstehen und trotzdem noch aufrecht von hier fortgehen könnte.

Ich werde *nicht* zulassen, dass Bryce Gentry mich zerstört.

Das Arschloch will mich also präsentieren. In Ordnung. Es ist nicht so, als hätte er das nicht schon einmal getan. Ich starre Bryce die ganze Zeit böse an, während ich die Knöpfe durch die Knopflöcher schiebe. Ich werde nicht innehalten oder mich von ihm einschüchtern lassen, aber das scheint ihn nur noch mehr zu amüsieren. Verdammter ekelhafter Bastard.

Bryce streckt einen Arm in meine Richtung aus, während er die übrigen Männer ansieht. „Ich habe ja gesagt, was für eine Bereicherung für meine Firma Miss Cruise ist. Was ich allerdings dabei nicht erwähnte, sind all ihre wunderbaren *Qualitäten*."

Sein schlechter Witz lässt einige der Männer lachen. Ich schaue sie nicht an, aber ich bin komplett von den Socken. In einem Raum voller Businessmänner zu sein gab mir zunächst Sicherheit. Bryce wird das wirklich vor all diesen Männern tun? In welcher Welt wäre das akzeptabel?

„Aber was ist mit ihrem Hintern?" Das kam von Richard, dem alten Mann. Ich halte das Erschaudern aus Ekel nicht zurück. Er starrt hungrig auf meine Brust.

„Oh, da kommen wir hin, keine Sorge", sagt Bryce und schaut mir direkt in die Augen. Darin liegt eine Art dunkles Versprechen.

Ich habe den Impuls jetzt aus dem Raum zu rennen. Ich schaffe es gerade noch, ihn zu unterdrücken.

Ich würde ihm mehr als siebenhundertfünfzigtausend Dollar schulden, wenn ich diese Show nicht mitmache oder ich darf fünf Jahre lang nirgendwo anders arbeiten. Ich schlucke. Mir ist klar, dass ich nicht nur vorgeführt werde, nein, ich werde auch angefasst werden. Gott.

Aber das kann ich für eine Stunde aushalten ... oder nicht?

Ich habe nicht die Chance, länger darüber nachzudenken, denn Bryce zieht mir die Bluse aus. Im nächsten Moment öffnet er meinen BH und reißt mir auch diesen vom Körper.

Überall im Raum ertönt das Geräusch einer männlichen Reaktion, als meine Brüste frei sind. Grunzen und tiefes Stöhnen.

„Hoch", befiehlt Bryce.

Ich verstehe es zunächst nicht, aber dann greift er meine Hüfte und schiebt mich in Richtung des Tisches. „Hoch und auf die Knie. Wie ein Hund."

Ich werde rot vor Scham. Was zur Hölle? Nein. Nein, dem stimme ich keinesfalls zu.

Einer der Männer in der Ecke mit roten Haaren und einem Bauchansatz leckt sich über die Lippen und streckt dann die Hand nach meinen Brüsten auf und drückt zu. Ich weiche zurück, als seine Augen aufleuchten, als er mich berührt.

Bryce schlägt mir wieder auf den Schenkel, so als würde er mich züchtigen. Ich drehe mich wütend zu ihm um.

Das reicht. Ich mache nicht mehr mit.

„Ich mache das nicht", zische ich in seine Richtung. Meine Augen fallen auf die Tür hinter ihm. Sie ist wahrscheinlich zwei Meter von mir entfernt. Ich wusste, dass Bryce ekelhaft ist, aber das hier geht zu weit. Er hat gesagt, ich könnte jederzeit gehen und genau das habe ich vor.

Aber Bryce bewegt sich deutlich schneller, als ich erwartet habe und seine Stimme findet den Weg in mein Ohr: „Denk daran, was du zu verlieren hast. Alles, was ich von dir möchte, ist, dass du dich ein wenig von ihnen anfassen lässt. Das ist alles, was sie tun werden, das verspreche ich. Eine halbe Stunde und du bist frei."

Ich atme hörbar aus und weiche zurück, hasse das Gefühl seines Ohres an meinem Ohr. Es fühlt sich falsch an, ihn so nah an mich zu lassen, nach all dem, was Jackson und ich am Wochenende getan haben.

Auch wenn ich mir geschworen habe, stark zu sein, schäme ich mich. *Jackson.* Ich war mit Jackson zusammen und jetzt bin ich hier, nackt, lasse mich von fremden Männern anfassen. Wir haben nicht darüber geredet, dass wir das nicht tun werden und ich bin nicht mal sicher, ob ich bereit bin, es mit ihm zu probieren, aber trotzdem ... Das hier ist einfach so unglaublich falsch. Mein Magen dreht sich um und ich möchte einfach auf den Tisch kotzen. Auf diese Männer, die sich daran aufgeilen, dass ich gedemütigt werde.

„Ja, klar", flüstere ich durch zusammengebissene Zähne und

weiche einige Zentimeter von ihm zurück. „Diese Männer erwarten deutlich mehr, als mich nur anzufassen."

Bryce legt eine Hand um meine Taille und hält mich fest. Ich versteife mich.

Gerade, als ich darüber nachdenke, wie weit entfernt die nächste Kaffeetasse ist und ob ich es schaffe, mir diese zu schnappen und Bryce auf den Kopf zu knallen, sagt dieser: „Du hast recht."

Er steht nahe bei mir, immer noch viel zu nah, als er mir ins Ohr flüstert: „Sie erwarten eine Show. Ich biete ihnen einen Live-Porno, in dem meine super geile Assistentin mir einen Blow Job gibt, ihnen geht einer ab und ich bekomme die Deals, die ich brauche."

Ich wehre mich gegen seinen Griff. „Ich werde dir *keinen* blasen."

Seine Hand gleitet noch weiter um meine Taille und drückt gegen mich, während er das Gesicht in meinen Haaren vergräbt. „Es lief immer genau hierauf hinaus, Calliope. Das wusstest du von Anfang an."

Mein Herz schlägt schneller und ich fühle mich wie ein kleines Tier, um das die Falle zugeschnappt ist. „Erfülle deinen Teil unseres Deals und du bist frei. Wenn du diesen Raum verlässt, wirst du mir achthundertfünfzigtausend Dollar schulden, falls du einen Job irgendwo im Business annimmst. Ansonsten wirst du wohl die nächsten fünf Jahre kellnern. Glaubst du wirklich, dass du deinen kleinen Jungen zurückbekommen wirst, wenn du für den Mindestlohn arbeitest?"

Ich winde mich aus seinem Griff. Wie in Gottes Namen weiß er von meinem Problem mit dem Gericht?

Aber er spricht weiter und seine Stimme ist schmeichelnd: „Das ist eine so kleine Sache." Er streichelt meine Schulter und ich möchte schreien und ihn dann treten, bis seine Eier blau sind. „Ich bin willig einen weiteren Deal zu machen. Nur eine *Viertelstunde*, dann ist es vorbei. Du musst mich nie wieder sehen."

Ich drücke die Augen zusammen, während die Worte durch meinen Kopf hallen.

Eine Viertelstunde.

Verdammt. Dann wäre ich für immer mit Bryce durch. Wenn ich es nicht mache, wird er sicherstellen, dass mein Leben die nächsten fünf Jahre lang die Hölle ist.

Nein. Verdammt nein.

Er ist schrecklich und böse und ich werde nie wieder die Person sein, die von einem Psychopathen gelenkt wird.

Er soll zur Hölle fahren. Er ist der Teufel. Wenn ich das hier mache, gehe ich mit offenen Augen einen Deal mit ihm ein. Meine Brust zieht sich vor Schmerz zusammen. Ich habe geschworen, dass ich jemand anderes sein würde. Dass ich meine alten Fehler nicht mehr wiederholen würde.

Aber verdammt, wir sind nicht im Regenbogenland. Mein Körper steht wieder zur Diskussion als Druckmittel, als Einsatz. Und das wohl *wortwörtlich*, wenn es nach Bryce geht.

Es gibt keinen Prinzen, der mich rettet. Das weiß ich schon eine Weile. Jackson wollte die Rolle eine Weile lang füllen und vielleicht wollte ich, dass er das tut, aber das hier wird mein Schicksal besiegeln. Ich bin nicht sicher, ob er überhaupt wollen wird, dass ich für ihn arbeite, wenn ich das hier mache.

Und das ist okay. Ich mache mich von innen nach außen hart.

Jackson war immer ein Traum und nie für mich bestimmt. Er ist ein guter Mann und ich … ich … *Du bist das Mädchen, mit dem der Chef des Vaters sich gerne im Dunkeln vergnügt. Du bist das Mädchen, das wie eine Hure vor fremden Männern auf den Tisch steigt.*

Das ist, was du bist.

Es ist nicht so, als würde Bryce um etwas bitten, was ich noch nie getan habe. So, so häufig habe ich es schon gemacht. Mächtige Männer, die meinen Körper wollen. Meinen Mund.

Mach ihn auf, kleine Barbie. Du willst doch nicht, dass Daddy seinen Job verliert? Oder ich könnte ihm die Beförderung geben, die er so gerne möchte. Das liegt alles bei dir. Ich frage nur nach diesem kleinen Gefallen.

„Fein“, zische ich.

„Braves Mädchen.“ Bryces Stimme ist wieder professionell. „Jetzt. Auf den Tisch auf allen vieren.“

Alles in mir schreit nein.

Ich schlucke die Säure, die in mir aufsteigt und droht mich zu ersticken, herunter. Ohne die Augen zu öffnen, krabble ich auf den Tisch. Ich mache es verdammt noch mal und mehr könnte man mich wohl nicht demütigen.

Geschrei und Pfeifen kommt von überall. Mich zu demütigen, darum geht es doch, oder? Das ist das, was diese Männer geil macht. Macht.

Bryce schlägt auf die Unterseite meines Schenkels, so wie man es wahrscheinlich mit einem Pferd machen würde, damit ich mich mehr an die Seite des Tisches bewege. Ich halte die Augen fest zusammengekniffen.

Fünfzehn Minuten.

Nur eine Viertelstunde und ich muss nie wieder daran denken.

Niemals wieder daran denken.

Ich fühle eine Bewegung neben mir als Bryce aufsteht und die Männer am Tisch anspricht. „Unser ungezogenes Mädchen hat darüber nachgedacht, wegzulaufen. Was bekommt ein ungezogenes Mädchen?“

Bryce ergreift meinen Rock und hat ihn nach mehreren heftigen Zügen hochgezogen, sodass er sich um meine Taille legt. Seine Hand folgt und gleitet über die Ritze meines Hinterns, wo mein String Tanga verschwindet.

„Sag uns, du Hure, wie sehr willst du es?“

Mein Kinn verspannt sich, aber Bryce ergreift meinen Hintern und kneift hinein.

Ich drücke die Augen fester zusammen und senke den Kopf. Aber nein, verdammt, ich werde mich nicht wegducken. Du wirst das hier überleben, Callie Cruise. In fünfzehn Minuten werde ich herausgehen, das Gebäude verlassen mit der Zukunft, die dann in meinen Händen liegt.

„Ich will es“, sage ich und hasse die Worte in dem Moment, in dem sie meinen Mund verlassen.

Denk einfach nur an den Bürgersteig. Ich bin schon da. Ich laufe schon davon. Schau dir den blauen Himmel an. Den blauen, blauen Himmel.

„Was hast du gesagt?“, fragt Bryce. Ich kann mir vorstellen, dass das Arschloch eine Hand an sein Ohr legt, um besser zu hören, wie ein Clown im Zirkus. Ich öffne meine Augen nicht, als ich wiederhole: „Ich will es.“

„Und was willst du, Hure?“

Bei diesen Worten öffnen sich meine Augen. Dieser verdammte Hurensohn. Was soll ich denn bitte darauf antworten? Es ist ja nicht so, als hätte er mir ein Skript gegeben, dem ich folgen kann.

Er grinst mich an. „Hast du Lust auf meinen Schwanz?“

Ich drücke die Zähne zusammen, so doll, dass ich den Kopfschmerz schon kommen fühle. „Ja.“

„Oh, oh, oh“, rügt er mich und lässt einen Finger durch die Luft gleiten. „Ich möchte, dass du es sagt. Hast du Lust auf meinen Schwanz?“

Ich beiße auf die Innenseite meiner Wange und zwar so sehr, dass ich zu bluten beginne. Ich schließe die Augen wieder und versuche mich daran zu erinnern, wieso sich das Ganze vor ein paar Momenten noch wie eine vernünftige Entscheidung anhörte.

Verschwinde von hier und dann bist du frei. Du kannst fünfzehn Minuten lang alles aushalten, Calliope Marie Cruise. Dann ist da der blaue, blaue Himmel. Der verdammte blaue Himmel.

Irgendwie schaffe ich es, den Satz, den Bryce hören will, herauszubringen, allerdings mit sehr monotoner Stimme: „Ich habe Lust auf deinen Schwanz.“

„Genau so“, motiviert Bryce mich. „Du eklige Wichswanne. Alles, woran du denken kannst, ist es, an meinem monströsen Schwanz zu ersticken.“

Wenn ich es genug versuche, kann ich einfach so tun, als wäre ich nicht hier, oder? Dass nicht gerade neun Augenpaare auf meinem

Körper ruhen und dass ich nicht gerade wie ein Weihnachtsbraten auf einem Tisch präsentiert werde.

„Richard, würdest du mir die Ehre erweisen und das Spiel anfangen?“

Mein Kopf fährt herum. Wovon spricht er?

Ich sehe Richard, der sich schneller um den Tisch herumbewegt, als ein Mann seines Alters es tun sollte. Er reibt die Hände zusammen. Auf seinem Gericht ruht ein breites Grinsen und seine Augen kleben an meinem Hintern. Die Beule in seinem Schritt erscheint einfach nur obszön.

Mein Kopf dreht sich, sodass ich Bryce sehe. „Ich blase nur dir einen“, flüstere ich durch zusammengebissene Zähne. „Nur dann mache ich mit.“

Ich bin vielleicht billig, aber ich bin keine verdammte Hure, egal was ein verdammter Bryce Gentry vielleicht denkt.

Bryce lacht und fasst mein Kinn zwischen seinen Fingern. Die meisten Leute würden das wohl als liebe Geste empfinden, aber Bryce legt genug Kraft hinein, dass mein Mund sich zu einem O öffnet. „So willig?“

„Nur dich“, knurre ich trotz des festen Griffes an meinem Kiefer.

Er nickt und wird eine Sekunde lang ernst. „Nur ich.“

Ich atme erleichtert auf, bis die ekligen, feuchten Hände dieses alten Mannes meinen Hintern umfassen.

„Aber die anderen dürfen dich anfassen“, beendet Bryce seinen Satz und schiebt seinen Daumen in meinem Mund. Er steckt ihn so weit hinein, dass ich huste. Er sieht amüsiert aus, bevor er ihn herauszieht und einen Schritt zurück macht.

Der alte Mann fasst und schlägt meinen Hintern, so als wäre ich eine Stute. Anders als Jackson, der mich so gekonnt in der Limousine geschlagen hat, scheint Richard keine Ahnung davon zu haben, was er da treibt. Seine Schläge sind viel zu fest und treffen immer wieder auf dieselbe Stelle. Alleine der Gedanke an die dreckigen Hände dieses alten Mannes und zeitgleich Jackson lässt die Scham durch meine Adern fließen.

„Schau, wie sie sich windet, sie mag es", bekommt Richard nach dem achten Schlag raus.

Okay, Arschloch …

Aber Bryce erkennt scheinbar, dass ich kurz davor bin, mich umzudrehen und dem alten Bastard meine Meinung zu sagen, denn er ergreift meine Handgelenke und hält mich fest, während er lachend in Richards Richtung sagt: „Okay, Rich, lass die anderen auch ran."

Richard stöhnt unzufrieden, aber so schwer, wie er atmet, ist klar, dass er es eh nicht mehr viel länger ausgehalten hätte. Er platziert einen weiteren harten Schlag auf meinem Hintern und ich schreie auf. Diesmal hält Bryce mich nicht nur für eine gute Show zurück.

Er lehnt sich zu mir herüber und flüstert in mein Ohr: „Tu so, als würdest du versuchen dich zu befreien, sie werden es lieben."

„Du hältst es nicht aus, wenn ein echter Mann dir zeigt, wo du stehst", sagt Bryce dann lauter. Jetzt machen wir doch eine verdammte Show daraus? Diese reichen, kranken Arschlöcher. Ich kann nicht glauben, dass ich da mitmache.

„Das ist heute das Problem", fährt er knurrend fort, während er meinen Oberarm ergreift. Sein Gesichtsausdruck ist hart, aber er greift nicht fest zu. „Eingebildete Schlampen, die nicht wissen, wo sie stehen. Ich werde es dir beibringen. Genau hier und jetzt. Und du wirst es nehmen, richtig, Schlampe? Du verfickte Nutte."

Ich werfe einen auffälligen Blick auf die Uhr hinter Bryces Kopf und schaue ihn böse an.

Fünfzehn verdammte Minuten, Arsch.

Ich warte auf ein zustimmendes Nicken, bevor ich sein Spiel mitspiele. Dann schüttle ich den Kopf. „Nein, nein, nein."

Ich schließe die Augen und tue so, als würde ich mich gegen ihn wehren. „Das kannst du nicht machen. Ich möchte das nicht."

Bryce legt mir seine Hand über den Mund und unterdrückt so meine Schreie.

„Carl." Er nickt hinüber zu dem jungen, hübschen Mann, den

ich im ersten Moment als so professionell eingeschätzt habe. „Halt sie für mich fest."

Carl kommt mit leuchtenden Augen näher. Wow, ich bin so froh, dass es mir leichtfällt, die normalen von den verkorksten Kerlen zu unterscheiden. Und dann sollte ich andererseits wahrscheinlich einfach davon ausgehen, dass alle, die in Bryces innerem Kreis sind, verkorkst sind.

Jackson und Bryce waren einst Freunde. Vielleicht ist es also ganz gut, dass da nie was laufen wird. In Gottes Namen, Jackson hat mir in einer Limousine den Hintern versohlt und mich dann gefingert, während ich geheult habe.

Jetzt ist nicht die Zeit daran zu denken. Carl lehnt sich über meinen Rücken und wendet irgendeine Art Wrestling-Halt, wo meine Ellenbogen hinter meinen Körper fixiert sind, an. Trotzdem kann ich weiter auf allen vieren verweilen. Sehr freundlich von ihm. Ich rolle innerlich mit den Augen.

Ich bin jetzt allerdings tiefer über den Tisch gebeugt und Carl manövriert mich so, dass mein Gesicht direkt am Rand ist. Dort treffe ich auf Bryce, der gerade seinen Gürtel öffnet.

Ich schlucke einmal, dann ein zweites Mal. Mein Atem wird schneller und ich zwinge mich, nicht zu hyperventilieren. Was natürlich dazu führt, dass ich laut loslachen will, wie eine Hyäne. Schließlich hat man mir beim letzten Mal, als ich hyperventilierte den Hintern versohlt, bis ich wieder normal atmen konnte. Jackson tat das. Ich bin mir sicher, dass irgendjemand in diesem Raum sich bereit erklären würde, sich aufzuopfern und das Gleiche zu tun. Ohne Jackson hätte es allerdings wahrscheinlich nur den gegenteiligen Effekt.

Und dann möchte ich einfach nur noch losschluchzen.

Oh Gott, was verdammt nochmal tue ich hier? Ernsthaft, was in Gottes Namen?

Bryce öffnet seine Hose und zieht seine Boxershorts runter. Es gibt keine Fanfare als er seinen Schwanz herausholt. Ich habe ihn natürlich schon einmal gesehen, aber da masturbierte er hinter einer

Glasscheibe und zwischen uns waren mindestens 70 Zentimeter Platz gewesen. Das war deutlich anders als ihn hier direkt in meinem Gesicht zu haben.

Mach den Mund auf, kleine Barbie.

Wie habe ich es nur so weit kommen lassen können?

Ein Mann hält mich fest, während ich auf einem Tisch sitze, umrahmt von anderen Geschäftsmännern, während er mir weiter seinen Schwanz ins Gesicht hält.

WAS ZUM TEUFEL MACHE ICH HIER?

Scheiß auf das Geld!

Scheiß drauf, wenn ich fünf weitere Jahre als Kellnerin arbeiten muss!

Nichts in der Welt ist das hier wert!!!

Ich drehe den Kopf von Bryces Schwanz weg, aber ich habe nicht viel Spielraum, da Carl mich noch immer festhält.

„Nein", sage ich entschlossen.

Ich fange an, mich gegen seinen Griff zu wehren.

„Komm, zier dich nicht so, du kleine Schlampe", sagt Bryce grinsend. „Du hast mich doch noch vor einer Minute deshalb angefleht."

Er schiebt sich selbst wieder in meinen Mund, aber diesmal drücke ich die Zähne zusammen und drehe den Kopf.

„Ich habe nein gesagt. Nein. Ich habe es mir anders überlegt. Nein zum Deal. Nein zu all dem hier. Lass mich gehen." Ich wehre mich gegen Carls Halt.

„Lass mich los", kreische ich, als Carl mich nur noch fester hält.

„Genau, Baby", sagt Carl. „Ich liebe es, wenn sie so tun, als wären sie schwer zu bekommen. Innerlich bettelst du, ihn zu bekommen oder nicht, Schlampe?" Er liegt fast auf meinem Rücken und ich kann seine Erektion an meinem Schenkel spüren.

Oh Gott. Ich versuche zu atmen, doch er erdrückt mich fast.

Sie werden nicht …

Wieso hören sie nicht auf …

Meine Brust schmerzt. Ich muss atmen.

Ich muss es ihnen verständlich machen. Glauben sie ernsthaft, das hier ist Teil der Show? Ich schaffe es, einen Atemzug zu erlangen.

„Nein, das ist mein Ernst. Das ist kein Spaß!"

Dann erinnere ich mich daran, was Jackson mir gesagt hat. Ein Safeword, das von allen akzeptiert wird. Sicherlich wird irgendjemand in diesem Raum es kennen.

„Rot!", rufe ich. „Hört auf! Nein! Rot!"

Eine Sekunde lang steht alles still.

Bryce schaut mir direkt in die Augen.

Dann nimmt er mein Kinn in beide Hände.

Und schiebt seinen Schwanz in meinen Mund. Und Carl ergreift meine Hüfte und dringt von hinten zeitgleich in mich ein.

KAPITEL 19

Das hier ist nicht das, wovor ich gewarnt worden bin.

Das hier ist die Angst, die im Schatten verweilen soll. Das, was in dunklen Seitengassen passiert. Wenn man in einem Club nicht auf sein Getränk achtet. Auf Partys am College, wenn niemand hinsieht.

Nicht mitten am Morgen in einem Konferenzsaal in einem Büro im Silicon Valley.

Das ist nicht das, wovor ich gewarnt wurde.

Das ist der dumme Gedanke, der mir durch den Kopf geht. Während ein Mann nach dem anderen meinen Körper benutzt. Eine nie endende Ansammlung von Männern.

Ich hätte früher gehen sollen, als ich die Chance hatte. Falls ich jemals die Chance hatte. Mir war nicht klar gewesen, dass ich von Raubtieren umgeben war, während sie alle langsam näherkamen und so unschuldig aussahen. Trotzdem hätte ich mich nie ohne Schutz in eine solche Situation begeben dürfen.

Ich bin vor Bryce gewarnt worden.

Er ist gefährlich.

Mein eigener, blöder Wagemut. Ich dachte, ich käme mit allem selbst klar. Und dann habe ich nicht einmal etwas zu meinem Schutz mitgebracht, nicht einmal ein verdammtes Messer. Verdammt, ich habe nicht einmal mein Handy angeschaltet, um aufzunehmen, was hier passiert. Ich hatte mir einfach nicht vorstellen können ...

Ich schließe die Augen. Wiederhole immer wieder denselben Satz in meinem Kopf.

Ich bin nicht hier.

Das hier ist nicht mein Körper.

Ich bin in einem Moor in England, wie in einer dieser dummen Romanzen, die ich gerne lese. Es stürmt und es ist laut und ich kann nichts hören, außer den Wind, der gegen die Steine peitscht. Ja, genau. Es ist einfach nur der Wind, der meinen Körper umherschmeißt. Nichts anderes. Nur der Regen und der Wind, der in meinen Ohren heult und alle anderen Geräusche übertönt.

Nur, dass mein Geist nicht immer so stark ist und ich es doch fühle. Bryces Stimme höre. Er schaut sich jede Begegnung genau an, wie ein König. Er hat mich geknebelt, nachdem er mit mir fertig gewesen war. Manchmal bringt mich ein besonders schmerzhafter Schlag oder ein Kneifen zurück in das Hier und Jetzt. Ich bekomme genug mit, um zu wissen, dass sie alle Kondome benutzen, außer Bryce, der in meinem Mund gekommen ist. Sie alle gehen, einer nach dem anderen, wenn sie mit mir fertig sind. Genau das muss von Anfang an Bryces Plan gewesen sein. Nein. Nichts passiert mit mir. Ich bin nicht hier. Nicht hier. Nicht hier.

Lords und Ladies in Ballsälen. Ein silbernes Teeservice. Spitze und Falten und weite Röcke und Korsetts ... Kleidung, die von gewalttätigen Männern vom Körper gerissen wird.

Die mich benutzen.

Missbrauchen.

Missbrauchen.

Ich komme, als der vierte oder fünfte Mann in mir ist. Es ist ein kleiner Orgasmus. Aber Gott, wieso? Wieso?

Ich möchte vor Scham sterben. Sie erdrückt mich. Wie konnte ich? Wie konnte ich nur?

Es geht weiter. Immer weiter.

Ich drücke meine Augen fest zusammen, ich weiß nicht wie viel Zeit vergangen ist, als ich feststellen, wie ruhig es geworden ist. Hände fixieren mich immer noch. Immer Carl oder Bryce, während die anderen mich benutzen. Aber ich höre nicht den schrecklichen Schwachsinn, mit dem jeder Mann angekündigt wurde. Ich lasse mich selbst nicht glauben, dass es vorbei ist, nicht bis sie alle weg sind. Ich wage es, mich umzublicken. Es sind nur ich, Carl und Bryce zurückgeblieben. Ich wehre mich kaum, als Carl meine Schenkel erneut auseinanderschiebt.

Alles, was ich rausbekomme, ist ein leiser Aufschrei des Schmerzes. All meine wehrhaften Kommentare sind mir schon vor Stunden ausgegangen.

Ich blinzle erneut und versuche etwas mehr Kraft in meine Stimme zu legen. „Höt au. Bite“, sage ich, um den Knebel herum.

Sie hören nicht auf.

„Ich werde dir alles nehmen, du kleines Stück Scheiße“, flüstert Bryce mir ins Ohr, als er mich von hinten nimmt, während Carl mich von unten fickt. „Ich benutze jedes deiner Löcher und markiere jedes Stück deines ekligen, hässlichen, nutzlosen Körpers.“

Und in diesem Moment sehe ich zwei Möglichkeiten. Entweder versinke ich wieder ins Nichts und werde von diesem Mann so sehr zerstört, dass ich niemals wieder heil sein kann. Oder ich nehme den schweren Weg und kämpfe.

Untergehen oder kämpfen?

Alles, was ich tun möchte, ist ins Nichts zu sinken – zu verschwinden, loszulassen, wegzufliegen, in die Tiefen meiner Seele.

Aber, oh Gott, wenn ich mich jetzt von dieser trenne, jetzt und hier, werde ich dann jemals den Weg zurückfinden?

Gottverlassener, verfickter, diebischer, vergewaltigender, lügnerischer Bastard.

Nein.

Nein, nein, nein, neeeein, NEEEEEIN, Nein, Neeeeeeein.

Ich werde ihm nicht mehr geben, als er bereits genommen hat.

Ich beiße die Zähne zusammen. Bryce zieht meinen Kopf an den

Haaren hoch, sodass ich gezwungen bin ihn anzusehen, während er mich sodomisiert.

Das verdammte Arschloch denkt, das sei ein Moment, auf den er stolz sein kann.

Die reinste Form des Hasses steigt in mir auf und droht mich zu ersticken, während sie meinen Körper benutzen.

Ich werde ihn langsam umbringen. Ich werde seine Eingeweide rausreißen, während er noch lebt und sie dann vor seinen Augen verbrennen.

In diesem Moment glaubt er zu gewinnen, aber er wird das hier bereuen, das schwöre ich. Das hier wird der letzte Tag sein, an dem ein Mann jemals irgendwelche Macht über mich hat. Das schwöre ich und wenn es das Letzte ist.

Ich möchte vor Wut knurren und lasse meinen Hass in meinen Augen aufflammen, damit Bryce erkennt, dass er mich nicht gebrochen hat.

Ich brauche alle Selbstkontrolle, die ich habe, um das nicht zu tun. Ich möchte wie das verwundete Tier, zu dem er mich gemacht hat, reagieren. Ausrasten und ihm die Augen auskratzen.

Aber nein – er denkt nur, dass er mich dazu gemacht hat.

Ich bin kein Tier.

Und.

Ich.

Bin.

Nicht.

Gebrochen.

Ich klammere mich an die Logik. Als Erstes muss ich hier rauskommen. Mein Gehirn überdenkt alles, was ich über Bryce weiß.

Und ich fühle mich krank. Ich weiß, was ich tun muss. Denn ich hatte vorhin unrecht. Bryce ist kein mächtiger Mann. Er ist schwach. So unglaublich schwach, dass er auf diese Art Macht ausüben muss. Er muss Frauen benutzen und ausnutzen, um sich wie ein Mann zu fühlen.

Und genau so komme ich hier raus.

Ich muss ihn denken lassen, dass er gewonnen hat.

Bryce hält noch immer meine Haare fest, damit er mein Gesicht sehen kann. Ich lasse meine Augen sich mit Tränen füllen, damit ich nichts mehr sehe. Dann beginne ich meine Hüften kreisen zu lassen, sodass sie synchron zu Bryces und Carls Stößen sind.

Diesmal fühle ich es, als es in meinem Inneren zu brodeln anfängt und ich hasse mich nicht dafür. Ich tue, was ich muss. Was der kranke, pädophile McIntyre mir beigebracht hat. Das, was Bryce schneller zum Höhepunkt bringen wird.

Das letzte Opfer. Die letzte Erniedrigung. Als ich gegen meinen Willen komme.

Scheiß auf ihn. Ich gebe ihm seine Show. Gebe ihm den Eindruck, dass er bekommen hat, was er wollte, damit ich hier so schnell wie möglich rauskomme und zwar unter den Konditionen, die mir diese kranke Situation ermöglicht. Aber dann werde tatsächlich ich es sein, die die Kontrolle hat und nicht dieser verdammte Bastard.

Ich schließe die Augen und gebe meinen Körper den mechanischen Bewegungen hin, die hier passieren. Ich bekomme es irgendwie hin, den nötigen Druck auf meine Klitoris zu bekommen. Ich verliere mich in dem Gefühl, das langsam wieder aufflammt.

„Schau dir an wie sehr diese dreckige Schlampe das liebt!“, ruft Bryce aufgeregt hinter mir.

Genau, du verdammter Bastard, du denkst, du hast gewonnen.

Ich zwinge meinen Ausdruck von Schmerz in den Hintergrund, damit es aussieht wie Verlangen. Ich werfe meinen Körper in die Stimulierung von Lust, während ich gegen den Knebel in meinem Mund anschreie. Ein Geräusch der absoluten Zerstörung. Es ist nicht schwer, so zu tun als ob. Während ich meine Hüften weiter hoch und runter bewege und zwar mit viel Kraft, damit ich möglichst viel Reibung habe.

Und ich komme.

Ich komme, weil mein Körper darauf trainiert ist auf Stimulation zu reagieren. Und mehr noch. Ich komme, weil ich die Kontrolle zurückerlangt habe. So sehr Bryce glaubt, die Kontrolle über mich zu haben in diesem Irrenhaus, er hat sie verdammt nochmal nicht.

Er ist der, der sich fortan an meine Regeln hält und er wird schneller kommen, als er es sich erträumt hat.

Meine Show scheint funktioniert zu haben. Bryce ergreift meine Hüfte. Er ignoriert Carl und stößt in mich wie ein Vorschlaghammer. Ohne Finesse. Ohne Kontrolle. Es tut höllisch weh, aber es ist mir egal. Später wird es mir etwas machen, aber nicht jetzt.

Alles, was jetzt zählt, ist, dass Bryce jetzt das Tier ist. Nicht ich.

Ich habe ihn dazu gebracht die Kontrolle zu verlieren. Er dachte, er hätte das Szenario hier so perfekt geplant. Dass er mich einfach manipulieren und benutzen kann, wie eine Spielpuppe an Fäden. Nun, das ist nur der Anfang davon, wie ich es ihm heimzahlen werde.

Und dann ist er endlich, endlich fertig.

Ich möchte ihn anschreien, dass er sich verdammt nochmal direkt verpissen soll, aber es ist wichtiger, dass ich in meiner Rolle bleibe. Alles, worauf es ankommt, ist, dass ich aus diesem Raum herauskomme.

Ich muss also spielen, als wäre ich genau das, was ich hasse – gebrochen.

Das war alles, was Bryce jemals wollte. Ich habe endlich sein Spiel durchschaut. Es ist genau, wie Jackson gesagt hat. Bryce mag es, Dinge zu nehmen, die heil sind und sie kaputt zu machen.

Ich zwinge mich selbst zu heulen. Kein lautes Schluchzen, sondern solche, die den ganzen Körper einer Person, die alles verloren hat, zum Zittern bringen.

„Calliope", sagt Bryce.

Ich antworte nicht.

Er sagt erneut meinen Namen.

Er greift mir ins Haar und zieht meinen Kopf hoch, sodass ich ihn ansehen muss, ich lasse mich von ihm ohne Widerstand ziehen. Ich denke an den Weg, den ich fast eingeschlagen hätte und was von mir noch übrig wäre, wenn ich ihn gegangen wäre. Und genau das gebe ich ihm.

Leblose Augen.

Kein Ausdruck.

Keine Seele.

Er schnippt einige Male vor meinem Gesicht.

Ich starre die Wand hinter ihm an.

Im Augenwinkel kann ich sehen, wie zufrieden er ist. Ich bete, dass er den Schauer, der meinen Rücken herunterläuft, nicht sieht. Er ist so ein böser Mensch, selbst die Hölle würde ihn wieder rausschmeißen.

Er steigt von mir herunter und wirft mich auf den Tisch, so als wäre ich ein benutztes Taschentuch. Au. Gott, ich kann mir gar nicht vorstellen, wie zerstört mein Körper gerade ist. Ich versuche gar nicht erst nachzusehen. Ich bewege mich keinen einzigen Zentimeter von der Stelle, auf die er mich geworfen hat, nicht einmal, um es mir etwas bequemer zu machen. Auch mein Blick bleibt leer.

Bryce winkt mit der Hand vor meinem Gesicht und lacht laut, als ich nicht reagiere.

„Siehst du, Carl? Manchmal braucht man nur eine einzige Sitzung, um eine Schlampe zu brechen. So, wie ein gutes Brandzeichen, danach sind sie nie mehr dieselben. Ich habe diese hier einige Monate lang vorbereitet. Mein letztes und bestes Geschenk an meinen guten Freund, Jackson."

„Großartig", sagt der andere Mann. „Bist du dir sicher, dass es geklappt hat?"

Bryce lacht erneut. „Sieh sie dir doch an."

Er schlägt mir auf meinen schmerzenden Hintern und ich muss mich wirklich zusammenreißen, damit ich ihn nicht anknurre und nach seinem Finger schnappe. Innerlich bete ich nur, dass sie mit mir durch sind. Bitte, bitte, bitte, lass sie fertig sein.

„Hier, ich werde es dir zeigen", sagt Bryce.

Ich bereite mich darauf vor. Ich habe gerade die Hölle durchgemacht. Was auch immer er jetzt vorhat, ich komme damit klar. Sie sind fast weg, ich kann es fühlen.

Bryce ist weniger energetisch, aber das hier ist noch immer seine Show. Trotz all meiner Entschlossenheit verkrampft sich mein Magen, als Bryce zu mir herübergeht.

Ich zwinge mich dazu, mich nicht zu bewegen, als er sich mir nähert. Ich verkrampfe mich nicht oder zucke zusammen, blinzle nicht einmal.

Er hebt die Tasse mit kaltem Kaffee vom Tisch und gießt den Inhalt direkt auf mein Gesicht. Ich bleibe entschlossen reaktionslos und bewege mich kaum.

Ihm nur die Eingeweide herauszureißen ist zu human. Ich sollte seine Eier und den Schwanz abschneiden. Mit einer stumpfen Schere. Natürlich ohne Betäubung. Aber ich sollte ihn nicht direkt umbringen.

Ich zeige, selbst als Bryce den gesamten Inhalt der Tasse über mir entleert hat, keine Reaktion.

Bryce und Carl lachen, so als wäre das hier der lustigste Sketch, der je im Fernsehen lief und ich kauere auf dem Tisch und gebe mein Bestes so auszusehen, als wäre ich traumatisiert und bekäme all das hier gar nicht mit.

Nein, Bryce sollte ein langes, langes Leben führen, in dem sein abgeschnittener Schwanz und seine Eier langsam neben seiner Zelle verrotten ...

Dann klopft Bryce Carl auf die Schulter. Leider weiß ich seit heute Nachmittag nicht mehr, ob ich Gott dafür danken kann, ob ich je wieder an ihn glauben kann. Aber die beiden verlassen den Raum.

In dem Moment, in dem die Tür hinter ihnen ins Schloss fällt, rolle ich mich vom Tisch.

Auuuu.

Verdammte Scheiße. Einer meiner Arme legt sich um meine Brust, die andere bedeckt meinen Schambereich, als ich auf den Boden gleite.

Alles tut weh.

Es tut einfach nur weh, weh, weh.

Dann denke ich an nichts. Mein Gesicht drückt sich gegen den rauen Teppichboden, aber ich bewege mich nicht. Meine Extremitäten scheinen gelähmt zu sein, auch wenn ich spüre, dass ich von Kopf bis Fuß zu zittern beginne.

Schock. Ich habe einen Schock. Das ist es.

Ich blinzle, aber plötzlich ist es, als arbeite mein Gehirn nur noch in Zeitlupe. Ich tat, was ich musste, um zu überleben, aber jetzt, jetzt …

Ein Geräusch im Flur lässt mich wieder in die Realität finden. Scheiße. Was mache ich hier? Ich bin noch nicht in Sicherheit.

Sie könnten zurückkommen.

Der Gedanke lässt mich auffahren, wie eine Kuh, die mit einem Elektroschock zur Bewegung animiert wird. Ich stehe vom Boden auf und greife nach meiner Kleidung.

Ich schließe meine Augen, damit ich die Erinnerung daran, wie Bryce mir das Oberteil über die Schultern gezogen und mir den Rock vom Leib gerissen hat, mich nicht überwältigt.

Nein, nein, nein. Ich darf nicht daran denken. Ich darf nicht daran denken, wenn ich hier rausgehen möchte, ohne komplett auszurasten.

Ich bin stärker.

Ich habe das, was sie mir angetan haben, mich nicht brechen lassen, während es passiert. Ich werde sicher nicht zulassen, dass es das jetzt tut.

Ich weigere mich.

Ich weigere mich verdammt noch mal.

Und das heißt, dass ich unbedingt einen Weg hier herausfinden muss. Vielleicht ist Bryce wirklich gegangen, vielleicht spielt er aber auch nur ein weiteres Spielchen und lässt mich denken, dass er mit mir fertig ist, nur um wiederzukommen und das Ganze weiter zu treiben. Ich werde nicht hierbleiben und es rausfinden.

Ich ziehe meinen Rock an und schließe den Reißverschluss. Ich ignoriere die Taubheit in meinen Fingern und schaffe es irgendwie, die kleinen Knöpfe meiner Bluse zu schließen. Meine Füße gleiten in meine Schuhe.

Eins nach dem anderen. Ich muss einfach nur aus dem Gebäude kommen. Linker Fuß. Rechter Fuß. Aus dem Büro und fort von hier. Ich ergreife meine Tasche und eile zur Tür.

Mein Herz rast vor Panik, als ich die Tür erreiche. Was ist, wenn er mich eingeschlossen hat, um später wiederzukommen?

Aber sie lässt sich einfach öffnen. Oh, Gott sei Dank. Vielleicht gibt es ihn doch. Oder sie. Wenn es einen Gott gibt, dann ist es definitiv eine Frau, vielleicht ist es das, was ich heute gelernt habe.

Ich gelange in den schwach beleuchteten Flur und dann in den Empfangsbereich. Es ist schon spät und es ist niemand mehr da. Ich fühle dieselbe Angst, als ich den Aufzug rufe, wie in dem Moment, in dem ich versuchte, die Tür zu öffnen, aber der Aufzug kommt an und die Tür öffnet sich ohne Probleme.

Mit jedem Stockwerk, das der Aufzug nach unten nimmt, schlägt mein Herz langsamer. Aber erst als ich die warme, feuchte Luft der Nacht in der Bucht einatme und mich von Gentry Tech entferne, realisiere ich es … ich habe es geschafft. Ich bin von ihm fort.

Ich bin sicher.

Ich atme beruhigt aus, aber ich weine nicht.

Nach heute werde ich eine andere sein und die neue Calliope Cruise kann es sich nicht mehr leisten, zu weinen.

KAPITEL 20

In der nächsten Woche kenne ich nur zwei Aktivitäten. Entweder liege ich eingerollt im Bett oder dusche so lange heiß, bis wir kein warmes Wasser mehr haben. Dann gehe ich zurück ins Bett. Zumindest bis die Erinnerung an den Tag trotz der Barrieren, die ich aufgestellt habe, wieder den Weg in mein Bewusstsein findet.

Es ist unausweichlich, dass sie das schaffen und ich mich an jede der ekelhaften Berührungen erinnere. Das Gefühl der Demütigung und der Ekel durchfluten mich immer wieder. Ich kann nicht atmen, bis zu dem Moment, in dem das Wasser, das so heiß ist, dass es mich fast zu verbrühen droht, auf meine Haut trifft und ich schrubbe.

Es lenkt mich ab. Kurzzeitig. Kurzweilig.

Aber so gehe ich momentan mit meinem Leben um.

Von Minute zu Minute.

Atemzug zu Atemzug.

Wobei das eher ein Scherz ist, denn ich drohe trotzdem ständig zu ersticken.

Immerhin wird es besser, seit Shannon weg ist. Immerhin muss ich mich jetzt nicht ständig fragen lassen, wie ich Charlie zurückbekommen will.

Ein weiteres Messer, das sich in mein Herz bohrt.

Ich habe es nicht geschafft, Jackson gegenüberzutreten. Ich schaffe es nicht einmal ihn anzurufen und zu fragen, was der Anwalt sagt. Das ist nur ein weiterer Aspekt, in dem ich versage.

Ich hätte es niemals erlauben sollen, dass Jackson der Mittelmann zwischen mir und den Anwälten wird. Wenn er trotz all dem, was passiert ist, seine Anwälte zur Verfügung stellt, sollte ich direkten Zugang zu ihnen haben. Jackson kann kein Teil von all dem sein.

Und das werde ich ihm beim nächsten Mal, wenn ich ihn sehe, klar machen. Wirklich.

Aber ich erschaudere und ziehe die Decke fester um mich, heute kann ich mit keiner Konfrontation umgehen.

Morgen, ich werde es morgen machen. Es ist egal, dass ich mir das schon die ganze Woche über erzähle.

Shannon ist gestern gefahren, um unsere Eltern zu besuchen und ich konnte endlich durchatmen, als ich die Tür hinter ihr ins Schloss fallen hörte.

Endlich war ich alleine. Ich musste mich nicht mehr vor irgendwem verstecken. Ich konnte einfach sein. So leer sein, wie ich mich fühle. Muss nicht mehr so tun. Nichts mehr ...

Ich schließe die Augen und kann fühlen, dass ich wieder drohe unterzugehen. Meine Extremitäten haben sich verflüssigt. Ich werde eins mit der Matratze.

Eins. Zwei. Drei Vier. Ich zähle immer weiter. Wenn ich zehn erreiche, fange ich von vorne an. Die Zahlen und die Ablenkung, die sie mir bieten, sind unendlich. Es muss überhaupt keine anderen Worte in dieser Welt geben. Kein anderes Bewusstsein, als das, für diese zehn Worte.

Zahlen haben Formen. Ich glaube, ich habe irgendwo mal gelesen, dass Zahlen auch Farben haben. Gerüche. Ich mag die Vorstellung.

Und tatsächlich braucht es elf Zahlen, um die Zehn zu erreichen.

Die Null kommt als Erstes.

Die Null ist schwarz. Sie riecht nach Bleiche.

Ich möchte in der Null baden.

Die Null umhüllt mich, bis sie zur einzigen Zahl wird, die ich aussprechen kann. Ich flüstere sie immer wieder. Im Kopf. Bis sie zu meinem Mantra wird. *Null, Null, Null.*

Vor meinem inneren Auge ist sie wie eine Rennbahn. Nuuuuuuuuuull. Nichts. Ohne Ende, immer herum.

Wenn ich es richtig anstelle, kann ich mich dazu bringen, gar nicht zu denken. Ein Schutz gegen alle Gedanken. Ein Schutz gegen jeden anderen Gedanken. Ein sicherer Hafen in meinem Kopf, der gefüllt ist mit schmerzhaften, blutigen Gedanken.

Aber nein, nein, ich kann sicher sein in meinen Gedanken mit meinem Fokus auf die Null, Null, Null, Null, Null, Null, Null, Null, Null, Nuuuuuuuuuul, Null, Null, Null, Nulllllll, Null, Null, Null, Null, Null, Null, Nnnnnnnuuullll, Nuuuuuuul, Null.

Sie dehnt sich und verändert sich auf die unterschiedlichste Art und Weise. Sie ist perfekt.

Null, Null, Nuuuul ...

Und es klopft.

Ich blinzle, das Geräusch hat mich erschrocken. Es war laut und nahe. So als würde jemand gegen meine Haustür klopfen. Wer ist da? Wer kann das sein? Mein ganzer Körper versteift sich einen Moment lang.

Erneut klopft es eindringlich an der Tür.

Ich schließe die Augen und drücke mich gegen die Matratze. Wahrscheinlich ist es nur jemand, der etwas kauft. Meisten laufe ich schnell zur Tür, wenn jemand kommt, stets in der Hoffnung es wären Pfadfinder, die Kekse verkaufen, aber das Letzte, was ich jetzt sehen möchte, ist ein anderer Mensch. Ich ziehe die Decke über meinen Kopf. Null, Null, Null, Nnnn ....

„Calliope, mach die Tür auf", kommt es gedämpft durch die Tür. „Du gehst seit Tagen nicht an dein Handy und ich sage dir, du hast fünf Sekunden, bevor ich reinkomme. Fünf, vier ..."

Scheiße! Der Kerl ist wahrscheinlich irre genug, um es wirklich zu tun. Ich springe aus dem Bett und renne in Richtung Tür.

„Drei, zwei …"

Meine Hand liegt auf dem Riegel, bevor ich weiß, was ich eigentlich mache. Ich drehe ihn und die Tür ist im nächsten Augenblick offen.

Meine Brust bewegt sich hoch und runter, während die warme Nachmittagssonne in meinen Flur fällt. Mal abgesehen von dem Bereich auf den der breite Schatten von Jackson Vale fällt. Ich zucke zusammen, kneife die Augen zusammen und mache einen Schritt nach hinten.

Er sagt nichts, ist einfach groß und imposant und er bringt direkt all die Erinnerungen, die ich die letzte Woche über verdrängt habe, zurück.

Schmerz.

Alles tut weh.

Alleine ihn zu sehen, reißt all die Wunden auf, wie als …

„Ich lebe." Ich höre mich kurz angebunden und wütend an und ich versuche nicht, das zu verstecken.

Werde ihn los.

Ich muss ihn loswerden. Ich muss duschen. Meine Haut ist beschmutzt. Ich muss mich waschen. Jetzt. Werde ihn los, zwing ihn zu gehen, egal wie.

„Bist du jetzt zufrieden? Ich bin sicherlich nicht das erste Mädchen, das deine Anrufe nicht annimmt." Ich rolle die Augen. „Oder verdammt, vielleicht bin ich das, lass mich es dir erklären. Das heißt, dass ich dich nicht sehen möchte. Versteh es einfach."

Ich versuche ihm die Tür vor der Nase zuzuknallen, aber er legt eine Handfläche dagegen und hält mich so ganz einfach davon ab.

„Was ist los, Callie? Ist es wegen Bryce? Zwingt er dich irgendwie, mich zu ignorieren?"

Ich zucke zusammen, aber das Messer ist schon tief eingedrungen. Der Name. Oh Gott, einfach nur den Namen dieses Monsters zu hören … Null, Null, Null … Bryces Gesicht erscheint vor meinem inneren Auge. Null, Null, Null … Sein sadistisches Grinsen.

Warum funktioniert es nicht? Ich lege meine Hand auf die Stirn. Es hat die letzten Tage funktioniert und dann taucht Jackson Vale auf und plötzlich stecke ich mitten in einem Sturm und der Damm droht zu brechen. Nein. *Verdammt,* nein!

„Schau, ich möchte dich gerade nicht sehen. Das steht nicht zur Diskussion." Ich versuche erneut die Tür zu schließen.

„Natürlich steht das zur Diskussion", sagt Jackson und diesmal hält er mich nicht nur davon ab, die Tür zu schließen, sondern macht Andeutungen, dass er an mir vorbei und in die Wohnung möchte.

„Wag es", rufe ich. Ich weiß nicht, ob es meine Worte oder mein Tonfall sind, die ihn zum Einhalten bringen, aber er steht da, wie eingefroren. Mir ist es egal. Die Tatsache, dass er es überhaupt versuchen wollte ... dass er den Mut hatte ... Sie *alle* ...

Er ist locker einen Kopf größer und ich sollte eingeschüchtert sein, bin ich aber nicht. Ich stelle mich direkt vor ihn.

„Du glaubst, du kannst einfach in meine Wohnung kommen, obwohl ich nein gesagt habe? Glaubst du, du kannst das machen, weil du ein Mann bist und stärker als ich? Glaubst du, du hast das Recht, alles zu machen, was du willst? Ich habe *nein* gesagt."

Er wird blass und macht einen Schritt zurück, sodass er eindeutig wieder auf der anderen Seite der Türschwelle steht, vor der Tür.

Zu spät, mein Freund. Viel, viel zu spät.

„Nein", er hält die Hände noch. „Nein, Calliope, das würde ich niemals denken. Gott, nein. Ich dachte einfach nur, dass wir diese Unterhaltung im Privaten führen sollten ... aber natürlich würde ich nie ... wenn es dir unangenehm ist ..." Er hört auf zu reden, als wäre ihm klar geworden, dass er sich gerade sein eigenes Loch schaufelt.

„Gott." Seine Hand gleitet durch sein Haar und er sieht aus, als wäre er auf sich selbst sauer. Er sieht mich wieder an und er sieht müde aus, als würde ihn etwas bedrücken.

„Vergibt mir, Calliope. Auch wenn, Scheiße, auch wenn das unverzeihlich ist. Nein heißt immer nein, egal warum, egal wo und wann." Er sieht noch bedrückter aus, sieht aus, als würde es ihm Schmerzen bereiten, als er sagt: „Ich habe mir nur solche Sorgen gemacht. Du wolltest am Montag bei Gentry Tech kündigen, aber dann habe ich nie etwas von dir gehört. Ich habe mir die ganze Woche über Sorgen gemacht. Bitte, ich muss einfach nur wissen, ob es dir gut geht."

„Es geht mir gut ..."

Er schüttelt direkt den Kopf. „Mach mir nichts vor. Ich kann sehen, dass nicht alles okay ist."

Ich halte mich so stark an der Türklinge fest, dass ich Angst habe, dass sie abbrechen könnte. Nein, ich bin es. Ich drohe zu zerbrechen.

Wieso tut Jackson mir das an? Ich fühle das Kratzen im Hals und ich *hasse* es. *Hasse es.* Was, wieso muss ich *jetzt* weinen?

Ausgerechnet *jetzt.*

Nach allem, was war, ist es das hier, was mich kaputt machen wird ... der gottverdammte Jackson Vale und sein bescheuertes Mitgefühl?

Denn ich kann es verdammt noch mal fühlen. Die Brüche im Damm, den ich in der letzten Woche mit aller Kraft verstärkt habe ... Ich habe das, was passiert ist, genommen und es in der Tiefe versinken lassen und jede, absolut jede Emotion, die damit einhergeht, versiegelt, bis mein Geist so ruhig war, wie ein See an einem windstillen Morgen.

Es gibt keinen Sturm mehr und die Dinge, die in den leblosen, dunklen Tiefen der Lagune liegen, müssen dort für immer bleiben.

Aber das kann nur passieren, wenn ich die Kontrolle nicht verliere.

Die absolute Kontrolle.

Ich tue also das Einzige, was Jackson dazu bringen wird, zu gehen.

„Gott, wieso glaubst du, dass du so ein Experte bist, wenn es um mein Leben geht? Du kannst mir *sagen, dass nicht alles okay ist*? Weil du mich, wie lange - einen ganzen Monat lang? - kennst? Nochmal, nach den vier Wochen, nach denen du mich kaum kennst?"

Sein Gesichtsausdruck macht deutlich, dass er bereit ist, mit mir über irgendeine Verbindung zwischen uns zu diskutieren, also versuche ich es noch deutlicher zu machen. „Oder liegt es einfach daran, dass du deinen Schwanz in mich stecken durftest?" Ich ziehe eine Augenbraue hoch und versehe jede einzelne Silbe mit einer ordentlich Portion Sarkasmus.

„Tatsächlich heißt das nicht, dass du mich kennst oder dass du von jetzt an irgendwie über mein Leben entscheiden kannst. Du kannst nicht einfach in meine Wohnung kommen. Du kannst nicht verlangen, dass ich dir Dinge erzähle. Du kannst mir nicht nachstellen oder zu mir nach Hause kommen und mich fragen, wieso ich nicht zurückrufe. Nichts hiervon", ich deute über die Türschwelle mit der Hand von mir auf ihn, „ist okay."

Jackson scheint die Fassung zu verlieren. Seine Körperhaltung sieht falsch aus. Er ist ein selbstbewusster Mann, so sicher bei allem, was er tut. Aber meine Worte haben ihn an allem zweifeln lassen.

Es tut mir im Herzen weh ihn so zu sehen, aber auch das begrabe ich direkt. Es ist egal. Es ist egal. Er wird darüber hinwegkommen. Ich habe sowieso recht. Jeder, der das hier von außen bewerten würde, käme zu dem Schluss, dass sein Verhalten problematisch ist. Oder zumindest wäre es das bei jedem anderen Mann, außer Jackson.

Weil Jackson sich um mich sorgt. Meine Kehle zieht sich zu. Er hat sich um mich gesorgt. Er wusste, dass ich in Bryces Fall treten würde. Und er hatte recht, sich Sorgen zu machen, oder nicht?

Hände. Hände auf meinem Körper. Überall. Schweiß. Mehr Hände. Ich bekomme keine Luft, oh Gott, ich kann nicht atmen ...

Null, Null, Null, Null, Null, Null, Null, Null, *Null, Null, Null, Null, Null, Null, Null,* NULL, NULL, NULL, NULL, NULL, NULL, NULL, NULL, NULL, NULL, NULL, NULL, NULL, NULL ...

„Callie? Calliope? Callie, ist alles okay?" Ich finde den Weg zurück in die Gegenwart, nur um zu sehen, dass er die Hand nach mir ausstreckt. Er streckt die Hand nach mir aus und ich zucke zusammen und weiche zurück. Das entgeht ihm nicht.

Ich kann sehen, dass sich sein Kiefer verspannt. Er macht zwei

Schritte nach hinten und hält die Hände hoch, so wie jemand, der ein panisches Tier zu beruhigen versucht.

Scheiße, sieht er mich so? Ist es das, was ich bin?

Es sieht aus, als würde er etwas sagen wollen, aber ich bin mir nicht sicher, ob ich es hören möchte. Ich kann nicht mit noch mehr Fragen oder Beobachtungen oder irgendwas anderem von ihm umgehen.

Meine Stimme ist monoton, als ich frage: „Habe ich immer noch eine Stelle bei dir? Wenn ja, wann und wo soll ich mich melden?"

„Callie, rede bitte mit mir. Wenn Bryce irgendwas getan hat, wenn er dich erpresst oder dir irgendwie weh getan hat, dann schwöre ich ..."

Nun, da haben wir's. Ich lebe in Silicon Valley und ich habe immerhin einen Kontakt. Alles, was ich machen muss, ist Mr. Hendersons Nummer herausfinden. Das ist der Kerl, den ich bei dem Wohltätigkeitsball getroffen habe.

Das ist es, was die neue Callie tut. Sie sieht ein Problem und geht es an. Kein Platz für Sentimentalität.

Jackson hält mich diesmal nicht physisch davon ab, die Tür zu schließen. Es ist nur seine Stimme.

„Hör auf! Verdammt, Calliope. Natürlich hast du einen Job bei CubeThink. Ich habe dir gesagt, dass du den immer hast, egal ob du mich weiterhin privat triffst oder nicht."

Seine Stimme ist fest, aber immer noch intim und er macht einen Schritt auf mich zu, trotzdem tritt er nicht über die Schwelle. „Ich halte immer meine Versprechen. Die Anwälte werden sich auch weiterhin kostenlos um den Sorgerechtsfall kümmern. Ich muss damit überhaupt nichts zu tun haben, wenn du das wünschst."

„Das ist es, was ich möchte." Ich schlucke, habe den Blick auf den Boden gerichtet. „Und wenn du mir die Informationen des Anwalts gibst, dann kann ich sie von jetzt an selbst kontaktieren."

Er nickt und versucht nicht einmal zu verstecken, wie sehr ihn all das hier aufbringt. „Ich werde sie dir per E-Mail zukommen lassen."

Einen Moment lang denke ich, dass es das jetzt war. Dass er jetzt geht. Aber natürlich tut er das nicht.

Er bewegt sein Gesicht in mein Blickfeld, aber ich weiche ihm aus. „Du musst dir nie Sorgen darum machen, dass irgendwas davon nicht passiert – weder um die Anwälte noch um den Job. Ich hoffe, dass du irgendwann erkennst, dass du dich mir öffnen kannst, Callie. Auch wenn es nur freundschaftlich ist. Du bist eine unglaubliche Frau und ich bin geehrt, dich kennen zu dürfen."

Er soll zur Hölle fahren. Direkt.

Mein Herz fühlt sich warm an, aber gleichzeitig tut es weh. Ich bin innerlich leer, aber jedes Wort, das seine Lippen verlässt, bringt den Schmerz der Leere, die Form von dem, was fehlt, mehr in den Vordergrund. Null.

Ich richte mich auf und schlucke schwer. Ich habe die Kontrolle. Ich habe verdammt nochmal die Kontrolle. Keine Nullen mehr. Ich werde bis zehn zählen, so oft, dass ich es eine Milliarde Mal gemacht habe, bevor ich breche, das schwöre ich.

Jacksons Stimme ist sanft, als er fortfährt: „Du fängst nächsten Montag an. Geh in den siebzehnten Stock und frag nach Marisse in der Personalabteilung. Die wird dir deine Sicherheitskarte geben und dich dann deinem Team vorstellen. Ich hatte das eigentlich vor, aber ..." Er hält kurz inne. „Ich glaube, dass sie dir lieber wäre."

Es hört sich an, als wäre das der letzte Funken Hoffnung, mit dem er an mir festhält, aber ich tue, was ich tun muss. Ich lösche ihn. Meine Augen ruhen noch immer auf seinen Schuhen, als ich antworte: „Ja, ich denke, das wäre das Beste."

Selbst aus dem Augenwinkel nehme ich den Wandel in seinem Gesichtsausdruck wahr, sehe den Schmerz. Ich zwinge mich, es zu ignorieren.

„Auf Wiedersehen, Jackson."

„Auf Wiedersehen."

Ich fühle seinen Blick auf mir, aber ich sehe nicht noch einmal hoch. Einige Momente später fühlt sich die spannungsgeladene Luft leer an und ich weiß, dass er weg ist.

EPILOG

Einen Monat später

MEIN SELBSTVERTEIDIGUNGSLEHRER IST ECHT KRASS. Wenn sie spricht, hören ihr die Menschen zu.

„Schaut gut hin", erklingt Lydias Stimme. „Greift hinter euch, fasst euren Angreifer an der Schulter ... wobei ihr im echten Leben alles ergreifen könnt, was ihr bekommt, selbst ein Ohr ... dann benutzt ihr eure Hüfte als Drehpunkt und werft ihn um."

Sie wiederholt die Bewegung für die Gruppe. Ich schaue ihr fasziniert zu, während sie einen Mann, der einen Schutzanzug trägt und etwa doppelt so groß ist wie sie, ohne große Anstrengung auf die Matte vor ihre Füße wirft. Der Mann atmet mit einem hörbaren „Uff" aus, aber im nächsten Moment lächelt er, als Lydia ihm eine Hand hinhält, um ihm wieder auf die Beine zu helfen.

Ich beobachte Lydias Körper, während sie sich bewegt. Ihre kleine Figur ist zeitgleich stark und elegant und voller Muskeln. Sie ist alles, was ich sein möchte.

Als ich vor einigen Wochen nach einem Selbstverteidigungskurs gesucht habe, wollte ich einfach nur einen, der von einer Frau geleitet wird. Ich hatte keine Ahnung, dass ich in Lydia eine Freundin finden würde.

Nach der zweiten Stunde, die in einem Fitnessstudio in der Nähe stattfand, blieb ich länger. Ich hatte einen Sandsack gesehen und angefangen, auf ihn einzuschlagen und dann konnte ich einfach nicht mehr aufhören. Ich habe das Ding verkloppt.

Ich hatte natürlich keine Ahnung, was ich da tat. Es tat einfach nur gut, endlich etwas zu *schlagen*. Ich hatte mein Versprechen an mich selbst gehalten ... hatte alles irgendwie unter Kontrolle gehalten. Ich war nicht gebrochen, selbst als dieser schreckliche Nachmittag sich immer wieder in meinen Albträumen wiederholte.

Die Albträume veränderten sich nicht sonderlich. Immer die verschwitzten Hände, die mich auf dem verdammten Tisch fixierten. Der Gestank von Männern, Schweiß und Sex. Nur, dass die Nachmittage in meinen Albträumen nie aufhören. Ich bin für eine Ewigkeit dort, angekettet, wie ein Hund, um ihnen als Sklavin zu dienen ...

Also, ja, da stand ich also und verdrosch den Sandsack, der fast so groß war wie ich, bis eine sanfte Stimme mich unterbrach.

„Hey, bist du nicht in meinem Kurs um halb sieben?“

„Was?“ Ich war so fokussiert darauf, meine Wut an dem Sack auszulassen, dass es einige Sekunden dauerte, bis ich die kleine Frau mit der mokkafarbenen Haut und klugen, braunen Augen, wahrnahm.

„Weißt du“, sagte sie locker. „Es gibt einen Grund dafür, wieso man sich die Knöchel verbindet, bevor man anfängt so auf einen Sack einzuschlagen.“

Mit einer Kopfbewegung deutete sie auf meine Hände. Ich folgte ihrem Blick und sah das Blut auf meinen Knöcheln.

Oh, Mist. Wie lange habe ich das getan?

„Ich ... ähm ...“ Ich ließ die Hände fallen und konnte den Impuls nicht unterdrücken, sie in einem nutzlosen Versuch, sie zu verstecken, hinter den Rücken zu legen.

„Komm mit“, hatte Lydia entschlossen gesagt. „Ich habe einen Erste-Hilfe-Kasten in meinem Schrank.“

Ich folgte ihr. Es war mir peinlich, aber sie schien sich sicher zu sein, was zu tun war und ein schneller Blick auf meine Knöchel verriet mir, dass es schwer wäre, die Situation alleine unter Kontrolle zu bringen.

Shannon war vom Besuch bei unseren Eltern zurückgekehrt, aber wir sprachen nicht wirklich miteinander. Sie war nur in der Wohnung, weil das vor Gericht besser aussehen würde, das glaubte sie zumindest, dass es Eindruck machen würde, dass Charlie zwei Erwachsene hatte, zu denen er zurückkäme, wenn der Sorgerechtsfall wieder aufgerollt würde. Aber Shannon sprach quasi nicht mit mir. Egal, wie oft ich beteuerte, dass der Drogentest falsch gewesen war, war sie überzeugt, dass ich log und dass es meine Schuld war, dass Charlie uns weggenommen worden war. Allein der Gedanke an meine Schwester ließ mich wieder auf den Sandsack einschlagen wollen, egal ob meine Knöchel blutig waren oder nicht.

„Kommst du von hier?“, fragte Lydia und ich war dankbar für die Ablenkung.

„Campbell.“ Alle hier kannten diese Nachbarschaft, die gerade südlich von San Jose lag.

Sie nickte und bestätigte meine Vermutung. „Und du?“, fragte ich.

„Ich bin gerade nach Cambrian Park gezogen.“

„Cool“, lächelte ich. Das war die Nachbarschaft, die südlich von Campbell lag, aber deutlich schöner war. „Ich habe das Gefühl, das ist der Ort, an dem jeder aus Campbell gerne wohnen würde. Manchmal macht eine halbe Meile hier in der Bay Area einen riesen Unterschied.“

Sie nickte und lachte. „Ha, ja das ist klar. Ich und mein Mitbewohner sind gerade erst aus einer runtergekommenen Wohnung in Oakland umgezogen.“

Wir gingen zusammen in die Umkleide. „Geh zum Waschbecken. Ich hole meine Tasche und bin dann sofort da.“

Das tat ich und sie war kurze Zeit später wieder an meiner Seite.

Ich hielt meine Hand unter den Wasserstrahl und Lydia half mir, das Blut abzuwaschen. Als ich sah, was ich tatsächlich angerichtet hatte, verzog sich mein Gesicht.

„Oh, das ist nicht schön“, sagte Lydia.

„Ja, ich bin ein wahres Kunstwerk.“

Lydia sah mich mitfühlend an, aber sie streute quasi wörtlich Salz in meine Wunden, indem sie diese mit Jod behandelte. Ich behielt die Fassung, obwohl es wirklich weh tat.

Ein Geräusch der Anerkennung verließ Lydias Lippen. „Oh, ich mag die starken und ruhigen“, sagte sie mit einem koketten Ausdruck im Gesicht.

„Oh“, sage ich, plötzlich peinlich berührt. Mir war nicht klar gewesen, dass sie mich so sah. „Schau, ich stehe auf Männer. Nun“, ich erschauderte. „Nichts davon. Überhaupt nichts.“ Also das war ein wenig zu vehement gewesen. Das war wahrscheinlich ein typischer Fall von „einfach mal die Klappe halten“, denn wahrscheinlich wollte sie mich gar nicht anmachen und selbst wenn, hatte ich das gerade unglaublich unangenehm gemacht.

Ich sah wieder zu ihr hinauf. Als ich anfing, so zu quasseln, hatten ihre Augen geleuchtet, aber jetzt war ihr Mund zu einer schmalen Linie zusammengepresst.

Verdammter Mist. Das hier war das erste Mal seit langer Zeit, dass jemand nett zu mir gewesen war und ich habe mich in den ersten zehn Minuten, die wir miteinander sprechen, wie der größte Idiot aller Zeiten verhalten. Scheiße. Ich war im Begriff ein Papiertuch zu greifen, meine Hände abzutrocknen und die Flucht zu ergreifen, als ihre Stimme mich aufhielt.

„Frauen kommen aus den unterschiedlichsten Gründen zu Selbstverteidigungskursen.“ Ihre Stimme war leise in der vollen Umkleide. Überall um uns herum wuselten Frauen, aber an unserem kleinen Waschbecken in der Ecke, sprach sie gerade laut genug, dass ich sie hören konnte. „Vielleicht sind sie gerade erst in die Stadt gezogen und möchten lernen, wie man sich selbst verteidigt. Oder ihre Freundinnen machen den Kurs und sie kommen mit. Vielleicht haben sie irgendeinen Film gesehen oder ein Buch gelesen, das ihnen Angst gemacht hat oder aber als Inspiration diente, dass sie auf diesem Weg mehr Kontrolle haben wollen. Aber dann gibt es noch eine andere Art von Menschen."

Sie pausierte und ihre Augen hatten im Spiegel kurz meine getroffen, bevor sie antibakterielle Creme auf die Pflaster gab, die sie dann vorsichtig auf meine Knöchel klebte.

„Soll ich dir etwas über diese andere Kategorie erzählen?"

Ich sagte nichts, traute mich kaum zu atmen.

„Es sind meistens Frauen", fuhr sie ruhig fort, während ihre Augen auf meine Pflaster fixiert sind, „aber nicht immer. Diese Menschen kommen in meinen Kurs, weil sie Angst haben oder wütend sind. In jedem Fall verspüren sie Schmerzen. Sie sind in der Vergangenheit verletzt worden. Sie sind missbraucht worden und manchmal auf die schlimmste Art und Weise."

Mein Magen war mir in die Kniekehlen gerutscht und ich konnte spüren, dass sich in meinem Nacken Schweiß bildete, der nichts mit meinem 45-minütigen Kampf mit dem Sandsack zu tun hatte. Gott, woher wusste sie es? Stand es etwa deutlich in meinem Gesicht? Konnte jeder Fremde innerhalb von Minuten einfach mein Geheimnis herausfinden ohne, dass ich jemals etwas gesagt habe?

Dass ich beschmutzt worden bin. Falsch. Dreckig. Ekelhaft. Ich blickte an Lydia vorbei hinüber zu den Duschen. Wenn sie meine Hand nicht gehalten hätte, um sie zu verbinden, hätte ich mich gekratzt. Es war wieder da, dieses Gefühl von Schmutz, das bis in meine Knochen reichte.

Sie war fertig und fixierte gerade das letzte Pflaster.

„Aber da gibt es noch etwas, was man über diese Leute wissen muss. Willst du es wissen?"

Ich nickte nicht, schüttelte allerdings auch nicht den Kopf. Ich vermied es erneut, Blickkontakt im Spiegel herzustellen.

Sie fasste meine unverletzten Finger und drückte sanft. „Das sind die stärksten, widerstandsfähigsten und großartigsten

Menschen, die ich je getroffen habe." Ihre Stimme war noch immer ein Flüstern, aber die Kraft, die darin lag, war wie die eines Pfarrers, der predigt.

„Die Tatsache, dass du zu meinem Kurs kommst, dich gegen deinen Täter wehrst und nein sagst!" Die letzten Worte hatte sie so gerufen, wie sie es uns beim ersten Termin beigebracht hatte – es war ihr egal gewesen, dass wir in der Umkleide waren und viele fremde Frauen um uns herumwimmelten. Sie rief es so laut, dass von den glatten Wänden ein Echo zurückgeworfen wurde.

Um es deutlicher zu machen, rief sie es noch einmal. „Nein! Wir sagen *Nein!* dazu, jemals wieder missbraucht zu werden", dann wurde ihre Stimme wieder zu einem Flüstern.

„Amen!", riefen einige Frauen, unter ihnen eine ältere Frau mit hängenden Brüsten, die mit einem Handtuch, das um ihre Hüfte gewickelt war, durch die Umkleide lief und ihre Hand solidarisch in die Höhe streckte.

Meine Aufmerksamkeit fiel wieder auf Lydia, als sie weitersprach: „Das wäre schwer genug für normale Menschen. Aber für Leute, wie uns ..."

Dann erkannte ich es. Es war nicht so, als hätte sie mich angesehen und direkt erkannt, was mir zugestoßen war, weil ich eine Art Stempel auf der Stirn trug. Nein, sie sah es, weil sie es selbst in sich sah. Sie selbst war missbraucht worden. Sie hatte die Machtlosigkeit, die man verspürt, während Tiere über den Körper herfallen, selbst erlebt.

Ich konnte nicht einmal blinzeln, konnte nicht verstehen, was es hieß, jemanden wie sie kennenzulernen. Jemanden wie mich. Was es bedeutete, mit jemandem, der es verstand, darüber zu sprechen. Nicht nur das, aber jemanden zu treffen, der eindeutig überlebt hatte und das Ganze deutlich besser verarbeitete als ich.

„Für Menschen wie uns ist das Einnehmen eines Standpunktes wie diesem fast so, wie den Mount Everest zu besteigen. Nein", schüttelte sie ihren Kopf. „Es ist mehr als das. Einen Berg zu besteigen ist etwas, was sich ein normaler Mensch vornimmt. Das ist das Ziel, was sie sich vornehmen, auf das sie ihren Körper trainieren."

„Aber wir?" Ihre Augenbrauen ziehen sich schmerzhaft zusammen. „Wir haben keine Wahl. Egal, ob wir es wollen oder nicht, werden wir immer wieder durch die Hölle gejagt, werden gezwungen, unseren Dämonen in die Augen zu schauen." Sie neigte ihren Kopf nach unten, allerdings blieben ihre Augen scharf. „Der einzige Weg, das durchzustehen, ist in den heißesten Topf zu springen und diese Arschlöcher bei lebendigem Leib zu verbrennen, egal, ob wir mit ihnen in Flammen aufgehen. Das ist der Trick: Man muss es schaffen, stärker wieder geboren zu werden. Einige schaffen es. Andere nicht."

Sie löste ihren Griff von meinen Fingern und ergriff stattdessen meinen Oberarm, während ihre Augen noch immer auf mir ruhten. „Aber das wirst du schaffen, meine Liebe. Ich sehe es in dir. Du wirst es schaffen!"

Dann umarmte sie mich. Hier war diese Frau, die praktisch eine Fremde war, die mir genau das sagte, was ich hatte hören müssen. Die Gefühle in der Tiefe rührten sich und ich musste einige Male unruhig einatmen, um die Flut zurückzuhalten. Ich konnte es mir nicht leisten. Ich war nicht in der Lage alles wieder rauszulassen, nur weil ich jemanden gefunden hatte, der Ähnliches erlebt hatte. Ich konnte es einfach nicht.

Als sich unsere Umarmung löste, nickte Lydia energisch, mit zusammengekniffenen Zähnen, aber einem mitfühlenden Lächeln im Gesicht, so als würde sie genau verstehen, was ich hier versuchte. Wenn es irgendjemand anders gewesen wäre, hätte ich sie dafür wahrscheinlich gehasst. Aber sie wusste es. Das war ein Wissen, was ich nicht einmal meinem schlimmsten Feind wünschen würde. Aber es war da und keiner von uns beiden konnte daran etwas ändern. Ein Bund zwischen missbrauchten Körpern und Blut, das uns auf mehr Arten zu Schwestern machte, als die tatsächliche Blutsverwandtschaft es jemals können würde.

„Callie“, reißt Lydias schrille Stimme mich wieder in die Gegenwart. „Du bist dran!“

Ich blinzle und erkenne, dass mich der ganze Kurs erwartungsvoll anblickt. Richtig. Ich beeile mich und jogge nach vorne. Der gepolsterte „Angreifer“ ist von nahem deutlich angsteinflößender, als er es gewesen war, als Lydia ihn vor einigen Minuten so leicht auf die Matte befördert hatte.

Lydia grinst mich an, als ich an ihre Seite trete. „Du kannst das.“

Sie hört sich so selbstbewusst an.

Ich strecke meinen Nacken und schüttle die Hände aus. Ich kann das. Ich kann das. Ich blicke hinauf zu dem Freiwilligen. Mike, das war doch der Name, den sie zu Beginn des Kurses genannt hat?

Er lächelt auf eine Art und Weise, die er wahrscheinlich als nicht bedrohlich empfindet. Aber alles, was ich fühlen kann, ist das Gefühl, dass er mir viel zu nah ist.

„Okay, Callie. Welche Schritte musst du tun, falls er dich packt?“, fragt Lydia.

Einen Moment lang weiß ich gar nichts. Hände. Männer, die mich ergreifen. Verschwitzte Hände, die mich fixieren. Verdammt. Eins, zwei, drei vier, fünf, sechs ...

„Erinnere dich an die Schritte“, durchfährt Lydias Stimme meine Gedanken.

Ich atme einmal tief ein und dann durch die Zähne wieder aus. Die Schritte. Erinnere dich an die Schritte.

„Rufen. Abstand. Rennen.“

„Sehr gut!“

Die geübten Bewegungen, die eingesetzt werden, um einen Angreifer abzuwehren, werden so häufig wiederholt, dass sie sich in die Muskeln einprägen. So sollte mein Körper, sollte ich angegriffen werden, einfach reagieren, ohne dass mein Kopf sich anschalten muss. Andererseits mache ich das hier aber erst seit drei Wochen. Wie viel Erinnerung können meine Muskeln in drei Wochen tatsächlich erlangt haben?

„Bist du bereit für Mike?“

Ich atme noch einmal durch, finde die Balance und nicke dann. Ich weiß, dass ich im echten Leben nicht die Zeit hätte, mich auf einen Angreifer vorzubereiten, aber Lydia besteht darauf, dass sich jeder in diesem Kurs sicher fühlt. Die Philosophie des Ganzen ist, uns vorzubereiten. Und das heißt, dass wir alle in unserem eigenen Tempo arbeiten müssen. Einige der fortgeschrittenen Teilnehmer erlauben es, dass sie überraschend angegriffen werden, aber so weit bin ich noch nicht.

Mike bewegt sich nicht, bis ich mit der Hand das abgesprochene Zeichen gebe.

Und, auch wenn ich weiß, was jetzt passiert, Gott, auch wenn ich es erwarte, was ja der Sinn der Sache ist … da gibt es trotzdem diesen Moment, in dem sich seine Arme um meinen Nacken legen und mein Körper sich einfach komplett versteift.

Ich bin wieder dort. Ich bin verdammt nochmal wieder dort. Ich kann nicht atmen. Oh Gott, ich kann nicht atmen. *Sag, dass du meinen Schwanz willst.* Es ist der Albtraum, nur dass der Albtraum Realität ist. Der Körper eines Mannes drückt sich gegen meinen Rücken. Seine schweren Arme fixieren mich.

Oh, Gott, nein …

Nein, nein, nein …

„Nein!"

Irgendjemand schreit in mein Ohr. Lydia. Es ist Lydia. Ich öffne die Augen und sehe meine Freundin. Und dann sehe ich den gesamten Kurs. Sie alle schreien Nein. Lydias Augen ruhen auf mir und ihre Augenbrauen sind erwartungsvoll hochgezogen.

„Nein!", ruft sie erneut und diesmal stimme ich ein.

„Nein", kreische ich. Als die Worte durch meine Stimmbänder geformt sind, werfen sie ein Echo von den Wänden des Raums zurück. Ich fühle die Macht, die sie in sich tragen. Der Angreifer hat seinen Arm um meinen Nacken und es ist, als würde er mich würgen, allerdings nur, wenn er stärker drücken würde, trotzdem erkenne ich durch den plötzlichen Adrenalinrausch, was ich zu tun habe.

Ich drehe meinen Nacken zur Seite, damit er mir nicht die Kehle zudrücken kann und ich genug Luft bekomme. Dann hebe ich den Ellenbogen und schlage ihn, so fest ich kann, in den Magen meines vermeidlichen Angreifers. Natürlich treffe ich nur die Polster des Schutzanzuges, aber das ist mir in diesem Moment egal.

Lass mich los! Holt ihn von mir weg. Das ist alles, woran ich denken kann. Seine verdammten Hände sollen von meinem Körper runter. Ich hebe meinen Fuß und lasse ihn auf seinen Fußrücken fallen. Wieder ist der blöde Schutzanzug im Weg, weshalb ich nicht wirklich Schaden anrichten kann.

Also konzentriere ich mich auf das Manöver, um das es in dieser Stunde ging. Gott, ich bin mir nicht sicher, ob ich das schaffe, aber ich werde es versuchen, denn ich weiß, dass das die beste Möglichkeit ist, mich aus dieser Lage zu befreien. Ich könnte Stopp rufen und die Übung wäre vorbei. In diesem Raum heißt Stopp genau das ... aber verdammt, was wäre, wenn das hier echt wäre?

Denn ich weiß, dass außerhalb dieser vier Wände Worte niemanden aufhalten. Anstatt mich zu paralysieren, wie die Angst es gewöhnlich macht, beflügelt sie mich in diesem Augenblick geradezu.

Ich schreie „Neeeeein!“ und greife dann hinter mich, bekomme den Kragen des Schutzanzugs meines Angreifers zu fassen, finde den richtigen Schwung und bugsiere ihn mithilfe meiner Hüfte über meinen Körper hinweg.

Mir ist es fast nicht klar, aber er hat sich förmlich überschlagen und liegt jetzt zu meinen Füßen auf der Matte. So einfach. Sein Gewicht war überhaupt kein Problem. Ich weiß nicht ganz, wie es sein kann, aber es hat funktioniert. Es hat verdammt nochmal *funktioniert.*

Ich beginne zu lachen, als mir der Kurs Applaus spendet. Lydia steckt die Finger zwischen Lippen und pfeift, so als wären wir bei einem Fußballspielt oder sowas. Ich trete einige Schritte nach hinten, weg von dem Mann, der stöhnend am Boden liegt. Ich kann es kaum glauben. Zum ersten Mal, seit Lydia vor Wochen meinen Arm ergriffen und mir gesagt hat, dass man aus so etwas stärker hervor geht, kann ich ihren Worten Glauben schenken.

Ich lege meine Arme um meinen Körper und lache. Dann blicke ich nach oben und denke an meinen Sohn und daran, dass meine Anwälte es geschafft haben, dass ich morgen einen weiteren Drogentest machen darf. Einen, der deutlich präziser ist und auf Follikel testet und der beweisen kann, dass ich in den letzten neunzig Tagen keine Drogen konsumiert habe. Weiterhin werden sie die ursprüngliche Urinprobe noch einmal untersuchen und zwar mit einem Test, der Drogen von anderen Substanzen unterscheiden kann, die ein falsches positives Testergebnis hervorrufen können.

Was heißt all das?

Ich werde das, was man mir angetan hat, überstehen.

Ich werde meinen Sohn zurückbekommen.

Das Leben kann schrecklich sein. Trotzdem werde ich es überstehen. Wahrscheinlich komme ich mit Blessuren und blauen Flecken davon.

Aber ich bin keinesfalls gebrochen worden.

EPILOG II

JACKSON

ICH STAMPFE über den Parkplatz von Callies Wohnung, nachdem sie mir gesagt hat, ich solle gehen und koche vor Wut, allerdings bin ich nicht wütend auf sie.

Gentry. Bryce Gentry, die verdammte Schlange. Er hat ihr irgendetwas angetan. Er hat sie *verletzt*. Irgendwie. Auf irgendeine Art und Weise. Was hat er ihr verdammt nochmal angetan?

Ich werde ihn umbringen. Ich werde ihn verdammt nochmal *umbringen*.

Ich hätte ihn nicht so lange am Leben lassen sollen. Ich bin schließlich der, der weiß, wozu dieser Mann tatsächlich fähig ist.

„Scheiße!", schreie ich und trete gegen den Mülleimer, an dem ich vorbeigehe.

Was nur zur Folge hat, dass mein Fuß schmerzt und einige Kinder, die in der Nähe Fußball spielen, mich ansehen, als sei ich verrückt geworden.

Und das bin ich auch. Nach ihr. Ich würde alles für sie tun.

Und er hat sie *verletzt.*

Wie schlimm? Wie schlimm ist es? Was hat er *getan*?

Sie hatte Angst vor dir. Die Art und Weise, wie sie zurückgewichen ist, als ich versucht habe, sie anzufassen ... Gott. Mein Magen dreht sich bei dem Gedanken um und ich schlucke Magensäure herunter. Nein. Das nicht.

Ich gehe die Straße entlang, genau in die andere Richtung, entferne mich weiter von meinem Auto. In Richtung des Parks, wo ich sie zum ersten Mal mit ihrem Sohn gesehen habe.

Ich habe sie angelogen. Es war *kein Zufall* gewesen, dass ich an diesem Tag ausgerechnet dort joggen war. Ich lebe zwanzig Meilen von hier entfernt. Ich hatte jemanden beauftragt, ihre Bewegungen zu verfolgen und er sagte mir, wo ich sie finden kann.

Mir war nach diesem komischen Meeting klar gewesen, dass Bryce irgendwas vorhatte.

Ich lasse mich auf eine der Parkbänke fallen und vergrabe den Kopf in meinen Händen. Das ist Monate her, aber ich werde diesen Tag niemals vergessen. Ich habe über all das, was seither passiert ist, so häufig nachgedacht, dass es sich bis zum Ende aller Zeiten in mein Gedächtnis gebrannt hat.

Ich schließe die Augen und bin wieder da, blicke auf die Uhr, während ich in einem Hinterzimmer von einem italienischen Restaurant sitze. Der erste Tag, an dem ich ihr begegnete ...

WAS MACHE ICH HIER? Ich bin zwar kein Genie, aber mich von Bryce Gentry locken zu lassen und seine Einladung zu akzeptieren, stößt mir sauer auf, seitdem ich es getan habe. Ich habe mir vor langer Zeit geschworen, dass ich dem Bastard niemals wieder die Möglichkeit geben werde, irgendwie Einfluss auf mein Leben zu nehmen.

Ich kann fühlen, dass er die alten Spielchen wieder herauskramen wird.

Mein Kinn versteift sich.

Ich könnte darüber hinwegkommen, wenn er mich einfach zum Affen hält. Aber das, was Bryce Gentry bisher mit mir gemacht hat, war deutlich schlimmer. Mein ganzer Körper verspannt sich, als die Erinnerungen über mich hereinbrechen, die aufkommen, wenn ich nur seinen Namen höre.

Das reicht.

Die Kunst des Krieges sagt vielleicht, dass man seine Feinde nah bei sich behalten soll, aber ich glaube nicht, dass ich das hier kann. Dem Mann gegenüberzutreten ... So zu tun, als würden wir Freundlichkeiten austauschen, während er mir das Patent meines Vaters vor die Nase hält? Und das ist nur eine der Sachen, die er mir gestohlen hat.

Das ist der Grund, wieso du ihn zu Fall bringen wirst. Auf deine Art, nicht auf seine.

Ich war niemals jemand, der offen Konflikte austrägt. Ich arbeite hinter den Kulissen. Sammle Date. Konstruiere Algorithmen. Plane eine strategische Attacke, die man nicht erwartet. Wenn ich mich auf sein Spiel einlasse, kann ich nur verlieren.

Wie lautet das Sprichwort? Man kann nicht aus seiner Haut gehen? Nun, das können auch Soziopathen nicht. Ich habe keinen Zweifel daran, dass er weiterhin Leute manipuliert und ausnutzt und missbraucht, so wie er es mit mir getan hat und mit anderen, während ich ihn nur beobachte.

Bald wird Bryce für seine Sünden bezahlen.

Aber nicht heute.

Ich stehe auf und lasse die Serviette auf den Tisch fallen, bin bereit es so aussehen zu lassen, als sei ich nie dagewesen.

Und dann höre ich seine verdammte Stimme.

„Jackson!“ Selbst nach einem Jahrzehnt dreht sich mir der Magen um.

Ich blicke auf und da steht er, er lächelt, als seien wir beste Freunde und nicht, als hätte er mich für eine Vergewaltigung ins Gefängnis bringen wollen.

Er umrundet den Tisch und umarmt mich mit einem Klopfen auf den Rücken.

Das Arschloch hat echt den Mumm, mich zu umarmen.

Ich bin kein gewalttätiger Mann, aber ich muss mich wirklich extrem zusammenreißen nicht das Steakmesser zu ergreifen und es ihm ins Auge zu rammen.

Äußerlich mache ich allerdings einfach zu. Ich werde kalt. Kalkulierend. Bei Bryces Spielen geht es immer auch um das, was er sehen kann – eine Möglichkeit zu spielen und jemand anderen zu manipulieren.

Nach dem, was er mir angetan hat, konnte ich Jahre lang niemandem mehr vertrauen. Ich habe scheinbar Probleme mit Nähe. Das hat zumindest vor Jahren mal eine Exfreundin diagnostiziert. Knapp einen Monat später machten wir Schluss. Es war eine schreckliche Szene – sie weinte laut und fragte mich, wieso ich mich ihr nicht einfach öffnen konnte. Ich konnte sie nur anstarren und brachte kein Wort heraus, dann gab ich ihr eine Kiste für ihre Sachen. Je mehr sie schrie, desto leiser wurde ich.

Was hätte ich schon sagen sollen? Dass laute Menschen mich nervös und misstrauisch machen? Sie war sehr offen und sprach viel.

Genau wie Bryce.

Das alles erkannte ich allerdings nicht, bis ich eine Woche später in meiner ruhigen Wohnung saß und lang genug Zeit hatte, mich damit zu befassen.

Ich hatte über die gesamte Dauer unserer Beziehung Probleme mit der Verdauung.

Das hätte wahrscheinlich ein Warnsignal sein sollen.

Mein Inneres zieht sich bei Bryces Umarmung direkt wieder zusammen.

„Bryce", erwidere ich steif und blicke zu ihm hinab. Ich war schon immer größer gewesen, aber in den letzten Jahren bin ich auch deutlich breiter geworden. Ich bin nicht nur einige Zentimeter größer, mein Körper übertrifft seinen insgesamt. Er ist ein schmaler Mann, hat nichts von der brutalen Kraft, die ich mir antrainiert habe, meistens, um die Aggressionen loszuwerden. Bestimmte Orte baten mir Zuflucht. Besonders das Fitnessstudio und der Club.

Bryce war in meiner Erinnerung immer beeindruckender gewesen.

In Wahrheit ist er klein.

Ein kleiner, armseliger Heuchler, der Gott spielen wollte.

Nicht mehr.

Am Ende des Gedankens nehme ich eine Bewegung an seiner Seite wahr. Er hat jemanden dabei. Eine Frau.

Eine wunderschöne Frau.

Die aus irgendeinem Grund verängstigt aussieht. Was denke ich hier? Sie ist mit Bryce zusammen. Natürlich hat sie Angst.

„Und das ist?“, frage ich Bryce, während mein Blick auf ihr ruht.

Ihre Augen weiten sich vor Überraschung und als sie schwer schluckt, kann ich ihren schnellen Pulsschlag wahrnehmen.

Bryce hat sich schon immer mit den schönsten Frauen umgeben, aber diese scheint anders zu sein. Sie schmeißt sich ihm nicht an den Hals. Sie scheint weder von seinem Charme noch seinem guten Aussehen eingenommen zu sein. Tatsächlich sieht sie eher so aus, als würde sie überhaupt nicht hier sein wollen. Kluges Mädchen.

Warum also ist sie hier?

Bryce legt ihr einen Arm um die Taille. „Diese wunderschöne Kreatur ist meine persönliche Assistentin Calliope Cruise. Ist sie nicht eine Augenweide?“ Bryce lehnt sich von ihr weg und starrt sie mit einem Ausdruck, den man nur als Ergebenheit beschreiben kann, an.

Ich kneife die Augen zusammen.

Währenddessen sieht die Frau einfach nur einen Moment lang verwirrt aus, bis sie ein Lächeln auflegt. Das hier ist eindeutig irgendeine Show. Ich schätze, dass ich wohl als Publikum auserkoren wurde?

Wieso? Was für ein Spiel spielt Bryce diesmal? Und wieso nach all den Jahren? Weiß er, dass ich ihn beobachten lasse, ist es das? Ich habe die Besten angeheuert und sie haben mir versichert, dass er keine Ahnung hat.

„Nicht nur das", wendet Bryce sich wieder mir zu. „Aber sie ist dabei, einen Advanced Robotics Abschluss in Stanford zu machen."

Callie scheint Schwierigkeiten damit zu haben, dem Drehbuch zu folgen, bis ihr ganzer Körper vor Schreck nach vorne schnellt. Ein schneller Blick hinüber zu Bryce verrät, dass seine Hand sich gerade von ihrem Hintern hebt. Hat er ihr gerade tatsächlich einen Klaps auf den Arsch gegeben?

Aber so, wie eine brave Puppe es tut, fängt sie auf sein Kommando hin an zu quasseln: „Und ich kann Mr. Gentry nicht genug dafür danken, dass er mir die Erfahrung in der echten Welt bei einer so tollen Firma ermöglicht. Ich lerne so viele Dinge, einfach dadurch, dass ich sehe, wie er neue Ideen durch jede Stufe der Produkte entwickelt und begleitet."

„Oh ja", antworte ich und gebe mir nicht die Mühe meinen Zynismus zu verstecken. „Bryce war schon immer gut darin, die Ideen von anderen zu nehmen und so zu tun, als wären es seine eigenen."

Mir entgeht das Zucken an Bryces Kinn nicht.

„Warum setzen wir uns nicht, damit wir das leckere Mittagessen, was ich uns bereits bestellt habe, genießen können?", sagt Bryce und hält die Arme auf, mit denen er auf den Tisch deutet.

Ich starre ihn an. Ich möchte ihm einfach so gerne in sein selbstzufriedenes Gesicht schlagen und dann einfach von hier verschwinden. Aber dann blicke ich hinüber zu der Frau. Wie ist sie hier reingeraten? Ich bin mir nicht sicher, ob ich mich wohl damit fühlen würde, sie hier mit ihm zurückzulassen. Natürlich, sie hat ein Lächeln aufgelegt, aber mir ist nicht entgangen, wie sie zusammengezuckt ist, als Bryce sie gekniffen oder ihr auf den Po geschlagen hat.

Bryce macht alles, was er anfasst, kaputt. Diese Frau, wer auch immer sie sein mag, hat noch immer viel Leben in ihren Augen. Noch hat er sie nicht kaputt gemacht.

Noch nicht.

Verdammt.

Ich spiele keine Spielchen. Das ist nicht meine Art, war es noch nie. Deshalb hatte ich nicht erkennen können, was Bryce wirklich war, bis es zu spät war.

Zeit, all die Informationen zu sammeln, die ich bekommen kann und dann zuzusehen, dass ich von hier wegkomme.

Diese Frau ist nicht mein Problem.

„Hör mit dem Schwachsinn auf, Bryce. Du hast am Telefon gesagt, dass du endlich bereit bist, Verhandlungen bezüglich das CQ-9 Patents zu führen. Du hattest nie Verwendung dafür und hast es all die Jahre behalten, einfach nur, um mich zu ärgern. Wieso in Gottes Namen würdest du ausgerechnet jetzt deine Meinung ändern?"

Bryce setzt sich und deutet erneut auf die leeren Stühle am Tisch. Ich stelle fest, dass Callie noch einen Blick hinüber zur Tür wirft, so als würde auch sie die Flucht in Erwägung ziehen.

Würde ich es besser oder schlimmer machen, wenn ich ihr sagen würde, dass sie fortlaufen und nie zurückschauen sollte?

Sie atmet tief ein und setzt sich dann hin.

Doppelt verdammt.

Ich setze mich ebenfalls.

„Wie wäre es, wenn wir die Vergangenheit vergessen und ihr erlauben, da zu bleiben, wo sie hingehört?", fragt Bryce. „In der Vergangenheit."

Ich starre ihn an, als sei er verrückt geworden. „Ich würde sagen, ich kenne dich besser, als dass ich das glauben würde."

Bryce lacht, ein lautes, hallendes Lachen, tief aus dem Bauch heraus. Er hebt den Finger und wackelt in meine Richtung. „Siehst du, das ist die Art Ehrlichkeit, die ich vermisse. Alle um mich herum versuchen mir heutzutage einfach nur zu sagen, was ich hören möchte. Ja, Mann. *Ja, Mr. Gentry*", macht er sich mit überheblichem Tonfall lustig. „*Natürlich, Mr. Gentry, was immer Sie möchten.*" Er schüttelt den Kopf. „Es ist verrückt."

Bryce setzt sich in seinem Stuhl auf und der Humor wird von Aufrichtigkeit abgelöst. „Ich vermisse dich, Jackson. Ich vermisse die

Maschinen, die wir früher zusammen gebaut haben, die Konzepte, die wir erträumt haben, wenn wir unsere beiden Gehirne zusammengetan haben.“ Dabei zeigt er erst auf sich und dann auf mich.

Dieser Bastard bringt mich an den Rand des Wahnsinns. Ich schnaube und muss erneut das Bedürfnis, aufzustehen und einfach zu gehen, unterdrücken, weil ich das Gefühl habe, diesen Schwachsinn nicht eine weitere Minute aushalten zu können, aber er fährt schnell fort: „Iss mit uns. Hör dir an, was ich zu sagen habe. Egal, was ist, du gehst hier mit dem Patent deines Vaters raus. Schenk mir nur eine Stunde deiner Zeit.“

Ich atme aus und versuche mein Temperament zu zähmen. Ist das hier irgendwelcher Schwachsinn? Wird er mir wirklich das Patent meines Vaters geben? Was ist der Haken? Bei ihm gibt es immer einen Haken. „Einfach so?“

„Einfach so.“ Bryce hebt erneut die Hände. „Ich bin ein anderer Mann, als der Junge, den du einst kanntest. Lerne das neue Ich kennen.“

Ich dehne meinen Nacken und versuche, mich zu entspannen. Es bringt nichts. Ich sehe mich um. Der Raum, in dem wir sind, ist groß, aber trotzdem viel zu klein. Ich hasse es, dieselbe Luft wie er zu atmen.

Callie nimmt still einen Schluck von ihrem Wasser. Ihr Arm, der das Glas wieder auf den Tisch stellt, ist lang und elegant. Ihre Zunge kommt kurz zum Vorschein, als sie einen Tropfen Wasser von der Lippe leckt. Ihre Wangen röten sich, so als würde sie meinen Blick spüren.

Wer ist diese Frau? Wo ist sie her? Wie steht sie zu Bryce?

„Also, Jackson“, fängt Bryce an. „Wie läuft es bei dir? Wie geht es der Firma? Und Miranda?“ Seine Stimme ist schelmisch, so wie wenn man sich über einen Freund lustig macht. „Fickst du meine ehemalige Verlobte immer noch gerne?“

Meine Hände ballen sich unter dem Tisch zu Fäusten. Callie verschluckt sich an ihrem Wasser und die Kellnerin öffnet, die Vorspeisen balancierend, die Tür.

Ja, das hört sich viel mehr an, wie der Bryce, den ich kenne. Meine Hand entspannt sich, während ich meinen erklärten Erzfeind anlächle. Ich kann Callies Blick, der immer wieder zwischen ihm und mir hin- und herspringt, spüren.

Sie ist die einzige Unbekannte an diesem Tisch. Wahrscheinlich ist genau das der Grund, wieso Bryce sie mitgebracht hat. Er mochte es schon immer, seinen Gegenspieler irgendwie aus dem Gleichgewicht zu bringen.

Die Kellnerin stellt einen Korb mit Brot mit Knoblauchbutter und andere Vorspeisen auf den Tisch. Wenn sie die Spannung im Raum bemerkt, lässt sie es sich nicht anmerken.

Callie auf der anderen Seite wirkt unruhig und deutet auf den Teller. „Möchte jemand etwas von der Vorspeise?"

Ich werfe endlich einen echten Blick auf sie.

Sie ist unglaublich hübsch. Tatsächlich wunderschön. Große Augen. Volle Lippen. Große Brüste, die man gar nicht übersehen kann. Sie schafft es zeitgleich unschuldig und verführerisch zu sein. So, als wäre sie sich ihrer Anziehungskraft nicht bewusst.

Vielleicht ist das alles nur Show.

Vielleicht hat Bryce auch einfach endlich jemanden gefunden, der genauso manipulativ ist wie er und ihn mitgebracht für die Show, die sie beide hier darbieten.

Andererseits entspricht es viel mehr seinem Charakter, sich mit Menschen zu umgeben, die er benutzen kann. Nicht anderen Könnern seiner Kunst.

Ihre Wangen röten sich unter meinem Blick erneut.

„Natürlich", sage ich endlich und fange an, einen kleinen Teller mit Vorspeisen zu füllen. Krabbenküchlein und Antipasti.

Ich habe mich von der schönen Frau, die zu meiner Rechten sitzt, zu lange ablenken lassen. Vielleicht ist alleine das der Grund, wieso Bryce sie mitgebracht hat. Wie ein Zauberer plant, das Publikum abzulenken, lasse auch ich mich von seiner hübschen Assistentin ablenken und verliere den Blick für seine Manipulationsversuche.

Ich hatte gehofft, dass ich alt genug sei, mich nicht mehr so sehr von einem hübschen Gesicht ablenken zu lassen.

Ich nehme das Gespräch wieder auf und mache eine Weile lang Smalltalk über meine Firma. Das Nötigste, nur aus Gründen der angemessenen Freundlichkeit. Mehr, als Bryce tatsächlich verdient. „Und was Miranda angeht ..." Ah, Miranda. Ich erlaube mir ein Lächeln. Wir funktionierten eine Weile gut zusammen. Aber das ist schon lange vorbei. „Ich dachte, du hättest inzwischen durch den Buschfunk gehört, dass wir einander leid waren."

Erneut nehme ich ein leichtes Zucken in Bryces ansonsten abgeklärtem Ausdruck wahr. Es ist befriedigend, das kann ich nicht bestreiten. Bryce grinst. „Du konntest die ungläubige Schlampe also auch nicht unter Kontrolle bringen, was?"

Ich kann spüren, wie Callie neben mir steif wird und wenn ich gewillt wäre, Bryce ein Zeichen zu geben, dass seine Worte mich berühren, würde ich wohl ebenso reagieren.

Miranda und ich haben uns getroffen, weil die Welt der Technologie eben nur eine beschränkte Größe hat. Sie beschäftigt sich mit der Hardware. Ich habe es nur meiner eigenen persönlichen Assistentin zu danken, dass ich es bisher geschafft habe, Bryce nicht Angesicht zu Angesicht gegenüberzustehen. Jeder weiß, dass ich nicht bereit bin, auf dieselbe Party oder zu einem Event zu gehen, wo er ist, geschweige denn im selben Raum zu sein. Miranda hatte natürlich Wind von den Gerüchten bekommen und hat mich deshalb etwa ein Jahr nachdem sie und Bryce Schluss gemacht hatten, aufgesucht. Sie hatte mir Geschichten erzählt, bei denen sich mein Magen umdrehte. Während er sie tatsächlich nie angegangen ist, war er, nachdem was sie mir erzählt hat, ein grausamer Liebhaber. Man musste mich nicht davon überzeugen, dass das, was sie sagte, die Wahrheit war.

Sie war die, die mich tatsächlich in die Clubs mitgenommen hat. Sie war süchtig nach dem Schmerz geworden. Bryce war der, der ihr beigebracht hatte, ihn zu wollen.

Echte Dominante im Club haben mir geholfen, dass auch in der

Unterwürfigkeit Macht lag. Es war ein Geschenkt, das sie mir in einer Zeit gegeben hat, in der genau diese mir fehlte. Auch wenn Miranda und ich uns irgendwann getrennt haben, werde ich ihr allein deshalb immer etwas schuldig sein.

Und Bryce jetzt so respektlos von ihr sprechen zu hören … das ist schwer, aber ich schaffe es, meinen Tonfall neutral zu halten. „Unsere Trennung basierte auf der Entscheidung, dass wir beide genug Spaß gehabt haben, das ist alles. Vielleicht hätte sie nicht woanders nach Erfüllung gesucht, wenn du wüsstest, wie man eine Lady behandelt."

Bryce lacht beschwichtigend. Er kann charismatisch und offen erscheinen, wenn er es darauf anlegt. Wenn man ihn allerdings wirklich in Augenschein nimmt, dann sieht man nichts weiter, als den lügenden Soziopathen, den er so gut versteckt. Ich habe gelernt, das zu erkennen – nur ganz blass, das leichte Glitzern in seinen Augen. Der kleine Teil und der manische Schein, der sich zuerst gezeigt hat, als ich vor all den Jahren von der Polizei aus unserem Zimmer im Wohnheim abgeführt wurde. Die dreckige Freude, die es ihm brachte, ein Leben zu ruinieren.

Callie sieht nichts davon.

Sie entspannt sich und streckt die Hand nach einem Krabbenküchlein aus.

Und dann wird sie plötzlich wieder steif und ihre Augen fallen auf die Tischdecke. Dorthin, wo Bryces Hand soeben unter dem Stoff verschwunden ist.

Ihre Augen richten sich ruckartig wieder auf den Teller und Bryces Arm bewegt sich in ihre Richtung.

Es ist offensichtlich, was er dort tut, aber ich will es noch immer nicht glauben.

Nicht einmal Bryce würde …

Er wird nicht wirklich …

„Nun", sagt Bryce freundlich. „Das ist schön für Miranda und dich. Ich bin froh, dass ihr beide diese Einsicht gewinnen konntet. Und ja, ich habe gesehen, dass CubeThinks Aktie im Aufwind ist.

Tatsächlich ist das einer der Gründe, warum ich dich um dieses Treffen gebeten habe. In der Vergangenheit haben wir ... Wie soll ich es sagen ...“ Bryce hält inne und Callie windet sich auf ihrem Stuhl, während Bryces Hand sich kaum bewegt.

„... stets die Früchte unserer Zusammenarbeit ernten dürfen“, beendet er den Satz lächelnd.

Er tut es. Der Wichser fingert sie direkt vor mir.

Und sie? Zwingt er sie oder steht sie auf sowas?

Gott ist mein Zeuge, ich habe im Club schon einige Fetische erleben dürfen und ich verurteile niemanden. Aber was in Teufels Namen? Was passiert hier?

„Zusammenarbeit?“, wiederhole ich.

Ich sehe Callie an. Ihre Augen sind groß und sie sieht überrascht aus, als sie hochblickt und bemerkt, dass ich sie beobachte. Ich sehe wieder zu Bryce hinüber. „Nennst du das so, wenn du Dinge stiehlst, die mir gehören und dann als deine eigenen verkaufst? Aber andersrum hast du schon immer allem gerne deinen Stempel aufgedrückt.“

Ich blicke wieder auf seinen Unterarm, die Muskeln unter seinem Anzugärmel spannen sich immer wieder rhythmisch an. Währenddessen ist alles Blut aus Callies eben noch so roten Wangen gewichen, als ihre Augen auf meine treffen und sich dann entschlossen auf den Teller richten, wo sie ihr Essen anstarrt.

Nein, sie starrt nicht nur. Sie sieht wütend aus.

Sie sieht aus, als wäre sie auf 180.

Und im nächsten Moment öffnet sich ihr Mund ein kleines bisschen. Ihre Finger krallen sich um ihre Gabel.

Ich habe keine Ahnung, was sie von dem hält, was Bryce mit ihr anstellt ... ob sie es will oder nicht, ob das hier ein Spiel ist, was sie vorher abgesprochen haben ... aber sie findet es eindeutig gerade geil.

Sie schluckt schwer und blinzelt einige Male, aber es scheint, als würde es ihr schwerfallen, sich zu konzentrieren.

Ich kann mich nicht daran erinnern, wann ich das letzte Mal

einen Menschen so verletzlich gesehen habe, einen so verlorenen Blick der Lust in einer Frau wahrnahm.

Ich gehe natürlich mit Frauen aus, aber wenn ich mich mit Frauen treffe, scheinen diese nie vergessen zu können, wer ich bin. Wie viel Geld ich habe.

Und im Club sind die meisten Submissives ... nun ja ... zu unterwürfig. Ich will nicht die vollkommene Macht. Gott, das ist viel zu viel Verantwortung. Davon habe ich genug bei der Arbeit.

Ich möchte einfach nur einen Ort haben, an dem ich meine Bedürfnisse befriedigen kann und den ich danach wieder verlasse. Aber jedes Mal, wenn ich mit einer Frau spiele, ist es so, als würden sie mir etwas vorspielen, als würden sie die Rolle der unterwürfigen Sklavin nur spielen. Es fühlt sich nie wirklich authentisch an.

Das gleiche Gefühl geben mir die Frauen, mit denen ich ausgehe, nur dass sie die Rolle der Mrs. Vale spielen wollen.

Nein, danke.

Aber die Frau, der ich soeben begegnet bin, gibt mir, ohne sich dessen bewusst zu sein, einen Einblick in die verletzlichste Version von sich selbst ... die Version, die wir normalerweise verstecken, die nur nachts unter der Decke zum Vorschein kommt.

Als die Kellnerin die Tür öffnet und ein riesiges Tablett mit Essen hereinbringt, wird die Erleichterung in Callies Augen deutlich. So, als würde das bedeuten, dass man von ihr ablässt.

Was mich nur noch mehr verwirrt.

Möchte sie, dass Bryce aufhört?

Denn Gott weiß, dass ich ihm die Kehle herausreißen würde, wenn sie auch nur das kleinste Anzeichen geben würde, dass das hier gegen ihren Willen geschieht.

Aber ihr Mund öffnet sich einfach wieder und sie beißt sich erneut auf die Unterlippe, bevor sie ihn wieder schließt und ihre großen Brüste reiben leicht gegen den Tisch.

VerdammteMistKacke.

Mein Schwanz wird hart.

Diese wunderschöne Frau fällt nicht einmal einen halben Meter von mir entfernt auseinander. Ich müsste aus Stahl sein, um darauf nicht anzuspringen.

Aber dann blicke ich hinüber zum Puppenspieler hinter dieser verdammten Horrorshow. Er lächelt die Kellnerin an, als sei nichts los und ich fühle den Hass in meiner Brust.

Hat er mich deshalb herbestellt?

Mich so bloßzustellen ...mit diesem ... diesem Live-Porno? Warum hat er mich nach einem Jahrzehnt für sowas angerufen? Was in Gottesnamen soll all das hier?

Die Kellnerin räumt die Vorspeisen aus dem Weg und stellt den Hauptgang, Nudeln mit einer hellen Sauce, Pilzen und etwas, das aussieht wie Jakobsmuscheln, Gewürze und einige Kräuter als Dekoration in die Mitte.

„Hätten Sie gerne etwas frischen Parmesan?", fragt die Kellnerin, die eine Reibe und Käse über Callies Nudeln hält.

Callie öffnet den Mund, schließt die Augen und blickt dann immer wieder zwischen der Kellnerin und mir hin und her.

„Ähm, ich ... ich ...", stottert sie, während sie auf ihrem Stuhl hin und her rutscht, so als würde sie versuchen, Bryces Hand zu entkommen. Er bewegt sich ein bisschen merkwürdig zur Seite, wodurch mir und der Kellnerin nur noch klarer wird, was er da treibt. Die Kellnerin macht einen Schritt zurück, nachdem ihr Blick nach unten gefallen ist und eindeutig erkannt hat, was hier los ist.

„Nein", bringt Callie hervor und dann versteift sich ihr Rücken, so als wäre gerade ein Schock durch sie gefahren. „Ich brauche keinen." Die letzten Worte sind eher ein hohes Quietschen. Kleine Schweißperlen haben sich auf ihrer Braue gebildet.

Bryce fängt an, sich mit mir über irgendwelchen Schwachsinn bezüglich der Robotic Industrie im Silicon Valley zu unterhalten, während er auf der Gabel Nudeln aufrollt. Irgendwie schafft er das mit einer Hand. Er isst langsam, so als wäre seine andere Hand nicht ganz offensichtlich voll und ganz eingespannt. Ich höre kaum zu. Ich bin komplett auf Callie konzentriert, auch wenn ich nur immer mal wieder einen Blick zu ihr herüberwerfe.

Denn, was ist, wenn es hier überhaupt nicht um mich geht? Oh, ich habe keinen Zweifel daran, dass Bryce mich aus dem Konzept bringen wollte. Aber ich habe langsam das Gefühl, dass er eher ein Spielchen mit Callie spielt, als mit mir.

Ihr Ausdruck ist abwechselnd so, als wäre sie kurz davor auszurasten, unglaublich geil, gedemütigt und komplett von Lust überwältigt.

Mit anderen Worten: Sie sieht so aus, als hätte sie auch keine Ahnung, was hier eigentlich gespielt wird.

Bryce spielt auch mit ihr.

Er spielt ein weiteres seiner Spielchen.

Und ausgerechnet ich weiß, wie grausam er sein kann. Wie viel Schaden er tatsächlich anrichten kann.

Was zur Hölle wird mit dieser Frau geschehen?

So schön, frisch und jung und verletzlich.

Bryce wird sie lebendig verspeisen.

Sie stochert in ihrem Essen herum und nimmt dann einen großen Schluck Wasser. Ich sehe ihr nur aus dem Augenwinkel zu, aber nehme jede Bewegung wahr. Also sehe ich auch, als sie nervös zu mir herüberblickt.

Unsere Blicke treffen sich einen Moment lang, bevor sie ihren wieder abwendet.

Was denkt sie über mich?

Ich habe wahrscheinlich keinen sonderlich guten ersten Eindruck hinterlassen. Groß und grimmig und einschüchternd. Bryce ist der Charmante von uns beiden. Ich kann fühlen, dass mein Mund nur noch eine schmale Linie ist.

Was mich zweifelsfrei noch weniger offen erscheinen lässt. Vollidiot. Aber das hier ist nicht die Situation, in der man lächeln sollte.

Callie atmet wieder schneller und sie nimmt einen weiteren Schluck Wasser.

Vielleicht interpretiere ich einfach viel zu viel hinein und das, was zwischen ihr und Bryce passiert, ist vollkommen normal.

Sie findet es offensichtlich so gut, dass sie kommen wird. Sie wackelt wieder auf ihrem Stuhl herum und blickt dann kurz zur Decke hinauf. Betet sie?

„Ich kann mich übrigens nicht so daran erinnern", unterbricht Bryces Stimme meine Gedanken und sein Tonfall hat sich von höflich zu ruppig verändert.

Ich blicke zu ihm herüber und meine Aufmerksamkeit ist zum ersten Mal in der letzten Viertelstunde nicht alleine auf Callie gerichtet, schließlich hatte ich ihn mehr oder weniger ausgeblendet, während wir aßen. „In meiner Erinnerung", fährt er fort, „ist es so, dass wir am besten waren, als wir Dinge geteilt haben." Er zieht eine Augenbraue hoch, sodass es scheint, als sei seine Aussage zweideutig gemeint gewesen.

An meiner Seite setzt Callie sich anders hin, leckt sich die Lippen und schluckt dann schwer. Ich möchte sie einfach nur anstarren.

Tatsächlich möchte ich sie Bryce wegnehmen und sie fragen, was sie verdammt nochmal mit ihm zu tun hat, sie über meinen Schoß legen und, nachdem ich dafür gesorgt habe, dass sie rosa ist, befehlen, dass sie sich zum Orgasmus bringen soll, während ich ihr zusehe. Das ist alles, was ich wirklich machen möchte.

Stattdessen friere ich innerlich alles ein.

Schnee. Eis. Winter. Nichts. Es scheint, als würde Bryce endlich zum Punkt dieses Kammerspiels gelangen. Ich bin gespannt zu sehen, worauf all das hier hinauslaufen sollte.

Ich schnaufe und schnappe bewusst nach dem Köder, den er ausgelegt hat. „Und trotzdem warst du, als wir angeblich alles geteilt haben, irgendwie immer der, der am Ende", bei diesen Worten verenge ich die Augen, „die *Lorbeeren* erntete."

„Ich möchte wieder mit dir zusammenarbeiten", sagt Bryce. „Ich entwickle eine neue Drohne und möchte, dass du sie dir ansiehst. Ich habe schon Verträge ausarbeiten lassen, sodass alles von Anfang an klar ist. Alle Patente würden wir fair, 50-50, zwischen uns aufteilen. Aber das Wissen, die Geschäftsbeziehungen, die sich daraus entwickeln, können für uns beide dauerhaft hilfreich sein."

Aha, das ist also der springende Punkt.

Und trotzdem muss ich mich auf das konzentrieren, was er von mir haben möchte, verdammt, sein Ablenkungsmanöver fruchtet.

Callie steht kurz vor dem Höhepunkt. Ich kann es in ihrem Gesichtsausdruck sehen ... ihre halb geschlossenen Augen, die sich weitenden Nasenlöcher, gerötete Wangen, leicht geöffneter Mund ... in ihren süßen, kleinen, kurzen Atemzügen und den sich hebenden Brüsten, ihre steifen Nippel, die mich durch den dünnen Stoff förmlich anstarren ...

Und dann höre ich es ... das feuchte Geräusch von Fingern, die in etwas hinein- und herausgleiten. Und das etwas muss ihre feuchte Scheide sein. Sie ist *so* feucht ... verdammte MistKacke.

Bryce spricht weiter über die Beziehungen zu Vertragspartnern und Fabriken und wie er all diese mit mir teilen möchte.

Egal, wie abgelenkt ich bin, mein Radar für gequirlte Kacke springt an. „Und du würdest sie mir einfach geben?"

Bryce lächelt freundlich, während er nickt und noch ein bisschen mehr Schmarrn von sich gibt, der einfach zu schön ist, um wahr zu sein.

Und selbst wenn das nicht der Fall wäre, gäbe es nichts auf dieser Welt, was mich dazu bringen könnte, jemals wieder mit diesem Bastard zusammenzuarbeiten.

Genug.

Ich habe gesehen, was ich wollte, habe mir diese bizarre Vorstellung gegeben und jetzt ist es an der Zeit, zu gehen. Egal, wie attraktiv sie ist, diese Frau ist *nicht* mein Problem.

„Ich war nie daran interessiert, etwas für das Militär zu entwickeln." Ich schüttle den Kopf. „Und ich habe vor langer Zeit aufgehört, deine Spielchen zu spielen, Bryce. Du sagtest, wenn ich mit dir esse, bekomme ich CQ-9." Ich falte die Stoffserviette zusammen und lege sie neben meinen Teller. „Ich habe keine Lust auf Nachtisch. Ich habe meinen Teil der Vereinbarung gehalten." Indem ich mich auf Bryce konzentriere und mir nicht erlaube, Callie irgendwelche

Aufmerksamkeit zu schenken, habe ich es sogar geschafft, meine Erektion unter Kontrolle zu bringen.

Genau in dem Moment, in dem ich aufstehen möchte, wird Callie steif und ihr entweicht ein leiser Schrei. Sie greift nach der Tischdecke und ich kann nicht anders, als sie anzustarren, als ihr ganzes Gesicht sich vor Ekstase verzieht.

Ich bin sofort wieder steinhart.

Es ist auch nicht nur ein kurzer Eindruck. Es hält an und ihr zitternder Körper drückt sich vom Stuhl hoch.

Als es endlich vorbei ist, atmet sie tief ein und ihre Augen öffnen sich.

Und dann sieht sie aus, als wolle sie im Boden versinken.

Ihre Augen und ihr Mund sind weit geöffnet, aber nicht vor Lust, sondern vor Scham darüber, dass ich sie soeben beim Orgasmus beobachtet habe und die ganze Zeit wusste, was da passiert.

Dann fällt ihr Blick auf Bryce und sie verliert die komplette Kontrolle über ihren Gesichtsausdruck. Ihre Augenbrauen senken sich und ihr Mund schließt sich. Sie lässt die Schultern hängen und ich habe noch nie jemanden gesehen, der so sehr nach einer Niederlage aussah. Ich könnte schwören, dass ich sie gerade beim Gewinnen einer Erkenntnis beobachtet habe und, egal was es war, es könnte sie zerstören.

Ich muss jetzt nicht mehr nur vermuten.

Bryce ist wie immer in seine Spielchen vertieft und diese Frau ist sein neustes Opfer.

Bryce kommt zu mir herüber und hält mir die Hand hin. Mir entgeht nicht, dass es die Hand ist, die bis gerade in ihr war. Ich nehme sie und ergreife seine Hand in einem Händedruck, der Knochen brechen könnte.

Sein Lächeln ist auf seine Lippen gemeißelt.

„Vergiss nicht, dass ich dich kenne“, sagt Bryce. Er lehnt sich zu mir herüber. „Du bist vielleicht die Nummer eins in den USA, aber wenn CubeThink am internationalen Wettbewerb teilhaben möchte, musst du dir einen Vorteil verschaffen. Ich biete dir diesen. Wieso nimmst du dir nicht die Zeit über die Möglichkeit nachzudenken und meldest dich dann?“

Er zieht mich an sich heran und schlägt mir erneut auf den Rücken. Während er das tut, schiebt der verdammte Bastard mir einen Tanga in die Brusttasche meines Jacketts.

Aufgrund der Art und Weise, wie Callie ihr Gesicht verzieht und sich von mir abwendet, der Farbe, die ihr vor Scham ins Gesicht scheint, lässt mich keine Sekunde daran zweifeln, dass es ihrer ist.

„Vielleicht kann dir Miss Cruise weitere Informationen zukommen lassen, wenn du Zeit gehabt hast, weiter darüber nachzudenken.“

Bryce hält Callie den Arm hin. Sie nimmt ihn, dabei hängen ihre Schultern noch immer. Ihr Blick ist auf den Boden gerichtet. Sie blickt mich nicht noch einmal an.

Als der Wichser seine Hand auf ihren Rücken legt, um sie aus dem Raum zu führen ist es fast zu viel für mich. Das Bild des Wolfes, der das Lamm zum Schlachthof führt, bleibt mir noch lange, nachdem sie gegangen sind, im Gedächtnis.

Dreißig Minuten später sitze ich noch immer da, obwohl das Essen längst kalt ist.

Die Kellnerin kam irgendwann wieder und entschuldigte sich vielmals, aber sie würde den Tisch für die nächsten Gäste vorbereiten müssen.

Als ich das Restaurant verlasse, habe ich mich bereits entschieden. Ich aktiviere mein Handy und rufe den Detektiv an, der Bryce überwacht.

„Besorg mir alles, was du über eine Frau mit Namen Calliope Cruise herausfinden kannst. So schnell, wie möglich.“

Vielleicht war es mir damals nicht möglich gewesen, die Frau zu retten. Gott, wegen Bryce war ich sogar mit verantwortlich für ihr Schicksal gewesen.

Aber, so helfe mir Gott, diese würde ich retten.

BERÜHMTE LETZTE WORTE.

Denn hier stehe ich, Monate später. Ich habe keine Ahnung, was passiert ist. Ich habe keine Ahnung, was dieser Bastard ihr angetan hat.

Woran ich ihn nicht gehindert habe.

Ich sehe mich im Park um. Eltern spielen mit ihren Kindern. Es tut weh, das zu sehen. Ich wollte das, mit ihr. Wollte alles. Eine Hochzeit. Kinder. Sie war meine Ewigkeit.

Nein. Nicht war. IST.

Sie ist meine Ewigkeit.

Wenn sie mich möchte. Wenn mir meine Sünden jemals vergeben werden.

Ich bin nicht gut genug für sie. Das wusste ich von Anfang an. Aber nach allem bin ich immer noch ein egoistisches Arschloch und die Frage ist, ob sie mich wollen wird. Wenn ja, dann werde ich sie bis zum Tag meines Todes verehren.

Ich stehe von der Parkbank auf. Hier zu sitzen und Trübsal zu blasen hilft niemandem. Taten. Das war immer das, worin ich am besten war.

Denn bevor wir unser Happy End haben können, müssen wir erst einer Schlange den Kopf abschneiden.

Willst du mehr Die Düstere Liebe Romanen?

Lesen Sie den epischen Abschluss der Geschichte von Callie, Jackson und Bryce in Zerbrechliche Herzen.

DANKSAGUNGEN

Zunächst und an erster Stelle möchte, wie wahrscheinlich bei jedem Buch, das ich jemals schreiben werde, meinem Ehemann danken. Du gibst mir die Unterstützung und Liebe und die Motivation, die mich am Laufen hält. Ich liebe dich, Babe.

Meine Freunde aus meiner Gruppe Autoren aus Minnesota, die dieses Buch erst möglich machten. Ich danke euch und vermisse euch wunderbare Frauen. Weiterhin hatte ich wundervolle Testleser für dieses Buch, die mir großartiges Feedback gaben: Karina (Ich liebe, dass du alle meine Bücher liest, sowohl die neuen, als auch die alten, fühl dich gedrückt, Süße!), Belinda Donaldson (deine kurze Rezension war SO großartig!), Amanda (die Erste, die Crush Me gelesen hat, vielen Dank!), Lindsay Johnston (Oh, dein Feedback war so unglaublich hilfreich) und an letzter Stelle, allerdings sicher nicht als letzter Gedanke, Kristin Leigh Jones (Du schaffst es immer, mich zu motivieren!)

Vielen Dank an Nicki von Swiss Design und Edition, für die Korrektur.

Und Danke an Euch alle, meine wundervollen Leser! Ohne

Euch wäre tatsächlich nichts von all dem hier möglich. Danke, dass ihr einer neuen Autorin eine Chance gebt :) Wenn Sie weitere sexy Romanzen entdecken wollen, die mit Ihnen einen Schritt weiter gehen, habe ich einige weitere Bücher, die in den nächsten Monaten veröffentlicht werden.

EBENFALLS VON STASIA BLACK

Die Heirats-Verlosungen-Reihe

Von Ihnen Beschützt

Von Ihnen Vergnügt

Von Ihnen Geheiratet

Von Ihnen Angestachelt

Von Ihnen Freigekauft

Die Düstere Liebe-Reihe

Gefährliche Leidenschaft

Zerbrechliche Herzen

Wohliger Schmerz

Die Liebe des Biestes-Reihe

Die Gefangene des Biestes

Die Rache des Biestes

Die Liebe des Biestes

Die Ländliche Leidenschaft-Reihe

Die Jungfrau und das Biest

Hunter

Die Jungfrau von nebenan

Die Unschuld-Reihe

Unschuld

Das Erwachen

Königin der Unterwelt

ÜBER STASIA BLACK

STASIA BLACK ist in Texas aufgewachsen. Nach fünf kurzen frostigen Jahren in Minnesota und ist nun glücklich im sonnigen Kalifornien beheimatet, das sie niemals wieder verlassen wird.

Sie liebt es zu schreiben, zu lesen, sich Podcasts anzuhören und nach einer zwanzigjährigen Pause hat sie kürzlich wieder mit dem Radfahren angefangen (und hat die entsprechenden Beulen und blauen Flecken, die das beweisen). Sie lebt mit ihrem persönlichen Cheerleader, aka ihrem gutaussehenden Ehemann und ihrem Teenager zusammen. (Wow, jetzt fühlt sie sich alt.) Und über sich selbst in der dritten Person zu schreiben, lässt sie ein wenig wie eine Spinnerin aussehen. Aber gut, wo waren wir?

Stasia fühlt sich zu romantischen Geschichten hingezogen, die sich nicht für den leichten Weg entscheiden. Sie will hinter die Fassade der Menschen blicken und ihren dunkelsten Stellen herausfinden, ihre verdrehten Motive und tiefsten Bedürfnisse. Im Grunde will sie Charaktere erschaffen, die die Leser abwechselnd lachen und weinen lassen und sie am liebsten ihr Kindle quer durch den Raum werfen wollen, nur um dann bekanntzugeben, dass sie einen neuen BBF (Besten-Bücher-Freund) haben.

Printed in Germany
by Amazon Distribution
GmbH, Leipzig

19429763R00218